JOY FIELDING

Schlaf nicht, wenn es dunkel wird

Joy Fielding

Schlaf nicht, wenn es dunkel wird

Roman

Aus dem Amerikanischen
von Kristian Lutze

GOLDMANN

Die amerikanische Originalausgabe erschien 2002 unter dem Titel
»Whispers and Lies« bei Atria Books, New York.

Penguin Random House Verlagsgruppe FSC® N001967

4. Auflage
Taschenbuchausgabe April 2024

Umschlaggestaltung: UNO Werbeagentur GmbH, München
Umschlagmotive: Trevillion Images/Ilona Wellmann; FinePic®, München
LK · Herstellung: ik
Satz: GGP Media GmbH, Pößneck
Druck und Bindung: GGP Media GmbH, Pößneck
Printed in Germany
ISBN: 978-3-442-49477-4

www.goldmann-verlag.de

Für Shannon,
meine Tochter, Helferin und Freundin

1

Sie sagte, ihr Name sei Alison Simms.

Die Worte plätscherten zaghaft, beinahe träge über ihre Lippen, so wie Honig von der Schneide eines Messers tropft. Ihre Stimme war leise, zögernd und ein wenig mädchenhaft, obwohl sie einen festen Händedruck hatte und mir direkt in die Augen sah. Das mochte ich. Ich mochte *sie*, entschied ich beinahe spontan, auch wenn ich bereitwillig zugebe, dass es mit meiner Menschenkenntnis nicht besonders weit her ist. Trotzdem war mein erster Eindruck von dieser erstaunlich großen jungen Frau mit den schulterlangen rotblonden Locken, die im Wohnzimmer meines kleinen Hauses vor mir stand und fest meine Hand drückte, positiv. Und der erste Eindruck ist ein bleibender Eindruck, wie meine Mutter immer zu sagen pflegte.

»Das ist ein wirklich schönes Haus«, sagte Alison eifrig nickend, als wollte sie ihrer eigenen Einschätzung zustimmen, während ihre Blicke bewundernd zwischen dem aufgepolsterten Sofa, den beiden zierlichen Stühlen im Queen-Anne-Stil, den Raffgardinen und dem gemusterten Teppich auf dem hellen Holzboden hin und her wanderten. »Ich liebe Rosa und Malve zusammen. Es ist meine Lieblingsfarbkombination.« Sie verzog den Mund zu einem ungeheuer breiten, leicht dümmlichen Lächeln, das ich sofort erwidern wollte. »Ich wollte immer in Rosa und Malve heiraten.«

Ich musste lachen. Als Bemerkung gegenüber jemandem, den man gerade erst kennen gelernt hatte, erschienen mir ihre Worte herrlich absurd. Sie lachte mit mir, und ich wies mit der Hand auf das Sofa. Sofort ließ sie sich tief in die Daunenkissen sinken, sodass ihr blaues Sommerkleid fast in einem Strudel aus pink- und malvenfarbenen Blumenmustern versank, und schlug ihre langen schlanken Beine übereinander, während sie ihren übrigen Körper kunstvoll um ihr Knie drapierte und sich zu mir vorbeugte. Ich hockte auf der Kante des gestreiften Stuhls direkt gegenüber und dachte, dass sie mich an einen hübschen rosa Flamingo erinnerte, einen echten, nicht eines dieser schrecklichen Plastikdinger, die in manchen Vorgärten herumstehen. »Sie sind sehr groß«, bemerkte ich wenig originell und dachte, dass sie sich das wahrscheinlich schon ihr Leben lang anhörte.

»Ein Meter achtundsiebzig«, bestätigte sie höflich. »Aber ich sehe größer aus.«

»Ja, da haben Sie Recht«, stimmte ich ihr zu, obwohl mir mit meinen knapp eins dreiundsechzig Meter jeder groß vorkommt. »Darf ich Sie fragen, wie alt Sie sind?«

»Achtundzwanzig.« Eine feine Röte huschte über ihre Wangen. »Aber ich sehe jünger aus.«

»Ja, da haben Sie Recht«, wiederholte ich mich. »Sie haben Glück. Ich habe immer so alt ausgesehen, wie ich bin.«

»Wie alt sind Sie denn? Das heißt, wenn Sie nichts dagegen haben ...«

»Was schätzen Sie denn?«

Die unvermittelte Eindringlichkeit ihres Blickes erwischte mich unvorbereitet. Sie musterte mich, als wäre ich ein exotisches Exemplar in einem Labor, eingezwängt zwischen zwei kleinen Glasplättchen unter einem unsichtbaren Mikroskop. Der Blick aus ihren klaren grünen Augen bohrte sich tief in meine müden braunen Augen, bevor er über mein Gesicht wanderte, jede verräterische Falte registrierte und die Spuren meiner Jahre abwog. Ich mache mir keine großen Illusionen. Ich sah mich genauso, wie sie mich sehen musste: eine leidlich attraktive Frau mit ausgeprägten

Wangenknochen, großen Brüsten, dazu noch nachlässig frisiert.

»Ich weiß nicht«, sagte sie. »Vierzig?«

»Genau.« Ich lachte. »Hab ich's Ihnen nicht gesagt?«

Wir verstummten und erstarrten in der warmen Nachmittagssonne, die uns wie ein Scheinwerfer anstrahlte und in deren Licht kleine Staubkörnchen tanzten wie hunderte winziger Insekten. Sie lächelte, faltete ihre Hände im Schoß, wo die Finger der einen Hand achtlos mit denen der anderen spielten. Sie trug keinerlei Ringe und keinen Nagellack, aber ihre Nägel waren lang und gepflegt. Sie war sichtlich nervös. Sie wollte, dass ich sie mochte.

»Hatten Sie Schwierigkeiten herzufinden?«, fragte ich.

»Nein. Ihre Wegbeschreibung war klasse: die Atlantic Avenue in östlicher Richtung, dann auf der 7th Avenue nach Süden, vorbei an der weißen Kirche, zwischen der 2nd und 3rd Street. Überhaupt kein Problem. Bis auf den Verkehr. Ich wusste gar nicht, dass Delray so belebt ist.«

»Nun, wir haben November«, erinnerte ich sie. »Langsam treffen die Zugvögel ein.«

»Die Zugvögel?«

»Die Touristen«, erklärte ich. »Sie sind offensichtlich noch nicht lange in Florida.«

Sie blickte auf ihre Sandalen. »Ich mag den Läufer. Ganz schön mutig von Ihnen, einen weißen Teppich ins Wohnzimmer zu legen.«

»Eigentlich nicht. Ich habe nur selten Besuch.«

»Ich nehme an, Sie sind beruflich ziemlich eingespannt. Ich dachte immer, dass es toll sein muss, als Krankenschwester zu arbeiten«, meinte sie. »Es ist bestimmt eine sehr dankbare Aufgabe.«

Ich lachte. »*Dankbar* würde mir nicht unbedingt als erstes Wort einfallen.«

»Welches Wort würde Ihnen denn einfallen?«

Sie wirkte ernsthaft neugierig, was ich sowohl erfrischend als auch liebenswert fand. Schon sehr, sehr lange hatte niemand mehr echtes Interesse an mir gezeigt, und so fühlte ich mich geschmeichelt. Gleichzeitig hatte die Frage etwas so rührend Naives, dass ich sie in den Arm nehmen wollte wie eine Mutter ihr Kind, ihr sagen wollte, dass alles in Ordnung war, dass sie sich nicht so anstrengen musste, weil das kleine Häuschen in meinem Garten schon ihres war. Die Entscheidung war in dem Moment gefallen, als sie über meine Schwelle trat.

»Mit welchem Wort ich den Beruf einer Krankenschwester beschreiben würde?«, wiederholte ich und grübelte über verschiedenen Möglichkeiten. »Strapaziös«, sagte ich schließlich. »Aufreibend. Aufreizend.«

»Gute Wörter.«

Ich lachte erneut, wie ich es in der kurzen Zeit, seit sie sich in meinem Haus aufhielt, anscheinend ziemlich häufig getan hatte. Ich weiß noch, dass ich dachte, es wäre nett, jemanden um mich zu haben, der mich zum Lachen bringt. »Was machen Sie beruflich?«, fragte ich.

Alison stand auf, ging zum Fenster und starrte auf die breite, von diversen Arten Schatten spendender Palmen gesäumte Straße. Bettye McCoy, dritte Frau von Richard McCoy und gut dreißig Jahre jünger als ihr Gatte, was im Süden Floridas keine Seltenheit ist, wurde von ihren beiden kleinen weißen Hunden über den Bürgersteig gezerrt. Sie trug von Kopf bis Fuß Armani in Creme und hielt in der freien Hand eine kleine weiße Plastiktüte mit Hundekacke, eine modische Ironie, die der dritten Mrs. McCoy offenbar komplett entging. »Oh, schauen Sie doch mal. Sind die nicht einfach süß? Was sind das, Pudel?«

»Bichons«, sagte ich und trat neben sie. Ich reichte ihr knapp bis ans Kinn. »Die dummen Püppchen der Hundewelt.«

Nun war es an Alison zu lachen, und der Klang erfüllte den Raum und tanzte zwischen uns wie die Staubkörnchen in der Sonne. »Aber niedlich sind sie schon. Finden Sie nicht?«

»Niedlich würde mir nicht unbedingt als Erstes einfallen«, erwiderte ich als bewusstes Echo meiner vorherigen Bemerkung.

Sie lächelte verschwörerisch. »Was würde Ihnen denn einfallen?«

»Lassen Sie mich überlegen.« Ich fand zunehmend Gefallen an dem Spiel. »Jaulig. Nervig. Destruktiv.«

»Destruktiv? Wie kann etwas so Süßes zerstörerisch sein?«

»Vor ein paar Monaten war einer ihrer Hunde in meinem Garten und hat meinen Hibiskus ausgegraben. Glauben Sie mir, das war weder süß noch niedlich.« Ich trat vom Fenster zurück. Dabei fiel mein Blick auf die Silhouette eines Mannes, der sich inmitten der zahlreichen Schatten auf der gegenüberliegenden Straßenecke verbarg. »Wartet jemand auf Sie?«

»Auf mich? Nein. Warum?«

Ich tastete mich vorsichtig wieder nach vorn, doch wenn der Mann je existiert hatte, war er samt seinem Schatten verschwunden. Ich blickte die Straße hinunter, doch es war niemand zu sehen.

»Ich dachte, ich hätte jemanden unter dem Baum da drüben stehen sehen«, sagte ich und wies mit dem Kinn in die Richtung.

»Ich hab nichts gesehen.«

»Nun, es war wahrscheinlich auch nichts. Möchten Sie eine Tasse Kaffee?«

»Liebend gern.« Sie folgte mir durch den kleinen Essbereich, der im rechten Winkel an das Wohnzimmer angrenzte, in die vorwiegend in weiß gehaltene Küche auf der Rückseite des Hauses. »Oh, schau sich das einer an«, rief sie offensichtlich entzückt und steuerte mit ausgestreckten Armen und eifrig flatternden Fingern auf die Regale zu, die die Wand neben der kleinen Frühstücksecke zierten. »Was ist denn das? Woher haben Sie die?«

Mein Blick streifte die fünfundsechzig Porzellanköpfe, die von den fünf Holzregalen auf uns herabblickten. »Sie heißen ›Kopfvasen‹«, erklärte ich. »Meine Mutter hat sie gesammelt. Sie stammen aus den Fünfzigerjahren, hauptsächlich aus Japan. Sie haben Löcher im Kopf, für Blumen vermutlich, obwohl nicht viele hineinpassen. Als sie auf den Markt kamen, waren sie höchstens ein paar Dollar wert.«

»Und jetzt?«

»Angeblich sind sie mittlerweile ziemlich wertvoll. Man bezeichnet sie, glaube ich, als *Sammlerstücke*.«

»Und wie würden Sie sie bezeichnen?« Ein listiges Lächeln umspielte ihre Mundwinkel, während sie gespannt auf meine Antwort wartete.

Diesmal musste ich nicht lange überlegen. »Nippes«, sagte ich knapp.

»Ich finde sie toll«, protestierte sie. »Schauen Sie sich doch mal die Wimpern von dieser hier an. Oh, und die Ohrringe von dieser. Und die winzige Perlenkette. Oh, und sehen Sie mal die hier. Hat sie nicht einfach einen wunderbaren Gesichtsausdruck?« Behutsam nahm sie einen der Köpfe in die Hand. Die Porzellanfigur war etwa fünfzehn Zentimeter groß mit aufgemalten gewölbten Augenbrauen, geschürzten roten Lippen, hellbraunen Locken, die unter einem pinkweißen Turban hervorquollen, und einer rosafarbenen Rose am Hals. »Sie ist nicht so kunstvoll gestaltet wie einige der anderen, aber sie hat einen so überlegenen Ausdruck, wie eine hochnäsige Matrone der besseren Gesellschaft, die auf alle herabblickt.«

»Sie sieht aus wie meine Mutter«, sagte ich.

Um ein Haar wäre ihr der Porzellankopf aus den Händen geglitten. »O mein Gott, das tut mir leid.« Rasch stellte sie die Vase wieder auf ihren Platz zwischen zwei rehäugige Mädchen mit Haarbändern. »Ich wollte nicht …«

Ich lachte. »Interessant, dass Sie die ausgewählt haben. Es war ihr Lieblingsstück. Wie nehmen Sie Ihren Kaffee?«

»Mit Milch und drei Stücken Zucker?«, erwiderte sie, als ob sie sich nicht ganz sicher wäre, während ihre Augen weiter an den Porzellanköpfen hingen.

Ich goss uns beiden einen Becher Kaffee ein, den ich aufgesetzt hatte, als sie aus dem Krankenhaus angerufen und erklärt hatte, dass sie meine Anzeige am Schwarzen Brett neben einem der Schwesternzimmer entdeckt hätte und am liebsten sofort vorbeikommen würde.

»Sammelt Ihre Mutter immer noch?«

»Sie ist vor fünf Jahren gestorben.«

»Das tut mir sehr leid.«

»Mir auch. Ich vermisse sie. Deshalb habe ich es bisher auch nicht übers Herz gebracht, eine ihrer Freundinnen zu verkaufen. Wie wär's mit einem Stück Kürbis-Preiselbeer-Kuchen?«, wechselte ich das Thema, um nicht trübsinnig zu werden. »Ich habe ihn erst heute Morgen gebacken.«

»Sie können backen? Jetzt bin ich echt beeindruckt. In der Küche bin ich ein hoffnungsloser Fall.«

»Hat Ihre Mutter Ihnen nicht beigebracht, wie man kocht?«

»Unser Verhältnis war nicht gerade das beste.« Alison lächelte, doch es wirkte im Gegensatz zu ihrem sonstigen Lächeln eher gezwungen. »Egal, ich nehme sehr gern ein Stück Kuchen. Preiselbeeren zählen zu meinen absoluten Lieblingssachen auf dieser Welt.«

Ich musste wieder lachen. »Ich glaube nicht, dass ich schon einmal einen Menschen getroffen habe, der so leidenschaftliche Gefühle für Preiselbeeren hegt. Könnten Sie mir ein Messer anreichen?« Ich wies auf den Messerblock, der am anderen Ende der weiß gekachelten Arbeitsplatte stand. Alison zog das erste Messer heraus, eine dreißig Zentimeter lange Monstrosität mit einer fünf Zentimeter breiten, spitz zulaufenden Schneide. »Wow«, sagte ich. »Das ist ein bisschen zu mörderisch, finden Sie nicht auch?«

Sie wendete das Messer langsam in der Hand und betrachtete ihr Spiegelbild in der scharfen Klinge, während sie behutsam und für einen Moment gedankenverloren mit einem Finger über die Schneide strich. Dann bemerkte sie meinen Blick, steckte das Messer eilig zurück, zog eines der kleineren heraus und beobachtete aufmerksam, wie es mühelos durch den großen Kuchen schnitt. Jetzt war es an mir zu staunen, wie sie ihr Stück Kuchen herunterschlang, während sie mir Komplimente über Konsistenz, Leichtigkeit und Geschmack desselben machte. Sie aß hastig und konzentrierte sich wie ein Kind vollständig auf ihren Teller.

Vielleicht hätte ich argwöhnischer sein sollen oder doch zumindest vorsichtiger, vor allem nach der Erfahrung mit meiner letzten Mieterin. Doch wahrscheinlich waren es genau jene Erfahrungen, die mich so empfänglich für Alisons mädchenhaften Charme machten. Ich wollte wirklich glauben, dass sie genau so war, wie sie sich präsentierte: eine ein wenig naive, liebenswerte, süße junge Frau.

Süß, denke ich heute.

Süß würde mir nicht unbedingt als Erstes einfallen.

Wie kann etwas so Süßes zerstörerisch sein, hatte sie gefragt.

Warum habe ich nicht zugehört?

»Sie hatten offensichtlich nie Probleme mit Ihrem Gewicht«, bemerkte ich, als sie die auf ihrem Teller verstreuten Krümel aufsammelte und ihren Finger ableckte.

»Ich habe höchstens Probleme, die Pfunde draufzubehalten«, sagte sie. »Als ich klein war, bin ich deswegen immer gehänselt worden. Die anderen Kinder haben Sachen gesagt wie ›Lange, lange, Bohnenstange‹. Und ich habe als letztes Mädchen in meiner Klasse Busen bekommen, wenn auch nicht besonders viel, und dafür habe ich mir jede Menge Spott angehört. Jetzt will plötzlich jeder dünn sein, aber ich muss mir immer noch alle möglichen Sprüche anhören. Man wirft mir vor, magersüchtig zu sein. Sie sollten mal hören, was die Leute so alles sagen.«

»Die Leute können sehr unsensibel sein«, stimmte ich ihr zu. »Wo sind Sie zum College gegangen?«

»Ach, nirgendwo speziell. Ich war keine gute Studentin. Ich habe nach dem ersten Jahr abgebrochen.«

»Und was haben Sie stattdessen gemacht?«

»Mal überlegen. Eine Zeit lang habe ich in einer Bank gearbeitet, dann habe ich Herrensocken verkauft, in einem Restaurant gekellnert und in einem Frisörsalon am Empfangstresen gearbeitet. Und so weiter. Ich hatte nie Probleme, einen Job zu finden. Meinen Sie, ich könnte noch eine Tasse Kaffee haben?«

Ich goss ihr einen zweiten Becher ein und gab Milch und drei gehäufte Teelöffel Zucker hinzu. »Möchten Sie das Gartenhaus gerne sehen?«

Sie war sofort auf den Beinen, kippte ihren Kaffee in einem Schluck herunter und wischte sich mit dem Handrücken den Mund ab. »Ich kann es kaum erwarten. Ich weiß einfach, dass es wunderschön sein wird.« Sie folgte mir zur Hintertür wie ein eifriger Welpe. »Auf Ihrem Aushang stand sechshundert pro Monat, richtig?«

»Ist das ein Problem? Ich hätte außerdem gern eine Kaution von zwei Monatsmieten.«

»Kein Problem. Ich habe vor, mir einen Job zu suchen, sobald ich eingezogen bin, und selbst wenn ich nicht sofort etwas finde, hat mir meine Großmutter ein bisschen Geld vererbt, sodass ich im Grunde ganz gut dastehe. Finanziell gesehen«, fügte sie leise hinzu, und ihre rotblonden Locken fielen sanft um ihr langes, ovales Gesicht.

Solche Haare hatte ich früher auch mal, dachte ich und strich ein paar rotbraune Strähnen hinters Ohr. »Meine letzte Mieterin war mit der Miete mehrere Monate im Rückstand, als sie verschwunden ist, deshalb muss ich ...«

»Oh, das verstehe ich absolut.«

Wir gingen über das kleine Rasenstück, das das winzige Häuschen im Garten vom Haupthaus trennte. Ich kramte in der Tasche meiner Jeans nach dem Schlüssel, doch die Intensität ihres Blickes in meinem Rücken machte mich ungewohnt unbeholfen, sodass mir der Schlüssel aus der Hand glitt und ins Gras fiel. Sofort bückte Alison sich, um ihn aufzuheben, und als sie ihn mir zurückgab, streiften ihre Finger meine Hand. Ich öffnete die Tür zu dem Häuschen und trat einen Schritt zurück, um sie hineinzulassen.

Ein langer Seufzer entwich ihren vollen Lippen. »Es ist noch schöner, als ich es mir vorgestellt habe. Es ist ... zauberhaft.« Alison tänzelte, den Kopf nach hinten gelegt und die Arme ausgestreckt, in kleinen, anmutigen Kreisen durch den winzigen Raum, als könnte sie den Zauber so fassen und an sich ziehen. Sie weiß nicht, dass *sie* der Zauber ist, dachte ich, und mir wurde plötzlich bewusst, wie sehr ich wollte, dass sie das Gartenhaus mochte, wie sehr ich wollte, dass sie blieb. »Ich bin sehr froh, dass Sie dieselben Farben wie im Haupthaus genommen haben«, sagte sie und ließ sich wie ein Schmetterling erst kurz auf dem kleinen zweisitzigen Sofa, dann auf dem Sessel und zuletzt auf dem Bugholz-Schaukelstuhl in der Ecke nieder. Sie bewunderte den Teppich – ein Webmuster aus malvenfarbenen und weißen Blumen auf einem rosafarbenen Hintergrund – und die gerahmten Drucke an der Wand – eine Gruppe Tänzerinnen, die sich hinter der Bühne zurechtmachen, von Degas, Monets Kathedrale im Sonnenuntergang und Mary Cassatts liebevolles Porträt einer Mutter mit Kind.

»Die anderen Zimmer liegen nach hinten hinaus.« Ich öffnete die Doppeltür zu Kochnische, Bad und Schlafzimmer, die Platz sparend auf der Rückseite des Hauses untergebracht waren.

»Es ist perfekt. Es ist absolut perfekt.« Sie wippte auf dem Doppelbett und strich aufgeregt über die antike weiße Überdecke, bevor sie ihr Spiegelbild über der weißen Korbkommode entdeckte und sofort eine damenhaftere Haltung annahm. »Ich liebe alles. Genauso hätte ich es auch eingerichtet. Ganz genauso.«

»Früher habe ich selbst hier gewohnt«, erklärte ich, ohne zu wissen warum. Meiner vorherigen Mieterin hatte ich nichts dergleichen anvertraut. »Meine Mutter hat im Haupthaus gewohnt und ich hier hinten.«

Ein schüchternes Lächeln umspielte nervös Alisons Mundwinkel. »Heißt das, wir sind uns einig?«

»Sie können einziehen, sobald Sie so weit sind.«

Sie sprang auf. »Ich kann sofort. Ich muss nur zurück ins Hotel fahren und meinen Koffer packen. Ich kann in einer Stunde wieder hier sein.«

Ich nickte, und mir wurde schlagartig bewusst, wie schnell die Dinge sich entwickelt hatten. Es gab noch so vieles, das ich nicht über sie wusste, noch so viele Dinge zu besprechen. »Wir sollten wahrscheinlich über ein paar Grundregeln sprechen ...«, sagte ich ausweichend.

»Grundregeln?«

»Keine Zigaretten, keine lauten Partys, keine Mitbewohner.«

»Kein Problem«, sagte sie eifrig. »Ich rauche nicht, ich feiere keine Partys, und ich kenne niemanden.«

Ich ließ den Schlüssel in ihre ausgestreckte Hand fallen und beobachtete, wie sich ihre Finger fest darum schlossen.

»Vielen Dank.« Den Schlüssel noch immer umklammert, griff sie in ihre Handtasche, zählte zwölf glatte, nagelneue

100-Dollar-Scheine ab und gab sie mir. »Heute Morgen frisch gedruckt«, sagte sie mit einem verlegenen Lächeln.

Ich versuchte, mir meinen Schock über so viel Bargeld nicht anmerken zu lassen. »Möchten Sie zum Abendessen rüberkommen, wenn Sie sich eingerichtet haben?«, hörte ich mich fragen, eine Einladung, die mich wahrscheinlich mehr überraschte als sie.

»Das würde ich sehr gern.«

Nachdem sie gefahren war, saß ich im Wohnzimmer des Haupthauses und staunte über meine Taten. Ich, Terry Painter, vermeintlich reife Erwachsene, die ich vierzig Jahre meines Lebens vernünftig, organisiert und alles andere als impulsiv gewesen war, hatte soeben das kleine Häuschen in meinem Garten an eine praktisch fremde junge Frau ohne Job und mit einer Handtasche voller Bargeld, ohne jede Referenzen bis auf eine einschmeichelnde Art und ein kindisches Grinsen vermietet. Was wusste ich eigentlich wirklich über sie? Nichts. Nicht, woher sie kam. Nicht, was sie nach Delray geführt hatte. Nicht, wie lange sie bleiben wollte. Nicht einmal, was sie im Krankenhaus getan hatte, wo sie meine Anzeige entdeckt hatte. Im Grunde gar nichts bis auf ihren Namen.

Sie sagte, ihr Name sei Alison Simms.

Damals hatte ich natürlich keinen Grund, daran zu zweifeln.

2

Um Punkt sieben Uhr erschien Alison zum Abendessen, in einer schwarzen Hose, einem ärmellosen schwarzen Pulli, die Haare theatralisch zurückgekämmt und zu einem Zopf geflochten, der sie aussehen ließ wie ein in die Länge gezogenes Ausrufezeichen. In einer Hand hielt sie einen Strauß frischer Blumen, in der anderen eine Flasche Rotwein. »Ein italienischer Amarone von 1997«, verkündete sie und verdrehte die Augen. »Nicht, dass ich irgendwas von Wein verstehen würde, aber der Mann in dem Spirituosen-Laden hat mir versichert, dass es ein sehr guter Jahrgang ist.« Sie lächelte, sodass ihre mit ein wenig Gloss betonten Lippen die komplette untere Gesichtshälfte dominierten und in ihrem geöffneten Mund zwei Reihen perfekter Zähne strahlten. Sofort verzog ich meine Lippen ebenfalls zu einem ehrlichen Lächeln, ohne den leichten Überbiss zu entblößen, den auch jahrelange kieferorthopädische Behandlung nicht ganz hatte korrigieren können. Meine Mutter hatte immer behauptet, dass der Überbiss die Folge einer Angewohnheit meiner Kindheit wäre, beharrlich am dritten und vierten Finger meiner linken Hand zu lutschen und mir gleichzeitig mit den ramponierten Resten meiner Lieblingsbabydecke über die Nase zu reiben. Doch weil meine Mutter praktisch genau den gleichen Überbiss hatte, neige ich zu der Ansicht, dass dieser ästhetische Mangel eher den Genen als meinem Trotz zuzuschreiben ist.

Alison folgte mir durchs Wohn- und Esszimmer in die Küche, wo ich die Blumen auspackte und eine hohe Kristallvase mit Wasser füllte. »Kann ich Ihnen irgendwie helfen?«

Ihre eifrigen Blicke huschten in alle Ecken des Raumes, als wollte sie sich jede Einzelheit merken.

»Nehmen Sie sich einen Stuhl, und leisten Sie mir einfach Gesellschaft.« Ich stellte die Blumen in die Vase mit dem lauwarmen Wasser und schnupperte an den kleinen pinkfarbenen Rosen, den zierlichen weißen Gänseblümchen und den dazwischen arrangierten violetten Wildblumen. »Sie sind wunderschön. Vielen herzlichen Dank.«

»Gern geschehen. Das Essen riecht herrlich.«

»Es gibt nichts Besonderes«, erwiderte ich hastig. »Bloß Hühnchen. Sie mögen doch Hühnchen, oder?«

»Ich mag alles. Wenn Sie mir etwas hinstellen, ist es in Sekundenschnelle verschwunden. Ich bin die schnellste Esserin der Welt.«

Ich musste lächeln, als ich daran dachte, wie sie das Stück Preiselbeer-Kürbis-Kuchen verputzt hatte, den ich ihr am Nachmittag serviert hatte. War es erst ein paar Stunden her, dass wir uns getroffen hatten? Aus irgendeinem Grund kam es mir so vor, als würden wir uns bereits ein Leben lang kennen, als wären wir trotz des Altersunterschieds schon ewig befreundet. Ich musste mich daran erinnern, wie wenig ich eigentlich über sie wusste. »Also, erzählen Sie mir ein bisschen was von sich«, sagte ich beiläufig, während ich die Küchenschubladen nach einem Korkenzieher durchsuchte.

»Da gibt's nicht viel zu erzählen.« Sie ließ sich in einen der Korbstühle um den runden Glastisch in der Küche sinken, blieb jedoch aufrecht, beinahe wachsam sitzen, als hätte sie Angst, es sich zu bequem zu machen.

»Woher kommen Sie?« Ich wollte sie nicht aushorchen. Ich war bloß neugierig, wie man auf eine neue Bekanntschaft eben neugierig ist. Doch ich spürte auch eine gewisse Zurückhaltung ihrerseits, über sich selbst zu sprechen. Vielleicht habe ich aber auch gar nichts gespürt. Vielleicht war der Smalltalk in der Küche an jenem Abend vor dem Essen nicht mehr und nicht weniger als das: zwei Menschen, die sich langsam und behutsam kennen lernen, normale Fragen stellen, die Antworten nicht zu gründlich analysieren und ohne Plan und Hintergedanken von einem Thema zum nächsten springen.

Zumindest ich hatte keine Hintergedanken.

»Aus Chicago«, antwortete Alison.

»Wirklich? Ich liebe Chicago. Woher denn genau?«

»Aus einer Randgemeinde«, antwortete sie ausweichend. »Und Sie? Sie sind in Florida geboren?«

Ich schüttelte den Kopf. »Wir sind aus Baltimore hergezogen, als ich fünfzehn war. Mein Vater hatte beruflich mit Wasserschutz zu tun und dachte, Florida mit all seinen Wirbelstürmen und dergleichen wäre der perfekte Ort dafür.«

Alison riss beunruhigt die Augen auf.

»Keine Sorge. Die Wirbelsturm-Saison ist schon vorbei.« Ich lachte und fand ganz hinten in der Besteckschublade schließlich auch den Korkenzieher. »Das ist so eine Sache mit Florida«, sinnierte ich laut. »An der Oberfläche ist alles so schön und perfekt. Das reinste Paradies. Aber wenn man genauer hinsieht, erkennt man den tödlichen Alligator, der unter der glatten Wasseroberfläche lauert, die giftige Schlange, die sich durchs smaragdgrüne Gras schlängelt, und man hört in den Blättern den fernen Wirbelsturm flüstern.«

Alison lächelte mit einer Wärme, die den ganzen Raum füllte wie Dampf aus einem kochenden Kessel. »Ich könnte Ihnen den ganzen Abend zuhören.«

Ich tat ihr Kompliment mit einer Handbewegung ab, als wollte ich mir frische Luft zufächern. Wie ich mich kenne, bin ich wahrscheinlich rot geworden.

»Haben Sie schon einmal einen richtigen Hurrikan erlebt?« Alison beugte sich vor.

»Mehrere.« Ich versuchte die Flasche Amarone zu öffnen, ohne den Korken abzubrechen. Es war lange her, seit ich das letzte Mal eine Flasche Wein hatte öffnen müssen. Ich hatte selten Besuch und habe nie viel getrunken. Ein Glas Wein reicht, und in meinem Kopf dreht sich alles. »Der Hurrikan Andrew war natürlich der schlimmste. Das war ein echtes Spektakel. Wenn man so was von nahem erlebt, bekommt man wirklich Respekt vor Mutter Natur.«

»Wie würden Sie ihn beschreiben?«, fragte sie und nahm damit unser Spiel vom Nachmittag wieder auf.

»Erschreckend«, antwortete ich rasch. »Wild.« Ich machte eine Pause, drehte den Korkenzieher vorsichtig nach rechts und spürte, wie der Korken nachgab und langsam den Hals der dunkelgrünen Flasche hinaufglitt. Ich gebe zu, dass mich ein beinahe kindlicher Stolz überkam, als ich den besiegten Korken in die Luft reckte. »Grandios.«

»Ich hole Gläser.« Alison war schon auf den Beinen und im Esszimmer, bevor ich ihr sagen konnte, wo die Gläser standen.

»Sie sind im Schrank«, rief ich ihr unnötigerweise nach, weil es beinahe den Anschein hatte, als wüsste sie, wo sie nachsehen musste.

»Gefunden.« Sie kehrte mit zwei langstieligen Kristallpokalen zurück, die sie mir nacheinander hinhielt. Ich goss die beiden Gläser ein Viertel voll. »Sie sind wunderschön. Alles, was Sie haben, ist wunderschön.«

»Prost«, sagte ich, stieß vorsichtig mit ihr an und bewunderte das dunkle Rot des Weines.

»Worauf trinken wir?«

»Auf gute Gesundheit«, antwortete die Krankenschwester in mir sofort.

»Und auf gute Freunde«, fügte sie schüchtern hinzu.

»Auf neue Freunde«, verbesserte ich sie und führte mein Glas zum Mund. Das satte Aroma stieg mir zu Kopf, noch bevor ich einen einzigen Tropfen probiert hatte.

»Auf neue Anfänge«, flüsterte Alison und schien mit ihrem Gesicht beinahe in dem Glas zu versinken, als sie einen langen, zögerlichen Schluck nahm. »Hm, das ist superlecker. Finden Sie nicht auch?«

Ich ging im Kopf rasch die Adjektive durch, mit denen Experten für gewöhnlich edle Weine beschreiben – *vollmundig, fruchtig, sanft*, gelegentlich sogar *temperamentvoll*. Aber nie superlecker. Aber was wissen die schon, dachte ich und schmeckte den Wein im Mund ab, wie ich es bei Männern in vornehmen Restaurants beobachtet hatte, bis sein Aroma auf meiner Zunge prickelte. »Superlecker ist das perfekte Wort«, stimmte ich zu, nachdem ich den Wein hinuntergeschluckt hatte. »Absolut superlecker.«

Wieder verwandelte dieses Lächeln ihr Gesicht, verschluckte ihre Wangen und ihre Nase, sodass es aussah, als würden ihre Augen selbst lächeln. Sie trank einen großen Schluck und dann noch einen. Ich folgte ihrem Beispiel, und schon bald mussten wir nachschenken. Diesmal goss ich die Gläser beinahe halb voll.

»Und was hat Sie von Chicago nach Delray geführt?«, fragte ich.

»Ich habe mich nach einer Veränderung gesehnt.« Vielleicht hätte sie es dabei belassen, wenn sie nicht die offenkundige Frage in meinem Gesicht gesehen hätte. »Ich weiß nicht genau.« Sie starrte abwesend auf die Reihe der Porzellankopfvasen auf dem Regal. »Vermutlich hatte ich einfach keine große Lust, einen weiteren Winter in Chicago zu erleben, und eine Freundin von mir ist vor ein paar Jahren nach Delray gezogen. Ich dachte, ich komme einfach her und finde heraus, wo sie wohnt.«

»Und haben Sie das getan?«

»Habe ich was getan?«

»Herausgefunden, wo sie wohnt.«

Alison wirkte verwirrt, als wäre sie sich nicht ganz sicher, wie die richtige Antwort lauten musste.

Das ist das Problem mit Lügen.

Eine gute Lügnerin denkt immer einen Schritt voraus. Sie ahnt stets, was kommen wird, und beantwortet eine Frage schon mit der nächsten im Ohr. Sie ist ständig wachsam und hat stets eine flüssige Antwort zur Hand.

Andererseits braucht eine schlechte Lügnerin auch nur ein leichtes Opfer.

»Ich habe versucht, sie zu finden«, sagte Alison nach einer Pause, die vielleicht einen Tick zu lang gedauert hatte. »Deshalb war ich ja im Krankenhaus, wo ich Ihre Anzeige gesehen habe.« Die Worte flossen jetzt wieder glatter. »Sie hatte mir geschrieben, dass sie in einem Privatkrankenhaus namens Mission Care in Delray arbeitet, also habe ich mir gedacht, ich könnte sie überraschen, vielleicht zum Mittagessen einladen und horchen, ob sie zufällig eine Mitbewohnerin sucht. Aber in der Personalabteilung hat man mir gesagt, dass sie schon lange nicht mehr dort arbeitet.« Alison zuckte die Achseln, und ihre anmutig geformten Schultern hoben und senkten sich. »Zum Glück habe ich Ihren Aushang entdeckt.«

»Wie heißt Ihre Freundin denn? Wenn Sie Krankenschwester ist, kann ich vielleicht herausbekommen, wohin sie gegangen ist.«

»Sie ist keine Krankenschwester«, erwiderte Alison rasch. »Sie war Sekretärin oder so was.«

»Wie heißt sie denn?«, wiederholte ich. »Ich kann mich umhören, wenn ich morgen zur Arbeit gehe. Vielleicht weiß irgendjemand, was aus ihr geworden ist.«

»Das ist nicht nötig.« Alison strich abwesend mit einem Finger über den Rand ihres Weinglases, das ein vage schnurrendes Geräusch machte, als ob es auf die sanften Zärtlichkeiten einer Geliebten reagierte. »So gute Freundinnen waren wir auch wieder nicht.«

»Und trotzdem haben Sie Ihr Zuhause verlassen und sind quer durchs Land gereist …«

Alison zuckte mit den Schultern. »Ihr Name ist Rita Bishop. Kennen Sie sie?«

»Kommt mir nicht bekannt vor.«

Sie atmete tief ein, und ihre Schultern entkrampften sich. »Ich mochte den Namen Rita nie besonders. Sie?«

»Es ist nicht gerade einer meiner Lieblingsnamen«, räumte ich ein und ließ es zu, sanft vom Thema abgebracht zu werden.

»Was *sind* denn Ihre Lieblingsnamen?«

»Ich glaube, darüber habe ich noch nie richtig nachgedacht.«

»Ich mag Kelly«, sagte Alison. »Und Samantha. Wenn ich je eine Tochter habe, werde ich sie, glaube ich, so nennen. Und wenn es ein Junge wird, Joseph. Oder vielleicht Max.«

»Sie haben ja schon alles perfekt geplant.«

Sie starrte nachdenklich auf ihr Glas, bevor sie einen weiteren Schluck trank. »Haben Sie Kinder?« Die Frage hallte vom Glasrand wider und drang kaum nach außen.

»Nein. Ich fürchte, ich war nie verheiratet.«

»Man muss doch nicht heiraten, um Kinder zu haben.«

»Heute vielleicht nicht mehr«, stimmte ich ihr zu. »Aber glauben Sie mir, in meiner Jugend in Baltimore gab es so was nicht.« Ich öffnete die Ofentür, und warmer, wohlriechender Dampf schlug mir entgegen. »Ich hoffe jedenfalls, dass Sie Hunger haben, weil das Hühnchen jetzt knusprig und fertig ist.«

»Also los«, sagte Alison mit einem breiten Lächeln.

Alison hatte Recht. Sie war die schnellste Esserin, die ich je gesehen hatte. Binnen Minuten war alles auf ihrem Teller – Brathähnchen, Kartoffelbrei, pürierte Möhren und mehrere Stangen Spargel – verschwunden. Ich hatte kaum meine erste Gabel zum Mund geführt, als sie sich bereits einen Nachschlag nahm.

»Das ist absolut köstlich. Sie sind die beste Köchin überhaupt«, verkündete sie mit vollem Mund.

»Es freut mich, dass Ihnen alles schmeckt.«

»Schade, dass ich nicht noch eine Flasche Wein mitgebracht habe.« Alison runzelte die Stirn, was sie äußerst selten tat, und blickte vorbei an den weißen Kerzen in der Mitte des Tisches zu der mittlerweile leeren Flasche Amarone.

»Gut, dass Sie das nicht getan haben. Morgen früh fängt mein Dienst um sechs Uhr an, und man erwartet von mir, dass ich aufrecht stehe.«

»Was hat Sie dazu bewogen, Krankenschwester zu werden?« Alison trank die letzten Tropfen Wein, die noch am Rand ihres Glases hingen.

»Mein Vater und eine Lieblingstante sind an Krebs gestorben, beide bevor sie fünfzig waren«, erklärte ich und versuchte, auf dem Boden meines Glases nicht ihre ausgezehrten Gesichter zu sehen. »Ich habe mich die ganze Zeit so hilflos gefühlt, und das gefiel mir nicht, also beschloss ich, in den medizinischen Bereich zu gehen. Meine Mutter hatte nicht das Geld, mich Medizin studieren zu lassen, und meine Noten waren nicht gut genug für ein Vollstipendium, deshalb kam eine Karriere als Ärztin nicht in Frage. Ich entschied mich für das Zweitbeste. Und ich liebe es.«

»Obwohl es strapaziös, aufreibend und aufreizend ist?«, neckte Alison mich lächelnd mit den Worten, die ich zuvor selbst benutzt hatte.

»Trotzdem«, wiederholte ich. »Und als Krankenschwester konnte ich meine Mutter nach ihrem Schlaganfall auch zu Hause pflegen, sodass sie in ihren eigenen vier Wänden und nicht in einem sterilen Krankenhausbett sterben konnte.«

»Haben Sie deshalb nie geheiratet?«, fragte Alison. »Weil Sie zu sehr damit beschäftigt waren, sich um Ihre Mutter zu kümmern?«

»Nein, daran trägt sie nun wirklich keine Schuld, obwohl

das natürlich einfach wäre«, erwiderte ich lachend. »Ich glaube, ich bin einfach davon ausgegangen, dass ich noch endlos viel Zeit hätte, dass ich irgendwann jemanden treffen, mich verlieben, heiraten, ein paar hübsche Kinder kriegen und bis an mein Lebensende glücklich sein würde. Die absolute Standardfantasie. Aber so hat es wohl nicht funktioniert.«

»Gab es nie jemand ganz Besonderes?«

»Nicht besonders genug, nehme ich an.«

»Nun, es ist nie zu spät. Man kann nie wissen …«

»Ich bin vierzig«, erinnerte ich sie. »Ich mache mir keine Illusionen. Und was ist mit Ihnen? Niemand Besonderes in Chicago, der darauf wartet, dass Sie nach Hause kommen?«

Sie schüttelte den Kopf. »Nein, eigentlich nicht«, sagte sie, ohne freiwillig mehr preiszugeben.

»Und wie finden es Ihre Eltern, dass Sie so weit weggezogen sind?«

Alison hielt mit dem Essen inne und legte ihre Gabel auf den Teller. »Das Geschirr ist wirklich schön. Ich mag das Muster. Es ist hübsch, ohne sich mit dem Essen zu beißen, wenn Sie wissen, was ich meine.«

Das wusste ich seltsamerweise wirklich. »Ihre Eltern wissen nicht, wo Sie sind, oder?«, fragte ich zögernd, weil ich keine unsichtbaren Grenzen überschreiten, gleichzeitig aber mehr wissen wollte.

»Ich rufe sie an, wenn ich einen Job gefunden habe«, bestätigte sie meinen Verdacht.

»Machen sie sich denn keine Sorgen?«

»Das bezweifle ich.« Sie schwieg einen Moment und schwang ihren Zopf von einer Schulter auf die andere. »Wie Sie sich vermutlich mittlerweile denken können, steht es um unser Verhältnis nicht gerade zum Besten.« Sie zögerte erneut, und ihre Blicke zuckten hin und her, als würde sie einen unsichtbaren Text ablesen. »Ich hatte leider einen älteren Bruder, der absolut perfekt war. In der High School Star-

Stürmer des Basketball-Teams, im College Schwimm-Champion, Abschluss summa cum laude. Und auf der anderen Seite ich, ein großes, schlaksiges Mädchen, das ständig über seine großen, tolpatschigen Füße gestolpert ist. Ich hätte nie ebenbürtig sein können, also habe ich irgendwann aufgehört, es zu versuchen, und mich in eine echte Rotzgöre verwandelt. Ich habe darauf bestanden, mein eigenes Ding durchzuziehen, felsenfest davon überzeugt, schon alles zu wissen. Ich nehme an, Sie kennen die Sorte.«

»Klingt wie ein typischer Teenager.«

Ihre großen grünen Augen strahlten vor Dankbarkeit. »Vielen Dank, aber ich glaube, *typisch* ist nicht unbedingt das Wort, das meinen Eltern als Erstes einfallen würde.«

»Und was würde ihnen einfallen?«

Ihr trauriges Grinsen weitete sich zu einem Lächeln, während sie auf der Suche nach passenden Adjektiven zur Decke blickte. »Unmöglich«, sagte sie nach einer kurzen Pause. »Unverbesserlich. Ein Problemkind«, fuhr sie lachend fort, die Worte zu einem verschleifend. »Sie haben mich ständig aus dem Haus geworfen. Und an meinem achtzehnten Geburtstag bin ich endgültig gegangen.«

»Was haben Sie gemacht?«

»Ich habe geheiratet.«

»Sie haben mit achtzehn geheiratet?«

»Was soll ich sagen?«, meinte sie achselzuckend. »Die absolute Standardfantasie.«

Ich nickte verständnisvoll, griff nach dem Brotkorb und wischte dabei versehentlich meine Gabel vom Tisch, die, bevor sie auf den Boden fiel, erst noch einen dicken Soßenfleck auf meiner weißen Hose hinterließ. Sofort hob Alison die Gabel auf und rannte in die Küche, um Fleckenwasser zu holen, während ich mich mühsam aufrappelte und die Wirkung des Weins spürte.

Langsam und vorsichtig ging ich ins Wohnzimmer, während ich mich zu erinnern versuchte, wann mich ein paar Glas Wein zum letzten Mal so beschwipst hatten. Ich trat ans Fenster und lehnte meine Stirn an das kühle Glas.

In diesem Moment sah ich ihn.

Er stand auf der anderen Straßenseite, reglos wie die majestätische Königspalme, an der er lehnte, und auch wenn es zu dunkel war, um ihn zu erkennen, schloss ich aus seiner Haltung, dass er zu meinem Haus herüberstarrte. Ich blinzelte in die Dunkelheit und versuchte, das Licht der Laternen zu einem Scheinwerfer zu bündeln, mit dem ich ihm ins Gesicht leuchten konnte. Doch der Effekt blieb hinter meinen Erwartungen zurück, denn das Bild verschwamm beinahe vollständig vor meinen Augen. »Keine gute Idee«, murmelte ich und beschloss, ihn direkt anzusprechen, ihn zu fragen, was er dort in der Dunkelheit machte und warum er mein Haus anstarrte.

Ich taumelte zur Haustür und riss sie auf. »Hey, Sie da«, rief ich und wies anklagend mit dem Finger in die Dunkelheit.

Doch da war niemand.

Ich reckte den Hals, spähte in das undurchdringliche Dunkel, wand den Kopf von links nach rechts und folgte dem Straßenverlauf mit den Augen bis zur nächsten Straßenecke und zurück. Ich lauschte auf sich eilig entfernende Schritte, hörte jedoch nichts.

In der Zeit, die ich gebraucht hatte, vom Fenster an die Haustür zu eilen, war der Mann verschwunden. Wenn er überhaupt je dort gewesen war, dachte ich, und erinnerte mich an dasselbe irrige Gefühl vom Nachmittag.

»Was machen Sie?«, fragte Alison, die hinter mir auftauchte.

Ich spürte ihren Atem in meinem Nacken. »Ich brauchte ein bisschen frische Luft.«

»Alles okay mit Ihnen?«

»Ein bisschen zu okay. Haben Sie etwas in meinen Wein getan?«, fragte ich scherzhaft, als Alison die Haustür schloss und mich ins Wohnzimmer zurückführte, wo sie mich auf einem der Stühle im Queen-Anne-Stil Platz nehmen ließ und den Soßenfleck auf meiner Hose mit einem nassen Lappen abzutupfen begann, bis ich die Feuchtigkeit auf der Haut spürte.

Ich legte meine Hand kurz auf ihre, um anzudeuten, dass es nun gut sei, doch sie ließ ihre Hand auf meinem Oberschenkel liegen. »Der Fleck ist weg.«

Sofort war sie wieder auf den Beinen. »Tut mir leid. Das ist mal wieder typisch für mich, alles immer in Extremen, anders funktioniere ich offenbar nicht. Tut mir wirklich leid.«

»Warum entschuldigen Sie sich?«, fragte ich ehrlich neugierig. »Sie haben doch nichts falsch gemacht.«

»Nicht? Da bin ich aber erleichtert.« Sie lachte und ließ sich mit hochrotem Kopf auf den anderen Stuhl sinken.

»Was ist mit Ihrer Ehe passiert?«, fragte ich sanft und kämpfte gegen ein nagendes Unbehagen in meiner Magengrube an, ein Gefühl, das mich zweifelsohne davor warnen wollte, dass Alison Simms vielleicht nicht die junge, scheinbar unkomplizierte Frau war, der ich die Schlüssel zu dem Häuschen in meinem Garten überreicht hatte.

»Was meistens passiert, wenn man mit achtzehn heiratet«, sagte sie schlicht und senkte ihren Blick, ohne zu lächeln, bis er meinen traf. »Es hat nicht geklappt.«

»Das tut mir leid.«

»Mir auch. Wir haben es wirklich versucht. Wir haben uns etliche Male getrennt und wieder versöhnt, selbst nachdem unsere Scheidung schon rechtskräftig war.« Ungeduldig strich sie sich eine Haarsträhne aus der Stirn. »Manchmal ist es schwer, sich von jemandem fernzuhalten, auch wenn man weiß, dass er ganz falsch für einen ist.«

»Und deswegen sind Sie nach Florida gekommen?«

»Vielleicht«, gab sie zu und ließ dann wieder dieses strahlende Lächeln aufblitzen, das alle Spuren von Trauer und Selbstzweifeln tilgte. »Was gibt's zum Nachtisch?«

3

»Ich war fünfzehn, als ich meine Unschuld verloren habe«, sagte Alison und schenkte sich ein zweites Gläschen Baileys Irish Cream ein. Wir saßen an die Möbel gelehnt im Wohnzimmer auf dem Boden, die Beine achtlos gespreizt wie zwei vergessene Stoffpuppen. Alison hatte darauf bestanden, nach dem Essen aufzuräumen, von Hand zu spülen und abzutrocknen, bevor sie alles wieder an seinen ordnungsgemäßen Platz stellte, während ich am Küchentisch saß, ihr zuschaute, die Geschicklichkeit und Geschwindigkeit bewunderte, mit der sie zu Werke ging, und staunte, wie sie instinktiv zu wissen schien, wohin alles gehörte, beinahe so, als wäre sie schon einmal in dem Haus gewesen. Den Baileys hatte sie im Esszimmerschrank gefunden, als sie die Weingläser zurückstellte. Ich hatte vergessen, dass ich ihn überhaupt besaß.

Ich weiß nicht, warum wir statt auf dem Sofa auf dem Boden saßen. Wahrscheinlich hatte sich Alison einfach hingehockt, und ich war ihrem Beispiel gefolgt. Das Gleiche galt für den Baileys. Ich hatte bestimmt nicht die Absicht gehabt, noch mehr zu trinken, doch plötzlich hatte ich ein zierliches Likörglas in der Hand, Alison schenkte ein, ich trank, und das war's. Ich hätte vermutlich Nein sagen können, doch in Wahrheit genoss ich den Abend viel zu sehr. Man darf nicht vergessen, dass ich meine Tage für gewöhnlich in Gesellschaft von Menschen verbrachte, die alt, krank oder sonst wie akut in Not waren. Alison war so jung, schwungvoll und lebendig. Sie erfüllte mich mit einem derart tiefen Wohlbehagen, dass alle möglichen nagenden Zweifel oder kleinmütigen Bedenken zusammen mit meinem gesunden Menschenverstand einfach verflogen. Ich wollte schlicht und einfach nicht, dass sie ging, und wenn ein zweites Glas Baileys den Abend verlängern würde, dann sollte es ein zweites Glas Baileys sein. Begierig hielt ich ihr mein Glas zum Nachfüllen hin, was sie prompt erledigte. »Das hätte ich wahrscheinlich nicht erzählen sollen«, sagte sie. »Jetzt hältst du mich bestimmt für ein Flittchen.«

Ich weiß nicht mehr genau, wann wir zum Du übergegangen waren, aber es schien nur natürlich. Es dauerte eine Weile, bis ich kapierte, dass sie von ihrer verlorenen Unschuld sprach. »Natürlich denke ich nicht, dass du ein Flittchen bist«, sagte ich nachdrücklich und sah die Erleichterung, die wie ein Farbpinsel über Alisons Gesicht wischte, beinahe so, als hätte sie darauf gewartet, dass ich sie freispreche und ihr die Sünden und Irrwege ihrer Vergangenheit vergab. »Außerdem war ich noch schneller als du«, gestand ich, damit sie sich besser fühlte und um anzudeuten, dass ich wohl kaum in der Position war, sie zu verurteilen.

»Wie meinst du das?« Sie beugte sich vor und stellte ihr Glas auf den Teppich, wo es in einer rosafarbenen Blüte des Webmusters versank.

»Ich war erst vierzehn, als ich meine Unschuld verloren habe«, flüsterte ich schuldbewusst, als ob meine Mutter noch in ihrem Zimmer im ersten Stock lauschen könnte.

»Ach, hör doch auf. Das glaube ich dir nicht.«

»Es stimmt aber.« Ich ertappte mich dabei, sie unbedingt überzeugen zu wollen, um ihr zu zeigen, dass sie nicht die Einzige war, die eine Vergangenheit und Leichen im Keller hatte, wie klein und unbedeutend sie auch sein mochten. Vielleicht wollte ich sie sogar ein wenig schockieren, um ihr – und mir selbst – zu beweisen, dass mehr in mir steckte, als man auf den ersten Blick sah; dass unter einer Hülle gediegenen mittleren Alters das Herz eines wilden Kindes schlug.

Vielleicht war ich auch bloß betrunken.

»Sein Name war Roger Stillman«, fuhr ich unaufgefordert fort und beschwor das Bild des schlaksigen jungen Mannes mit dem hellbraunen Haar und den großen haselnussbraunen Augen hervor, der mich mit geradezu lächerlicher Leichtigkeit verführt hatte, als ich in der neunten Klasse war. »Er war zwei Klassen über mir, weshalb ich mich natürlich enorm geschmeichelt fühlte, dass er überhaupt mit mir redete. Er hat mich ins Kino eingeladen, und ich habe meinen Eltern irgendeine Lüge erzählt, weil meine Mutter verfügt hatte, dass ich noch zu jung war, um mit Jungen auszugehen. Also erklärte ich, ich würde mit einer Freundin für einen Test lernen, während ich in Wahrheit Roger im Kino traf. Ich weiß noch, dass es ein James-Bond-Film war – frag mich nicht, welcher –, und ich war sehr aufgeregt, weil ich noch nie einen James-Bond-Film gesehen hatte. Obwohl ich von diesem auch nicht viel mitgekriegt habe«, sagte ich und erinnerte mich an Rogers nach Tabak riechenden Atem an meinem Hals, während ich mich bemühte, der komplizierten Handlung zu folgen, an seine Lippen, die mein Ohr streiften, während ich versuchte, all die Zweideutigkeiten auf der Leinwand zu begreifen, an seine Hand, die von meiner Schulter auf meine Brust glitt, während James eine weitere willige Frau in sein Bett lockte. »Wir sind vor Ende des Films gegangen. Roger hatte ein Auto.« Ich zuckte die Schultern, als wäre damit alles gesagt.

»Und was ist mit Roger geschehen?«

»Er hat mich abserviert. Nicht weiter überraschend.«

Alisons Unwillen war ihr deutlich vom Gesicht abzulesen. »Hat es dir nicht das Herz gebrochen?«

»Ich war am Boden zerstört, so wie es nur ein vierzehnjähriges Mädchen sein kann. Vor allem nachdem er in der ganzen Schule mit seiner Eroberung geprahlt hat.«

»Das hat er nicht!«

Alisons spontane Empörung ließ mich lachen. »Hat er wohl. Ich fürchte, Roger war eine Ratte erster Ordnung.«

»Und was ist aus der Ratte geworden?«

»Keine Ahnung. Im nächsten Jahr sind wir nach Florida gezogen, und ich habe ihn nie wieder gesehen.« Ich schüttelte den Kopf, und der Raum drehte sich. »Mein Gott, ich hab seit Urzeiten nicht mehr an all das gedacht. Das ist eine der erstaunlichen Eigenschaften der Jugend.«

»Was?«

»Dass man denkt, man würde über irgendetwas nie hinwegkommen, und im nächsten Moment hat man es vollkommen vergessen.«

Alison lächelte, legte eine Hand in den Nacken und reckte ihren Schwanenhals, bis die Muskeln ächzten und nachgaben.

»Alles scheint so dringlich. Alles ist schrecklich wichtig. Und man denkt, man hätte endlos viel Zeit«, sagte ich und vergaß beinahe, dass ich laut sprach, so gebannt war ich von ihren Bewegungen.

»Gibt es irgendjemand Interessantes am Horizont?« Alison rollte ihren Kopf von einer Seite auf die andere.

»Eigentlich nicht. Nun ja, es gibt einen Mann«, vertraute ich ihr an, obwohl ich keineswegs die Absicht gehabt hatte, bis ich die Worte über meine Lippen kommen hörte. »Josh Wylie. Seine Mutter ist eine von meinen Patientinnen.«

Alisons Kopf war wieder in der Mitte angekommen, doch sie sagte nichts, sondern saß einfach da und wartete, dass ich weiterredete.

»Das ist alles«, sagte ich. »Er kommt einmal pro Woche aus Miami, um sie zu besuchen. Wir haben nur ein paarmal kurz miteinander gesprochen. Aber er macht einen sehr netten Eindruck und …«

»Und du würdest ihn gern näher kennen lernen«, beendete Alison den Satz für mich.

Ich nickte und entschied, dass das ein Fehler war, als das

Zimmer um mich herum auf und ab zu hüpfen begann wie ein Gummiball. Widerwillig rappelte ich mich auf die Füße. »Ich fürchte, ich muss den schönen Abend jetzt beenden.«

Alison war sofort neben mir und legte ihre warme Hand auf meinen Arm. Sie wirkte vollkommen standfest, als ob der Alkohol bei ihr überhaupt keine Wirkung zeigen würde. »Alles in Ordnung?«

»Alles bestens«, sagte ich, obwohl das nicht stimmte. Der Boden schwankte, und ich musste mich am Sofa abstützen, um nicht hinzufallen. Ich blickte demonstrativ auf meine Uhr, doch die Zahlen tanzten wild über das Zifferblatt, und ich konnte den kleinen Zeiger nicht vom großen unterscheiden. »Es ist spät«, sagte ich trotzdem, »und ich muss sehr früh aufstehen.«

»Ich hoffe, ich habe deine Gastfreundschaft nicht überstrapaziert.«

»Überhaupt nicht.«

»Wirklich nicht?«

»Bestimmt nicht. Ich hatte einen sehr netten Abend.« Ich hatte plötzlich das seltsame Gefühl, dass sie mir einen Abschiedskuss geben wollte. »Das müssen wir bald mal wieder machen«, sagte ich, senkte den Kopf und führte Alison durchs Wohn- und Esszimmer in die Küche, wo ich prompt gegen den Tisch stolperte und beinahe in ihre Arme gesunken wäre.

»Bist du sicher, dass alles in Ordnung ist?«, fragte sie, während ich mich bemühte, wenn schon nicht meine Würde, so doch zumindest das Gleichgewicht zu wahren. »Vielleicht sollte ich noch sehen, dass du gut ins Bett kommst.«

»Mir geht es gut. Wirklich. Alles bestens«, wiederholte ich, bevor sie noch einmal fragen konnte.

Alison war schon halb aus der Tür, als sie plötzlich stehen blieb, in die linke Tasche ihrer schwarzen Jeans griff und herumfuhr, eine Bewegung, bei der sich vor meinen Augen alles drehte. »Das hätte ich fast vergessen – das habe ich gefunden.« Sie streckte die Hand aus.

Selbst mit meinem Drehwurm und dem verschwommenen Blick erkannte ich das goldene Herz an dem feinen dünnen Kettchen in Alisons offener Hand. »Wo hast du das her?« Ich griff nach der Kette, die sich vor meinen Augen entrollte, sodass sie an ihrem Finger hing wie ein vergessener Lamettafaden an einem weggeworfenen Weihnachtsbaum.

»Ich habe sie unter meinem Bett gefunden«, sagte Alison, unwillkürlich das Besitzrecht an den Gegenständen aus dem Gartenhäuschens beanspruchend.

»Warum hast du denn unter dem Bett nachgesehen?«

Alison wurde überraschend puterrot und trat verlegen von einem Fuß auf den anderen. Es war das erste Mal, dass sie sich vor meinen Augen sichtlich unwohl in ihrer Haut fühlte. Als sie schließlich antwortete, dachte ich, ich müsse mich verhört haben.

»Was hast du gesagt?«

»Ich habe nach dem schwarzen Mann gesucht«, wiederholte sie einfältig und sah mich nur äußerst widerwillig an.

»Den schwarzen Mann?«

»Es ist albern, ich weiß, aber ich kann nicht anders. Ich tue es, seit ich ein kleines Mädchen war und mein Bruder mir eingeredet hat, dass sich unter meinem Bett ein Ungeheuer versteckt, das mich frisst, sobald ich einschlafe.«

»Du guckst, ob sich unter deinem Bett ein Ungeheuer versteckt?«, wiederholte ich, weil ich die Vorstellung unerklärlicherweise überaus charmant fand.

»In den Kleiderschrank gucke ich auch. Nur für alle Fälle.«

»Und hast du je irgendwen entdeckt?«

»Bis jetzt noch nicht.« Sie lachte und hielt mir die Kette hin. »Hier. Bevor ich es vergesse und sie mit nach Hause nehme.«

»Sie gehört mir nicht.« Ich machte einen Schritt zurück,

wobei ich um ein Haar über meine eigenen Füße gestolpert wäre, und beobachtete, wie der Raum um neunzig Grad kippte. »Sie hat Erica Hollander gehört, meiner letzten Mieterin.«

»Die Frau, die dir mehrere Monatsmieten schuldig geblieben ist?«

»Höchstpersönlich.«

»Dann würde ich sagen, die Kette gehört dir.« Alison versuchte, sie mir in die Hand zu drücken.

»Du kannst sie behalten.« Mit Erica Hollander wollte ich nichts mehr zu tun haben.

»Oh, das kann ich nicht annehmen«, sagte Alison, obwohl sich ihre Hand bereits um das Schmuckstück schloss.

»Was man gefunden hat, darf man behalten. Komm, nimm sie. Sie ist … wie für dich gemacht.«

Weiterer Überredung bedurfte es nicht. »Ja, nicht wahr?« Alison lachte, schlang die dünne Kette in einer einzigen fließenden Geste um ihren Hals und ließ den winzigen Verschluss problemlos zuschnappen. »Wie sieht es aus?«

»Als ob sie dorthin gehören würde.«

Alison tätschelte das Herz an ihrem Hals und strengte sich an, im Dunkeln ihr Spiegelbild im Küchenfenster zu erkennen. »Ich finde sie wunderschön.«

»Trage sie in guter Gesundheit.«

»Und du glaubst nicht, dass sie sie vielleicht wiederhaben will, oder?«

Nun musste ich lachen. »Das soll sie mal versuchen. Wie dem auch sei. Es ist spät, und ich muss schlafen.«

»Gute Nacht.« Alison beugte sich vor und küsste mich auf die Wange. Ihre Haare rochen nach Erdbeeren, ihre Haut nach Babypuder. Wie ein Neugeborenes, dachte ich lächelnd. »Nochmals vielen Dank«, sagte sie. »Für alles.«

»War mir ein Vergnügen.« Ich öffnete die Hintertür und sah mich rasch um.

Niemand lauerte, niemand starrte.

Ich seufzte erleichtert und wartete, bis sie sicher in ihrem Häuschen war, bevor ich die Küchentür schloss. Ich strich mit der Hand über die Stelle, wo Alisons Lippen meine Wange gestreift hatten, während ich mir vorstellte, wie sie durch das kleine Wohnzimmer ins Schlafzimmer auf der Rückseite ging. Vor meinem inneren Auge sah ich sie unter dem Bett und im Kleiderschrank nach entlaufenen Ungeheuern suchen, die ihr auflauern könnten. Abwesend dachte ich an den Mann, den ich vor dem Haus hatte stehen sehen. War da wirklich jemand gewesen? Und hatte er mich beobachtet – oder Alison?

Ich weiß noch, dass ich gedacht habe, so ein süßes Mädchen. So kindlich. So unschuldig.

Nicht ganz so unschuldig, erinnerte ich mich, als ich mühsam die Treppe hinauf ins Schlafzimmer wankte. Ein aufmüpfiger Teenager, mit achtzehn verheiratet und kurz darauf schon wieder geschieden. Ganz zu schweigen davon, dass sie trinkfest war wie ein Kneipenwirt.

Ich erinnere mich nur schemenhaft daran, mich ausgezogen und mein Nachthemd übergestreift zu haben, und das auch nur, weil ich es zunächst verkehrt herum angezogen hatte und es noch einmal ausziehen und auf die richtige Seite drehen musste. Daran, mein Gesicht gewaschen und meine Zähne geputzt zu haben, kann ich mich nicht mehr erinnern, obwohl ich sicher bin, dass ich das getan habe. Ich *weiß* allerdings noch, wie meine nackten Füße in dem elfenbeinfarbenen Teppich versanken, als ich zu Bett ging, als würde ich durch dicken Schlamm waten. Ich erinnere mich daran, wie schwer meine Schenkel waren, so als ob meine Beine im Boden verankert wären. Das große Einzelbett in der Mitte des Zimmers schien meilenweit entfernt, und ich brauchte Ewigkeiten, um es zu erreichen. Es bedurfte einer gewaltigen Anstrengung, die dicke weiße Steppdecke zur Seite zu schlagen, und ich weiß noch, dass sie sich wie ein in sich zusammensackender Fallschirm um meinen Körper bauschte, als ich unter das Laken schlüpfte und meinen Kopf auf das wartende Kissen sinken ließ.

Ich hatte gedacht, dass ich einschlafen würde. Wie im Film: Menschen trinken zu viel, werden benommen, sind durcheinander und fallen in bewusstlosen Schlaf. Manchmal wird ihnen vorher noch schlecht. Doch mir wurde weder schlecht noch sank ich in bewusstlosen Schlaf. Ich lag da, und in der Dunkelheit drehte sich alles in meinem Kopf, während ich mich mit dem Wissen, in ein paar Stunden aufstehen zu müssen, verzweifelt nach Schlaf sehnte, der nicht kommen wollte. Ich wälzte mich von einer Seite auf die andere, versuchte, auf dem Rücken und sogar auf dem Bauch zu liegen, bevor ich es aufgab und mich wieder in meine ursprüngliche Lage drehte. Ich zog die Knie an die Brust, schlug ein Bein über das andere und verdrehte meinen Körper in Positionen, die jeden Verrenkungskünstler stolz gemacht hätten. Nichts funktionierte. Ich dachte daran, eine Schlaftablette zu nehmen, und war schon fast aufgestanden, als mir einfiel, dass es ein Fehler war, Alkohol und Schlaftabletten zu kombinieren. Außerdem war es ohnehin zu spät für irgendwelche Beruhigungsmittel. Bis sie wirkten, würde mein Wecker mich wachrütteln, und ich würde den kommenden Tag in einem trüben Dunst verbringen wie an einem Regentag der schlimmsten Sorte.

Ich dachte, dass ich vielleicht etwas lesen sollte, doch ich kämpfte schon seit Wochen mit dem Buch auf meinem Nachttisch und hatte es nicht weiter als bis zum vierten Kapitel gebracht. Außerdem war mein Verstand so müde wie meine Augen, und der Versuch, jetzt noch etwas aufzunehmen, würde auf eine Übung in Frustration und Nutzlosigkeit hinauslaufen. Nein, entschied ich, ich hatte keine andere Wahl, als wach im Bett zu liegen und geduldig darauf zu warten, dass der Schlaf kam.

Was er nicht tat.

Eine halbe Stunde später wartete ich immer noch. Ich atmete mehrmals tief ein und improvisierte ein halbes Dutzend Yoga-Übungen, die ich in einer Zeitschrift gesehen hatte. Ob ich sie richtig ausführte, wusste ich nicht; im Krankenhaus wurde ein Yoga-Kurs angeboten, doch ich hatte es irgendwie nie geschafft, daran teilzunehmen. Genauso wie ich es nie ganz geschafft hatte, mich für Pilates oder transzendentale Meditation anzumelden oder den Bauchroller zu bestellen, für den regelmäßig im Fernsehen geworben wurde. Ich gelobte still, all diese Dinge gleich morgen früh als Erstes zu tun, wenn ich dafür sofort einschlafen könnte.

Aber auch aus diesem Handel wurde nichts.

Ich überlegte, ob ich den Fernseher einschalten sollte – irgendwo wurde garantiert eine Folge von *Die Aufrechten – Aus den Akten der Straßen* wiederholt –, doch ich entschied mich dagegen und beschloss stattdessen, im Kopf noch einmal Alisons Besuch durchzugehen. Was um alles in der Welt hatte mich geritten, ihr die Dinge zu erzählen, die ich erzählt hatte, Informationen, die ich nie zuvor mit jemandem geteilt hatte? Roger Stillman, Herrgott noch mal! Wo war das bloß hergekommen? Seit meinem Wegzug aus Baltimore hatte ich nicht einmal mehr an ihn gedacht.

Und was hatte sie mir wirklich erzählt?

Dass sie ihre Unschuld mit fünfzehn verloren hatte.

Was noch?

Nicht viel, wie mir klar wurde. Alison mochte die Schleusen der Erinnerung geöffnet haben, war jedoch selbst außen vor geblieben. Nein, ich war diejenige, die sich Hals über Kopf in die Fluten gestürzt und Vorsicht und gesunden Menschenverstand in den Wind geschlagen hatte. Einer ihrer interessanteren Charakterzüge, dachte ich, während sich hinter meinen Ohren ein leises Brummen einnistete. Alison vertraute sich einem nur *scheinbar* an, während sie einen in Wahrheit dazu brachte, sich *ihr* anzuvertrauen.

Über dieser Schlussfolgerung schlief ich endlich ein. Ich kann mich nicht daran erinnern, wie ich eingedöst bin, doch ich *weiß* noch, dass ich geträumt habe. Alberne kleine Vignetten: Roger Stillman, der auf dem Rücksitz seines Wagens James Bond imitierte; Josh Wylies Mutter, die mir aus ihrem Krankenhausbett entgegenlächelte und mich bat, den Strauß gelber und orangefarbener Rosen, den ihr Sohn aus Miami mitgebracht hatte, in eine Vase zu stellen; meine Mutter, die mich warnte, dass ich den Wecker nicht gestellt hatte.

Die Erkenntnis, dass ich in der Tat nicht daran gedacht hatte, meinen Wecker zu stellen, ließ mich um zwei Minuten nach vier hochschrecken und zu meinem Nachttisch greifen. Im Halbdunkel tastete ich nach dem Radiowecker und schlug die Augen nur höchst widerwillig auf, als ich ihn endlich gefunden hatte.

In diesem Moment sah ich die große Gestalt, die am Fußende meines Bettes stand.

Zuerst hielt ich es für eine Erscheinung, eine Täuschung meines weinseligen Verstands, vielleicht ein Traum, der beim Aufwachen nicht zerstoben war, eine gespenstische Mischung aus Mondlicht und Schatten. Erst als die Gestalt sich bewegte, wurde mir klar, dass sie real war.

Ich kreischte laut auf.

Mein Schrei schnitt durch die Dunkelheit wie eine Klinge in Fleisch, kratzte an der Luft und ließ sie zerfetzt und blutig zurück. Dass dieses wahnsinnige unmenschliche Geräusch meinem eigenen Körper entschlüpft war, erschreckte mich beinahe so sehr wie die Gestalt selbst, die sich langsam auf mich zu bewegte, sodass ich erneut schrie.

»Es tut mir so leid«, flüsterte eine Stimme. »Es tut mir so leid.«

Ich weiß nicht genau, wann mir klar wurde, dass die fremde Gestalt in meinem Zimmer Alison war, ob es der Klang ihrer Stimme oder das Glitzern des kleinen goldenen Herzens an ihrem Hals war. Sie hielt sich den Kopf, als hätte sie einen Schlag abbekommen, und schwankte wie ein von Böen geschüttelter Baum. »Es tut mir so leid«, wiederholte sie immer wieder. »Es tut mir so leid.«

»Was machst du hier?«, brachte ich schließlich hervor, schluckte einen weiteren Schrei herunter, der sich in meiner Kehle anstaute, und streckte die Hand nach der Nachttischlampe aus.

»Nein!«, rief sie. »Bitte nicht anmachen.«

Ich erstarrte und wusste nicht, was ich als Nächstes tun sollte. »Was machst du hier?«

»Es tut mir so leid. Ich wollte dich nicht aufwecken.«

»Was machst du hier?«, wiederholte ich über das laute Pochen meines Herzens hinweg.

»Mein Kopf ...« Sie begann an ihren Haaren zu zerren, als wollte sie sie mit der Wurzel ausreißen. »Ich habe Migräne.«

Ich kletterte aus dem Bett und machte ein paar zögerliche Schritte auf sie zu. »Migräne?«

»Ich nehme an, der ganze Rotwein hat irgendwas ausgelöst –« Sie brach ab, als könnte sie nicht weitersprechen.

Ich legte meinen Arm um sie und ließ sie auf dem Bett Platz nehmen. Sie trug ein langes weißes Baumwollnachthemd, meinem eigenen nicht unähnlich, und ihr Haar fiel offen um ihr tränenfeuchtes Gesicht. »Wie bist du ins Haus gekommen?«, fragte ich.

»Die Tür war nicht abgeschlossen.«

»Das ist unmöglich. Ich schließe sie immer ab.« Ich war allerdings ziemlich benebelt gewesen, wie ich mich selbst erinnerte. Es war durchaus möglich, dass ich vergessen hatte, die Tür abzuschließen, so wie ich vergessen hatte, meinen Wecker zu stellen.

»Sie war offen. Ich habe erst geklopft, aber du hast nicht

geantwortet. Dann habe ich probiert, die Türe zu öffnen. Ich hatte gehofft, in deinem Medizinschrank irgendetwas zu finden, ohne dich aufzuwecken. Es tut mir so leid.«

Ich blickte zum Badezimmer. »Das Stärkste, was ich im Haus habe, sind Tylenol forte.«

Alison nickte, als wollte sie sagen, dass das besser als gar nichts sei.

Ich ließ sie auf meiner Bettkante sitzen, während ich ins Bad eilte und die überwiegend nutzlosen Gegenstände in den Regalen durchwühlte, bis ich das kleine Fläschchen mit Tabletten gefunden hatte. Ich schüttete vier in meine offene Hand, füllte ein Glas mit Wasser und kehrte damit ins Schlafzimmer zurück.

»Nimm die«, wies ich sie an. »Morgen früh versuche ich, dir etwas Stärkeres zu besorgen.«

»Morgen früh bin ich tot«, sagte sie und versuchte zu lachen. Doch es kam bloß ein leises Stöhnen heraus, als sie die Tabletten schluckte und ihren Kopf an meiner Schulter vergrub, um sich vor dem schwachen Licht im Zimmer abzuschirmen.

»Das wird uns beiden eine Lehre sein«, sagte ich im Tonfall meiner Mutter, während ich ihren Arm streichelte und sie wie ein Baby sanft hin und her wiegte. »Du schläfst heute Nacht hier.«

Alison leistete keinerlei Widerstand, als ich ihr ins Bett half und die Decke über ihren Körper zog. »Was ist mit dir?«, fragte sie, die Augen schon geschlossen, offensichtlich ein Gedanke, der ihr erst im Nachhinein gekommen war.

»Ich schlafe in dem anderen Zimmer«, sagte ich.

Doch Alison hatte sich die Bettdecke bereits über den Kopf gezogen, und das einzige Anzeichen für ihre Anwesenheit waren die wenigen rotblonden Locken, die wie ein Fragezeichen auf meinem Kopfkissen lagen.

4

Als ich am nächsten Morgen aus dem Haus ging, schlief Alison noch.

Ich überlegte, ob ich sie wecken und in ihr eigenes Bett bringen sollte, doch wie sie so dalag, sah sie so friedlich aus, so verletzlich, und die weiche Röte ihres Haars hob sich so deutlich von ihren immer noch gespenstisch bleichen Wangen ab, dass ich sie einfach nicht stören wollte. Nach meiner Erfahrung brauchen Migräne-Leidende wie die meisten Trinker vierundzwanzig Stunden Schlaf, bis der Anfall überstanden ist. Ich rechnete mir also aus, dass es ziemlich wahrscheinlich war, dass Alison noch schlafen würde, wenn ich um vier nachmittags zurückkam. Wozu also sollte ich sie wecken?

Rückblickend war das zweifelsohne ein Fehler, wenn auch nicht mein erster in Bezug auf Alison und bestimmt nicht mein letzter. Nein, es war nur eine von vielen Fehleinschätzungen über den Charakter des Mädchens, das sich Alison Simms nannte. Aber rückblickend lässt sich das leicht sagen. Natürlich war es dumm, einer praktisch Fremden zu erlauben, sich unbeaufsichtigt in meinem Haus aufzuhalten. Natürlich habe ich den Ärger damit geradezu herausgefordert. Zu meiner Verteidigung kann ich nur sagen, dass es sich damals nicht so angefühlt hat. Als ich Alison an jenem Morgen um kurz vor sechs nach insgesamt vielleicht vier Stunden Schlaf allein in meinem Haus zurückließ, fühlte es sich vielmehr ganz natürlich und selbstverständlich an. Worüber sollte ich mir letztendlich auch Sorgen machen? Dass sie mit meinem Großbildfernseher verschwinden, sich eine Schubkarre organisieren, um die Porzellanvasensammlung meiner Mutter abzutransportieren, oder im Vorgarten einen Flohmarkt mit meinen Habseligkeiten veranstalten würde? Dass ich heimkommen und Haus samt Gartenhaus bis auf die Grundmauern niedergebrannt vorfinden würde?

Vielleicht hätte ich vorsichtiger sein sollen, argwöhnischer, weniger vertrauensselig.

Aber das war ich nicht.

Und wie geht noch das Sprichwort von den schlafenden Hunden?

Jedenfalls ließ ich Alison in meinem Bett schlafen. Wie Goldlöckchen, erinnere ich mich lächelnd gedacht zu haben, als ich in meinen klobigen Schwesternschuhen auf Zehenspitzen die Treppe hinunterschlich und die Haustür so leise wie möglich hinter mir schloss. Mein Wagen, ein fünf Jahre alter schwarzer Nissan, parkte in der Einfahrt neben dem Haus. Ich warf einen flüchtigen Blick über die Straße und hörte das leise Summen des Verkehrs ein paar Blocks entfernt. Die Stadt erwacht, dachte ich und wünschte mir, ich könnte meine weiße Polyester-Uniform gegen mein weißes Baumwollnachthemd eintauschen und wieder ins Bett kriechen. Zum Glück war ich nicht so müde, wie ich befürchtet hatte. Ich fühlte mich vielmehr überraschend gut.

Ich setzte rückwärts auf die Straße und ließ das Fenster herunter, um die frische kühle Morgenluft hereinzulassen. Im Süden Floridas ist der November eine wunderbare Jahreszeit. Die Temperaturen liegen für gewöhnlich bei angenehmen fünfundzwanzig Grad, die drückende Feuchtigkeit der Sommermonate ist weitgehend überstanden, die Gefahr extremer Wetterschwankungen vorüber. Stattdessen bietet der Himmel ein sich ständig veränderndes Panorama aus Sonne und Wolken mit einem gelegentlichen willkommenen Regenschauer. Außerdem bekommen wir mehr als unseren gerechten Anteil an absolut makellosen Nachmittagen, an denen die Sonne hoch an einem grenzenlos weiten, postkartenblauen Himmel steht. Und es sah so aus, als würde es ein solch strahlender Tag werden. Wenn ich heimkam, würde sich Alison vielleicht so weit erholt haben, dass wir einen Strandspaziergang machen konnten. Nichts heilt und beruhigt die aufgewühlte Seele besser als das Meer. Vielleicht wird sein Zauber auch eine Migräne lindern, dachte ich mit einem Blick zu meinem Schlafzimmerfenster.

Einen Moment lang war mir, als hätten sich die Gardinen bewegt. Ich trat auf die Bremse und beugte mich zur Windschutzscheibe vor, doch bei näherem Hinsehen erkannte ich, dass es offenbar nur eine optische Täuschung gewesen war, nur die Schatten der nahen Bäume, deren Spiegelbilder über die Scheibe tanzten und damit die Illusion einer Bewegung dahinter hervorriefen. Eine Weile beobachtete ich das Fenster und lauschte dem Wispern der Palmwedel im Wind. Die Gardinen vor meinem Schlafzimmerfenster hingen still und unbewegt.

Ich fuhr los, zunächst langsam die 7th Avenue hinunter und dann links in die Atlantic Avenue. Um diese Tageszeit ist die normalerweise verstopfte Durchgangsstraße noch fast leer, was einer der wenigen Vorteile eines frühen Arbeitsbeginns ist, sodass ich einen unverstellten Blick auf zahlreiche Läden, Galerien und Restaurants hatte, die das Bild der Stadt in den letzten Jahren verändert hatten. Viele Stadtbewohner waren wie ich überrascht, dass Delray beinahe so etwas wie ein angesagtes Reiseziel geworden war, nicht mehr nur eine Stadt zum Durchfahren. Ich mochte die unerwarteten Veränderungen, die aufregende Atmosphäre, auch wenn ich selbst selten daran teilhatte. Doch ich wusste instinktiv, dass Alison es lieben würde.

Ich passierte die Tennisanlage am nördlichen Teil der Atlantic Avenue, wo im Frühjahr alljährlich die Citrix Open ausgetragen werden, den Old School Square an der Ecke Swinton Avenue, das Gerichtsgebäude und die Feuerwache von Delray Beach zu meiner Linken. Ich nahm die Unterführung der Interstate 95 zur Jog Road und fuhr weiter nach Süden. Fünf Minuten später war ich am Krankenhaus.

Mission Care ist eine kleine, in einem fünfstöckigen, bonbonrosafarbenen Gebäude untergebrachte Privatklinik, die sich auf die Pflege chronisch Kranker spezialisiert hat. Die Mehrheit der Patienten sind ältere Menschen, die beträchtliche Schmerzen leiden und deshalb häufig gereizt und ungehalten sind. Wer will es ihnen verübeln? Sie wissen, dass sie nicht mehr genesen und nach Hause zurückkehren werden, sondern dass dies in der Tat ihre vorletzte Ruhestätte ist. Einige sind schon seit Jahren hier, liegen in ihren schmalen Betten, starren leeren Blickes an die Decke, warten darauf, dass die Schwestern sie baden oder in eine bequemere Position umbetten, sehnen sich nach Besuch, der nur selten kommt, und beten stumm um den Tod, während sie sich stur ans Leben klammern.

Das muss doch deprimierend sein, sagen die Leute immer zu mir, ständig von Kranken und Sterbenden umgeben zu sein, und ich gebe zu, dass es das manchmal auch ist. Es ist nie leicht, dem Leiden anderer zuzusehen, eine junge, in der Blüte ihres Lebens mit multipler Sklerose geschlagene Frau zu trösten, ein komatöses Kind zu pflegen, das nie wieder aufwachen wird, oder zu versuchen, einen alten Mann mit Alzheimer zu beruhigen, der seinen Sohn unflätig beschimpft, an den er sich nicht mehr erinnern kann.

Und doch gibt es immer wieder Momente, für die sich das alles lohnt. Momente, in denen eine schlichte Freundlichkeit mit einem so strahlenden Lächeln erwidert wird, dass einem die Tränen in die Augen schießen, mit einem so ehrlich gemeinten, geflüsterten Dankeschön, dass man weiche Knie bekommt. In solchen Augenblicken weiß ich, warum ich

Krankenschwester geworden bin, und wenn mich das zu einer hoffnungslosen, albern sentimentalen Romantikerin macht, dann ist mir das auch egal.

Wahrscheinlich ist es diese Eigenschaft, die mich zu einem so leichten Opfer macht. Ich leide wie Anne Frank an dem Irrglauben, dass alle Menschen von Grund auf gut sind.

Ich stellte den Wagen auf dem Mitarbeiterparkplatz vor dem Haus ab und ging durch den Haupteingang vorbei an der Geschenkboutique und der Apotheke, die erst in ein paar Stunden aufmachen würde, zu der bereits bevölkerten Cafeteria, wo ich mich für einen geschmacklosen schwarzen Kaffee und ein fettarmes Preiselbeer-Muffin anstellte. Ich dachte an Alison und ihre Leidenschaft für Preiselbeeren. In irgendeiner meiner Küchenschubladen hatte ich ein Rezept für Bananen-Preiselbeer-Muffins, und ich beschloss, ein Blech davon zu backen, wenn ich nach Hause kam.

Die Verwaltung war erst ab neun Uhr geöffnet. Ich nahm mir vor, später kurz dort vorbeizuschauen, um nach Alisons Freundin Rita Bishop zu fragen. Alison hatte zwar gesagt, dass ich mir keine Umstände machen sollte, aber ich dachte, dass ein Versuch nicht schaden würde. Vielleicht hatte Rita eine Nachsendeadresse hinterlassen, oder eine der Sekretärinnen wusste, wohin sie gezogen war.

Als die Tür des quälend langsamen Fahrstuhls sich endlich im vierten Stock öffnete, hatte ich meinen Kaffee schon ausgetrunken und das Muffin zur Hälfte gegessen. Am Schwesterntresen herrschte bereits rege Geschäftigkeit. »Was gibt's?«, fragte ich Margot King, eine stämmige Frau mit einer Haarfarbe irgendwo zwischen Kupfer und Orange und blauen Kontaktlinsen. Margot arbeitete seit mehr als zehn Jahren in der Mission-Care-Klinik, und in dieser Zeit hatte die Farbe ihrer Augen beinahe so oft gewechselt wie die ihrer Haare. Konstant blieb nur das Weiß ihrer Uniform, ein frisches Alpinweiß, und ihre Hautfarbe, die erstaunlich tiefschwarz war.

»Ein Vergewaltigungsopfer«, antwortete Margot flüsternd.

»Ein Vergewaltigungsopfer? Warum hat man sie hierher gebracht?«

»Die Vergewaltigung liegt drei Monate zurück. Ein Typ hat sie mit einem Baseballschläger niedergeschlagen und vermeintlich tot liegen lassen. Es sieht nicht so aus, als sollte sie in nächster Zeit entlassen werden. Ihre Familie hat sie hierher gebracht, nachdem das Delray Medical Center das Bett beansprucht hat.«

»Wie alt?«, fragte ich und machte mich auf das Schlimmste gefasst.

»Neunzehn.«

Ich seufzte, und meine Schultern sackten in sich zusammen, als wäre jemand aus großer Höhe darauf gesprungen. »Sonst noch irgendwelche angenehmen Überraschungen?«

»Das Übliche. Das Übliche. Mrs. Wylie hat nach dir gefragt.«

»Schon?«

»Seit fünf Uhr. ›Wo ist meine Terry? Wo ist meine Terry?‹«, imitierte Margot Myra Wylies brüchige Stimme.

»Ich seh gleich nach ihr.« Ich ging den Flur hinunter und blieb noch einmal stehen. »Ist Caroline schon hier?«

»Die kommt erst um elf.«

»Sie leidet doch unter Migräne-Anfällen, oder?«

»O ja. Manchmal machen ihr die verdammten Attacken schwer zu schaffen.«

»Kannst du ihr sagen, dass ich sie kurz sprechen möchte, wenn sie kommt.«

»Probleme?«

»Eine Freundin«, sagte ich und ging den pfirsichfarbenen Korridor hinunter zu Myra Wylies Zimmer.

Ich öffnete die Tür und steckte vorsichtig den Kopf hinein für den Fall, dass die zerbrechliche 87-jährige Frau wieder eingedöst war, die zusätzlich zu ihrer angeborenen Herzschwäche mit chronischer Leukämie kämpfte.

»Terry!« Myra Wylies Stimme wehte mir von ihrem Bett entgegen und zitterte wie Zigarettenrauch in der Luft. »Da ist ja meine Terry.«

Ich trat an ihr Bett, tätschelte die knochige Hand unter dem weißen Laken und lächelte in die blauen Augen in ihrem grauen Gesicht. »Wie geht es Ihnen heute, Myra?«

»Wunderbar«, sagte sie wie jedes Mal, wenn ich sie fragte, und ich lachte. Sie lachte ebenfalls, doch es klang schwach und ging rasch in ein Husten über.

Trotzdem sah ich in jenen wenigen Sekunden die Spuren der schönen und lebenssprühenden Frau, die Myra Wylie gewesen sein musste, bevor ihr Körper sie langsam und schleichend im Stich ließ. In ihren ausgeprägten Wangenknochen und den sanft geschwungenen Lippen konnte ich das Gesicht ihres Sohnes Josh wiedererkennen. Josh Wylie würde sehr vorteilhaft altern, dachte ich unwillkürlich, als ich einen Stuhl heranzog und mich ans Bett seiner Mutter setzte. »Ich habe gehört, Sie haben nach mir gefragt.«

»Ich habe gedacht, dass wir nach der nächsten Wäsche etwas Neues mit meinem Haar ausprobieren könnten.«

Ich strich ihr die Strähnen ihres feinen grauen Haars aus dem Gesicht. »Und wie hätten Sie es gern?«

»Ich weiß nicht. Irgendwas mit mehr Pfiff.«

»Mit mehr Pfiff?«

»Vielleicht ein Pagenschnitt.«

»Ein Pagenschnitt?« Ich fuhr mit der Hand durch die dünnen Strähnen, die ihr eingesunkenes Gesicht rahmten. Die tiefen Linien um ihre Augen und ihren Mund verwandelten sich in schlaffe Falten. Lebendes Gewebe erstarrte langsam zu einer Totenmaske. Wie viel Zeit blieb ihr noch? »Ein Pagenschnitt«, wiederholte ich. »Natürlich. Warum nicht?«

Myra lächelte. »Gestern Nacht hatte die niedliche kleine

Schwester mit den Sommersprossen Dienst. Die Junge, wie heißt sie noch gleich?«

»Sally?«

»Ja, Sally. Wir sind ins Plaudern gekommen, als sie mir meine Medikamente gebracht hat, und sie hat mich gefragt, wie alt ich bin. Sie hätten mal Ihren Gesichtsausdruck sehen sollen, als ich ihr erzählt habe, dass ich siebenundsiebzig bin.«

Vergeblich suchte ich ein neckisches Zwinkern in Myras Blick. »Myra«, sagte ich sanft. »Sie sind nicht siebenundsiebzig.«

»Nicht?«

»Sie sind siebenundachtzig.«

»Siebenundachtzig?« Es entstand eine längere Pause, in der sich Myra mit zitternder Hand ans Herz fasste. »Das ist ja schockierend!«

Ich lachte und streichelte ihre Schulter.

»Sind Sie ganz sicher?«

»Das steht jedenfalls auf Ihrem Krankenblatt. Aber wir können ja sicherheitshalber noch einmal Ihren Sohn fragen, wenn er Sie das nächste Mal besucht.«

»Ich glaube, das ist eine gute Idee.« Myras Lider flatterten, und ihre Stimme wurde immer leiser. »Ich glaube nämlich, dass da ein Irrtum vorliegen muss.«

»Am Freitag fragen wir Josh.« Ich erhob mich leise von meinem Stuhl und ging zur Tür. Als ich mich noch einmal zu Myra umdrehte, schlief sie schon fest.

Der restliche Vormittag verstrich ereignislos. Ich versorgte meine Patienten, verabreichte ihnen das Frühstück und Mittagessen und half denjenigen, die sich noch aus eigener Kraft ins Bad bewegen konnten. Dann schaute ich kurz bei Sheena O'Connor, dem 19-jährigen Vergewaltigungsopfer, herein und plauderte irgendetwas vor mich hin, während ich die Narben betrachtete, die ihr vormals unschuldiges Gesicht grotesk entstellten. Aber wenn sie mich überhaupt hörte, ließ sie das durch nichts erkennen.

Normalerweise esse ich in der Krankenhaus-Cafeteria zu Mittag – das Essen ist erstaunlich gut, und die Preise sind unschlagbar –, aber heute wollte ich unbedingt nach Alison sehen. Ich überlegte, sie anzurufen, wollte sie jedoch nicht stören für den Fall, dass sie noch schlief, und bezweifelte überdies, dass sie in meinem Haus ans Telefon gehen würde. Ausgerüstet mit zwei Imitrex-Tabletten, die ich Caroline abgekauft hatte – »Ich würde sie dir auch schenken, aber sie sind so verdammt teuer!« –, und den Namen diverser Ärzte in der Gegend, die Alison meiner Meinung nach konsultieren sollte, fuhr ich in der Mittagspause nach Hause, um nachzusehen, wie es ihr ging.

Als ich in meine Einfahrt einbog, sah ich einen jungen Mann mit einer tief ins Gesicht gezogenen Baseballkappe, der hinter einem Baum an der Ecke herumlungerte, an fast genau derselben Stelle, an der ich gestern den Unbekannten gesehen hatte, doch bis ich den Wagen geparkt hatte und noch einmal auf die Straße getreten war, war er verschwunden. Ich blickte die Straße hinunter, sah ihn gerade noch um eine Ecke verschwinden und überlegte sogar kurz, ihm nachzusetzen. Zum Glück wurde ich von Hundegebell abgelenkt. Als ich mich wieder zum Haus wandte, stand Bettye McCoy neben dem sorgfältig gepflegten Rosenstrauch auf dem Nachbargrundstück und tat so, als würde sie nicht bemerken, dass einer ihrer Hunde auf die edle Zucht pinkelte. Ich dachte daran, sie zu fragen, ob sie irgendwelche verdächtigen Fremden in der Gegend bemerkt hätte, entschied mich jedoch dagegen. Seit ich einen ihrer kostbaren Bichons mit einem Besenstiel aus meinem Garten gescheucht hatte, hatte mich Bettye McCoy kaum eines Blickes gewürdigt.

Ich zog die Schuhe aus, verfluchte die Haustür, die beim Schließen leise quietschte, und nahm mir vor, sie direkt nach der Arbeit zu ölen. Bis auf das leise Summen der Lüftung war es geradezu unheimlich still. Mit einem raschen Blick vergewisserte ich mich, dass noch alles an seinem Platz stand. Nichts war angerührt worden.

Auf Zehenspitzen schlich ich zu meinem Schlafzimmer und hustete leise, bevor ich die Tür öffnete, um meine Ankunft anzukündigen, falls Alison doch schon wach war.

Die Vorhänge waren noch zugezogen, sodass ich erst auf den zweiten Blick bemerkte, dass das Zimmer leer und das Bett ordentlich gemacht war. Goldlöckchen schlief nicht mehr in meinem Bett. »Alison?«, rief ich, sah im Bad und dem anderen Schlafzimmer nach, bevor ich wieder nach unten ging. »Alison?« Sie war weg.

»Alison?«, rief ich vor der Tür ihres Häuschens erneut und klopfte leise. Keine Antwort. Ich versuchte, durchs Fenster zu spähen, konnte jedoch nichts erkennen und im Haus auch keine Geräusche oder Bewegungen ausmachen. War es möglich, dass sie sich schon wieder so wohl fühlte, dass sie ausgegangen war? Oder lag sie im Bad auf dem Boden, den Kopf zur Kühlung an die kalten Fliesen gepresst, zu schwach und krank, um auf mein Klopfen zu reagieren? Obwohl mir mein gesunder Menschenverstand sagte, dass ich aus einer Mücke einen Elefanten machte, kehrte ich an die Haustür zurück und klopfte energischer. »Alison«, rief ich laut. »Alison, ich bin's, Terry. Alles in Ordnung bei dir?«

Ich wartete lediglich weitere dreißig Sekunden, bevor ich die Tür öffnete. »Alison?«, rief ich im Haus noch einmal.

In der Sekunde, in der ich über die Schwelle trat, wusste ich, dass das Haus leer war, trotzdem rief ich immer wieder Alisons Namen, während ich mich vorsichtig zum Schlafzimmer vortastete. Die Kleider, die sie am Vorabend angehabt hatte, lagen achtlos auf dem Fußboden verstreut, wo immer sie sie gerade abgelegt hatte. Das Bett war ungemacht und roch nach ihr, in den zerwühlten Laken klebte noch ein kräftiges Aroma aus Erdbeeren und Babypuder, doch Alison selbst war nirgends zu sehen. Ich habe sogar unter dem Bett nachgesehen, wie ich peinlicherweise zugeben muss. Habe ich vielleicht geglaubt, der gefürchtete schwarze Mann wäre tatsächlich aufgetaucht und hätte die in ihrem Bett schlafende Alison geraubt? Ich weiß nicht mehr, was ich gedacht habe. Auch nicht, was mich getrieben hat, in dem kleinen begehbaren Kleiderschrank nachzusehen. Habe ich etwa geglaubt, dass sie sich darin verstecken würde? Die Wahrheit ist, dass ich nicht mehr weiß, was ich gedacht habe, wahrscheinlich gar nichts.

Alison hatte keine große Garderobe. Ein paar Kleider, darunter das blaue Sommerkleid, das sie bei unserer ersten Begegnung getragen hatte. Mehrere Jeans, eine weiße Bluse, eine schwarze Lederjacke. Auf einer Seite des langen Einbauregals war ein halbes Dutzend T-Shirts gestapelt, auf der anderen Seite lag ein kleiner Haufen Spitzenunterwäsche. Abgetragene, schwarz-weiße Turnschuhe standen neben einem offensichtlich neuen Paar silberner Sling-Pumps. Ich hob einen Schuh auf und fragte mich, wie irgendjemand in den verdammten Dingern laufen konnte. Hohe Absätze hatte ich seit – also, so hohe Absätze habe ich *nie* getragen, dachte ich, als ich auf meine Strümpfe blickte. Und ehe mir bewusst wurde, was ich tat, hatte ich erst den einen, dann den anderen Schuh übergestreift.

Genau in diesem Augenblick – als ich in Alisons sexy Schuhen dastand – hörte ich nebenan eine Bewegung und spürte die Schwingung näher kommender Schritte. Ich erstarrte, ratlos, was ich tun sollte. Alison zu erzählen, dass ich mir Sorgen um ihre Gesundheit gemacht und mich deshalb ermächtigt gefühlt hatte, in ihre Privatsphäre einzudringen, war eine Sache, doch wie sollte ich erklären, dass ich bedrohlich auf ihren neuen hochhackigen silbernen Sling-Pumps schwankend in ihrem Kleiderschrank stand?

Einen verrückten Moment lang wollte ich tatsächlich die hohen Absätze gegeneinander schlagen und zweimal »Zu Hause ist es doch am schönsten« rufen in der Hoffnung, ich würde wie Dorothy in *Der Zauberer von Oz* wundersamerweise in meinem eigenen Wohnzimmer aufwachen. Oder meinetwegen auch in Kansas. Überall, nur nicht hier, dachte ich. »Es tut mir schrecklich leid«, sagte ich und wartete, dass sie eintrat. »Bitte verzeih mir.«

Nur, dass niemand da war außer mir und meiner hyperaktiven Fantasie. Ganz zu schweigen von meinen Schuldgefühlen darüber, an einem Ort zu sein, an dem ich nichts verloren hatte. Auf Alisons Acht-Zentimeter-Absätzen stand ich wackelig in ihrem Kleiderschrank und wartete, dass mein Herzschlag sich wieder beruhigte. Na, du würdest ja einen tollen Verbrecher abgeben, dachte ich, als ich die Schuhe abstreifte und sie auf ihren Platz neben den ramponierten Turnschuhen zurückstellte.

Danach hätte ich schleunigst verschwinden sollen. Alison fühlte sich offensichtlich besser, es bestand kein Anlass zur Sorge. Und es gab bestimmt keinen Grund dafür, mich in dem Haus aufzuhalten, das jetzt schließlich ihres war. Ich war auch schon auf dem Weg hinaus – ganz ehrlich –, als ich es sah.

Ihr Tagebuch.

Es lag aufgeschlagen auf der weißen Korbkommode, als wartete es darauf, gelesen zu werden, ja beinahe so, als hätte Alison es absichtlich dorthin gelegt, weil sie erwartet hatte, dass ich vorbeischauen würde. Ich versuchte, darüber hinwegzusehen, versuchte vorbeizugehen, ohne auf einen Blick stehen zu bleiben, mich für einen gezielten Blick vorzubeugen, um genau zu sein, aber das verdammte Ding zog mich an wie ein Magnet. Beinahe unwillkürlich folgten meine Augen den dramatischen Kringeln und Schleifen von Alisons kunstvollem Gekritzel wie auf einer wilden, visuellen Achterbahnfahrt.

Sonntag, 4. November: Nun, ich hab es getan. Ich bin tatsächlich hier.

Ich hielt inne und schlug das Tagebuch zu, bis mir einfiel, dass ich es aufgeschlagen vorgefunden hatte, sodass ich rasch bis zu dem letzten Eintrag vorblätterte.

Donnerstag, 11. Oktober: Lance sagt, ich bin verrückt. Er sagt, ich soll nicht vergessen, was beim letzten Mal passiert ist.

Freitag, 26. Oktober: Ich werde langsam nervös. Vielleicht ist das Ganze doch keine so gute Idee.

Sonntag, 28. Oktober: Lance warnt mich davor, mich emotional zu stark einzulassen. Vielleicht hat er Recht. Vielleicht ist mein ganzer Plan verrückt.

Mein Blick huschte zum letzten Eintrag, ohne meinen Augen eine Pause zu gönnen, in der ich die Worte hätte aufnehmen können.

Sonntag, 4. November: Nun, ich hab es getan. Ich bin tatsächlich hier. Ich lebe in dem kleinen Häuschen hinter ihrem Haus, und sie hat mich zum Essen eingeladen. Sie macht einen netten Eindruck, auch wenn ich sie mir irgendwie anders vorgestellt habe.

Was sollte das heißen?

Was hatte sie sich vorgestellt?

Wir hatten nicht einmal eine Minute lang miteinander telefoniert, kaum Zeit genug, sich irgendeinen Eindruck zu bilden.

Lance sagt, ich bin verrückt. Er sagt, ich soll nicht vergessen, was beim letzten Mal passiert ist.

Hatten diese beiden Einträge irgendeinen Bezug zueinander?

»Ich tue es schon wieder«, sagte ich laut. Meine Fantasie mit mir durchgehen lassen. Die Sätze in Alisons Tagebuch konnten alles Mögliche bedeuten. Oder gar nichts. Mein Unbehagen rührte mehr von meinen Schuldgefühlen her, in

Alisons persönlichen Sachen herumgeschnüffelt zu haben, als von ihren unschuldigen Notizen. Ich wich von der Kladde zurück wie vor einer züngelnden Schlange.

Ansonsten tat ich gar nichts. Nicht in dem Moment, nicht später, nicht einmal als ich nach der Arbeit nach Hause kam und bei Alison vorbeischaute und sie mir erklärte, dass sie bis auf einen kurzen Spaziergang um den Block den ganzen Tag mehr oder weniger im Bett verbracht hätte.

Ich brachte ihr die Tabletten, die Liste mit ansässigen Ärzten und eine Portion selbst gemachte Hühnersuppe und entschied, freundlich zu bleiben, aber Abstand zu wahren – *mich emotional nicht zu stark einzulassen*, wie der mysteriöse Lance mir garantiert geraten hätte –, und irgendwie schaffte ich es, mir einzureden, dass, solange Alison ihre Miete pünktlich bezahlte und sich an meine Regeln hielt, alles in bester Ordnung war.

5

Bis zum Freitag hatte ich das Tagebuch praktisch vergessen. Eine der anderen Schwestern war von einer üblen Grippe niedergestreckt worden, und ich hatte mich freiwillig gemeldet, zusätzlich zu meinen Schichten am Mittwoch und Donnerstag auch ihren Dienst am Freitag zu übernehmen, sodass ich Alison überhaupt nicht sah. Ich bekam allerdings einen reizenden Brief von ihr, in dem sie sich für das Abendessen bedankte und sich ausführlich dafür entschuldigte, mir solche Umstände bereitet zu haben. Sie versicherte, es gehe ihr viel besser, und schlug vor, am Wochenende ins Kino zu gehen, falls mein Zeitplan das erlaube. Ich reagierte nicht und beschloss, völlige Erschöpfung vorzuschieben, wenn wir uns tatsächlich begegnen oder sprechen sollten. Wenn ich derlei Avancen oft genug ablehnte, würde unsere Beziehung wieder das werden, was sie von Anfang an hätte sein sollen – ein Mietverhältnis. Ich hatte Alison voreilig in mein Leben gelassen.

»Woran denken Sie, meine Liebe?«, fragte die Stimme neben mir hörbar besorgt.

»Hm? Was? Verzeihung«, sagte ich und schob ungewollte Erinnerungen beiseite, um meine volle Aufmerksamkeit wieder der verrunzelten alten Frau zu widmen. Durch eine Reihe von Schläuchen, durch die sie zwangsweise mit wichtigen Nährstoffen versorgt wurde, soweit ihre Adern es zuließen, war sie noch mit dem Leben verbunden.

Myra Wylies Blick strahlte stille Neugier aus. »Sie waren eine Million Meilen weit weg.«

»Tut mir leid. Habe ich Ihnen wehgetan?« Ich ließ die Hände von der Kanüle sinken.

»Nein, Liebes. Sie könnten mir nicht mal wehtun, wenn Sie sich anstrengen würden. Hören Sie auf, sich zu entschuldigen. Ist alles in Ordnung?«

»Alles bestens.« Ich wickelte die Decke um ihre Füße. »Sie machen sich erstaunlich gut.«

»Mit Ihnen, meinte ich. Ist mit Ihnen alles in Ordnung?«

»Alles bestens«, wiederholte ich, als wollte ich nicht nur sie, sondern auch mich überzeugen.

»Sie können ruhig mit mir reden. Wenn Sie ein Problem haben.«

Ich lächelte dankbar. »Das ist sehr nett.«

»Es ist mein Ernst.«

»Das weiß ich.«

»Sie sehen aus, als würden Sie sich immer ganz tiefsinnige Gedanken machen«, bemerkte Myra Wylie, und ich lachte laut. »Lachen Sie nicht. Josh findet das auch.«

Ich spürte, wie mein Puls schneller zu schlagen begann. »Ihr Sohn denkt, ich hätte tiefsinnige Gedanken?«

»Das hat er bei seinem letzten Besuch gesagt.«

Ich fühlte mich beinahe lächerlich geschmeichelt, wie ein Backfisch, der gerade erfahren hat, dass der dumme Junge, in den sie verschossen ist, das Gleiche für sie empfindet. »Nun, es ist fast Mittag. Er müsste jede Minute hier sein.«

»Er findet Sie sehr nett.«

Täuschte ich mich oder funkelten Myras wässrige Augen verschmitzt? »Oh, wirklich?«

»Josh hat jemand Nettes verdient«, sagte Myra wie zu sich selbst. »Er ist geschieden, müssen Sie wissen. Das habe ich Ihnen doch erzählt, oder?«

Ich nickte, begierig auf weitere Details und trotzdem bemüht, nur mäßig neugierig zu erscheinen.

»Sie ist mit ihrem Aerobic-Trainer durchgebrannt. Können Sie sich das vorstellen? Die dumme Gans.« Myra Wylie straffte ihre zerbrechlichen Schultern in rechtschaffener Empörung. »Hat eine Familie zerstört und meinem Sohn das Herz gebrochen, und wofür? Um mit irgendeinem zehn Jahre jüngeren, muskelbepackten Bodybuilder in den Sonnenuntergang zu reiten, der sie dann ein halbes Jahr später – wie sollte es auch anders sein – sitzen gelassen hat? *Jetzt* sieht sie ihren Fehler natürlich ein, *jetzt* will sie Josh wiederhaben. Aber dafür ist er Gott sei Dank zu klug. Er wird diese Frau nicht noch einmal in sein Leben lassen.« Myras Stimme brach und verlor sich in Besorgnis erregendem Husten und Keuchen wie ein Radiosender bei schlechtem Empfang.

»Tief durchatmen«, ermahnte ich sie und beobachtete, wie sich ihr Atem nach und nach wieder beruhigte. »So ist es besser. Sie sollen sich nicht so aufregen. Es lohnt sich nicht. Jetzt ist alles vorbei. Sie sind geschieden.«

»Er wird diese Frau nie wieder in sein Leben lassen.«

»Bestimmt nicht«, versicherte ich ihr.

»Er hat jemand Nettes verdient.«

»Unbedingt.«

»Jemanden wie Sie«, sagte Myra und fügte hinzu: »Sie mögen doch Kinder, oder?«

»Ich liebe Kinder.« Ich folgte ihrem Blick zu den beiden silbern gerahmten Fotos ihrer lächelnden Enkel, die auf dem Rollschränkchen neben ihrem Bett standen.

»Mittlerweile sind sie natürlich älter als zu der Zeit, als die Fotos gemacht worden sind. Jillian ist fünfzehn und Trevor fast zwölf.«

»Ich weiß. Ich habe sie schon einmal getroffen«, erinnerte ich sie. »Wirklich entzückende Kinder.«

»Nachdem Jan sie verlassen hat, sind sie durch die Hölle gegangen.«

»Ich bin sicher, dass es nicht leicht für sie war.« Es ist nie leicht, seine Mutter zu verlieren, erinnere ich mich, gedacht zu haben. Egal, wie alt man ist und unter welchen Umständen. Eine Mutter ist eine Mutter, dachte ich und hätte beinahe gelacht. So viel zu meinen tiefschürfenden Gedanken. »Ich muss jetzt weiter. Kann ich noch irgendwas für Sie tun, bevor Ihr Sohn kommt?«

»Kämmen Sie mich doch bitte noch mal, wenn es Ihnen nichts ausmacht.«

»Es ist mir ein Vergnügen.« Sanft fuhr ich mit dem Kamm über Myras Kopf und beobachtete, wie die zierlichen Strähnen ihres grauen Haars sofort wieder zurückfielen, als wären sie nie berührt worden. »Das mit dem Pagenschnitt war eine gute Idee. Er steht Ihnen sehr gut.«

»Finden Sie?« Sie lächelte freudig und stolz wie ein junges Mädchen.

»Alle Schwestern auf der Station wollen jetzt von mir die Haare geschnitten bekommen. Sie sagen, ich hätte meinen Beruf verfehlt.«

»Ich glaube, Sie haben gar nichts verfehlt.« Myra ergriff meine Hand und drückte sie.

»Ich komme später noch mal rein, um Ihren Sohn zu begrüßen«, sagte ich augenzwinkernd.

»Terry?«, rief sie, als ich schon fast aus dem Zimmer war. Ich drehte mich um und sah, dass sie sich mit den Fingern über die Lippen strich. »Vielleicht ein bisschen Lippenstift?«

Ich wollte zum Bett zurückgehen.

»Nein. Nicht ich«, sagte sie rasch. »Sie.«

Lachend und kopfschüttelnd kehrte ich zur Tür zurück. Ich lachte immer noch, als ich auf den Flur trat und Alison vor dem Schwesterntresen stehen sah.

»Terry!« Alison stürzte mit ausgestreckten Armen und vor Stolz gerötetem Gesicht auf mich zu. Sie trug ihr blaues Sommerkleid, und ihr Haar fiel locker und voll auf ihre Schultern. Um ihren Hals hing Erica Hollanders Kette, und das winzige goldene Herz lag auf ihrem Schlüsselbein, als wäre es schon ein Leben lang dort gewesen.

»Alison! Was machst du denn hier?« Ich blickte zu Margot und Caroline, die beide hinter dem langen geschwungenen Schreibtisch des Schwesterntresens beschäftigt waren, Margot telefonierte, Caroline machte eine Notiz auf dem Krankenblatt eines Patienten. Obwohl sie so taten, als würden sie uns gar nicht beachten, blickten sie beide in unsere Richtung.

»Ich hab's geschafft! Ich hab's geschafft!« Alison hüpfte auf und ab wie ein kleines Kind.

Ich legte einen Finger auf den Mund, um ihr anzudeuten, dass sie sich beruhigen und leiser sprechen sollte. »Was hast du geschafft?«

»Ich habe einen Job«, quiekte sie, unfähig, sich zu beherrschen. »In der Galerie Lorelli auf der Atlantic Avenue. Vier Tage pro Woche, hin und wieder ein Samstag und manchmal abends. Schichtdienst«, sagte sie strahlend. »Wie du.«

»Das ist ja toll«, hörte ich mich sagen, weil ihre Begeisterung trotz all meiner Vorsätze, Distanz zu wahren, einfach ansteckend war. »Was genau sollst du denn da machen?«

»Ich arbeite im Verkauf. Natürlich weiß ich nicht viel über Kunst, aber Fern meinte, sie würde mir alles beibringen, was ich wissen müsste. Fern ist meine Chefin. Fern Lorelli. Sie macht einen sehr netten Eindruck. Kennst du sie?«

Ich wollte verneinend den Kopf schütteln, doch Alison war schon weiter.

»Ich habe ihr erklärt, dass ich nicht viel Ahnung von Kunst habe, weil ich mir gedacht habe, dass ich am besten ehrlich bin, richtig? Ich wollte nicht, dass sie mir den Job unter falschen Voraussetzungen gibt. Ich meine, sie würde es ja ohnehin schnell genug rauskriegen, oder? Aber sie hat gesagt, ich soll mir keine Sorgen machen, sie würde sich um die Kunst kümmern, während ich vor allem für den Schmuck und die Geschenkartikel zuständig sein soll. Aber wenn ich es schaffe, eins der Bilder zu verkaufen, kriege ich eine Prämie. Fünf Prozent. Ist das nicht super?«

»Wirklich toll«, stimmte ich ihr zu.

»Einige der Bilder kosten mehrere tausend Dollar, das wäre doch fantastisch, wenn ich eins davon verkaufen könnte. Aber meistens stehe ich hinter der Kasse. Zusammen mit dem anderen Mädchen, das dort arbeitet, Denise Nickson heißt sie, glaube ich. Was noch? Oh – ich kriege zwölf Dollar die Stunde und fange am Montag an. Ist das nicht super?«

»Das ist wirklich toll«, sagte ich noch einmal.

»Ich konnte einfach nicht abwarten, es dir zu erzählen, deshalb bin ich direkt hierher gekommen.«

»Glückwunsch.«

»Darf ich dich zum Mittagessen einladen?«

»Zum Mittagessen?«

»Ja, um zu feiern. Ich lad dich ein.«

Ich trat verlegen von einem Fuß auf den anderen. Theoretisch hatte ich gerade Mittagspause, und mein Magen knurrte seit einer Stunde vernehmlich. »Ich kann nicht. Hier ist heute so viel los ...«

»Dann zum Abendessen?«

»Ich kann nicht. Ich arbeite eine Doppelschicht.«

»Dann morgen Abend«, beharrte sie. »Das ist sogar noch besser. Morgen ist Samstag, da kannst du am nächsten Tag ausschlafen. Morgen Abend hast du doch nicht auch schon was vor, oder?«

»Nein«, sagte ich, und mir wurde klar, dass Alison sich nicht eher zufrieden geben würde, bis sie eine feste Verabredung getroffen hatte, selbst wenn sie dafür jeden Tag bis Weihnachten durchgehen musste. »Aber es ist wirklich nicht nötig, dass du mich zum Essen einlädst.«

»Selbstverständlich lade ich dich ein«, erklärte Alison. »Ich möchte es. Als Dankeschön für alles, was du für mich getan hast.«

»Ich hab doch gar nichts gemacht.«

»Du machst wohl Witze? Du hast mir die schönste Wohnung der Welt vermietet, du hast mir Essen gekocht und mir das Gefühl gegeben, willkommen zu sein. Du hast dich sogar um mich gekümmert, als ich krank geworden bin. Ich stehe tief in deiner Schuld, Terry Painter.«

»Du schuldest mir gar nichts außer der Miete«, erwiderte ich, um Distanz bemüht, während ich gleichzeitig spürte, wie ich widerwillig wieder in ihre Umlaufbahn gezogen wurde und ihrem Bann erlag. *Du hast mir die schönste Wohnung der Welt vermietet*. Wer sagt so etwas? Wie soll man da nicht verzaubert sein?

Und worüber machte ich mir außerdem solche Sorgen? Was hatte ich von jemandem wie Alison ernsthaft zu befürchten? Selbst wenn man vom Schlimmsten ausging und annahm, dass sie eine gerissene Betrügerin war, worauf sollte sie es abgesehen haben? Ich habe kaum materielle Reichtümer – mein kleines Haus, das Gartenhäuschen, unbedeutende Ersparnisse und die alberne Kopfvasensammlung meiner Mutter. Na und? Kleinkram, alles zusammen. Wir waren schließlich in Florida, Herrgott noch mal. Vierzig Minuten weiter nördlich lagen die Strandvillen von Palm Beach und Hobe Sound, vierzig Minuten weiter südlich die Paläste des berüchtigten South Beach von Miami. Florida, das bedeutete Geld, reiche alte Männer, die nur darauf warteten, von hübschen jungen Mädchen ausgenutzt zu werden. Das hielt sie doch am Leben, verdammt noch mal. Es würde keinen Sinn ergeben, dass Alison ihre Zeit mit mir vergeudete.

Heute ist mir klar, dass es Zeiten gibt, in denen unser Verstand sich schlicht weigert, die Indizien vor unseren Augen zu erkennen, weil unsere Sehnsucht nach Selbsttäuschung unseren Selbsterhaltungstrieb überlagert. Ganz gleich, für wie alt und weise wir uns halten, wir glauben doch nie wirklich an unsere eigene Sterblichkeit. Und seit wann muss irgendwas einen Sinn ergeben?

»Also abgemacht?« Alisons breites, schräges Grinsen strahlte mich erwartungsvoll an.

»Abgemacht«, hörte ich mich antworten.

»Super.« Sie drehte sich einmal im Kreis, sodass der Rock ihres Kleides sich um ihre Knie bauschte. »Hast du irgendwas Bestimmtes im Sinn?«

Ich schüttelte den Kopf. »Ich lasse mich überraschen.«

Sie rieb mit dem Finger über das goldene Herz an ihrem Hals. »Ich liebe Überraschungen.«

Wie auf ein Stichwort ging in diesem Moment der Feueralarm los, ein falscher Alarm, wie sich herausstellen sollte, doch in den wenigen Minuten, bis wir uns vergewissert hatten, dass alles in Ordnung war, regierte das blanke Chaos. Nachdem ich mehrere panische Patienten beruhigt hatte, dass die Klinik keineswegs drohte, sich in ein flammendes Inferno zu verwandeln, kehrte ich zum Schwesterntresen zurück. Alison war verschwunden.

»Alles okay?«, fragte Margot.

»Mr. Austin hat mir erklärt, dass er, Feuer oder nicht, ohne seine Zähne nirgendwohin gehen würde«, berichtete ich lachend und stellte mir dazu den streitbaren alten Mann aus Zimmer 411 vor.

»Hübsches Mädchen, mit dem du vorhin geredet hast«, bemerkte Margot.

»Meine neue Mieterin.«

»Ach ja? Na, hoffentlich hast du diesmal mehr Glück.«

Die nächste Stunde verging relativ friedlich, das heißt ohne Feueralarm und unerwartete Besucher. Nach einem kurzen Mittagessen in der Cafeteria war ich pausenlos damit beschäftigt, hier und da den Puls zu messen, Schmerzmittel zu verteilen, Patienten zum Bad und zurück zu begleiten und sie zu trösten, wenn sie mit ihrem Schicksal haderten. Irgendwann stand ich unvermittelt vor Sheena O'Connors Zimmer, das ich nach kurzem Zögern betrat.

Das Mädchen lag auf ihrem Bett und starrte mit angstvoll aufgerissenen Augen zur Decke. Sah sie den Mann, der sie vergewaltigt, sinnlos auf sie eingeschlagen und dann vermeintlich tot hatte liegen lassen? Ich trat an ihr Bett und berührte vorsichtig ihre Hand, doch wenn sie etwas spürte, ließ sie es durch nichts erkennen. »Alles in Ordnung«, flüsterte ich. »Jetzt bist du in Sicherheit.«

Ich zog mir einen Stuhl ans Bett und setzte mich neben sie, als mir plötzlich die Worte eines alten Schlaflieds durch den Kopf schwirrten. Ich brauchte einen Moment, bis mir auch die dazugehörige Melodie einfiel, und ehe ich mich versah, sang ich leise und sanft wie zu einem Baby. »*Tu-ra-lu-ra-la-ru ... Tu-ra-lu-ra-lu-ra ...*«

Ich weiß nicht, warum mir gerade dieses Lied eingefallen ist. Ich konnte mich nicht erinnern, dass meine Mutter es je gesungen hatte. Vielleicht habe ich gedacht, dass Sheenas Mutter es ihrer Tochter vorgesungen haben könnte, dass das Lied irgendetwas tief im Unterbewusstsein Vergrabenes aufwühlen und das Mädchen an eine Zeit erinnern könnte, in der sie sich geschützt und geborgen gefühlt hatte und ihr nichts Böses widerfahren konnte.

»*Tu-ra-lu-ra-lu-ra-lu*«, sang ich, und meine Stimme wurde mit jeder Wiederholung der einfachen Melodie kräftiger. »*Tu-ra-lu-ra-lu.*«

Sheena rührte sich nicht.

»*Tu-ra-lu-ra-lu* ... das ist ein irisches Schlaflied, Sheena«, flüsterte ich.«

»Und es ist wunderschön«, sagte eine Männerstimme von der Tür.

Ich musste mich nicht umdrehen, um zu wissen, wer es war. Ich schluckte die letzten Töne hinunter und hoffte, dass mein Gesicht mich nicht verraten würde, als ich mich schließlich umwandte. Josh Wylie stand, groß und auf eine fast nachlässige Art gut aussehend, mit grau meliertem Haar und den blauen Augen seiner Mutter, in der Tür und beobachtete mich. »Wie lange stehen Sie schon da?«

»Lange genug, um zu hören, dass Sie eine wunderschöne Stimme haben.«

Ich stützte mich auf Sheenas Bett ab, als ich mich erhob. »Danke.« Mein Herzschlag stotterte, als ich den Raum durchquerte, während meine Knie überraschend fest waren. Josh Wylie trat in den Flur zurück, und ich schloss Sheenas Zimmertür hinter mir.

»Was ist mit ihr los?«, fragte Josh, als wir gemeinsam den Flur hinuntergingen.

Ich berichtete ihm die brutalen Details des Überfalls. »Sie liegt im Koma. Ihre Augen sind offen, aber sie sieht nichts.«

»Wird sie immer so bleiben?«

»Das weiß niemand.«

»Wie traurig.« Josh schüttelte bekümmert den Kopf. »Und wie geht es meiner Mutter?« Er lächelte, und der Schwung seiner Lippen betonte das Funkeln in seinen Augen. »Ich habe gehört, Sie haben ihr die Haare geschnitten.«

»Nur hier und da ein bisschen, aber es scheint ihr zu gefallen.«

»Sie ist ganz verzückt. Sie ist Ihretwegen ganz verzückt«, betonte Josh. »Sie meint, dass Sie ungefähr das Großartigste seit der Erfindung von geschnittenem Brot sind.«

»Das beruht durchaus auf Gegenseitigkeit.«

»Sie meint, bei meinem nächsten Besuch sollte ich Sie zum Essen ausführen.«

»Was?«

»Mittagessen am kommenden Freitag. Wenn Sie frei haben. Und Hunger …«

»Ich habe immer Hunger«, sagte ich und war dankbar, als

er lachte. »Mittagessen am nächsten Freitag klingt großartig.« Ich musste an Alison denken, zwei unerwartete Einladungen an einem Tag.

»Okay, das wäre also abgemacht, nächsten Freitag.« Wir hatten den Schwesterntresen erreicht. »Bis dahin überlasse ich meine Mutter Ihren tüchtigen, kreativen Händen.«

»Fahren Sie vorsichtig«, rief ich Josh nach, als er in den wartenden Fahrstuhl trat.

»Und keine Schwestern-Uniform. Das ist kein dienstliches Essen.« Er winkte mir zu, während die Tür langsam zuging.

Das ist kein dienstliches Essen, wiederholte ich stumm, während ich im Geist bereits meinen Kleiderschrank durchging, um zu entscheiden, was ich anziehen oder ob ich mir etwas Neues gönnen sollte. Erst in diesem Moment bemerkte ich den kleinen Aufruhr hinter mir. »Probleme?«, fragte ich, drehte mich um und sah, wie Margot und Caroline den ganzen Empfangstresen absuchten.

»Carolines Portemonnaie ist aus ihrer Handtasche verschwunden«, sagte Margot.

Ich trat zu ihnen hinter den Tresen und schloss mich der Suche an. »Ganz sicher? Du hast es nicht vielleicht in die Hosentasche oder sonst wohin gesteckt?«

»Ich habe schon überall nachgesehen«, stöhnte Caroline und strich sich das kinnlange, braune Haar aus ihrem länglichen Gesicht, bevor sie ihre Handtasche auf den Fußboden entleerte. Caroline sah schon an guten Tagen immer leicht deprimiert aus, doch jetzt wirkte sie regelrecht verzweifelt.

»Vielleicht hast du es in einer anderen Handtasche gelassen. Das ist mir auch mal passiert«, versuchte ich lahm, sie zu trösten, obwohl mir nichts dergleichen passiert war.

»Nein, heute Morgen hatte ich es noch. Das weiß ich genau, weil ich mir unten eine Tasse Kaffee und ein Plunderteilchen gekauft habe.«

»Vielleicht hast du es beim Bezahlen liegen lassen.«

Caroline schüttelte den Kopf. »Ich bin mir ganz sicher, dass ich es wieder in meine Handtasche getan habe.« Sie blickte den Flur auf und ab, in ihren niedergeschlagenen Augen schimmerten Tränen. »Verdammt. Es waren mehr als hundert Dollar drin.«

Ich dachte an Alison. Sie war hier gewesen, als der Feueralarm losgegangen und der Schwesterntresen vorübergehend unbesetzt gewesen war. Und als sich alles wieder beruhigt hatte, war sie verschwunden. War es möglich, dass sie Carolines Portemonnaie genommen hatte?

Warum kam mir dieser Gedanke überhaupt?

Viel logischer war es anzunehmen, dass Caroline ihr Portemonnaie in der Cafeteria hatte liegen lassen. »Warum rufst du nicht mal unten an?«, riet ich ihr, während ich alle Schubladen durchging, jedes kleine Fach hinter dem Schreibtisch durchwühlte und zuletzt meine eigene Handtasche überprüfte, um mich zu vergewissern, dass nichts fehlte.

»Ich rufe die Cafeteria an«, nahm Caroline meinen Rat widerwillig an, »aber ich weiß, dass es dort nicht ist. Irgendwer hat es gestohlen. Irgendwer hat es gestohlen.«

6

Am Samstagabend kam ich gerade aus der Dusche, als das Telefon klingelte. Ich wickelte mich in ein großes weißes Badelaken, warf ein zweites über die Schulter und tapste zu dem Telefon in meinem Schlafzimmer, wobei ich mich fragte, ob es Alison war, die unsere Verabredung absagen wollte. Ich nahm ab und strich mir die nassen Haare von der Wange. »Hallo?«

»Ich möchte Erica Hollander sprechen«, erklärte eine männliche Stimme ohne jede Vorrede.

Es dauerte eine halbe Sekunde, bis der Name in meinem Gehirn ankam. »Erica Hollander ist nicht mehr meine Mieterin«, erwiderte ich kühl. Mein Blick folgte den Tropfen, die in kleinen Rinnsalen über meine Beine auf den beigefarbenen Teppich flossen, und so als gäbe es im Inneren meines Körpers ein Echo darauf, durchströmte mich ein Gefühl von Angst.

»Wissen Sie, wie ich sie erreichen kann?« In der Stimme schwang ein leichter Südstaatenakzent mit, aber sie kam mir nicht bekannt vor.

»Ich fürchte, ich habe keine Ahnung, wo sie ist.«

»Wann ist sie denn bei Ihnen ausgezogen?«

Ich überlegte, wann ich Erica zum letzten Mal gesehen hatte. »Das war Ende August.«

»Und sie hat keine Nachsendeadresse hinterlassen.«

»Sie hat gar nichts hinterlassen, auch nicht die zwei Monatsmieten, die sie mir noch schuldet. Wer ist denn da?«

Als Antwort hörte ich ein lautes Klicken.

Ich legte den Hörer auf, ließ mich aufs Bett sinken und atmete ein paarmal tief durch, während ich versuchte, die unangenehmen Erinnerungen an Erica Hollander zu verdrängen. Doch abwesend war sie ebenso hartnäckig, wie sie es anwesend gewesen war, und sie ließ sich nicht so einfach abwimmeln.

Erica Hollander war jung wie Alison und groß und geschmeidig wie Alison, aber eben nicht ganz so hochgewachsen und biegsam. Sie hatte volles, dunkelbraunes, schulterlanges Haar, das sie ständig von einer Seite auf die andere warf, wie man es in diesen ärgerlichen Werbespots sieht, wo ein gutes Shampoo mit einem guten Orgasmus gleichgesetzt wird. Ihr Gesicht jedoch, das in vorteilhaftem Licht durchaus hübsch wirken konnte, balancierte gefährlich auf der Grenze zum Gewöhnlichen. Es war allein ihre lange, dünne Nase mit dem unvermittelten Linksdrall, die ihm überhaupt Charakter verlieh, ihr einziger markanter Zug, und natürlich hasste sie sie. »Ich spare auf eine Operation«, hatte sie mir mehr als einmal erklärt.

»Deine Nase ist wunderschön«, hatte ich ihr – ganz Glucke – versichert.

»Sie ist furchtbar, ich spare, um sie richten zu lassen.«

Ich hatte ihrem Lamento über ihre Nase zugehört, mir die Prahlerei über ihren Freund angehört – »Charlie sieht so gut aus, Charlie ist so intelligent« –, der für ein Jahr in Tokio arbeitete, ich hatte ihr zugehört, als sie mit dem Angeben aufhörte und zu jammern anfing – »Charlie hat diese Woche gar nicht angerufen, Charlie sollte sich lieber in Acht nehmen« –, und mich auch jedes Urteils enthalten, als sie etwas mit einem Typen anfing, den sie im Elmwood's getroffen hatte, einer bekannten Motorradkneipe in der Atlantic Avenue. Ich hatte ihr sogar Geld geliehen, um sich einen gebrauchten Laptop zu kaufen. Alles, weil ich dachte, wir wären Freundinnen. Auf den Gedanken, dass sie eines Nachts einfach verschwinden könnte, obwohl sie mir noch immer Geld für den Computer schuldete, von mehreren Monaten Mietrückstand ganz zu schweigen, war ich nicht gekommen.

Der intelligente, gut aussehende Charlie in Tokio wollte nicht akzeptieren, dass seine Freundin ihn ebenso unzeremoniell hatte sitzen lassen wie mich, und hatte mich mit unangenehmen Telefonaten aus Tokio bombardiert, in denen er ihren Aufenthaltsort zu erfahren verlangte. Er hatte sogar die Polizei benachrichtigt, die meine Geschichte bestätigte, was ihn jedoch offenbar immer noch nicht zufrieden stellte. Er belästigte mich weiter mit Ferngesprächen, bis ich drohte, seinen Arbeitgeber darüber zu informieren. Danach hatten die Anrufe plötzlich aufgehört.

Bis heute Abend.

Kopfschüttelnd stellte ich fest, dass Erica Hollander mir auch drei Monate nach ihrem Verschwinden noch Kummer bereitete. Sie war meine erste Mieterin gewesen, und nachdem sie abgehauen war, hatte ich mir geschworen, dass sie auch die letzte bleiben sollte.

Was hatte mich bewogen, meine Meinung zu ändern?

Ehrlich gesagt vermisste ich die Gesellschaft. Ich habe nicht viele Freunde. Natürlich sind da meine Kolleginnen Margot und Caroline, doch außerhalb des Krankenhauses treffen wir uns selten. Caroline hat einen anspruchsvollen Ehemann und Margot vier Kinder, um die sie sich kümmern muss. Außerdem bin ich schon immer ein wenig zurückhaltend gewesen. Diese Schüchternheit in Verbindung mit meiner Neigung, mich in die Arbeit zu stürzen, hat es mir schwer gemacht, Menschen kennen zu lernen. Die lange Krankheit meiner Mutter vor ihrem Tod nicht zu vergessen. Und neben der Pflege meiner Patienten und der Pflege meiner Mutter zu Hause, nun ja ... Der Tag hat eben nur vierundzwanzig Stunden.

Außerdem passiert in unserer Gesellschaft schleichend etwas Heimtückisches mit Frauen, wenn sie vierzig werden, vor allem wenn sie unverheiratet sind. Wir verlieren uns in einem dichten, frei schwebenden Nebel. Es wird zunehmend schwieriger, uns zu sehen. Die Leute wissen schon, dass wir da sind, man sieht uns bloß ein wenig unscharf, vor allem an den Rändern, sodass wir anfangen, mit dem Hintergrund zu verschwimmen. Wir sind nicht direkt unsichtbar – die Leute gehen uns noch aus dem Weg, um nicht mit uns zusammenzustoßen –, doch in Wahrheit werden wir nicht länger *gesehen*. Und wenn man nicht gesehen wird, wird man auch nicht gehört.

So und nicht anders sieht es aus für Frauen über vierzig.

Wir verlieren unsere Stimme.

Vielleicht wirken wir deshalb so wütend. Vielleicht liegt es gar nicht an den Hormonen. Vielleicht wollen wir bloß, dass uns jemand beachtet.

Jedenfalls dachte ich daran, wie nett es anfangs gewesen war, nachdem Erica Hollander eingezogen war, wie angenehm und lustig, jemanden um sich zu haben, auch wenn wir uns gar nicht so häufig sahen. Wie auch immer. Irgendwie gab mir die bloße Tatsache, dass jemand dasselbe Grundstück bewohnte wie ich, das Gefühl, weniger einsam zu sein. Also beschloss ich, es noch einmal zu versuchen. Was sagt man noch über die zweite Ehe? Ein Triumph der Hoffnung über die Erfahrung?

Auf keinen Fall jedoch wollte ich noch einmal dieselben Fehler machen und hatte mich deswegen auch dagegen entschieden, eine Anzeige in die Zeitung zu setzen, sondern stattdessen mehrere unscheinbare Zettel rund um das Krankenhaus ausgehängt, von denen sich, wie ich glaubte, eher ältere und verantwortungsbewusstere Menschen angesprochen fühlen würden. Vielleicht sogar eine berufstätige Frau wie ich.

Stattdessen hatte ich Alison bekommen.

Das Klingeln des Telefons riss mich aus meinen Gedanken. Ich spürte den kalten Zug der Lüftung in meinem Nacken wie den kühlen Atem eines Geliebten und erschauderte.

»Hi, ich bin's«, zwitscherte Alison, als ich den Hörer abnahm. »Hast du mich nicht klopfen hören?«

Als ich aufstand, löste sich das Handtuch um meine Brüste und fiel auf den Boden. »Was? Nein. Wo bist du?«

»Ich stehe vor deiner Küchentür. Ich rufe dich von meinem Handy aus an. Ist alles in Ordnung?«

»Alles bestens. Ich bin nur ein bisschen spät dran. Kann ich dich in zehn Minuten abholen?«

»Kein Problem.«

Ich wickelte das Handtuch wieder um, trat ans Fenster und sah durch die weißen Spitzengardinen, wie Alison zu dem Gartenhaus zurückschlenderte. Sie trug ein hautenges dunkelblaues Kleid, das meiner Erinnerung nach neulich noch nicht in ihrem Kleiderschrank gehangen hatte, dazu ihre silbernen Sling-Pumps, in denen zu laufen ihr offenbar keinerlei Schwierigkeiten bereitete. Ich beobachtete, wie sie ihr Handy in der silbernen Handtasche verstaute, die von ihrer Schulter baumelte, um es sofort wieder herauszuziehen, wobei mehrere lose Geldscheine hervorquollen und zu Boden segelten. Alison bückte sich und stopfte sie wieder in das kleine Silbertäschchen. Mir fiel das Bargeld wieder ein, das Alison mir als Kaution in die Hand gedrückt hatte, und ich musste unwillkürlich an die hundert Dollar in dem Portemonnaie denken, die aus Carolines Handtasche verschwunden waren. War es möglich, dass Alison sie genommen hatte?

»Das ist doch albern«, sagte ich laut, während ich beobachtete, wie Alison eine Zahlenfolge in ihr Handy tippte. Alison hatte es nicht nötig, Fremde zu bestehlen. Ich sah, wie sie etwas in den Hörer flüsterte und lachte. Plötzlich fuhr sie herum, beinahe so, als hätte sie gespürt, dass ich sie beobachtete. Ich drückte mich an die Wand und rührte mich nicht, bis ich ihre Haustür zuschlagen hörte.

Eine Viertelstunde später stand ich in einem knielangen, blassgelben, ärmellosen Kleid mit tiefem Dekolleté vor ihr, das ich mir vor einem Jahr gekauft, mich jedoch nie zu tragen getraut hatte. »Tut mir leid, dass es so lang gedauert hat. Meine Frisur wollte einfach nicht sitzen.«

»Du siehst fantastisch aus.« Alison musterte mich mit dem geübten Blick einer Frau, die es gewohnt ist, in den Spiegel zu sehen. »Du musst bloß die Spitzen ein wenig nachschneiden«, verkündete sie nach einer Pause. »Das könnte ich für dich machen. Immerhin habe ich ein paar Monate in einem Frisörsalon gearbeitet.«

»Am Empfang«, erinnerte ich sie.

Sie lachte. »Ja, aber ich habe zugesehen und gelernt und bin mittlerweile ziemlich gut. Ich kann es nach dem Essen ja mal probieren, wenn du willst.«

Ich dachte an den improvisierten Pagenschnitt, den ich Myra Wylie Anfang der Woche verpasst hatte. War ich genauso mutig? »Wohin führst du mich denn aus?«

»Es ist ein neuer Laden direkt gegenüber der Galerie Lorelli. Ich habe schon angerufen und gesagt, dass wir ein bisschen später kommen.«

Das Restaurant hieß Barrington's und war wie viele Restaurants im Süden Floridas innen geräumiger, als es von außen den Anschein hatte. Der Hauptraum war nach Art eines französischen Bistros eingerichtet, jede Menge Tiffany-Lampen, Bleiglasfenster und Toulouse Lautrecs Tänzerinnen aus dem Moulin Rouge als Poster an den blassgelben Wänden, die leider genau die gleiche Farbe hatten wie mein Kleid, sodass ich ohne das üppige Dekolleté möglicherweise ganz verschwunden wäre.

Der Kellner brachte einen Brotkorb, die Weinkarte und zwei große Speisekarten und trug uns die Tagesgerichte vor.

Sein Blick huschte zwischen Alison und meinem Busen hin und her. Gemeinsam, erinnere ich mich gedacht zu haben, könnten wir die Welt beherrschen.

»Delfin!«, jaulte Alison entsetzt auf, als der Kellner genau das vorschlug.

»Nicht Flipper«, erklärte ich rasch. »Dieser Delfin ist ein Fisch und kein Säugetier. Manchmal wird er auch Mahi Mahi genannt.«

»Das klingt schon viel besser.«

»Wie ist der Lachs?«, fragte ich.

»Köstlich«, sagte der Kellner und sah Alison an. »Aber auch ein wenig langweilig«, fügte er mit einem Blick zu mir hinzu.

»Und der Schwertfisch?«, fragte Alison.

»Wunderbar«, schwärmte der Kellner. »Er wird in einer leichten Dijon-Senfsoße zubereitet und mit kurz angebratenem Gemüse und kleinen roten Kartoffeln serviert.«

»Klingt super. Das nehme ich.«

»Ich nehme den Lachs«, sagte ich mit dem Mut zur Langeweile und dem Risiko, von dem jungen Mann verspottet zu werden.

»Dazu etwas Wein?«

Alison wies mit der Hand auf mich, als wollte sie die Bühne mir überlassen. »Dazu etwas Wein?«, wiederholte sie.

»Ich glaube, ich lasse den Wein heute aus.«

»Du kannst doch den Wein nicht auslassen. Wir haben schließlich etwas zu feiern. Wir müssen ein Glas Wein trinken.«

»Denk dran, was beim letzten Mal passiert ist«, warnte ich sie.

Sie sah mich verwirrt an, als hätte sie ihren Migräneanfall von neulich komplett vergessen. »Wir nehmen Weißwein, keinen roten«, erklärte sie nach kurzer Überlegung. »Dann gibt es bestimmt kein Problem.«

Der Kellner zählte die möglichen Alternativen auf, und Alison folgte seiner Empfehlung. Irgendetwas Chilenisches, glaube ich. Der Wein war gut, kalt und löste bei mir rasch einen angenehmen Glimmer aus. Der Service war langsam, sodass ich mein Glas bereits leer getrunken hatte, als das Essen kam. Alison schenkte mir nach, und ich protestierte nicht, obwohl mir auffiel, dass sie selbst nur ein paarmal an ihrem Glas genippt hatte. »Ooh, das ist superlecker«, schwärmte sie, als sie ihren Schwertfisch probiert hatte. »Wie ist deins?«

»Superlecker.« Ich musste lachen.

»Und hast du diese Woche deinen Freund getroffen?«, fragte Alison plötzlich.

»Meinen Freund?«

»Josh Wylie.« Alison sah sich verstohlen in dem gut besuchten Restaurant um, als ob er hier sein und sie ihn in diesem Fall auch erkennen könnte.

Der Lachs blieb mir im Hals stecken. »Woher weißt du von Josh Wylie?«

Alison nahm erst einen, dann noch einen Bissen Schwertfisch. »Du hast mir von ihm erzählt.«

»Tatsächlich?«

»Als ich bei dir zum Abendessen war. Ich habe dich gefragt, ob du dich für irgendwen besonders interessierst, und du hast gesagt, es gäbe da diesen Mann« – sie senkte die Stimme und ließ ihren Blick ein weiteres Mal durch den Raum wandern –, »Josh Wylie, dessen Mutter eine deiner Patientinnen ist. Richtig?« Sie stopfte sich zwei kleine Kartoffeln in den Mund und spießte ein weiteres Stück Schwertfisch auf.

»Stimmt.«

»Und, hast du ihn getroffen?«

»Ja, habe ich. Genau genommen hat er mich am nächsten Freitag zum Mittagessen eingeladen.«

Alison riss begeistert die Augen auf. »Na, ist doch super, Terry!«

Ich lachte. »Es ist keine große Sache«, ermahnte ich Alison ebenso wie mich selbst zur Zurückhaltung. »Wahrscheinlich will er bloß über seine Mutter reden.«

»Wenn er über seine Mutter reden wollte, würde er das im Wartezimmer tun. Glaub mir, er ist interessiert.«

Ich zuckte mit den Schultern und hoffte, dass sie Recht hatte. »Abwarten.«

Alison tat meine Zögerlichkeit mit einer Handbewegung ab. »Du musst mir alles erzählen.« Sie klatschte in die Hände, als wollte sie mir zu einer erfolgreich abgeschlossenen Arbeit gratulieren, bevor sie den Rest ihres Schwertfischs in drei raschen Bissen verputzte. »Das ist echt aufregend. Ich kann den nächsten Freitag kaum erwarten.«

An weitere Details des Essens kann ich mich nicht mehr erinnern, ich weiß nur noch, dass Alison darauf bestand, Nachtisch zu bestellen, und dass ich mehr gegessen habe, als mir gut tat.

»Komm schon«, sagte sie, als sie mir das große Stück Bananencreme-Torte herüberschob. »Man lebt nur einmal.«

Nach dem Essen wollte sie mir unbedingt die Galerie Lorelli zeigen. Sie fasste meine Hand und zog mich über die verkehrsreiche Straße. Ich hörte ein Auto hinter mir vorbeisausen und spürte die Abgasdämpfe an meinen nackten Waden. »Passen Sie doch auf, Lady«, rief der Fahrer.

»Vorsichtig«, ermahnte Alison mich, als hätte ich die Straße allein überquert.

An Wochenenden war die Galerie in der Hoffnung, Touristen und Passanten anzulocken, bis zehn Uhr geöffnet. Einschließlich der jungen Frau mit der Punkfrisur hinter dem Ladentisch hielten sich genau vier Personen in dem gut ausgeleuchteten Laden auf. An den Wänden hingen bunte Bilder von Künstlern, von denen ich fast ausnahmslos noch nie gehört hatte. Ich entdeckte allerdings ein typisches Motherwell-Gemälde einer jungen Frau mit vollen roten Lippen und einer hervorstehenden Brustwarze sowie drei übereinander gestapelte Stillleben mit Birnen von einem Künstler, dessen Namen ich mir nie merken konnte, ganz gleich, wie oft ich seine Arbeiten sah. Besonders angetan war ich jedoch von einem kleinen Gemälde, das eine an einem rosafarbenen Sandstrand sonnenbadende Frau zeigte, deren Gesicht im Schatten eines breitkrempigen Hutes verborgen war.

»Das ist mein Lieblingsbild«, sagte Alison und fuhr mit gesenkter Stimme fort. »Es würde sich bestimmt ganz toll in deinem Wohnzimmer machen, meinst du nicht auch? An der Wand hinter dem Sofa?«

»Es ist wunderschön.«

Alison zog mich in die Mitte des Raumes, wobei sie um ein Haar über die große Skulptur eines Frosches aus Fiberglas gestolpert wäre. »Hoppla«, sagte sie kichernd. »Ist das nicht das abscheulichste Viech, das du je gesehen hast?«

Ich konnte ihr nur beipflichten.

»Fern sagt, sie kann die verdammten Dinger gar nicht so schnell im Laden aufstellen, wie sie sich verkaufen. Kannst du dir das vorstellen? Hi, Denise«, fuhr sie im selben Atemzug fort. »Das ist Terry Painter, meine Vermieterin. Meine Freundin«, fügte sie lächelnd hinzu.

Das Mädchen hinter dem Tresen blickte von einer Modezeitschrift auf, die sie durchgeblättert hatte. Ihr zierliches Gesicht wurde von außergewöhnlich violetten Augen beherrscht. »Nett, Sie kennen zu lernen«, sagte sie mit überraschend rauchiger und heiserer Stimme. Die Worte kamen langsam über ihre kleinen, aber vollen Lippen, so als wäre sie sich nicht ganz sicher, ob es tatsächlich nett war, mich kennen zu lernen. Sie trug von Kopf bis Fuß Schwarz, was sie schlanker aussehen ließ, als sie in Wirklichkeit war, auch wenn ihre hohen Brüste unproportional groß wirkten.

»Ich glaube nicht, dass die echt sind«, sollte Alison später feststellen.

»Ich frage mich, was das Bild kostet«, sagte ich und deutete auf das Gemälde der Frau auf dem rosafarbenen Sandstrand.

Denise hob gelangweilt den Blick und schaute zur gegenüberliegenden Wand, bevor sie unter dem Tresen eine Liste in einer Plastikhülle hervorzog. »Fünfzehnhundert Dollar.«

»Für die Wand hinter deinem Sofa im Wohnzimmer«, sagte Alison erneut. »Was denkst du?«

»Ich denke, du fängst erst am Montag an«, erinnerte ich sie.

Alison lächelte strahlend. »Ich bin bestimmt super in dem Job, meinst du nicht auch?«

Ich lachte und wandte meine Aufmerksamkeit dem Schmuck zu, der in einer Vitrine in der Mitte des Raumes ausgestellt war. Dabei blieb mein Blick an einem Paar langer silberner Ohrringe in Form von Amoretten hängen.

»Sind sie nicht fantastisch?« Alison wusste genau, welches Paar ich betrachtete. »Wie viel kosten die?« Sie wies mit dem Finger auf die betreffenden Ohrringe.

Denise öffnete die Rückseite der Vitrine, nahm die Ohrringe heraus und hielt sie mir mit schlanken, von langen dunkelvioletten Nägeln gezierten Fingern hin. »Zweihundert Dollar.«

Ich machte erschrocken einen Schritt zurück. »Das übersteigt meine Verhältnisse.«

Alison nahm Denise die Ohrringe ab. »Unsinn. Sie nimmt sie.«

»Nein«, entgegnete ich. »Zweihundert Dollar ist viel zu viel.«

»Ich schenke sie dir.«

»Was? Nein!«

»Doch.« Behutsam zog Alison die schmalen goldenen Ohrringe heraus, die ich trug, und ersetzte sie durch die langen silbernen Amoretten. »Du hast mir ein Herz geschenkt«, sagte sie und tätschelte das winzige goldene Herz an ihrem Hals. »Jetzt bin ich an der Reihe.«

»Das war doch etwas ganz anderes.«

»Ein Nein werde ich nicht akzeptieren. Außerdem kriege ich Angestellten-Rabatt. Wie viel kosten sie abzüglich meines Rabatts?«, fragte sie Denise.

Die junge Frau zuckte die Achseln. »Nimm sie. Sie gehören dir. Fern wird sie sowieso nicht vermissen.«

»Was soll das heißen?«, fragte ich und machte sofort Anstalten, die Ohrringe wieder abzulegen.

»Das meint sie nicht ernst«, sagte Alison und ließ mehrere 100-Dollar-Scheine wieder in ihrer Handtasche verschwinden, bevor sie mich rasch zum Eingang führte. »Fern ist ihre Tante«, erläuterte sie, als ob das als Erklärung ausreichen würde.

»Weiß sie, dass ihre Nichte eine Diebin ist?«

»Mach dir keine Sorgen. Ich regele das am Montag mit Fern.«

»Versprichst du mir das?«

Alison steckte mir lächelnd ein paar Strähnen hinter die Ohren, um meine neuen Ohrringe besser bewundern zu können. »Ich verspreche es.«

7

»Sie sehen entzückend aus!« Myra Wylie hob ihren Kopf leicht an und winkte mich mit knochigen, krallenartigen Fingern zu ihrem Bett.

Verlegen strich ich über mein gelbes Kleid, als ich näher trat. Myra hatte mich gebeten, sehen zu dürfen, was ich zum Essen mit ihrem Sohn tragen würde, und ich hatte mich in ihrem Bad umgezogen. Ich hatte mich für dasselbe Kleid entschieden, das ich auch bei dem Essen mit Alison angehabt hatte.

»Vielen Dank, meine Liebe.« Myra ließ den Kopf zurück auf ein Kissen sinken, ohne den Blick von mir zu wenden. »Es ist wirklich reizend von Ihnen, mir Ihr Kleid zu zeigen. Meine ehemalige Schwiegertochter war für die Katz. Man konnte kein bisschen Spaß mit ihr haben. Sie hingegen …«

»Ich hingegen?«, hakte ich nach, begierig, mehr zu hören.

»Sie sind sehr gut zu mir.«

»Warum sollte ich das nicht sein?«

»Die Menschen sind nicht immer gütig«, sagte Myra, und ihr Blick verlor sich in einer fernen Erinnerung.

»Sie machen es einem auch sehr leicht«, erklärte ich aufrichtig, zog mir einen Stuhl neben ihr Bett und blickte beim Hinsetzen verstohlen auf meine Uhr. Es war halb eins.

»Keine Sorge«, sagte Myra mit einem wissenden Lächeln. »Er wird schon pünktlich kommen.«

Ich beugte mich vor und tat so, als würde ich das blaue Laken feststecken.

»Die sind ja entzückend«, sagte Myra. »Neu?«

Ihre knochigen Finger tasteten nach den von meinen Ohren baumelnden Amoretten. »Ja. Ein Geschenk.« Ich fragte mich, ob Alison die Angelegenheit wie versprochen mit ihrer Chefin geregelt hatte.

»Von einem Verehrer?« Sorge trübte Myras Blick wie neue Katarakte in ihren wässrigen Augen.

»Nein, sie sind ein Geschenk von meiner neuen Mieterin.« Wieder trat mir Alisons Bild vor Augen. Am Montag hatte sie in der Galerie angefangen, und bis auf einen kurzen Anruf, in dem sie berichtet hatte, dass sie jede Minute in ihrem neuen Job genoss, hatte ich die ganze Woche nicht mit ihr gesprochen. »Und für Verehrer bin ich ja wohl ein bisschen zu alt, meinen Sie nicht?«

»Für Verehrer sind wir nie zu alt.«

»Was höre ich da über Verehrer?«, fragte eine dröhnende Männerstimme in der Tür.

»Da ist er«, sagte Myra, aufgeregt wie ein kleines Mädchen. »Wie geht's dir, mein Schatz?« Sie breitete die Arme aus, ich trat aus dem Weg und sah zu, wie Josh seine Mutter umarmte.

»Perfekt«, sagte er und sah mich dabei direkt an.

»War der Verkehr schlimm?«

»Absolut furchtbar.«

»Du solltest den Turnpike nehmen.«

»Ja, sollte ich.« Er richtete sich auf und lächelte mich an. »Diese Diskussion haben wir jede Woche.«

»Sie sollten auf Ihre Mutter hören«, riet ich ihm.

»Ja, das sollte ich.«

»Sieht Terry nicht hinreißend aus?«, fragte Myra.

Ich blickte zu Boden, weil ich spürte, dass mein Gesicht rot anlief. Nicht weil mich das Kompliment verlegen machte, sondern weil ich genau dasselbe über ihren Sohn gedacht hatte. Ich glaube nicht, dass mir vorher aufgefallen war, wie tief seine Grübchen waren, wie muskulös sein Oberkörper unter dem kurzärmeligen Hemd. Ich hatte alle Mühe, nicht verzückt laut aufzuschreien. So etwas war mir seit Jahren nicht mehr passiert.

»Sie sieht sehr schön aus«, antwortete Josh artig.

»Gefallen dir die Ohrringe?«

Als Josh seine Hand an mein Ohr führte, streifte er meine Wange. »Wirklich sehr apart.«

Ich spürte eine Hitzewallung, als hätte er ein Streichholz angezündet und an meine Haut gehalten. »Sie sind eine richtige Unruhestifterin, wissen Sie das?«, erklärte ich Myra, die ungeheuer selbstzufrieden wirkte.

»Sind Sie so weit?«, fragte Josh.

Ich nickte.

»Ich erwarte einen vollständigen Bericht nach dem Essen«, rief Myra uns nach.

»Ich mache mir Notizen«, rief ich zurück, als Josh mich in den Flur führte.

»Hätten Sie Lust, mit Blick aufs Meer zu essen?«, fragte er.

»Sie können Gedanken lesen.«

Wir fuhren zum Luna Rosa, einem gehobenen Restaurant am South Ocean Boulevard, dem Strand direkt gegenüber. Es war eines meiner Lieblingsrestaurants, bequem zu Fuß von meinem Haus aus zu erreichen, was Josh natürlich nicht wissen konnte. Er hatte einen Tisch draußen reserviert, und wir saßen auf dem schmalen Bürgersteig, atmeten die frische Seeluft und verfolgten die ununterbrochene Parade von Fußgängern, die an uns vorbeizog.

»Also, erzählen Sie mir, wann all das hier passiert ist?« Joshs wohlklingende Stimme übertönte den Verkehrslärm und das Meeresrauschen.

»Wann soll was passiert sein?« Ich beobachtete eine junge Frau in einem glänzenden türkisfarbenen String-Bikini, die barfuß über die Straße lief und im grellen Sonnenlicht verschwand.

Josh beschrieb einen angedeuteten Halbkreis mit seiner großen, ausdrucksstarken Hand. »Alles. Das Delray, an das ich mich erinnere, bestand nur aus Ananasfeldern und Dschungel.«

Ich lachte. »Sie kommen wohl nicht oft raus, was?«

»Wohl nicht.«

»Delray hat sich in den letzten zehn Jahren stark verändert«, erklärte ich mit unerwartetem Stolz. »Die National Civic League hat uns gerade zum zweiten Mal die Auszeichnung ›All-American City‹ verliehen, und vor ein paar Jahren sind wir zur Vorzeigekommune Floridas gewählt worden.« Ich lächelte. »Nicht schlecht für ein paar Ananasfarmer?«

Er lachte, ohne den Blick von mir zu wenden. »Sieht so aus, als sollte ich öfter mal vorbeischauen.«

»Ihre Mutter würde sich ganz bestimmt freuen.«

»Und Sie?«

Ich griff nach meinem Glas mit Eiswasser und trank einen großen Schluck. »Ich würde mich auch freuen.«

Der Kellner trat an unseren Tisch, um unsere Bestellung entgegenzunehmen, Krabbenpasteten für Josh, einen Meeresfrüchtesalat für mich.

»Ihre Mutter ist ein echtes Original«, sagte ich in dem Bemühen, wieder festeren Boden unter die Füße zu bekommen, und probierte einen Tintenfischring. Im Flirten war ich nie besonders gut, und wenn es darum ging, Spielchen zu spielen, war ich noch hoffnungsloser. Ich neigte dazu, jeden Gedanken hinauszuposaunen, der mir auf der Zunge lag.

»Ja, das kann man wohl sagen. Ich nehme an, sie hat Sie über die schmutzige Familiengeschichte ins Bild gesetzt.«

»Sie hat mir erzählt, dass Sie geschieden sind.«

»Ihre Schilderung war bestimmt ungleich farbenfroher.«

»Nun, etwas vielleicht.« Ich trank einen weiteren Schluck von meinem Eiswasser. Ich war so vernünftig gewesen, Joshs

Einladung zu einem Glas Wein auszuschlagen. Es war wichtig, einen klaren Kopf und die Kontrolle zu behalten. Außerdem musste ich in knapp einer Stunde wieder bei der Arbeit sein. Ich lehnte mich auf dem unbequemen Stuhl zurück, lauschte den sich am Strand brechenden Wellen, die wie ein Echo des Tumultes klangen, der in mir wogte. Mein Gott, was war bloß mit mir los? So hingerissen, so verknallt, so verdammt *teenagerhaft* hatte ich mich nicht mehr gefühlt, seit ich vierzehn war.

Am liebsten hätte ich den Kragen von Josh Wylies weißem Leinenhemd gepackt und ihn über den Tisch gezerrt. *Ich habe seit fünf Jahren nicht mehr mit einem Mann geschlafen*, wollte ich schreien. *Können wir das ganze verbale Vorspiel nicht einfach weglassen und zur Sache kommen*?

Aber das tat ich natürlich nicht. Ich saß bloß da und lächelte ihn an. Meine Mutter wäre stolz auf mich gewesen.

»Sie hat mir erzählt, dass Sie nie verheiratet waren«, sagte Josh und schnitt seine Krabbenpastete auf, ohne etwas von dem weit interessanteren Gespräch zu ahnen, das in meinem Kopf vor sich ging.

»Das stimmt.«

»Kaum zu glauben.«

»Wirklich? Wieso?«

»Sie sind eine schöne, intelligente Frau. Ich hätte gedacht, irgendein Kerl müsste Sie sich längst geschnappt haben.«

»Hätte man meinen sollen«, stimmte ich ihm lachend zu.

»Haben Sie etwas gegen die Ehe?«

»Überhaupt nicht.« Ich fragte mich, warum ich scheinbar ständig meinen Single-Status erklären musste »Wie ich schon zu Alison sagte, war es kein Vorsatz meinerseits.«

»Wer ist Alison?«

»Was? Oh, meine neue Mieterin.«

»Und gibt es etwas zu bereuen?«

»Zu bereuen? Bezüglich Alison?«

Josh lächelte. »Im Leben ganz allgemein.«

Ich atmete tief aus. »Das eine oder andere. Und bei Ihnen?«

»Das eine oder andere.«

Unbeschwert plaudernd und lachend beendeten wir unser Mahl, während die Wellen all unser unausgesprochenes Bereuen an der Flutkante entlangspülten.

Nach dem Essen zog Josh Schuhe und Socken aus und krempelte seine schwarze Leinenhose bis über die Knie hoch. Ich zog meine Sandalen aus, und wir gingen gemeinsam am Strand entlang. Immer wieder brandeten die Wogen auf uns zu und wichen erst im letzten Moment zurück wie ein übereifriger Liebhaber, der plötzlich von Zweifeln gepackt wurde, erst stürmisch, dann zögerlich. Erst verführte der Ozean mit seiner ungeheuren Schönheit, um einen dann verlassen, atemlos und allein an seinem Strand zurückzulassen. Ein ewiger Tanz, dachte ich, als das kalte Wasser an meinen Zehen leckte.

»Sind wir nicht die glücklichsten Menschen überhaupt?«, fragte Josh mit einem dankbaren Lachen.

»Doch, das sind wir.« Ich wandte mein Gesicht himmelwärts und blinzelte in die Sonne.

»Ich weiß noch, als ich ein kleiner Junge war«, fuhr er fort, »bin ich mit meinem Vater jeden Samstagnachmittag an den Strand gefahren, während meine Mutter beim Frisör war.«

»Stammen Sie ursprünglich aus Florida?« Ich weiß nicht, warum ich das fragte, weil ich längst alles wusste, was es über Joshs Hintergrund zu wissen gab: Er war als stämmiger Säugling von 4440 Gramm in Boynton Beach geboren; seine Eltern hatten sein Leben lang im Hibiscus Drive 212 gewohnt, und seine Mutter war auch dort wohnen geblieben, als ihr Mann vor zehn Jahren gestorben war; sie hatte das Angebot ihres Sohnes abgelehnt, nach Miami zu ziehen, um ihren Enkeln näher zu sein, und weiter in dem kleinen Haus gelebt, das sie so sehr liebte, bis sie zu krank wurde, um den Haushalt alleine zu führen. Sie hatte sich die Mission-Care-Klinik persönlich ausgesucht und sie schickeren Einrichtungen in Miami vorgezogen, weil sie laut eigenem Bekunden weiter südlich als Delray immer Nasenbluten bekam. Ihr Sohn kam mindestens einmal pro Woche zu Besuch; er litt immer noch unter den Folgen der Scheidung von seiner Studentenliebe nach siebzehnjähriger Ehe, war allein erziehender Vater von zwei reizenden, aber verstörten Kindern. Er war einsam und verdiente eine zweite Chance, glücklich zu werden. Und ich war mehr als bereit, ihm diese Chance zu gewähren.

Ich dachte, dass ich den Verstand verloren haben musste, als mir klar wurde, dass ich seit zwei Minuten kein einziges Wort von dem gehört hatte, was er gesagt hatte. Was war bloß mit mir los? Hungerte ich so nach männlicher Gesellschaft, dass ein nettes Mittagessen mich sofort von lebenslangem Glück fantasieren ließ? Ich musste mich bremsen, mich beruhigen und abkühlen. Bevor ich alles kaputtmachte.

Gerne ließ ich mich vom Anblick zweier etwa fünf- bis sechsjähriger Jungen in identischen roten Badehosen ablenken, die sich in der Brandung balgten und wie zwei treibende Baumstämme ins Wasser gezogen wurden, bevor sie unter einer Serie immer größer werdender Wellen untertauchten. Ich sah mich auf dem vollen Strand um. Unter einem rot-weiß gestreiften Sonnenschirm döste ein älteres Paar, ein junger Mann baute mit seinem kleinen Sohn eine Sandburg, zwei Teenager warfen sich achtlos einen pinkfarbenen, neonleuchtenden Frisbee zu. Eine Frau mittleren Alters, deren Bauch über ihre Bikinihose quoll, marschierte mit rudernden Armen am Wasser entlang. Eine jüngere Frau reckte ihre Brustimplantate stolz in den wolkenlosen Himmel und sonnte sich. Niemand beaufsichtigte die beiden Jungen, wie mir unvermittelt klar wurde, und mein Atem stockte, als ich einen der beiden kurz auftauchen und unter der nächsten Welle wieder verschwinden sah.

»Haben Sie beobachtet, ob irgendjemand auf die beiden Jungen aufpasst?«, fragte ich Josh und blickte, in die grelle Sonne blinzelnd, weiter suchend den Strand auf und ab.

Auch Josh ließ seinen Blick schweifen. »Irgendjemand wird schon zuständig sein«, meinte er wenig überzeugend, als einer der Kleinen mit den Armen zu fuchteln begann.

Eine neue Welle drückte die Jungen unter Wasser, direkt gefolgt von einer weiteren, viel höheren. »Hilfe!«, wehte ein dünner Ruf an den Strand, unsicher und zittrig wie ein Surfer mit weichen Knien.

»Hilfe!«, wiederholte ich laut und gestikulierte wild in Richtung des Rettungsschwimmers, der ein Stück den Strand hinunter damit beschäftigt war, ein minderjähriges Mädchen in einem schwarz-weiß gestreiften String und Beinen bis zum Hals zu beschwatzen. Ich habe mein Leben lang Alpträume vom Ertrinken gehabt, vielleicht weil ich nie richtig schwimmen gelernt habe. Aber ich konnte nicht einfach dasitzen und das Unglück geschehen lassen. Ich musste etwas unternehmen. »Wir müssen irgendwas tun!«, rief ich, während Josh schon in Richtung des Rettungsschwimmers rannte.

»Hilfe! Hilfe!«, flehte die dünne Stimme, zu der sich jetzt eine zweite, noch verzweifeltere Stimme gesellte. Die Schreie hüpften über die Wasseroberfläche wie ein flacher Stein und versanken in einer Woge brodelnder weißer Gischt.

»Irgendjemand muss doch was tun!«, rief ich den Leuten um mich herum zu, doch obwohl sich eine kleine Menschenmenge versammelt hatte, rührte sich niemand.

Ohne weiter nachzudenken, warf ich meine Handtasche und die Schuhe in den Sand und stürzte mich in die Brandung. Kaltes Wasser spülte zwischen meine Beine und ließ mein Kleid an den Schenkeln kleben. Eine unerwartete Unterströmung zerrte an meinen Füßen, meine Arme kreiselten wie verrostete Propeller um meinen Körper, und ich konnte mich nur mit Mühe auf den Beinen halten.

»Hilfe!«, schrien die Jungen immer wieder, wenn ihre Köpfe kurz auftauchten wie Äpfel in einem Eimer Wasser. Ich stieß mich entschlossen ab und spürte, dass meine Beine unter mir wegklappten wie der Klappstuhl, auf dem ich eben noch gesessen hatte.

»Ich komme«, rief ich mit dem bitteren Geschmack von Salzwasser auf der Zunge. »Haltet durch«, drängte ich, als der Boden unter meinen Füßen mit einem Mal ganz verschwand, als wäre ich von einer steilen Klippe gesprungen. Ich versuchte, meinen Kopf über Wasser zu halten, und tastete blindlings nach Halt, wobei ich aus Versehen auf etwas schlug, das sich zunächst wie ein Fels anfühlte, in Wahrheit jedoch ein kleiner Kopf war. Das lockige Haar glitt durch meine Finger wie Seegras.

Ob es eiserner Wille, Schicksal oder einfach nur Riesenglück war, ich schaffte es jedenfalls, erst den einen und dann den anderen Jungen zu packen und Richtung Strand zu schleudern, wo sie von eifrigen Armen in Empfang genommen wurden. Ich hörte schrille, aufgeregte Tadel – »Hab ich euch nicht gesagt, ihr sollt sitzen bleiben, bis ich zurückkomme? Ihr wärt um ein Haar ertrunken!« –, bevor sich das Wasser wie eine hungrige Python erneut um meinen Leib schlang und mich aufs Meer hinauszog.

So fühlt es sich also an, wenn man ertrinkt, erinnere ich mich, gedacht zu haben, als sich das Wasser über meinen Kopf breitete wie eine schwere Decke und in all meine intimen Öffnungen drang wie ein ungeduldiger Liebhaber, der sich nicht mehr abweisen ließ. »Terry«, flüsterte das Wasser verführerisch. Und dann lauter, drängender: »Terry ... Terry.«

»Terry!«

Die Stimme dröhnte in meinem Ohr, während entschlossene Hände unter meine Arme griffen und mich himmelwärts zogen. Mein Kopf brach durch die Wasseroberfläche wie eine Faust durch Glas.

»Mein Gott, ist alles in Ordnung mit dir? Bist du okay?« Kräftige Arme schoben mich ans Ufer, wo ich auf alle viere sank.

Als ich meine Augen öffnen wollte, brannten salzige Tropfen darin wie spitze Scherben. Mein Atem ging würgend und stoßweise.

»Alles in Ordnung?«, fragte Josh, und sein Gesicht tauchte in meinem Blickfeld auf.

Ich nickte hustend und saugte gierig Luft ein. »Die Jungen …?«

»Denen geht es gut.«

»Gott sei Dank.«

Josh strich mir Haare aus den Augen und Tropfen von meiner Wange. »Du bist ein Held, Terry Painter.«

»Ich bin ein Idiot«, murmelte ich. »Ich kann nämlich gar nicht schwimmen.«

»Das ist mir auch aufgefallen.«

»Man soll nicht ohne Badanzug ins Wasser gehen«, ermahnte ein kleines Mädchen mich, das neben mir stand.

Ich blickte an meinem vormals verführerischen Kleid hinunter, das jetzt an meinem Körper klebte wie ein vom Sturm zerzaustes gelbes Zelt. »Ach herrje«, jammerte ich. »Ich sehe ja aus wie eine überreife Banane.«

Josh lachte. »Direkt zum Vernaschen«, glaubte ich ihn sagen gehört zu haben, obwohl ich mir in dem nachfolgenden Tumult nicht ganz sicher war. Unvertraute Stimmen bekundeten lautstark ihre Dankbarkeit; fremde Hände klopften mir auf die Schultern.

»Alle Achtung!«, begeisterte sich jemand im Vorbeigehen.

»Alles in Ordnung mit Ihnen?«, fragte eine junge Frau, die

auf langen Beinen zögerlich näher kam. Ich erkannte das schwarz-weiß gestreifte Nichts von einem Höschen und die Baseball-Mütze und wusste, dass es das Mädchen war, das ich zuvor im Gespräch mit dem Bademeister beobachtet hatte.

»Alles bestens.« Ich bemerkte, dass der Bademeister direkt hinter ihr stand, angemessen groß, blond und muskulös. Der Ausdruck auf seinem nichts sagenden, sonnengebräunten Gesicht schwankte zwischen Dankbarkeit und Unmut.

»Ich wollte mich bloß bei Ihnen bedanken«, fuhr das Mädchen fort. »Das sind meine beiden Brüder. Meine Mutter hätte mich umgebracht, wenn ihnen etwas zugestoßen wäre.«

»Sie sollten sie besser im Auge behalten.«

Sie nickte und blickte zu den beiden Jungen, die sich schon wieder im Sand balgten. »Ja, also, ich hab ihnen gesagt ...« Der Rest des Satzes wurde von einer auffrischenden Brise verweht. »Jedenfalls noch mal vielen Dank.« Sie sah an mir vorbei und Josh an.

»Suchen Sie einen Job?«, scherzte der Rettungsschwimmer verlegen.

»Sehen Sie einfach zu, dass Sie Ihren ordentlich machen«, erklärte ich ihm, doch er war bereits auf dem Rückzug und tat meine Ermahnung mit einer Handbewegung ab, als wollte er ein lästiges Insekt vertreiben.

»Meine Handtasche!«, rief ich, als mir plötzlich einfiel, dass ich sie einfach in den Sand geworfen hatte. »Meine Schuhe ...«

»Hier.« Josh hob beides in die Höhe wie ein Fischer, der stolz den Fang des Tages präsentiert.

»Mein Gott, wie siehst du denn aus!«, rief ich, als ich sah, dass er beinahe genauso nass war wie ich.

»Wir sind schon ein Pärchen«, sagte er und neigte sein Gesicht zu mir.

Ich hielt den Atem an und rührte mich nicht. Würde er mich küssen?

Prompt fiel mir eine verklebte Strähne ins Auge, die ich ungeduldig beiseite wischte. Ich spürte, dass Sandkörner in meinen Wimpern klebten wie kleine Klümpchen von zu dick aufgetragener Mascara. Na super, dachte ich und versuchte, mich mit seinen Augen zu sehen. Eine richtige Schönheitskönigin, konnte ich meine Mutter sagen hören.

»Terry?«, fragte eine vertraute Stimme meilenweit über meinem Kopf.

Ich blickte auf und schirmte meine Augen ab. Alisons Körper hatte sich zwischen mich und die Sonne geschoben.

»Terry?«, wiederholte sie und kauerte sich neben mich. »Mein Gott, ich kann nicht glauben, dass du es bist!«

»Alison? Was machst du denn hier?«

»Heute ist mein freier Tag. Was war denn hier los? Irgendjemand hat gesagt, du hättest zwei kleine Jungen vorm Ertrinken gerettet.«

»Sie war unglaublich«, sagte Josh stolz.

»Bis zu dem Punkt, wo ich mich fast selbst ertränkt hätte.«

»Mein Gott, ist alles okay mit dir?«

»Sie ist unglaublich«, wiederholte Josh und streckte Alison seine Hand entgegen. »Ich bin übrigens Josh Wylie.«

Alison ergriff seine Hand und schüttelte sie lebhaft. »Alison Simms.«

»Alison ist meine neue Untermieterin«, erklärte ich.

»Freut mich, Sie kennen zu lernen, Alison.«

»Gleichfalls.« Beinahe widerwillig ließ sie seine Hand los. »Und hat Terry Sie schon zu unserem Thanksgiving-Dinner eingeladen?«

»Alison!«

»Terry ist nämlich die beste Köchin der Welt. Sie haben doch noch nichts vor, oder?«

»Na ja, eigentlich nicht, aber ....«

»Gut. Dann wäre das also abgemacht. Keine Sorge, Terry«, beruhigte Alison mich. »Ich helfe dir.«

Ich weiß nicht genau, was danach geschah. Ich weiß nur noch, dass ich Alisons anmutigen Schwanenhals würgen und sie gleichzeitig umarmen und vor Freude in die Luft werfen wollte. Vielleicht hat sie meine zwiespältigen Gefühle gespürt, sie murmelte jedenfalls etwas davon, dass wir uns später sehen und alle notwendigen Einzelheiten besprechen würden, bevor sie sich eilig zurückzog und in einer Wolke aus pinkfarbenem Sand verschwand. Josh fuhr mich nach Hause und wartete im Wagen, bis ich mich abgetrocknet und mir etwas Trockenes angezogen hatte, bevor er mich zurück zur Arbeit fuhr. Keiner von uns sagte etwas, bis er vor der Klinik hielt, wo wir uns beide gleichzeitig einander zuwandten.

»Josh ...«

»Terry ...«

»Du musst Thanksgiving nicht zu dem Essen kommen.«

»Du musst mich nicht einladen.«

»Nein, ich würde dich gerne einladen.«

»Dann würde ich gerne kommen.«

»Ehrlich?«

»Jan hat an dem Abend die Kinder, und ich habe noch keine besonderen Pläne gemacht.«

»Es gibt bestimmt nichts Ausgefallenes ....«

»Ich brauche nichts Ausgefallenes, wenn ich dafür die beste Köchin der Welt haben kann.«

Ich lachte. »Nun, das ist vielleicht ein bisschen übertrieben.«

»Sie ist schon eine Marke für sich, was?«

»Ja, das kann man wohl sagen.«

»Ein echter wirbelnder Derwisch. Ein bisschen übermütig und versponnen, aber wirklich reizend.«

Reizend, übermütig und versponnen, denke ich heute.

Nicht unbedingt die Worte, die mir als Erstes einfallen würden.

Was würde dir denn als Erstes einfallen, höre ich Alison listig in mein Ohr flüstern.

»Erklären Sie meiner Mutter, warum ich nicht noch mal mit hochkommen konnte, um mich von ihr zu verabschieden?«, fragte Josh und wies auf seine nassen Klamotten.

»Wenn ich den Teil auslassen darf, wo ich um ein Haar ertrunken wäre.«

Josh lachte. »Um wie viel Uhr am nächsten Donnerstag?«

Ich überlegte rasch, was alles vorzubereiten war. Es war Jahre her, dass ich für irgendwen ein Thanksgiving-Dinner gekocht hatte. Ich konnte mich nicht einmal mehr erinnern, wann ich zuletzt einen Truthahn gekauft hatte, weil man für sich alleine nie in die Verlegenheit kommt. »Sieben Uhr.«

»Sieben Uhr«, wiederholte er. »Ich bin jetzt schon ganz dankbar.«

Ich stieg aus dem Wagen und hüpfte die Eingangstreppe der Klinik hinauf. Als ich die Tür öffnete, sah ich mich noch einmal um. Mein Held, dachte ich, als ich Josh wegfahren sah, leicht benommen vor freudiger Erwartung, das Rauschen der Brandung noch in den Ohren.

8

»Okay, bist du bereit für einen vollkommen neuen Look?«

Alison stand, bewaffnet mit einem interessant aussehenden Arsenal von Tuben und Flaschen, in blauen Shorts und einem weißen rückenfreien Top barfuß mit rosa lackierten Nägeln vor meiner Tür. Ihre Haare waren zu einem Pferdeschwanz gebunden. Sie sah aus wie ungefähr zwölf.

Meine Haare waren auf ihre Anweisung hin frisch gewaschen und in ein zu meinem Frotteebademantel passendes weißes Handtuch gewickelt. »Was hast du denn da alles?« Ich trat einen Schritt zurück, um sie hereinzulassen.

»Cremes, Öle, Emulsionen.« Sie stellte die Sachen auf meinem Küchentisch ab und ordnete sie sorgfältig. »Was ist eigentlich eine Emulsion?«

Ich dachte an den theoretischen Unterricht meiner Schwesternausbildung. »Jede kolloidale Suspension zweier Flüssigkeiten«, sagte ich beinahe automatisch, erstaunt, wie problemlos derart lange vergessene Brocken wieder an die Oberfläche tauchten.

»Kollodial?«

»Kolloide sind gelatinöse Substanzen, die in einer Flüssigkeit aufgelöst eine hohe Diffusionsresistenz sowohl gegenüber pflanzlichen als auch gegenüber tierischen Membranen haben.«

Alison betrachtete mich wie eine Form außerirdischen Lebens. »Könntest du das noch mal wiederholen?«

»Es ist ein flüssiges Präparat von milchiger Farbe und Konsistenz«, erklärte ich schlicht.

Sie lächelte und nahm eine mittelgroße Glasflasche mit weißer Creme in die Hand. »Das müsste dann das hier sein.«

»Wie kannst du ein Produkt kaufen, von dem du nicht weißt, was es ist?«

»Das weiß doch niemand. Deswegen sind sie ja so teuer.«

Ich lachte und dachte, dass sie wahrscheinlich Recht hatte. »Was hast du denn sonst noch so?«

»Mal sehen. Wir haben ein porentief reinigendes Peeling mit Mikrokügelchen und eine alpha-hydroxidische Peel-off-Masque – *masque* mit *que*, was bedeutet, dass sie wirklich sehr teuer ist. Dann noch eine sanfte Hautpflegecreme auf pflanzlicher Basis sowie eine weitere pflanzliche Creme mit Collagen und Malva sylvestris. Was ist das? Egal«, sagte sie im selben Atemzug. »Dann haben wir noch eine revitalisierende Augenmaske – diesmal mit einem *k*, also wahrscheinlich nicht ganz so gut –, einen milchigen Skin Refiner, nicht zu verwechseln mit der zuvor erwähnten milchigen Emulsion, eine ölfreie Feuchtigkeitslotion sowie eine Tube konzentriertes Aprikosenöl. Hast du bemerkt, wie beiläufig ich das Wort revitalisierend benutzt habe?«

»Habe ich.«

»Und warst du beeindruckt?«

»Ja.«

»Gut.« Sie kramte in der rechten Tasche ihrer blauen Shorts und zückte mehrere Fläschchen Nagellack. »*Very Cherry* und *Luscious Lilac*, du hast die Wahl.« Die linke Hosentasche barg Wattepads, Nagelfeilen und diverse andere kleine Folterwerkzeuge, und aus der Gesäßtasche zog sie eine große Schere, die sie wie einen Zauberstab vor meiner Nase schwenkte. »Für Madams neuen Look.«

»Ich weiß nicht«, zögerte ich und wickelte das Handtuch von meinem Kopf.

»Keine Sorge. Ich mache bestimmt nichts Drastisches. Nur ein paar Spitzen schneiden und vielleicht in der Länge etwa zwei Zentimeter abnehmen. Gurken hast du im Haus, hast du gesagt?«

»Im Kühlschrank«, erklärte ich ihr, verzweifelt bemüht, dem Gespräch zu folgen.

»Gut. Was meinst du, sollen wir loslegen?«

Was sollte ich machen? Alison war so begeistert, selbstsicher und überzeugend, dass ich im Grunde gar keine Wahl hatte.

Du willst doch an Thanksgiving toll aussehen, oder nicht, hörte ich sie fragen. Und ich wollte an Thanksgiving toll aussehen, nicht nur zum Umfallen toll, sondern zum Umfallen, Abschleppen und Vernaschen toll. Für Josh.

Nicht, dass du nicht auch so schon toll aussehen würdest, hatte Alison sich rasch verbessert.

Die ganze Woche war ich in einem albernen Taumel herumgelaufen, hatte Lieder im Radio mitgesungen und bei der Verteilung der Medikamente fröhlich schief vor mich hingesummt, ja, ich hatte sogar Bettye McCoy ein freundliches Hallo zugewinkt, als sie mit ihren überdimensionierten Wollmäusen an meinem Haus vorbeigekommen war. Und warum? Alles nur, weil irgendein Typ, den ich mochte, nett zu mir gewesen war.

Nein, mehr als nett. Interessiert.

Interessiert an mir.

Er nutzt dich nur aus, konnte ich meine Mutter förmlich sagen hören. *Er wird dir das Herz brechen.*

Ja, wahrscheinlich, stimmte ich ihr zu.

Aber das war mir egal. Es war egal, dass Josh seiner Exfrau immer noch nachtrauerte, dass er zwei Kinder und eine im Sterben liegende Mutter hatte und sicherlich kaum auf der Suche nach einer ernsthaften neuen Bindung war. Es tat nichts zur Sache, dass wir erst eine einzige richtige Verabredung gehabt hatten, noch dazu zum *Mittagessen*, und ich anschließend beinahe ertrunken wäre. Was zählte, war allein, dass er interessiert war.

Direkt zum Vernaschen, hatte er gesagt.

Ich spürte ein fast vergessenes Kribbeln zwischen den Beinen.

Was weißt du in Wahrheit schon über diesen Mann, fragte meine Mutter.

Nicht viel, musste ich zugeben.

Aber das war ebenfalls egal. Meinethalben konnte Josh Wylie ein Axtmörder sein. Sadistischer Mörder oder nicht, er weckte längst vergessene Gefühle in mir – Empfindungen, die ich lange und tief unterdrückt hatte. Mit vierzig kam ich mir vor wie einer dieser albernen Teenager, die man mit ihren Freundinnen kichernd in Einkaufszentren herumstehen sieht: *Und dann habe ich gesagt, und dann hat er gesagt*. Ich war wieder vierzehn und in Roger Stillman verliebt.

Denk dran, was damals passiert ist, erinnerte meine Mutter mich.

»Als Erstes kümmern wir uns um deine Haare«, verkündete Alison und zückte wie aus dem Nichts einen Kamm, mit dem sie meine nassen Haare über die Ohren und in die Stirn kämmte. Ich musste mich setzen, während Alison vor mir kniete und meinen Kopf, eine Hand an meinem Kinn, in diese und jene Richtung wendete und mein Gesicht betrachtete. Sie lächelte, als könnte sie meine geheimsten Gedanken lesen. Sah sie das Bild von Josh Wylie in meinen Augen?

Ich hörte die Schere klappern und spürte ihre Schneide an meinem Kopf. »Das fege ich hinterher auf«, erklärte sie, als ich das erste Zupfen spürte und entsetzt zusah, wie erst ein und dann noch ein Büschel nasser Haare auf die weißen Fliesen meines Küchenfußbodens fielen.

»O Gott«, stöhnte ich.

»Mach die Augen zu«, wies Alison mich an, »und vertraue mir.«

Mit geschlossenen Augen klang das Geräusch der schnippenden Schere noch eindringlicher, als ob sie durch all meine Schutzschichten schneiden, an meinen Geheimnissen schnippeln und mir sämtliche Kraft rauben würde. Samson und Delilah, dachte ich dramatisch, bevor ich mehrmals tief durchatmete und beschloss, mich in mein Schicksal zu fügen und es einfach geschehen zu lassen.

»Föhnen tun wir nach der Gesichtspflege, das heißt, wir können jetzt ins Wohnzimmer gehen«, wies Alison mich an, und ich stieg über die wie ein kleiner Läufer über die weißen Fliesen verteilten Haare. »Nicht gucken«, sagte sie, als mich ein leichter Schauder erfasste. »Glaub mir. Hab Vertrauen.«

In Vorbereitung meines »Wellness-Abends«, wie Alison ihn lachend genannt hatte, hatte ich zwei Laken über das Sofa gebreitet, vor dem ich jetzt wie gelähmt stand und Alisons weitere Anweisungen erwartete.

»Okay. Leg dich hin, den Kopf an dieses Ende und die Füße … hier. So ist's gut. Ich möchte, dass du es richtig bequem hast. Es wird dir gefallen«, sagte Alison, als hätte sie selbst ihre Zweifel daran. »Und jetzt mach es dir gemütlich, während ich alles hole, was ich brauche.«

»Die Gurkenscheiben sind im Kühlschrank«, erinnerte ich sie, schloss die Augen und tastete hektisch nach den Haaren im Nacken.

»Du hättest sie nicht aufschneiden müssen«, rief Alison aus der Küche. »Das hätte ich auch selbst machen können.«

Ich hörte, wie sie im Kühlschrank herumkramte, Wasser laufen ließ und Schränke auf und zu machte. Wonach suchte sie bloß?

In weniger als einer Minute war sie wieder da. »Wir fangen mit der Peeling-Masque an.«

»Die mit *que* oder mit *k*?«

Sie lachte. »Die teure.«

»Oh, gut.«

»Okay, mach die Augen zu, entspann dich und denk an etwas Schönes.«

Ich spürte, wie eine kalte, schleimige Masse auf mein Gesicht geschmiert wurde wie Rübenkraut auf eine Scheibe Brot.

»Wenn es aushärtet, fühlt es sich vielleicht ein bisschen komisch an.«

»Es fühlt sich jetzt schon komisch an.«

»Und du kannst nicht mehr sprechen«, warnte sie mich und schmierte die Masse um meine Lippen. »Am besten hältst du einfach still.«

Hatte ich eine Wahl? Ich fühlte mich schon jetzt, als wäre mein ganzes Gesicht in Zement gefasst. Ich weiß noch, dass ich gedacht habe, eine Totenmaske. Eine Totenmasque, verbesserte ich mich im Geist und hätte möglicherweise laut gelacht, wenn die Muskeln um meinen Mund sich nicht so steif angefühlt hätten. »Wie lange?«, fragte ich, praktisch ohne die Lippen zu bewegen.

»Zwanzig Minuten.«

»Zwanzig Minuten?« Ich öffnete die Augen und wollte mich aufrichten, doch kräftige Hände drückten mich wieder auf das Sofa.

»Entspann dich. Der Abend hat gerade erst angefangen, genau wie wir. Mach die Augen zu. Ich lege jetzt die Gurkenscheiben darauf.«

»Wozu sind die Gurkenscheiben gut?«, fragte ich, obwohl ich kaum noch einen Konsonanten aussprechen konnte, sodass meine Frage als eine Folge undefinierbarer Laute herauskam.

»Sie wirken abschwellend. Was für eine Krankenschwester bist du nur, dass du das nicht weißt?«, neckte sie mich und fügte sofort hinzu: »Stillhalten. Das war eine rhetorische Frage.« Sie legte die Gurkenscheiben in die ausgesparten Kreise um meine Augen, und alles wurde noch dunkler, als hätte ich eine Sonnenbrille aufgesetzt. »Gefällt dir der Ausdruck *rhetorisch*?«

»Gutes Wort«, brachte ich hervor, ohne die Lippen zu bewegen.

»Ich versuche, jeden Tag drei neue Wörter zu lernen.«

»Oh?« Wenigstens das bereitete keine Mühe.

»Ja, es macht irgendwie Spaß. Ich schlage einfach das Wörterbuch auf und zeige mit dem Finger auf ein Wort. Wenn ich nicht weiß, was es bedeutet, schreibe ich es heraus und lerne die Definition auswendig.«

»Zum Beispiel?«

»Nun, lass mich überlegen. Heute habe ich drei sehr interessante Wörter gelernt: Indigen, was so viel heißt wie eingeboren, einheimisch. Das ist das erste. Dann Epiphanie, was mich echt geschockt hat, weil ich dachte, ich wüsste, was es bedeutet, aber total daneben lag. Wirklich total daneben. Weißt du, was es bedeutet?«

»Eine Art Erleuchtung oder Offenbarung«, presste ich zwischen meinen Lippen hervor, eine Anstrengung, die meine gesamte Konzentration erforderte.

»Richtig, eine Epiphanie ist ›das plötzliche Sichtbarwerden einer Gottheit oder das Erscheinen eines als Gott verehrten Herrschers‹«, zitierte sie und hielt inne. Ich spürte förmlich, wie sie den Kopf schüttelte. »Willst du wissen, was ich dachte, was es bedeutet?«

Ich nickte vorsichtig, um die Gurkenscheiben auf meinen Augen nicht ins Rutschen zu bringen.

»Versprichst du mir, nicht zu lachen?«

Ich grunzte. Selbst wenn ich es versucht hätte, hätte ich wohl kaum lachen können.

»Also, ich hab als Kind mal einen Film im Fernsehen gesehen, der von einem Mann handelte, der sich aus irgendeinem unerfindlichen Grund in ein Huhn verwandelt hat. Und der Film hieß *Epiphany*. Deshalb dachte ich, eine Epiphanie ist, wenn jemand sich in ein Huhn verwandelt. Mit diesem festen Glauben bin ich aufgewachsen. Mein

Gott, stell dir mal vor, ich hätte versucht, das in einem Gespräch anzubringen.«

Ich schüttelte den Kopf, wenngleich sehr vorsichtig. Sie hatte etwas so Verletzliches, etwas so ungeheuer Empfindliches, als würde sie mit blank liegenden Nerven neben mir sitzen. Ich wünschte, ich könnte sie in die Arme nehmen und das zu groß geratene Kind, das sie in Wahrheit war, trösten. Stattdessen fragte ich: »Und das dritte Wort?«

»Metopen. Das sind die flachen, annähernd quadratischen Platten zwischen zwei Triglyphen.«

»Und was ist ein Triglyph?«

»Keine Ahnung«, antwortete sie lachend. »Ich lerne pro Tag nur drei neue Wörter. Jetzt haben wir aber genug geredet. Ich möchte, dass du dich einfach entspannst und es genießt, dich verwöhnen zu lassen. Irgendwie habe ich das Gefühl, dass du dich selbst viel zu selten verwöhnst.«

Sie hatte Recht. Verwöhnt zu werden war neu für mich. Ich hatte mein ganzes Leben lang hart gearbeitet, erst in der Schule, dann in dem von mir gewählten Beruf und sogar zu Hause, wo ich meine Mutter pflegen musste. In gewisser Weise war ich froh, dass mir nicht alles zugefallen war und mich meine Mutter nicht verwöhnt hatte. Denn das hatte mich nicht nur dankbarer für das, was ich hatte, sondern auch sensibler und fürsorglicher anderen gegenüber gemacht.

»Okay«, sagte Alison. »Während die Maske aushärtet, fange ich mit deiner Pediküre an. Ich bin sofort wieder da. Atme tief ein und aus, und entspann dich am ganzen Körper.«

Plötzliche Stille senkte sich über den Raum. Ich hörte sie in der Küche herumklappern. Was machte sie nur, fragte ich mich erneut und atmete einmal, zweimal tief ein und wieder aus und spürte, wie die Anspannung des Tages langsam von mir abfiel.

»Du hast wirklich kräftige Zehennägel.« Plötzlich zupfte Alison am großen Zeh meines rechten Fußes.

Ich hatte sie nicht ins Zimmer kommen hören. War es möglich, dass ich eingeschlafen war? Und wenn ja, wie lange?

»Ich schneide dir jetzt die Nägel, also, wenn's geht, nicht bewegen.«

Meine Zehen zappelten unter ihrer Berührung.

»Nicht bewegen«, ermahnte sie mich noch einmal.

Ich hörte das Klicken der Nagelschere, während ihre Finger geübt von einem Zeh zum anderen wanderten. *Das ist der Daumen, der schüttelt die Pflaumen*, ging es mir durch den Kopf, doch dann konnte ich mich nicht mehr erinnern, was der Zeigefinger macht.

»Jetzt kommt das Beste«, verkündete sie und begann, meine müden Füße sanft zu massieren. Aprikosenduft wehte mir in die Nase. »Fühlt sich gut an, was?«

»Fühlt sich wundervoll an«, bestätigte ich, obwohl ich mir nicht sicher war, dass ich die Worte laut gesagt hatte.

»Also wirklich, Terry Painter, ich glaube, langsam fängst du an, das alles richtig zu genießen.«

Ich nickte, versuchte zu lächeln und spürte die kleinen Risse um meinen Mundwinkel, als ob mein Gesicht versteinert wäre.

»Mein Mann war wirklich fantastisch in Fußmassagen«, sagte Alison, und an ihrem versonnen Ton erkannte ich, dass sie mehr mit sich selbst als mit mir sprach. »Wahrscheinlich habe ich ihn deswegen geheiratet. Und es würde auf jeden Fall erklären, warum ich immer wieder zu ihm zurückgekehrt bin. Er hat magische Hände. Wenn er erst einmal angefangen hatte, mir die Füße zu massieren, war ich geliefert.«

Ich begriff, was sie meinte. Alison hatte von ihrem Exmann offensichtlich eine Menge gelernt. Ihre Hände wirkten wahre Wunder. Nach nicht einmal zwei Minuten war ich ebenfalls geliefert.

»Ich vermisse ihn immer noch«, fuhr Alison fort. »Ich weiß, dass das verkehrt ist, aber ich kann nicht anders. Du solltest ihn mal sehen. Die Mädchen gucken ihn nur an und fallen in Ohnmacht. Was natürlich Teil des Problems ist. Zumal er absolut keine Willenskraft hat. Ich natürlich auch nicht. Er hat mich betrogen, und ich schwor mir, dass ich ihm niemals verzeihen würde, nie wieder würde ich auf seinen Dackelblick reinfallen, und dann stand er eines Abends vor meiner Tür und sah so verdammt gut aus, und ich hab ihn natürlich reingelassen. ›Nur zum Reden‹, sagte ich, und er willigte ein, und wir saßen auf dem Sofa, und er fing an, meine Füße abzureiben, und das war's. Zurück auf Los.«

Ich dachte, dass ich wahrscheinlich etwas sagen sollte, ihr versichern, dass sie nicht die einzige Frau auf der Welt war, die auf den falschen Kerl hereingefallen war oder ihm zu oft verziehen hatte. Aber selbst wenn mein Gesicht frei von kosmetischen Zwängen gewesen wäre, hätte ich nicht die Kraft aufgebracht, auch nur ein Wort zu sagen. Ihre Kleinmädchen-Stimme klang wie ein Schlaflied, das mich in den Schlummer säuselte. Ich atmete tief ein und aus, das Zimmer wurde immer dunkler, und ich döste friedlich ein.

Das Nächste, woran ich mich erinnere, waren Schritte über mir. Ich schlug die Augen auf und starrte auf zwei weiße Gurkenscheiben. Nachdem ich sie entfernt hatte, gewöhnten meine Augen sich rasch an die Dunkelheit. Ich tastete mein Gesicht ab, das noch immer von einer ausgehärteten Peelingmaske bedeckt war. Wann hatte Alison das Licht ausgemacht? Wie lange hatte ich geschlafen?

Wieder hörte ich Geräusche im ersten Stock, Schubladen wurden geöffnet und zugeschoben. Ist sie in meinem Schlafzimmer, fragte ich mich, rappelte mich auf die Füße und schaltete die Stehlampe neben dem Sofa an. Was machte sie dort oben? Ich sah meine knallroten Zehennägel, getrennt von weißen Wattepads, die zwischen meinen Zehen klemmten. *Very cherry*, erinnerte ich mich, als ich auf den Fußballen zur Treppe ging.

Sie war im Gästezimmer und stand vor dem Bücherregal, das den größten Teil der Wand gegenüber dem mit burgunderroten Samt bezogenen, alten Schlafsofa einnimmt. Sie hatte mir den Rücken zugewandt und mich offensichtlich nicht kommen hören.

»Was machst du da?«, fragte ich, und die Maske um meinen Mund splitterte wie Glas.

Alison fuhr herum und ließ das Buch in ihrer Hand fallen, das auf ihrem Zeh landete. Sie stöhnte leise vor Schmerz oder Überraschung. »O mein Gott, hast du mir einen Schrecken eingejagt.«

»Was machst du hier?«, fragte ich noch einmal, und die Risse in meiner Maske wanderten bis zu den Augen.

Ein kurzes Zögern huschte über ihr Gesicht wie das Flackern einer Kerze, die unvermittelt von einer Brise erfasst wird. »Also zuerst habe ich hier oben das gesucht«, sagte sie, als sie ihre Fassung wiedergefunden hatte, und zog eine Pinzette aus der Tasche. »Ich hab gemerkt, dass ich meine vergessen hatte. Du hast leise vor dich hin geschnarcht. Es war richtig süß, und ich wollte dich nicht wecken. Ich hab mir gedacht, dass du bestimmt irgendwo eine Pinzette hast, doch ich musste praktisch jede Badezimmerschublade aufziehen, bis ich sie gefunden habe. Warum bewahrst du sie nicht im Medizinschrank auf wie alle anderen auch?«

»Ich dachte, da wäre sie auch gewesen«, erwiderte ich lahm.

Sie schüttelte den Kopf. »Sie lag neben deinen Lockenwicklern unter dem Waschbecken.« Sie steckte die Pinzette wieder ein. »Und dann habe ich auf dem Weg nach unten die ganzen Bücher gesehen und gedacht, ich schlage noch schnell Wort Nummer vier im Lexikon nach.« Sie bückte sich, hob das große Buch mit dem glänzenden rot-gelben Einband auf und hielt es mir hin. »Ein Triglyph ist ein sich mit Metopen abwechselndes dreiteiliges Feld am Fries eines dorischen Tempels«, verkündete sie triumphierend. »Frag mich bitte nicht, was das Fries eines dorischen Tempels ist.«

In diesem Moment sah ich in der Fensterscheibe mein Spiegelbild mit den frisch geschorenen Haaren, die in allen Richtungen von einem mumifizierten Kopf abstanden. »O Gott, ich sehe ja aus wie der schwarze Mann.«

Alison verzog das Gesicht. »Darüber solltest du nicht mal Witze machen.« Sie stellte das Buch ins Regal und hakte sich bei mir unter. »Jetzt müssen wir deine Gesichtsmaske abnehmen. Wir haben noch jede Menge zu tun.«

»Ich glaube, für einen Tag bin ich genug verwöhnt worden.«

»Unsinn. Ich fange gerade erst richtig an.«

9

Ich nahm mir Thanksgiving frei.

Das war insofern ungewöhnlich, als ich seit dem Tod meiner Mutter vor fünf Jahren jedes Thanksgiving gearbeitet hatte. Genau genommen hatte ich an allen Feiertagen einschließlich Weihnachten und Silvester gearbeitet. Warum auch nicht, sagte ich mir. Im Gegensatz zu Margot und Caroline wartete auf mich daheim keine Familie, niemand, der meine Abwesenheit beklagte oder sich beschwerte, mich zu selten zu sehen. Und die Patienten der Mission-Care-Klinik mussten weitergepflegt werden, Feiertag oder nicht. Es war wirklich traurig, wie selten sie Besuch bekamen und wie oberflächlich diese Besuche waren. Wenn ich diesen Menschen, von denen ich viele mögen und bewundern gelernt hatte, das Gefühl vermitteln konnte, an einem Feiertag weniger einsam zu sein, wollte ich das gerne tun. Außerdem war es ein Geschäft auf Gegenseitigkeit. Ich tat es ebenso sehr für sie wie für mich, denn auch ich wollte meine Feiertage nicht einsam verbringen.

Doch dieses Thanksgiving war anders. Ich würde nicht allein sein. Ich hatte zu einem Abendessen eingeladen, das ein wenig größer ausgefallen war, als zunächst geplant. Neben Josh und Alison stand mittlerweile auch Alisons Kollegin Denise Nickson auf der Gästeliste. Alison hatte gefragt, ob wir sie ebenfalls einladen könnten, und obwohl ich zunächst zögerte – nach dem Zwischenfall mit den Ohrringen traute ich Denise nicht so recht über den Weg –, versicherte Alison mir, dass sie eine intelligente, witzige und im Grunde ihres

Herzens gute Frau war, sodass ich wider besseres Wissen einwilligte. Außerdem dachte ich mir, dass ich mehr Zeit haben würde, mich auf Josh zu konzentrieren, wenn Denise anwesend war, um sich mit Alison zu unterhalten.

»Irgendwas riecht hier ganz fantastisch.« Alison kam aus dem kleinen Esszimmer, wo sie den Tisch gedeckt hatte, in die Küche gefegt. Sie trug ihr blaues Sommerkleid, und ihre Haare fielen, nur von einer zierlich blauen Schmetterlingsklammer hinter einem Ohr gesichert, in einer wallenden Mähne auf ihre Schultern. Dazu trug sie ihre hochhackigen Sling-Pumps, deren Anblick mir nach wie vor einen kleinen Schrecken versetzte. »Dieser Truthahn wird bestimmt köstlich.«

»Hoffentlich hast du Recht.«

»Wie kann ich dir sonst noch helfen?«

»Ist der Tisch gedeckt?«

»Warte, bis du ihn siehst. Sieht aus wie aus einem Feinschmecker-Magazin. Ich habe die Rosen, die Josh geschickt hat, zwischen die Kerzen in die Mitte des Tisches gestellt.«

Ich wurde rot und wandte mich wieder dem Herd zu, wo ich vorgab, mich um den Topf mit kleinen Süßkartoffeln zu kümmern, die munter vor sich hin kochten. Es ist kaum zu glauben, aber mir hatte noch nie jemand Blumen geschickt. »Ich glaube, wir sind so weit startklar«, stellte ich fest, während ich im Kopf noch einmal meine Liste durchging – Truthahn, Füllung, Marshmallows. Süßkartoffeln, selbst gemachte Preiselbeersoße, ein Birnen-Walnuss-Salat mit Gorgonzola-Dressing.

»Wir haben genug zu essen, um eine ganze Armee zu verpflegen«, bemerkte Alison und warf die Hände in die Luft, als würde sie mit Konfetti schmeißen, eine Geste purer Lebensfreude, die mich unwillkürlich laut lachen ließ. »Du bist so hübsch, wenn du lachst«, sagte Alison.

Ich lächelte dankbar und dachte, dass es nur ihr zu verdanken war, wenn ich heute Abend besonders hübsch aussah. Sie hatte mir nicht nur die beste und vorteilhafteste Frisur geschnitten, die ich je gehabt hatte – meine Haare fielen in sanften goldbraunen, kinnlangen Wellen in mein Gesicht –, auch meine Haut strahlte nach ihrer Intensivpflege und unter dem Make-up, das Alison bereits vor Stunden sorgfältig aufgetragen hatte und das gleichzeitig dramatisch und natürlich wirkte. Finger- und Fußnägel waren im gleichen Farbton lackiert, wobei *Very Cherry* perfekt zu meiner dunkelblauen Hose und der neuen weißen Seidenbluse passte, die ich mir gekauft hatte. Dazu baumelten meine kleinen silbernen Amoretten von meinen Ohren. Heute, sagte ich mir, würde ein ganz besonderer Abend werden.

Es klingelte.

»Mein Gott«, sagte ich. »Wie spät ist es?«

Alison sah auf ihre Uhr. »Erst halb sieben. Irgendjemand kann es offenbar gar nicht erwarten«, sagte sie und riss erwartungsvoll ihre großen Augen auf.

»Sehe ich auch wirklich gut aus?« Ich streifte die blauweiß karierte Kochschürze über den Kopf ab, sorgsam bemüht, meine Frisur nicht zu zerstrubbeln, und fuhr mit der Zunge über meine mattroten Lippen.

»Du siehst fantastisch aus. Entspann dich einfach. Atme einmal tief durch.«

Ich befolgte ihren Rat und atmete nur für alle Fälle noch ein zweites Mal tief ein, bevor ich mich aus der Küche traute. Noch bevor ich die Haustür erreicht hatte, hörte ich draußen Gekicher. Es war unüberhörbar Denise, die es nicht mehr erwarten konnte, und nicht Josh. Und sie war ebenso offensichtlich nicht allein. Waren sie und Josh gleichzeitig angekommen, fragte ich mich, als ich die Tür aufmachte.

Vor mir stand Denise mit blassem Gesicht in schwarzer Jeans und rosa T-Shirt mit der orangefarbenen Aufschrift DUMP HIM, ihre dunklen Haare standen in spitzen Stacheln um das schmale Dreieck ihres Gesichts. Ihre dünnen Arme hatte sie um einen ähnlich hageren jungen Mann mit kurzem braunen Haar, hellbraunen Augen und einer kräftigen Habichtsnase geschlungen. Sein Gesicht hatte etwas Finsteres, und auch wenn seine Züge beim Lächeln weicher wurden, war er mir irgendwie unsympathisch.

»Da sind wir«, verkündete Denise fröhlich. »Ich weiß, wir sind zu früh, aber ...« Sie lachte, als hätte sie einen Witz gemacht. »Das ist K.C.«, sagte sie und lachte wieder.

Ich fragte mich, ob sie betrunken war oder Drogen genommen hatte. »Casey?«

»K.C.«, erklärte der junge Mann, jeden Buchstaben deutlich akzentuierend. Ich schätzte, dass er in etwa so alt war wie Alison. »Die Abkürzung für Kenneth Charles. Aber so nennt mich niemand.«

Ich nickte und fragte mich, wer er war und was er in meinem Haus machte.

»Denise?«, fragte Alison hinter mir.

»Hi.« Denise drängte an mir vorbei in mein Wohnzimmer. »Wow. Nettes Häuschen. Alison, das ist K.C.«

»Casey?«

»K.C.«, erklärte der junge Mann erneut. »Die Abkürzung für Kenneth Charles.«

»Aber so nennt ihn niemand«, fügte ich hinzu, weil ich mir dachte, dass er es gründlich leid sein musste, es immer selbst zu erklären.

»Ich wusste nicht, dass du einen Freund mitbringst«, sagte Alison mit einem nervösen Seitenblick auf mich.

»Ich hab mir einfach gedacht, dass ihr bestimmt nichts dagegen habt. An Thanksgiving kocht man doch sowieso immer viel zu viel.«

»Wenn das ein Problem ist«, ging der junge Mann eilig dazwischen, »kann ich auch wieder gehen. Nicht, dass irgendwer sauer ist oder so.«

»Nein, nein«, hörte ich mich sagen. »Denise hat vollkommen Recht. Wir haben mehr als genug zu essen. Und wir können ihn ja schließlich nicht ausgerechnet an Thanksgiving auf die Straße setzen.« Das war keine besondere Großzügigkeit meinerseits, sondern eher der plötzliche Gedanke, dass Josh sich vielleicht wohler fühlen würde, wenn er nicht der einzige männliche Gast war.

»Ich lege rasch noch ein Gedeck auf«, bot Alison an und verschwand im Esszimmer, während ich Denise und K.C. zum Sofa führte.

»Kann ich euch was zu trinken anbieten?«, fragte ich.

»Wodka?«, fragte Denise.

»Bier?«, fragte K.C.

Da ich weder das eine noch das andere hatte, einigten sie sich auf Weißwein. Wir saßen in meinem Wohnzimmer, nippten an unseren Getränken – Alison und ich hielten uns fürs Erste an Wasser – und führten eine eher verkrampfte Konversation. Denise wirkte weder besonders intelligent noch besonders witzig, und K.C., der ohnehin wenig sagte, hatte, selbst wenn er eine Frage beantwortete, eine Art, durch einen hindurchzusehen, die ich ziemlich irritierend fand. Dieser Abend wird eine Katastrophe, dachte ich und hoffte beinahe, dass Josh noch absagen würde.

»Und wo habt ihr zwei euch kennen gelernt?«, fragte Alison.

»Im Laden.« Denise zuckte die Achseln und fixierte das große Gemälde mit üppig roten und pinkfarbenen Pfingstrosen, das dem Sofa gegenüber an der Wand hing. »Das ist ein hübsches Bild.«

»Danke.«

»Normalerweise steh ich nicht auf so'n Zeug. Sie wissen schon, Blumen und Obst und so.«

»Stillleben«, sagte ich.

»Ja, normalerweise mag ich das nicht. Ich steh mehr auf

Kunst, die Pepp hat, verstehen Sie. Aber das ist irgendwie nett. Woher haben Sie das?«

»Es hat meiner Mutter gehört.«

»Ach ja? Und Sie haben es nach ihrem Tod geerbt oder was?« Der Gedanke, dass sie das nichts anging, schien Denise gar nicht zu kommen. »Zusammen mit dem Haus und allem?«

Ich sagte gar nichts, weil ich mir nicht sicher war, wie ich darauf antworten sollte.

»Ich habe versucht, Terry zu überreden, das Bild von der Frau mit dem großen Sonnenhut am Strand zu kaufen«, schaltete Alison sich ein, als hätte sie meine Verlegenheit gespürt.

»Sind Sie ein Einzelkind?«, bohrte Denise weiter, ohne Alison zu beachten.

»Ich fürchte, ja.«

»Nein, Sie haben Glück«, wandte Denise ein. »Ich habe zwei Schwestern, und wir können uns nicht ausstehen. Und Alison hat einen Bruder, mit dem sie keinen Kontakt hat. Was ist mit dir, K.C.? Hast du auch irgendwelche Geschwister, die du nicht leiden kannst?«

»Einen Bruder und eine Schwester«, sagte er.

»Und wo sind die heute Abend?«, fragte ich.

»Vermutlich zu Hause in Houston.«

»Ich wusste ja gar nicht, dass du aus Texas kommst«, sagte Denise. »Da wollte ich schon immer mal hin.«

»Klingt ja nicht so, als würdet ihr beide euch schon lange kennen«, bemerkte ich.

»Seit gestern Abend«, antwortete Denise kichernd, für die dunkelvioletten Lippen, denen er entwich, ein unpassend kindischer Laut. »Er war mir ehrlich gesagt schon ein paarmal im Laden aufgefallen, aber gestern Abend haben wir zum ersten Mal miteinander geredet.«

»Du kamst mir gleich so bekannt vor«, rief Alison plötzlich. »Du warst am Montag da und hast nach der Froschskulptur gefragt.«

K.C. wirkte leicht verlegen. »Ich wollte dich anmachen«, gab er lachend zu.

»Na, wie nett!«, empörte Denise sich. »Und als es nicht geklappt hat, bist du gestern Abend wiedergekommen, um dein Glück bei mir zu versuchen?«

»Das heißt nicht, dass ich dich nicht liebe«, sagte K.C. mit einem breiten Grinsen.

Denise lachte. »Ist er nicht süß? Ich finde ihn so süß.« Sie streckte die Hand aus und kratzte ihm mit krallenartigen Fingern über seinen schmalen Oberschenkel. »Das Problem mit der Kunst ist«, fuhr sie mit einem Blick auf das Blumenstillleben fort, als wäre das der einzig logische Anschluss, »dass sie eine einzige Lüge ist, meint ihr nicht auch?«

»Ich bin nicht sicher, ob ich Ihnen folgen kann.«

»Nehmen Sie zum Beispiel die Blumen«, sagte Denise. »Oder die Frau mit dem Hut am Strand. Ich meine, haben Sie im wirklichen Leben schon mal so große und prächtige Blumen gesehen oder einen derart pinkfarbenen Sand? Es existiert gar nicht.«

»Es existiert in der Fantasie des Künstlers«, widersprach ich ihr.

»Das sage ich ja gerade.«

»Die Tatsache, dass Kunst subjektiv ist, macht sie noch nicht zur Lüge. Manchmal kann eine künstlerische Interpretation von etwas realer sein als die Sache selbst. Der Künstler zwingt einen, den Gegenstand in einem anderen Licht zu sehen, um so eine höhere Wahrheit zu erkennen.«

Denise wischte meine Theorie mit einer achtlosen Handbewegung beiseite, sodass der Wein in ihrem Glas bedrohlich bis zum Rand schwappte. »Künstler verzerren, übertreiben und lassen Sachen weg.« Sie zuckte die Achseln. »Und damit sind sie für mich Lügner.«

»Hast du was gegen Lügner?«, fragte K.C.

Ich hörte einen Wagen in die Einfahrt biegen, dann Schritte auf dem Weg vor dem Haus und war schon aufgesprungen, als es klingelte. Auf dem Weg zur Tür bemerkte ich Alisons erwartungsvollen Blick.

»Du siehst toll aus«, rief sie mir nach und reckte aufmunternd beide Daumen in die Höhe.

Nickend öffnete ich die Haustür und lehnte mich für den Fall, dass ich weiche Knie bekam und drohte, in den Busch neben der Haustür zu sinken, an den Türrahmen. Josh Wylie trug ein blaues Seidenhemd und hatte eine Flasche Dom Pérignon in der Hand. Er sah absolut umwerfend aus, sodass ich mich nur mit Mühe zurückhalten konnte, mich einfach in seine Arme zu werfen. Beruhige dich, sagte ich mir. Du bist vierzig und nicht vierzehn. Entspann dich. Atme tief ein.

»Bin ich zu spät?«, fragte er, als ich die Tür hinter ihm zumachte und wie angewurzelt dastand.

»Nein. Goldrichtig. Pünktlich auf die Minute«, beeilte ich mich zu versichern, ließ den Türrahmen los und nahm die Flasche Champagner entgegen. »Du musstest doch nicht noch Champagner mitbringen. Die Blumen waren mehr als genug.«

»Ooooh, Champagner«.« Wie aus dem Nichts war Denise neben mir aufgetaucht und nahm mir die Flasche aus der Hand. »Ich bin Denise, und ich liebe Champagner«, sagte sie und streckte die rechte Hand aus.

»Denise Nickson, das ist Josh Wylie«, sagte ich. »Denise arbeitet mit Alison in der Galerie.«

Alison winkte vom Sofa.

»Die Galerie gehört meiner Tante«, erklärte Denise. »Das heißt, ich bin eigentlich so etwas wie eine Miteigentümerin. Das ist mein Freund K.C.«

»Nett, Sie kennen zu lernen, Casey.«

»K.C.«, verbesserten wir im Chor.

»Die Abkürzung für Kenneth Charles«, sagte er.

»Aber so nennt ihn niemand«, sagte Alison.

»Muss auf die Dauer ziemlich ermüdend sein, das jedem zu erklären«, sagte Josh, und ich musste lächeln, als ich in seinen Worten meinen Gedanken von eben widerhallen hörte.

Was soll ich sonst noch über den Abend sagen?

Meine anfänglichen Befürchtungen wurden von einer Welle Champagner und munterem Geplauder fortgespült. Trotz des Altersunterschieds und unserer gegensätzlichen Interessen bildeten wir fünf eine lebhafte und interessante Runde. Das Essen war köstlich, das Gespräch entspannt und die Stimmung fröhlich.

»Und was genau macht ein Anlageberater?«, fragte Denise Josh irgendwann, und die Preiselbeersoße auf ihrer Gabel glänzte mit ihren dunkelvioletten Lippen um die Wette. »Und sagen Sie jetzt nicht, er würde Leute bei ihren Geldanlagen beraten.«

»Ich fürchte, viel mehr kann ich nicht sagen«, gab Josh zurück.

»Beraten Sie auch Terry bei ihren Geldanlagen?«, fragte K.C.

Ich lachte. »Dafür müsste ich erst mal Geld zum Anlegen haben.«

»Ach, kommen Sie schon. Sie müssen doch jede Menge Geld haben«, protestierte Denise. »Ich meine, Sie arbeiten, Ihnen gehört das Haus, in dem Sie wohnen, Sie haben eine Mieterin und garantiert auch eine nette Pension.«

»Die ich erst ausgezahlt kriege, wenn ich in Rente gehe«, erklärte ich ihr und verspürte ein unbehagliches Stechen im Magen. Wie waren wir dazu gekommen, meine finanzielle Situation zu diskutieren?

»Was ist mit Ihnen, K.C.?«, fragte Josh. »Was machen Sie denn so?«

»Ich bin Programmierer.« K.C. nahm sich eine weitere Scheibe Truthahn und einen Löffel Süßkartoffeln.

»Noch so ein Beruf, den ich nie begreifen werde«, sagte Denise. »Haben Sie einen Computer, Terry?«

»Nein«, antwortete ich. »Ich hab noch nie ernsthaft einen gebraucht.«

»Wie können Sie denn ohne E-Mail überleben?«

»Sie wären überrascht, ohne was man alles überleben kann.« Ich starrte in meinen Schoß und versuchte, die Bilder in meinem Kopf zu verdrängen, in denen Josh mich an die Wand meines Schlafzimmers drückte und mit gierigen Fingern meine Bluse aufknöpfte.

»Haben Sie keine weit entfernt lebenden Verwandten, mit denen Sie in Kontakt bleiben wollen?«, fragte Denise.

Ich schüttelte den Kopf und fing dabei K.C.s Blick auf, der sich vorbeugte und mich kalt und eindringlich musterte. Mit Schlangenaugen, dachte ich schaudernd.

»Okay, also wofür sind wir dankbar?«, fragte Alison plötzlich. »Jeder muss drei Sachen nennen.«

»O Gott«, stöhnte Denise. »Das ist ja wie auf einem Kindergeburtstag.«

»Du zuerst«, wies Alison K.C. an. »Drei Dinge, für die du dankbar bist.«

K.C. hob sein Glas. »Gutes Essen. Guter Champagner.« Er lächelte, und sein Schlangenblick zuckte zwischen Denise und Alison hin und her. »Und böse Frauen.«

Sie lachten.

»Denise?«

Denise verzog das Gesicht, um anzudeuten, dass sie über solche albernen Spielchen an sich erhaben war, jedoch kein Spielverderber sein wollte. »Mal sehen. Ich bin dankbar dafür, dass die Galerie heute geschlossen hat und ich nicht arbeiten muss. Ich bin dankbar dafür, dass meine Tante ihre Tochter in New York besucht, sodass ich Thanksgiving nicht mit ihr verbringen musste. Und –« sie sah mich direkt an »– ich bin dankbar dafür, dass Sie wirklich eine so gute Köchin sind, wie Alison behauptet hat.«

»Dem kann ich nur beipflichten«, sagte Josh und hob sein Glas zum Prosit.

»Okay, Josh«, dirigierte Alison weiter, »jetzt sind Sie dran.«

Josh machte eine Pause, als würde er sorgfältig über die Frage nachdenken. »Ich bin dankbar für meine Kinder. Und ich bin dankbar für die wundervolle Pflege, die meine Mutter täglich genießt. Dafür und für diesen Abend bin ich unserer charmanten Gastgeberin ganz besonders dankbar. Danke, Terry Painter. Du bist ein Geschenk des Himmels.«

»Ich danke *dir*«, flüsterte ich, den Tränen bedenklich nahe.

»Ich bin auch dankbar, dass es Terry gibt«, sagte Alison, und ich spürte, wie meine Wangen heiß wurden. »Dankbar dafür, dass sie mir einen Platz zum Wohnen gegeben und mich so warmherzig in ihr Leben aufgenommen hat. Zweitens bin ich dankbar für meinen Instinkt, der mir überhaupt erst geraten hat, hierher zu kommen. Und drittens bin ich dankbar für die Chance, noch mal ganz von vorne anzufangen.«

»Sind Sie nicht noch ein bisschen jung, um ganz von vorne anzufangen?«, fragte Josh.

»Jetzt bist du dran.« Alison war rot geworden und hatte sich rasch mir zugewandt.

»Ich bin dankbar für meine Gesundheit«, begann ich.

Denise stöhnte auf. »Das ist ja so, als würde man sich Frieden auf der Welt wünschen.«

»Und ich bin dankbar für all die netten Sachen, die ihr gesagt habt«, fuhr ich fort, ohne sie zu beachten. Ich sah Alison, Josh und dann wieder Alison an. »Und ich bin dankbar für neue Freunde und Chancen. Ich schätze mich glücklich.«

»Wir sind diejenigen, die das Glück gehabt haben«, sagte Alison.

»Glaubt irgendwer hier an Gott?«, fragte Denise plötzlich.

Und dann redeten alle durcheinander, das Gespräch wendete sich vom Philosophischen ins Anekdotische, weiter ins Idiotische und wieder zurück. Alison stellte sich erwartungsgemäß als gläubig heraus, genau wie Denise, was schon überraschender war. K.C. war ein Atheist, Josh ein Agnostiker. Ich persönlich hatte immer an etwas glauben wollen, und an guten Tagen tat ich das auch.

Und dieser Tag, so entschied ich möglicherweise übereilt, war ein guter Tag gewesen.

10

Um zehn Uhr verkündete Josh, dass er sich demnächst auf den Heimweg nach Miami machen müsste.

Er hatte Recht. Es wurde wirklich Zeit, den Abend zu beenden. Wir hatten den letzten selbst gebackenen Kürbiskuchen verputzt, den Champagner ausgetrunken und die Flasche Baileys geleert. Alison hatte den Tisch abgeräumt, gespült und uns durch ein improvisiertes Scharade-Spielchen dirigiert, das sie locker gewonnen hatte. »Im Spielen bin ich sehr gut«, hatte sie stolz erklärt.

»Ich bringe dich noch zum Wagen«, sagte ich und spürte beim Aufstehen vom Sofa ein leichtes Stechen im Magen wie ein Stoß in die Rippen.

»Nett, Sie kennen gelernt zu haben, Josh«, rief Denise ihm nach.

»Ich hoffe, wir sehen Sie bald wieder«, sagte Alison.

K.C. sagte gar nichts, obwohl ich ein Nicken wahrnahm, das ein Abschiedsgruß hätte sein können oder schlicht bedeutete, dass er für größere Gesten zu betrunken war.

Keiner der anderen machte Anstalten zu gehen. Josh und ich waren offensichtlich die Einzigen im Raum, die etwas von Takt und Timing verstanden.

Als wir ins Freie traten und in den mit Sternen übersäten Himmel blickten, umfing uns die warme Luft wie ein träger Liebhaber. Der Geruch von Meer zog sich durch die Abendluft wie feine Silberfäden durch ein dunkles Gewebe, aromatisch wie teures Parfüm. »Eine wunderschöne Nacht«, bemerkte ich, als ich neben Josh zu seinem Wagen ging.

»Ein rundherum wunderschöner Abend.«

»Ich bin so froh, dass du kommen konntest.«

»Ich auch.« Er blickte die leere Straße hinunter. »Hast du Lust auf einen kleinen Spaziergang? Nur um die Ecke«, fügte er hinzu, als ich zögerte.

Ich weiß nicht genau, warum ich gezögert habe. In Wahrheit wollte ich nichts mehr, als meine Zeit mit Josh so lange wie menschenmöglich auszudehnen. Wahrscheinlich war es der Gedanke, die anderen Gäste nicht zu lange unbeobachtet allein im Haus zu lassen. »Gerne«, hörte ich mich sagen, verdrängte alle Besorgnis und ging neben ihm die Einfahrt hinunter. Dabei streifte mein Arm seinen, und ich spürte einen Stoß wie einen kurzen, aber kräftigen Stromschlag, der durch meinen ganzen Körper zuckte.

»Ich hatte gehofft, noch ein paar Minuten mit dir allein zu sein«, sagte Josh.

»Willst du über deine Mutter reden?«

Er blieb lachend stehen. »Glaubst du wirklich, ich wollte mit dir allein sein, um über meine Mutter zu sprechen?«

Ich starrte auf den Bürgersteig, weil ich Angst hatte, so durchsichtig zu sein, dass man mir meine Gedanken von der Stirn ablesen konnte. Die elektrische Spannung lud sich noch weiter auf, als ich seine Hand an meinem Kinn spürte und unsere Blicke sich trafen, als er sein Gesicht über meins beugte. Wenn er noch näher kommt, kriegt er einen Stromschlag, dachte ich.

»Ich würde dich jetzt wirklich gern küssen«, sagte er.

Ein lauter Seufzer drang über meine Lippen. Mein Herz pochte unter meiner Bluse wie ein Baby, das im Bauch seiner Mutter strampelt. Nur, dass es nicht mein Herz war, wie ich plötzlich keuchend bemerkte. Es war mein Magen. Und auch keine Leidenschaft, sondern Schmerz. Mein Gott, wurde mir etwa schlecht? Würde er mich küssen und dann entsetzt zurückweichen, weil ich mich übergeben musste? Damit würde der heutige Abend jedenfalls bestimmt unvergesslich bleiben, ging es mir durch den Kopf, als er seine Lippen auf meine drückte.

»Sehr schön«, flüsterte er, während er all meine Ängste wegküsste und seine Arme um mich legte wie einen Umhang.

Augenblicklich entspannte ich mich. *Komm mit zurück ins Haus*, wollte ich sagen. *Komm mit und sag den anderen, dass sie gehen sollen. Bleib bei mir und liebe mich die ganze Nacht. Du kannst auch morgen früh zurück nach Miami fahren.*

Aber natürlich sagte ich nichts dergleichen. Stattdessen küsste ich ihn wieder und wieder und stand dann idiotisch grinsend da, als offensichtlich wurde, dass er mich nicht noch einmal küssen würde. Wir kehrten um und gingen Hand in Hand zu seinem Wagen, meine Gedanken und mein Herz rasten, während in meinen Eingeweiden eine Zündschnur brannte. Egal, wie alt wir sind, dachte ich, vierzehn oder vierzig, in der Liebe sind wir alterslos.

»Nochmals vielen Dank für den wundervollen Abend«, sagte Josh, als wir seinen Wagen erreicht hatten.

»Ich danke dir für den Champagner und die Rosen.«

»Freut mich, dass sie dir gefallen haben.«

»Sie sind wunderschön.«

»Genau wie du.«

Er küsste mich noch einmal auf die Wange, und seine Wimpern flatterten an meiner Haut wie Schmetterlingsflügel. »Wir sehen uns nächste Woche«, sagte er und stieg in sein Auto.

Stumm sah ich zu, wie er rückwärts auf die Straße setzte und Richtung Atlantic Avenue fuhr. An dem Stopp-Schild winkte er mir aus dem Fenster noch einmal zu, ohne sich umzusehen, als wüsste er, dass ich ihm nachblickte. Ich winkte zurück, doch er war schon einen halben Block weiter.

Es dauerte etliche Minuten, bis ich mich wieder rühren konnte, was offen gestanden ebenso sehr an dem Kribbeln auf meinen Lippen lag wie an den neuerlichen Magenkrämpfen, dich mich praktisch bewegungsunfähig machten. Für eine ältere Dame war es wohl doch zu viel fettes Essen und zu viel Aufregung an einem Tag gewesen, entschied ich, als ich schließlich wieder einen Fuß vor den anderen setzen konnte. Mit der festen Absicht, den anderen zu sagen, dass die Party offiziell beendet war, stolperte ich zum Haus zurück, wo ich mein Wohnzimmer leer vorfand. Waren alle anderen Gäste während meiner kurzen Abwesenheit gegangen?

Im selben Moment hörte ich über meinem Kopf sorgloses Gelächter, das durch das Haus hallte wie ein aufspringender Gummiball. Was machten sie im ersten Stock, fragte ich mich und vergaß darüber sogar vorübergehend meine Magenschmerzen. »Alison«, rief ich vom Fuß der Treppe.

Alison erschien sofort auf dem oberen Treppenabsatz. »Ist Josh gefahren?«

»Was macht ihr da oben?«, fragte ich, ohne auf ihre Frage einzugehen.

In diesem Augenblick tauchte Denise neben Alison auf. »Meine Schuld. Ich wollte eine Führung durchs Haus haben.«

»Da gibt es nicht viel zu sehen.« Ich beobachtete, wie die beiden jungen Frauen die Treppe herunterkamen, K.C. an ihren Fersen wie ein großer linkischer Golden Retriever.

»Es ist wie ein kleines Puppenhaus«, befand Denise.

»Tut mir leid«, flüsterte Alison mir ins Ohr. »Sie war schon halb oben, bevor ich sie aufhalten konnte.«

Sämtlicher Ärger, der sich möglicherweise sonst noch Luft machen wollte, wurde unvermittelt von einem stechenden Schmerz im Solarplexus überlagert. Ich biss mir auf die Lippe und griff mir in die Seite.

»Irgendwas nicht in Ordnung?«, fragte Alison.

Ich schüttelte den Kopf. »Ich hätte mir das zweite Stück Kuchen sparen sollen«, murmelte ich und hoffte, nicht noch mehr sagen zu müssen.

»Okay, Leute«, verkündete Alison unverzüglich. »Die Party ist vorbei. Zeit zum Aufbruch.«

Wir verabschiedeten uns an der Haustür. Alison küsste mich auf die Wange. Ich glaube, Denise hat mich umarmt. K.C. murmelte etwas davon, dass er ein wenig angesäuselt sei, und wäre anschließend beinahe in den großen weißen Oleanderbusch neben der Haustür gefallen. Dann waren sie weg und das Haus bis auf das Flüstern der raschelnden Blätter still.

Überraschenderweise schlief ich problemlos ein.

Sobald alle gegangen waren, schien sich mein Magen wieder beruhigt zu haben, und ich schrieb mein Unwohlsein der ganzen Aufregung zu: das komplizierte Menü, das Haus voller neuer Leute, mein erster Kuss seit Ewigkeiten; Josh, Josh, Josh. »Ja!«, sagte ich in Alisons Tonfall und sah sie vor meinem inneren Auge in die Hände klatschen und begeistert auf und ab hüpfen. »Ja, ja, ja!«

Und dann muss ich eingeschlafen sein, denn das Nächste, woran ich mich erinnere, sind Träume. Wilde Träume, verrückte Träume. Träume, in denen ich auf der Suche nach Alison hilflos durchs Haus rannte, immer im Kreis, um sie vor einer nicht näher benannten, undefinierbaren Gefahr zu warnen. Als ich im Traum irgendwann erneut die Treppe hinaufstürzte, tauchte K.C. aus der Dunkelheit auf, die langen Beine zu einem Karatestoß in meinen Magen ausgefahren.

Ich keuchte, krümmte mich im Bett und schaffte es nur mit Mühe ins Bad, wo ich mich mehrfach heftig übergab. Doch selbst nachdem ich sämtliche Nahrung des Vorabends von mir gegeben hatte, verspürte ich kaum Erleichterung. Schmerzhafte Stöße schossen durch meinen ganzen Körper wie Flipperkugeln. Ich hockte auf den Kacheln und fragte mich, ob ich vielleicht eine akute Blinddarmentzündung hatte, obwohl das ziemlich unwahrscheinlich war. Vermutlich hatte ich es schlicht übertrieben, wenn es sich am Ende nicht gar um eine Lebensmittelvergiftung handelte. Ich fragte mich, ob den anderen Gästen ebenfalls übel war.

O Gott, der arme Josh, war mein erster Gedanke, als ich mich auf die Füße rappelte und gebeugt wie eine tatterige alte Frau zum Schlafzimmerfenster schlurfte. Ich zog die Spitzengardinen beiseite, starrte auf das Gartenhäuschen und stellte überrascht fest, dass noch Licht brannte. Ich blickte auf den Wecker neben meinem Bett. Es war fast drei Uhr, und Alison war so spät noch auf. War ihr ebenfalls übel? Ich schlüpfte in meinen Morgenmantel und tastete mich vorsichtig die Treppe hinunter.

Ich schloss die Hintertür auf und schlich auf nackten Füßen durch das kühle Gras. Eine plötzliche Welle der Übelkeit übermannte mich, und ich schnappte würgend nach frischer Luft, bis die Attacke wieder abklang. Ich musste mehrmals tief durchatmen, bevor ich schließlich weitergehen konnte. Doch als ich schließlich vor der Tür des Häuschens stand, hörte ich Lachen. Alison war ganz offensichtlich nicht krank. Und sie war auch nicht allein.

Erleichtert darüber, dass sie wohlauf und offenbar auch sonst niemand erkrankt war, kehrte ich zu meinem Haus zurück. Mein Ruf als Köchin ist gerettet, dachte ich und hätte am liebsten laut gelacht, wenn mich nicht erneute Krämpfe an die Spüle getrieben hätten. Dutzende von Keramikaugenpaaren blickten missbilligend von ihren Regalen auf mich hinab, und das unbarmherzige Starren der Porzellandamen schien mir wie ein vernichtendes Urteil über meinen Zustand. *Geschieht dir recht*, riefen die Frauen mit ihren geschürzten, bemalten Lippen. *Das wird dir eine Lehre sein, es dir gut gehen lassen zu wollen.*

Ich war schon auf halber Treppe, als das Telefon klingelte. Wer sollte um diese Tageszeit anrufen, fragte ich mich und bewegte mich, so schnell mein Magen es zuließ. Alison? Hatte sie mich vor der Tür des Gartenhäuschens gesehen? Zusammengekrümmt griff ich nach dem Telefon neben dem Bett und nahm den Hörer fast gleichzeitig mit dem fünften Klingeln ab. »Hallo?«

»Hatten Sie einen netten Abend?«, fragte eine Stimme.

Nicht Alison. Ein Mann. »Wer ist da?«

»Ich habe eine Nachricht von Erica Hollander für Sie.«

»Was?!«

»Sie sagt, Sie sollen gut auf sich aufpassen.«

»Wer ist da?«, fragte ich, doch die Leitung war tot. »Hallo? Hallo?« Ich knallte den Hörer auf die Gabel, zu wütend, um etwas zu sagen, zu schwach, um es überhaupt zu versuchen. Mit zitternden Händen und klopfendem Herzen ließ ich mich aufs Bett fallen und versuchte abwechselnd, die Stimme zu erkennen und zu vergessen. Was hatte diese merkwürdige Botschaft zu bedeuten? Natürlich war an Schlaf nicht mehr zu denken. Die ganze Nacht wälzte ich mich von einer Seite auf die andere, entweder war mir zu heiß oder zu kalt, meine Zähne klapperten, meine Stirn war schweißnass, und während ich die Decke mit beiden Händen fest ans Kinn zog, strampelte ich sie mit den Beinen wütend wieder zum Fußende weg. Stundenlang lag ich auf dem Rücken und betrachtete das Mondlicht, das durch meine Spitzengardinen fiel, verfolgte, wie der Himmel die Dunkelheit ausblutete, bis es schließlich hell wurde. Und jedes Mal, wenn es den Anschein hatte, als sollten mir ein paar Minuten Ruhepause vergönnt sein, flüsterte mir wie aus dem Nichts eine sehr vage, vertraute Stimme ins Ohr: *Ich habe eine Nachricht von Erica Hollander für Sie. Sie sagt, Sie sollen gut auf sich aufpassen.*

Gegen acht Uhr kämpfte ich mich aus dem Bett. Mir war

nach wie vor übel, und ich fühlte mich matt, doch zumindest drohte mein Bauch nicht mehr unmittelbar aus meinem Körper zu platzen. Ich fühlte meine Stirn und dachte, dass ich leicht erhöhte Temperatur hatte, außerdem zitterten meine Hände immer noch. Ich beschloss, mir einen Tee und vielleicht eine Scheibe Toast zu machen, doch schon allein bei dem Gedanken an Essen krampfte sich mein Magen wieder zusammen. Vielleicht nur Tee, entschied ich und wollte gerade die Treppe hinuntergehen, als ich unter meinem Fenster Stimmen hörte.

Ich schlurfte zum Fenster und schob, sorgsam darauf bedacht, mich nicht zu zeigen, die Gardine beiseite. Alison stand in der offenen Tür ihres Häuschens und redete mit Denise, beide trugen noch dieselben Sachen wie am Vorabend. Denise bestritt den größten Teil der Unterhaltung, auch wenn ich nicht verstehen konnte, was sie sagte. Alisons Gesichtsausdruck verriet jedenfalls, dass zumindest sie aufmerksam zuhörte.

»Komm schon, Penner«, rief Denise plötzlich ins Haus. »Zeit, deinen knochigen Arsch zu bewegen.«

Kurz darauf tauchte K.C. in der Tür auf. Sein Hemd war offen, die Jeans hing bedenklich tief auf seinen schmalen Hüften und betonte den Streifen dunkler Haare, der sich von seiner nackten Brust bis zu seinem Bauchnabel zog und dann unter der Schnalle seines schwarzen Ledergürtels verschwand. Sein kurzes braunes Haar war ungekämmt und verfilzt, und Schlaf klebte in seinen Augen wie die halb gerauchte Zigarette an seiner Lippe.

Ich beobachtete, wie er sie achtlos in ein Beet mit rotem und weißem Springkraut warf, bevor er sich zu Alison beugte und ihr, den Blick auf mein Schlafzimmerfenster gerichtet, etwas ins Ohr flüsterte, während er mit ihrem goldenen Kettchen spielte. Redete er über mich, fragte ich mich, bemüht, außer Sicht zu bleiben. Wusste er, dass ich hier oben stand?

Alison schubste ihn spielerisch zur Seite und winkte ihm und Denise nach, als die beiden an meinem Haus vorbei zur Straße schlenderten. Ich sah ihnen nach, bis sie im Schatten eines Baumes verschwunden waren. Als ich mich wieder umwandte, sah ich, dass Alison mit einem merkwürdigen Gesichtsausdruck zu mir hochstarrte. Winkend gab sie mir zu verstehen, dass sie rüberkommen wollte, und für jemanden, der die ganze Nacht wach gewesen war, stand sie nur Sekunden später erstaunlich frisch und ausgeruht vor der Hintertür.

»Alles in Ordnung?«, fragte sie, sobald sie mich sah.

»Mir ist in der Nacht schlecht geworden.« Ich ließ mich auf einen der Küchenstühle fallen.

»Schlecht? So mit Übergeben und allem?«

»Ja, so mit Übergeben und allem.«

»Oh, irrrgh! Das ist ja schrecklich. Ich hasse es, mich zu übergeben. Das ist für mich ungefähr das Ekligste, was es gibt.«

»Ich kann auch nicht behaupten, dass ich besonders begeistert davon bin.«

»Manche Leute erzählen einem ja, dass man sich besser fühlt, nachdem man sich übergeben hat. Ich nicht. Ich würde mich lieber wochenlang hundeelend fühlen, als mich zu übergeben. Deswegen fand ich es immer so absurd, wenn die Leute gedacht haben, ich hätte Bulimie. Als ob ich mich je vorsätzlich übergeben würde. Ich meine, irrgh!«

Ich konnte das Ausrufezeichen förmlich sehen.

»Ich weiß noch, als ich ein kleines Mädchen war«, fuhr sie fort, »da ist mir einmal abends schlecht geworden, weil ich zu viel rotes Lakritz gegessen hatte. Danach habe ich meine Mutter jedes Mal vor dem Schlafengehen gefragt, ob mir auch nicht wieder übel werden würde. Sie hat die Augen verdreht und mir ja gesagt, aber ich habe ihr nicht geglaubt. Sie musste es mir versprechen, und trotzdem habe ich bis zum Einschlafen immer die Zähne aufeinander gebissen.«

»Du hast deiner Mutter nicht geglaubt?«

Alison zuckte die Achseln und ließ ihren Blick durch die Küche schweifen. »Möchtest du einen Tee?«

»Das wäre herrlich.«

Sie beschäftigte sich mit dem Teekochen, setzte Wasser auf, hängte einen Teebeutel in einen Becher und holte die Milch aus dem Kühlschrank. »Wahrscheinlich hast du gestern Abend zu viel Champagner getrunken«, vermutete sie vorsichtig, den Blick starr auf den Kessel gerichtet.

»Wenn man den Kessel anstarrt, kocht das Wasser nie«, erklärte ich ihr.

»Was?«

»›Wenn man den Kessel anstarrt, kocht das Wasser nie.‹ Einer der kleinen Aphorismen meiner Mutter.«

»Aphorismen? Guter Ausdruck. Ist das so was wie ein Sprichwort?«

»Mehr oder weniger.«

Alison wandte den Blick gehorsam ab und sah zum Fenster. »Ich nehme an, du hast gesehen, wie ich mit Denise und K.C. geredet habe.« Es war eher eine Feststellung als eine Frage.

Ich nickte wortlos.

»Sie wollten das Häuschen sehen.« Sie machte eine Pause und betrachtete ihre nackten Füße. »Jedenfalls sind wir ziemlich lange aufgeblieben, und auf einmal lag Denise in meinem Bett und K.C. mehr oder weniger bewusstlos auf dem Fußboden.« Pfeifend verkündete in diesem Moment der Teekessel, dass das Wasser kochte. Alison erschrak erst und lachte dann. »Sieht so aus, als hätte deine Mutter Recht. Ich musste bloß aufhören, ihn anzustarren.«

»Mutter weiß alles am besten.« Meine nächsten Worte wählte ich mit Bedacht. »Hast du deine Familie angerufen, um ihnen ein glückliches Thanksgiving zu wünschen?«

»Nein.« Alison goss meinen Tee auf. »So weit bin ich irgendwie noch nicht. Hier. Trink das. Danach geht es dir bestimmt besser.«

»Hoffentlich.« Ich nippte vorsichtig an der heißen Flüssigkeit.

»Und hat dir der Abend gefallen? Mal abgesehen von dem Übergeben, meine ich.«

Ich lachte und begriff, dass das Thema Familie zumindest fürs Erste abgeschlossen war. »Ich hatte einen wunderbaren Abend.«

»Ich glaube, Josh mag dich wirklich.«

»Meinst du?«

»Das habe ich daran gemerkt, wie er dich angesehen hat. Er denkt, dass du ein ganz besonderer Mensch bist.«

»Er ist ein sehr netter Mann.« Ich nippte erneut an meinem Tee, verbrannte mir die Zunge und setzte wieder ab.

»Vorsicht«, warnte Alison mich zu spät. »Heiß.«

»Und was hast du heute vor? Gehst du mit deinen Freunden an den Strand?«

»Kommt überhaupt nicht in Frage. Ich werde hier bleiben und mich vergewissern, dass es dir wieder gut geht.«

»O nein. Das möchte ich nicht.«

Alison zog sich einen Stuhl heran und nahm neben mir Platz. »Du hast dich doch auch um mich gekümmert, als ich krank war, oder?«

»Ja, aber ...«

»Kein Aber.« Sie lächelte. »Das wäre also abgemacht. Ich gehe nirgendwohin.«

Kurz nachdem ich meinen Tee getrunken hatte, kehrte meine Übelkeit zurück, und ich wurde von einem quälenden trockenen Würgen geschüttelt. Erstaunlicherweise war Alison eine wunderbare Krankenschwester, die mir eine kalte Kompresse auf die Stirn drückte und nicht von meiner Seite wich, bis ich wohlbehalten im Bett lag. »Schlaf«, höre ich sie immer noch sagen, und dazu streichelte sie mir sanft übers Haar. »Schlaf … schlaf.«

Ob es meine Erschöpfung, der Klang ihrer Stimme oder die Berührung ihrer Hand war, binnen Minuten war ich jedenfalls friedlich eingeschlafen und wurde dieses Mal auch nicht von Träumen geplagt. Mehrere Stunden schlief ich tief und fest, und als ich die Augen wieder aufschlug, war es beinahe Mittag.

Ich richtete mich im Bett auf, reckte den Hals und wand den Kopf hin und her, um meine Verspannung zu lösen. In diesem Moment hörte ich im Nebenzimmer eine leise Stimme und erkannte, dass es Alison war. »Ich hab nicht angerufen, um mich mit dir zu streiten«, hörte ich sie sagen, als ich aus dem Bett stieg und mich auf dem Weg zur Tür an der Wand abstützte.

»Alles läuft genau wie geplant«, redete sie weiter, als ich in den Flur trat und näher kam. »Du musst einfach darauf vertrauen, dass ich weiß, was ich tue.«

Ich muss wohl ein Geräusch gemacht haben, denn sie fuhr plötzlich auf ihrem Stuhl herum und sah mich mit aschfahlem Gesicht an.

»Terry! Wie lange stehst du schon da? Geht es dir gut?« Die Worte quollen in einem einzigen Schwall aus ihrem Mund wie Sand aus einer zerbrochenen Sanduhr. »Hör mal, ich muss Schluss machen«, sagte sie in das Handy an ihrem Ohr, bevor sie es ganz beiläufig in der Tasche ihrer weißen Shorts verschwinden ließ. Sie sprang auf, führte mich zu dem Sofa und setzte sich neben mich, sodass unsere Knie sich berührten. »Mein Bruder«, erklärte sie und klopfte auf das Handy in ihrer Tasche. »Ich habe beschlossen, dass du Recht hattest und ich meine Familie zumindest anrufen und ihnen einen schönen Feiertag wünschen sollte, damit sie wissen, dass ich gesund und munter bin.«

»Und es ist nicht gut gelaufen?«

»Ungefähr so gut, wie zu erwarten war. Aber wie geht es dir? Du siehst hundert Prozent besser aus.«

»Ich fühle mich auch besser«, sagte ich ohne rechte Überzeugung. Worüber hatte Alison mit ihrem Bruder geredet? Was, fragte ich mich, lief genau wie geplant? »Was hast du den ganzen Vormittag gemacht?«, fragte ich stattdessen.

»Zuerst bin ich nach Hause gegangen, hab geduscht und mich umgezogen, und dann« – ein Lächeln breitete sich über Alisons Gesicht, so strahlend, dass es meine Sorgen vorübergehend vertrieb – »hab ich das hier gefunden.« Sie nahm das große, ledergebundene Fotoalbum von dem Kissen neben sich und legte es in ihren Schoß. »Ich hoffe, du hast nichts dagegen. Ich bin darauf gestoßen, als ich etwas zum Lesen gesucht habe.« Sie schlug das Album auf. »Sind das deine Eltern?«

Ich starrte auf das alte Schwarz-Weiß Foto eines lächelnden jungen Paares in einem Schwimmbad, die dünnen Beine meines Vaters ragten aus einer dunklen, schlabberigen Badehose, dazu trug er Slipper und einen Strohhut. Meine Mutter saß in einem schlichten Badeanzug neben ihm, die Hände züchtig im Schoß gefaltet, die Haare hochgesteckt, das schmale Gesicht hinter einer großen Sonnenbrille mit weißer Fassung verborgen. Wie lange hatte ich mir diese Bilder nicht mehr angesehen? Das Album hatte auf dem obersten Regal gelegen. Wie war Alison zufällig darauf gestoßen? »Das sind sie«, sagte ich, strich eine unsichtbare Strähne aus dem Gesicht meiner Mutter und spürte, wie sie meine Hand wegschlug. »Da waren sie noch nicht verheiratet.«

Während Alison die Seiten umblätterte, sah ich meine Eltern vor meinen Augen erwachsen werden, sich von einem schüchternen jungen Liebespaar in verlegene frisch Vermählte und schließlich in nervöse Eltern verwandeln. »Das ist mein Lieblingsfoto.« Alison zeigte auf ein Bild meiner Mutter, die ein Baby mit traurigen Augen an ihre Wange drückte. »Guck mal, wie süß du warst.«

»Von wegen süß. Sieh dir die Ringe unter meinen Augen an.« Ich schüttelte entsetzt den Kopf. »Meine Mutter behauptet, ich hätte bis zu meinem dritten Lebensjahr nicht durchgeschlafen. Und ich hab bis sieben in die Hose gemacht. Kein Wunder, dass sie beschlossen haben, keine weiteren Kinder zu bekommen.«

Alison lachte und betrachtete aufmerksam jede neue Seite. »Welche von denen bist du?«, fragte sie plötzlich und wies auf ein großes Foto einer wie Stiefmütterchen im Garten in ordentlichen Reihen aufgestellten Kindergruppe.

Ich zeigte auf ein kleines Mädchen im weißen Kleid, das mit gerunzelter Stirn in der hintersten Reihe stand.

»Du siehst ja nicht gerade besonders glücklich aus.«

»Ich hab mich nie gern fotografieren lassen.«

»Nicht? Ich liebe es. Oh, guck mal. Bist du das?« Alisons Zeigefinger schwebte über einem kleinen Mädchen in einem karierten Trägerrock, das mit mürrischer Miene neben ihrer Klassenlehrerin stand.

»Ja, das bin unverkennbar ich.«

»Guck dir das Gesicht an.« Alison lachte. »Auf jedem Bild hast du denselben Ausdruck, sogar als Teenager. Wer von denen ist Roger Stillman?«

»Was?«

»Roger Stillman. Ist er auf einem dieser Bilder?«

»Nein, er war ein paar Klassen über mir«, erinnerte ich sie.

»Schade. Ich hätte gern gewusst, wie er aussieht. Was glaubst du, was aus ihm geworden ist?«

»Ich habe keine Ahnung.«

»Denkst du nicht manchmal daran, einfach zum Telefon zu greifen und ihn anzurufen? Einfach zu sagen: ›Hi, Roger Stillman, hier ist Terry Painter. Erinnerst du dich noch an mich?‹«

»Niemals«, sagte ich lauter als beabsichtigt.

»Glaubst du, er lebt noch in Baltimore?«

Ich zuckte gleichgültig die Achseln, blätterte die Seite um und sah meine Eltern nun in Farbe und Hochglanz im Vorgarten ihres ersten Hauses in Delray Beach stehen. Sie wirkten ein wenig steif, als wüssten sie, dass schwierige Zeiten bevorstanden. »Könntest du mir noch einen Becher Tee machen?«, fragte ich.

»Mit dem größten Vergnügen.« Alison erhob sich vom Sofa. »Wie wär's mit einem Toast mit Marmelade dazu?«

»Warum nicht?«

»Das ist die richtige Einstellung.«

Ich lehnte meinen Kopf an den burgunderroten Samtbezug des Sofas, schloss die Augen und hörte Alisons leise Stimme im Ohr. *Alles läuft genau wie geplant*, schnurrte sie. Und dann eine andere Stimme: *Ich habe eine Nachricht von Erica Hollander für Sie*, flüsterte der Fremde mir ins Ohr. *Sie sagt, Sie sollen gut auf sich aufpassen.*

Doch ich war zu müde und zu schwach, um darauf zu hören.

11

Die Zeit zwischen Thanksgiving und Weihnachten verlief sowohl zu Hause als auch im Krankenhaus besonders hektisch. Seit dem Tod meiner Mutter vor fünf Jahren hatte ich kein großes Aufhebens mehr um das Weihnachtsfest gemacht und mich dem Trubel sogar so gut es ging entzogen, indem ich viele Überstunden geschoben und mich freiwillig für die späte Nachtschicht gemeldet hatte. Aber Alison war entschlossen, das zu ändern.

»Was soll das heißen, du arbeitest Weihnachten?«, jammerte sie.

»Es ist bloß ein Tag wie alle anderen.«

»Nein, das ist es nicht. Es ist Weihnachten. Kannst du nicht mit irgendwem tauschen?«

Ich schüttelte den Kopf. Ich arbeitete am späten Nachmittag in meinem Garten, und Alison lief ruhelos auf dem Rasen hinter mir auf und ab.

»Aber das ist echt blöd!«, protestierte sie und wirkte dabei mindestens zehn Jahre jünger als ihre achtundzwanzig Jahre. »Ich meine, ich hatte irgendwie gehofft, wir würden den ersten Weihnachtstag zusammen feiern.«

»Wir könnten den Heiligen Abend zusammen verbringen.«

Sofort hellte sich ihre Miene auf. »Stimmt. Viele Familien machen ihre Geschenke schon Heiligabend auf, oder nicht? Ich denke, das wäre okay. Kann ich mitkommen, wenn du einen Baum aussuchst?«

»Einen Baum?« Ich konnte mich nicht erinnern, wann ich zuletzt einen Weihnachtsbaum gehabt hatte.

»Man muss doch einen Baum haben! Was ist Weihnachten ohne Weihnachtsbaum? Dazu besorgen wir Schmuck und kleine weiße Lichter. Auf meine Kosten selbstverständlich. Das ist das Mindeste, was ich tun kann. Es wird bestimmt ganz toll. Können wir das machen?«

Wie hätte ich nein sagen können? In den Wochen nach meiner Krankheit war Alison zu einem regelmäßigen – und zunehmend willkommenen – Bestandteil meines Tages geworden. Wir telefonierten häufig von der Arbeit aus miteinander, aßen zwei- bis dreimal die Woche zusammen zu Abend und gingen hin und wieder zusammen ins Kino oder machten einen Spaziergang am Strand. Egal wie verplant unsere Tage auch waren, Alison fand immer Zeit, die wir gemeinsam verbringen konnten. Und trotz meiner anfänglichen Bedenken über Mieter im Allgemeinen und Alison im Besonderen rannte sie mögliche Befürchtungen meinerseits einfach über den Haufen. Ihr gegenüber war ich schlicht machtlos, wie mir auffiel, als wir ein paar Tage später den Military Trail in Richtung unseres Zuhauses fuhren, im halb offenen Kofferraum eine große Kiefer. Binnen weniger Monate hatte sie es geschafft, ein wesentlicher Teil meines Lebens und trotz der zwölf Jahre Altersunterschied die beste Freundin zu werden, die ich vermutlich je hatte.

»Ist das nicht der absolut prächtigste Baum auf der ganzen Welt?«, fragte sie, nachdem wir die letzten rosafarbenen Schleifen an seine langen Äste gebunden hatten. Wir traten einen Schritt zurück, um unser Kunstwerk zu bewundern.

»Es ist der absolut prächtigste Baum auf der ganzen Welt«, bestätigte ich, und sie umarmte mich.

»Das wird das beste Weihnachtsfest überhaupt«, erklärte Alison, als der Heilige Abend näher rückte und sie ein weiteres Geschenk auf den ständig wachsenden Haufen unter dem Baum legte, den sie in der Ecke meines Wohnzimmers platziert hatte.

»Ich glaube, sie hat Heimweh«, vertraute ich Margot bei der Arbeit an. »Ich meine, du solltest sehen, was sie mit dem Haus gemacht hat. Überall Weihnachtsschmuck, Berge von Stechpalmenzweigen, und ich kann keinen Schritt gehen, ohne über einen dieser seltsamen kleinen Weihnachtsmänner zu stolpern, die sie überall aufgestellt hat.«

»Klingt so, als würde sie deinen Haushalt übernehmen«, sagte Margot lachend. »Was meinst du, wie lange es noch dauert, bis sie bei dir einzieht und du in das kleine Haus im Garten ausweichen musst?« Sie griff nach einer Patientenakte und ging an das klingelnde Telefon.

»Ich glaube, sie hat einfach Heimweh«, erwiderte ich, leicht verärgert über Margot, ohne recht zu wissen, warum.

Margot hielt mir den Hörer hin. »Für dich.«

»Terry Painter«, meldete ich mich in der Erwartung, Alisons Stimme zu hören. Hatte sie gespürt, dass wir über sie gesprochen hatten?

»Terry, hier ist Josh Wylie.«

Mein Mut sank.

»Es tut mir schrecklich leid, dir das schon wieder anzutun«, sagte er, während ich das Kinn auf die Brust senkte und seine Worte stumm mitsprach. »Es ist etwas dazwischengekommen, deshalb muss ich unser Mittagessen leider absagen. Es tut mir wirklich leid.«

»Mir auch«, erwiderte ich aufrichtig. Dies war schon die dritte Verabredung zum Mittagessen, die er in ebenso vielen Wochen absagte. Bis auf die paar kurzen Sätze, die wir wechselten, wenn er seine Mutter besuchte, hatten wir seit Thanksgiving nicht mehr miteinander gesprochen.

»Aber wie wär's stattdessen mit Abendessen?«, überraschte er mich. »Ich muss später ohnehin noch in deine Gegend und habe eine Kleinigkeit für dich.«

»Du hast etwas für mich?«

»Muss die Jahreszeit sein. Nur ein kleiner Ausdruck meiner Wertschätzung. Dafür, dass du so nett zu meiner Mutter bist«, fügte er rasch hinzu. »Wie wär's, wenn ich dich um sieben abhole?«

»Sieben passt mir gut.«

»Dann um sieben«, sagte er und legte auf, ohne sich zu verabschieden.

»Na, irgendwer sieht hier aber mächtig selbstzufrieden aus«, sagte Margot und zwinkerte mir schelmisch zu.

Ich sagte gar nichts, weil meine Gedanken bereits in die Zukunft rasten. Und wenn Josh drei Mittagessen hintereinander abgesagt hatte, was soll's. Ein Abendessen war mindestens so gut wie drei Mittagessen. Und nicht nur das, er hatte auch noch ein Geschenk für mich – nur ein kleiner Ausdruck seiner Wertschätzung. *Dafür, dass du so nett zu meiner Mutter bist.* Ich versuchte mir vorzustellen, was es sein könnte. Parfüm? Irgendeine edle Seife? Vielleicht ein Seidentuch oder eine kleine Brosche? Nein, für Schmuck war es noch viel zu früh. Unsere Beziehung – wenn man ein paar Küsse und mehrere abgesagte Verabredungen zum Mittagessen so bezeichnen konnte – befand sich noch im Anfangsstadium. Es wäre unangemessen, wie meine Mutter vielleicht gesagt hätte, mich mit extravaganten Geschenken zu überhäufen. Außerdem spielte es keine Rolle. Was immer Josh mir schenken würde, war bestimmt wunderschön. Ich fragte mich, womit ich ihm eine Freude machen könnte, und beschloss, Myra um Rat zu fragen. Doch ihr Zustand hatte sich in den letzten Wochen verschlechtert, was sie verständlicherweise deprimierte. Vielleicht würde die Neuigkeit von meinem bevorstehenden Abendessen mit ihrem Sohn sie aufheitern.

Aber als ich ihr Zimmer betrat, schlief Myra, sodass ich nur ihre Infusion kontrollierte und ihre Decken glatt zog. »Ich gehe heute Abend mit Ihrem Sohn essen«, sagte ich schon in der Tür. »Wünschen Sie mir viel Glück.«

Doch als Antwort erhielt ich nur ein Pfeifen, das ihren

Lippen beim Ausatmen unfreiwillig entwich. Ich schloss die Tür und trat in den Flur, wo ich nur knapp einem Pfleger ausweichen konnte, der atemlos an mir vorbei den Flur hinunterrannte. »Was ist denn los?«, rief ich ihm nach.

»Die Patientin in 423 ist aus dem Koma aufgewacht«, antwortete er aufgeregt.

»Sheena O'Connor?«, fragte ich, doch der junge Mann war bereits um eine Ecke verschwunden. »Mein Gott, ich glaub es nicht.«

Ich eilte zum Zimmer 423, wo sich bereits etliche Ärzte und Schwestern drängelten, die zielstrebig und mit knappen und gleichzeitig übertriebenen Gesten ihrer Arbeit nachgingen, sodass es aussah, als würde die Szene in Zeitlupe und im Schnellvorlauf gleichzeitig abgespult. Ich entdeckte eine blasse junge Frau, die so etwas wie das ruhige Auge des Sturms war. Sie saß aufrecht, noch immer angeschlossen an ein Gewirr von Schläuchen, im Bett. Ich wollte mich gerade wieder aus dem Zimmer drücken, als sich unsere Blicke trafen.

»Warten Sie!« Ihre leise Stimme durchbohrte die Luft.

Ich erstarrte, ein Dutzend Köpfe wandten sich in meine Richtung.

»Ich kenne Sie«, sagte das Mädchen. »Sie sind die Frau, die mir immer vorgesungen hat, nicht wahr?«

»Du hast mich gehört?« Die Ärzte und Schwestern machten mir Platz, und ich trat an ihr Bett.

»Ich habe Sie gehört«, erwiderte Sheena leise. Ihr Kopf sank zurück auf das Kissen, und ihre großen dunklen Augen fielen flatternd zu.

»Ein Wunder«, flüsterte eine leise Stimme in einer Ecke des Zimmers.

»Ist die Familie benachrichtigt worden?«, fragte jemand.

»Ihre Eltern sind schon unterwegs.«

»Sollten wir vielleicht auch die Polizei anrufen?«

»Ist bereits geschehen.«

»Ein Wunder«, sagte noch jemand. »Ein wahres Weihnachtswunder.«

Ich konnte es nicht erwarten, Alison von Sheenas wundersamer Genesung zu erzählen, und fuhr deshalb bei der Galerie vorbei, in der sie arbeitete. Vielleicht konnte Alison mir auch helfen, ein Geschenk für Josh auszusuchen, etwas *Angemessenes*, dachte ich. Als auch noch direkt auf der Atlantic Avenue eine Parklücke frei wurde, fühlte ich mich regelrecht ausgelassen und euphorisch. Ein weiteres Wunder!

Als ich den Laden betrat, konnte ich weder Alison noch Denise entdecken. Die Galerie wirkte vielmehr vollkommen verlassen, und ich fragte mich, wie um alles in der Welt sie es schafften, genug Umsatz zu machen. Ich sah mich um und bemerkte, dass das Gemälde der Frau mit dem breitkrempigen Sonnenhut nicht mehr an seinem gewohnten Platz an der Wand hing. Ich empfand ein kurzes stechendes Bedauern. Alison hatte Recht gehabt, es wäre das perfekte Bild für mein Wohnzimmer gewesen. Wirklich schade, dass ich ihren Rat nicht befolgt und es ergattert hatte. Offensichtlich gehörte es nun einem entschlussfreudigeren Menschen.

Mein Leben ist eine Sammlung verpasster Gelegenheiten, dachte ich düster und beschloss, dass sich das ändern sollte.

Von heute Abend an.

Mit Josh.

»Hallo?«, rief ich. »Alison?«

»Kann ich Ihnen helfen?«

Ich drehte mich um und sah eine attraktive Frau in meinem Alter auf mich zukommen. Ihre hohen Absätze klapperten über den Holzboden.

»Verzeihung. Ich war in meinem Büro. Haben Sie schon lange gewartet?«

»Ich bin gerade erst gekommen.«

Die Frau lächelte, obwohl die Haut um ihren Mund derart

spannte, dass man nur schwer sagen konnte, ob sie froh war oder Schmerzen litt. Ich fasste mir instinktiv an die Wange und schob die kleinen Fältchen um meine Augen zusammen. »Suchen Sie etwas Bestimmtes?«, fragte sie.

»Genau genommen suche ich jemanden, der hier arbeitet. Alison Simms.«

Das Lächeln der Frau erstarrte zu einem schmalen Strich. »Alison arbeitet nicht mehr hier«, erwiderte sie knapp.

»Nicht?«

»Sie hat letzte Woche aufgehört.«

»Sie hat aufgehört? Warum?«

»Ich musste sie leider entlassen.«

»Sie mussten sie leider entlassen?«, wiederholte ich und kam mir vor wie ein Papagei. »Warum?«

»Vielleicht sollten Sie sie das lieber selbst fragen.«

Alison hatte kein Wort davon erwähnt, dass ihr gekündigt worden war. Sie hatte mir allerdings berichtet, dass ihre Chefin sie gebeten hatte, auf der Arbeit keine privaten Telefonate mehr entgegenzunehmen. Gütiger Gott, war ich vielleicht der Grund dafür, dass sie ihren Job verloren hatte? »Und das war vergangene Woche?«, hörte ich mich

»Kann *ich* Ihnen vielleicht irgendwie weiterhelfen?« Fern Lorelli war sichtlich daran gelegen, das Thema zu wechseln.

Ich murmelte, dass ich ein Weihnachtsgeschenk für einen Freund suchte, und kaufte schließlich einen geschmackvoll maskulinen Kugelschreiber, der Josh meiner Meinung nach gefallen würde, aber ich war nicht mit dem Herzen bei der Sache. Warum war Alison gefeuert worden? Und noch wichtiger, warum hatte sie es mir nicht erzählt? Ich beschloss, sie zu Hause als Erstes danach zu fragen.

Als ich in die Einfahrt bog, hörte ich schon das Telefon klingeln. Unter dem Geläut der Glöckchen, die Alison vor der Haustür aufgehängt hatte, stürzte ich ins Haus, rannte ins Wohnzimmer und riss den Hörer von der Gabel. Die kleine Tüte mit Joshs Geschenk stellte ich neben drei kleine Plastiknikoläuse auf die Anrichte. »Hallo?«

Eine leise Männerstimme kroch durch die Telefonleitung wie eine Schlange. »Hast du was für mich gekauft?«

Mir stockte der Atem, während mein Blick nervös zum Fenster irrte. War mir jemand gefolgt? Wurde ich beobachtet? Und warum, fragte ich mich und kreuzte schützend die Arme vor der Brust, als würde ich vollkommen nackt dastehen. »Wer ist da? Was wollen Sie?«

Als Antwort erhielt ich ein leises Glucksen, gefolgt von Stille und dem vertrauten Tuten des Freizeichens.

»Verdammt!« Ich legte auf und drückte sofort *69, doch der Anrufer hatte die Nummernverfolgung blockiert. Ich knallte den Hörer auf die Gabel.

Beinahe unmittelbar danach klingelte das Telefon wieder.

»Hören Sie, ich hab keine Ahnung, was für ein Problem Sie haben«, sagte ich als Begrüßung. »Aber wenn Sie nicht aufhören, mich zu belästigen, ruf ich die Polizei.«

»Terry?«

»Josh!«

»Ich weiß, dass ich dich gleich mehrfach versetzt habe, aber meinst du wirklich, es ist nötig, die Polizei einzuschalten?«

»Tut mir leid. Ich kriege in letzter Zeit irgendwelche seltsamen Anrufe ... nichts Schlimmes.« Ich seufzte und schüttelte mir die Gedanken an irgendwelche anderen Stimmen aus dem Kopf.

»Anstrengenden Tag gehabt?«

»Nein, eigentlich nicht«, sagte ich und versuchte, mich zu sammeln. »Es war ein großartiger Tag.« Ich fragte mich kurz, warum er anrief. Bestimmt nicht, um über meinen Tag zu reden. »Erinnerst du dich an Sheena O'Connor? Sie ist heute Nachmittag aus dem Koma aufgewacht«, plapperte ich weiter, fast als hätte ich Angst, ihn zu Wort kommen zu lassen. »Es war erstaunlich. Alle haben gesagt, es wäre ein Weihnachtswunder.«

»Das muss sehr aufregend gewesen sein.«

»Es war absolut verblüffend. Und das Beste ist, sie hat mich im Koma singen hören. Ist das nicht schier unglaublich?«, fragte ich und klang wie Alison. In drei Sekunden hatte ich ebenso viele Superlative gebraucht. »Aber das kann ich dir auch heute Abend erzählen.«

Es folgte ein furchtbares Schweigen. Zum zweiten Mal an diesem Tag sank mein Mut in den Keller, meine Fröhlichkeit schlug krachend und mit solcher Wucht auf dem Boden auf, dass ich spürte, wie das Zimmer unter meinen Füßen bebte.

»Ich komme mir vor wie ein Arschloch«, sagte Josh.

»Gibt es ein Problem?« Ich öffnete die erstbeste Schublade und stopfte die Geschenktüte aus der Galerie Lorelli hinein, denn Josh Wylie würde ich wohl so bald nicht treffen.

»Es ist wegen Jillian«, sagte er. Seine Tochter. »Sie ist früher von der Schule nach Hause gekommen, weil sie sich nicht wohl fühlte.«

»Hat sie Fieber?«

»Ich glaube nicht, aber der Gedanke, sie alleine zu lassen, behagt mir nicht. Es tut mir unendlich leid. Ich kann nicht glauben, dass ich dich zweimal an einem Tag versetze. Vielleicht solltest du tatsächlich die Polizei rufen.«

»Manche Tage sind halt so«, sagte ich lahm, knallte die Schrankschublade zu und beobachtete, wie die drei Weihnachtsmänner gegeneinander purzelten wie Dominosteine.

»Ich komme mir wirklich mies vor.«

»Du wirst es bestimmt wieder gutmachen«, hoffte ich tapfer.

»Auf jeden Fall. Sobald ich aus Kalifornien zurück bin.«

»Du fährst weg?«

»Nur ein paar Wochen. Die Kinder haben Cousins in San Francisco. Wir fliegen morgen und kommen am dritten Januar zurück.«

Damit hätte sich auch Silvester erledigt, dachte ich.

»Ich hoffe, du hasst mich jetzt nicht.«

»So was passiert halt.«

»Ich mache es *bestimmt* wieder gut.«

»Ich wünsche dir eine gute Reise«, sagte ich. »Und richte Jillian gute Besserung aus.«

»Mach ich.«

»Bis nächstes Jahr«, sagte ich fröhlich, legte den Hörer auf und brach in Tränen aus. »Verdammt!«, fluchte ich. »Verdammt. Verdammt. Verdammt!«

Es klopfte an der Hintertür. Tränenblind fuhr ich zusammen.

»Tut mir leid«, sagte Alison zu dem Gebimmel der Glöckchen, als ich ihr die Tür aufmachte. »Ich wollte dich nicht erschrecken.«

Ich sah kurz ihre rotblonden Locken, die weißen Shorts und die langen, braunen Beine, bevor ich mich abwandte.

»Terry, was ist los?«

»Warum hast du mir nicht erzählt, dass du deinen Job verloren hast?«, fuhr ich sie an. Ich wischte mir mit dem Handrücken über die Augen, ohne sie anzusehen.

Ich konnte förmlich spüren, wie sie blass wurde. »Was?«

»Ich bin heute Nachmittag in der Galerie gewesen. Ich habe mit Fern Lorelli gesprochen.«

»Oh.«

»Sie hat gesagt, sie hätte dich entlassen müssen.«

Schweigen. Dann: »Was hat sie noch gesagt?«

»Nicht viel.«

»Sie hat nicht gesagt warum?«

Ich wischte die letzte verirrte Träne aus meinen Augen, bevor ich herumfuhr und sie direkt ansah. Alison schlug sofort die Augen nieder. »Sie hat gesagt, ich sollte dich fragen.«

Alison nickte, konnte mir jedoch nach wie vor nicht in die Augen schauen. »Ich wollte es dir erzählen.«

»Aber du hast es mir nicht erzählt.«

»Ich dachte, ich warte, bis ich einen neuen Job gefunden habe. Ich wollte nicht, dass du dir wegen der Miete Sorgen machst. Ich wollte Weihnachten nicht verderben.«

»Warum bist du entlassen worden?«

Alison hob langsam den Blick. »Ich habe nichts Unrechtes getan«, erklärte sie flehend. »Offenbar hat in der Kasse Geld gefehlt. Es gab Fehlbeträge ... aber ich schwöre, ich war's nicht.«

»Es war nur leichter, dich zu feuern, als ihre eigene Nichte mit dem Vorwurf zu konfrontieren«, half ich schließlich weiter und biss mir auf die Zunge, um nicht hinzuzufügen, *hab ich's dir nicht gesagt*.

»Du musst dir überhaupt keine Sorgen machen. Ehrlich, ich habe genug Geld.«

»Wegen des Geldes mache ich mir auch keine Sorgen.«

»Weswegen dann? Machst du dir Sorgen um mich? Das musst du nicht«, sagte sie, bevor ich antworten konnte. »Es tut mir leid, dass ich es dir nicht erzählt habe. Ich werde dich nie wieder anlügen. Ich verspreche es. Bitte sei nicht böse mit mir.«

»Ich bin nicht böse.«

»Wirklich nicht?«

Ich schüttelte den Kopf und stellte fest, dass ich tatsächlich auf niemanden böse war, höchstens auf mich selbst. Weil ich eine so verdammte Idiotin war.

»Ich habe eine super Idee«, verkündete Alison plötzlich und rannte aus dem Zimmer.

Ich hörte sie unter dem Weihnachtsbaum herumkramen, und wenig später stand sie mit einem bunten, wenn auch ein wenig nachlässig verpackten Paket wieder vor mir. »Da wir die Geschenke sowieso zu früh aufmachen, kann es bestimmt nicht schaden, dies hier schon jetzt auszupacken. Achte nicht auf die Verpackung. Dabei habe ich sogar mal einen Kurs in

Geschenkverpackungen gemacht, kaum zu glauben, was? Los. Mach es auf. Danach fühlst du dich bestimmt besser.«

»Was ist es denn?«

»Mach's auf.«

Ich riss die Verpackung von dem braunen Pappkarton und öffnete ihn. Große dunkle Augen starrten mich durch eine Schicht durchsichtiger Noppenfolie an. Behutsam hob ich die Vase hoch. Die Porzellandame hatte eine kunstvolle blonde Haarpracht, eine große blaue Schleife um den Hals und nachgemachte Brillantohrringe. »Sie ist wunderschön. Wo hast du denn die gefunden?«

»Auf dem Flohmarkt in der Woolbright Street. Ist sie nicht super? Ich meine, ich weiß, dass du es für Nippes hältst und so, aber ich konnte einfach nicht widerstehen. Ich hab sie gesehen und gedacht, das ist irgendwie ein Zeichen.«

»Ein Zeichen?«

»Ja, als hätte ich sie gefunden, weil du sie haben solltest. Schicksal«, sagte sie und verdrehte verlegen die Augen. »Ich meine, die anderen Köpfe haben deiner Mutter gehört. Dieser hier, nun ja ... er gehört ganz allein dir. Deine Erstgeborene sozusagen. Gefällt sie dir?«

»Sie gefällt mir sehr gut.«

Alison quiekte entzückt. »Sie ist in einem erstklassigen Zustand. Guck dir mal die Wimpern an.«

»Sie ist perfekt.« Ich wendete den Porzellankopf in meinen Händen. »Vielen Dank.«

»Fühlst du dich jetzt besser?«

»Viel.«

»Wo willst du sie hinstellen?« Alison blickte zu den fünf Regalböden mit Damenköpfen.

»Diese ist etwas ganz Besonderes. Ich glaube, ich stelle sie in meinem Zimmer auf.«

Alison strahlte, als hätte ich ihr das größtmögliche Kompliment gemacht. »Dann sehen wir uns später?«

»Später«, erwiderte ich und hörte die Glöckchen klingeln, als sie die Tür von der Küche in den Garten hinter sich zuzog. Ich ging ins Esszimmer und musste lächeln, als ich die Palmwedel und Tannenzweige auf dem Schrank, den Nikolaus mit den rosigen Bäckchen auf dem Esstisch und das Rentier aus Pappmaché sah, das an der Wand lehnte.

Im Wohnzimmer war es das Gleiche: noch mehr Nikoläuse, Rentiere und mindestens ein Dutzend Elfen. Wo immer Platz war, war er weihnachtlich dekoriert. Und dann war da natürlich noch der Baum selbst – hoch und dicht und nach Wald duftend, dekoriert mit rosafarbenen Schleifen und einer weißen Lichterkette –, unter dem sich täglich mehr Geschenke stapelten. Der bloße Anblick munterte mich auf. Und all das war Alisons Werk, wie ich erkannte. Ich wiegte den Porzellankopf sanft in meinen Händen, als wäre er tatsächlich mein erstgeborenes Kind.

Das wahre Weihnachtswunder war Alison, entschied ich.

Was muffelte ich also im Haus herum, weil irgendein Typ mich versetzt hatte? Ich sollte einfach an all die Dinge denken, für die ich dankbar war.

Nenne drei, hörte ich Alison sagen.

»Meine Gesundheit«, sagte ich mit leisem Unmut ganz automatisch. »Sheena O'Connors wundersame Genesung.« Mein Gott, sie hatte tatsächlich gehört, wie ich ihr etwas vorgesungen hatte. »Alison«, flüsterte ich und wiederholte dann lauter und kraftvoller: »Alison!«

Ich betrachtete den Porzellankopf in meinen Händen und fühlte mich zutiefst beschämt. Ich war nicht besser als Fern Lorelli, dachte ich angewidert. Ich hatte Alison als Sündenbock benutzt, hatte meine Wut und Enttäuschung über jemand anderen an ihr ausgelassen.

Wie hatte ich sie gehen lassen können, ohne ihr auch etwas zu schenken? Ich nahm ein kleines, in Silberpapier eingewickeltes Paket von dem Stapel unter dem Baum und trug es in die Küche, wo ich den Porzellankopf auf dem Tisch neben den Nikolaus-Salz- und Pfefferstreuern abstellte, die Alison in einem Laden ausgesucht hatte. Das Gebimmel der Glöckchen folgte mir auf meinem Weg zum Gartenhäuschen.

Als ich gerade an die Tür klopfen wollte, hörte ich dahinter Stimmen.

»Ich habe dir doch gesagt, dass du mich das regeln lassen sollst«, zischte Alison wütend und so heftig, dass ich sie auch draußen problemlos verstehen konnte.

»Ich will dir doch bloß helfen.«

»Ich brauche deine Hilfe nicht. Ich weiß, was ich tue.«

»Seit wann?«

Ich wollte wieder gehen, streifte dabei jedoch die Glöckchen an dem Türklopfer. Sofort wurde die Tür geöffnet. Vor mir stand Alison und sah mich fragend an. »Terry!«

Ohne zu überlegen, drückte ich ihr das Geschenk in die Hand. »Ich wollte dir das hier geben.«

»Oh, das ist aber süß von dir.« Sie drehte sich kurz um. »Das war aber nicht nötig.«

»Ich weiß, aber ich dachte ...« Was dachte ich? »Hast du Besuch?«, vermutete ich vorsichtig.

Einen Moment lang herrschte ein angespanntes Schweigen, bis wie von Zauberhand ein attraktiver junger Mann hinter Alison auftauchte. Er war ein gutes Stück größer als sie, hatte helle Haut, dunkle, lockige Haare und die irritierend blauen Augen einer Siamkatze. Unter den kurzen Ärmeln seines schwarzen, engen T-Shirts zeichneten sich ausgeprägte Muskeln ab.

»Meinen Sie mich?«, fragte der junge Mann lächelnd und streckte an Alison vorbei seine Hand aus.

»Terry«, sagte Alison, den Blick auf die Wiese gerichtet und nach heute Nachmittag zum zweiten Mal zu verlegen, um mir in die Augen zu sehen. »Darf ich dir Lance Palmer vorstellen. Mein Bruder.«

12

»Freut mich, Sie kennen zu lernen«, sagte Lance und drückte mir überraschend sanft die Hand.

»Ich habe ihn nach Thanksgiving angerufen. Weißt du noch?«, fragte Alison.

Ich nickte und erinnerte mich an das einseitige Gespräch, das ich an dem Morgen mitgehört hatte, als mir so speiübel gewesen war.

Alles läuft genau wie geplant. Du musst einfach darauf vertrauen, dass ich weiß, was ich tue.

»Lance hat beschlossen, dass er mit eigenen Augen sehen muss, wie es mir ergeht.«

»Sieht so aus, als käme sie bestens zurecht«, verkündete Lance.

»Deswegen bin ich vorhin zu dir gekommen. Ich wollte dir von Lance erzählen«, erklärte Alison und bat mich ins Haus. »Wir sind irgendwie vom Thema abgekommen …«

Ich weiß nicht, was ich erwartet hatte – ein Lametta-bedecktes Wunderland, eine Armee von Spielzeugen oder eine Nachbildung des Nordpols? Doch das kleine Häuschen wies kaum Spuren des bevorstehenden Weihnachtsfests auf: Auf dem gläsernen Couchtisch vor dem dunkelvioletten Zweisitzer stand inmitten mehrerer lieblos arrangierter Palmwedel eine große rote Kerze, und auf dem Rohrschaukelstuhl lag ein einsamer Nikolaus mit dem Gesicht nach unten. Das war alles.

»Möchtest du etwas trinken?«, bot Alison an.

Ich schüttelte den Kopf und beobachtete, wie Lance sich auf den großen Sessel mit dem geblümten Bezug lümmelte.

Der fühlt sich hier ein bisschen zu wohl, dachte ich und kaschierte meine Missbilligung mit einem Räuspern. »Wann sind Sie denn angekommen?«

»Das Flugzeug ist gegen halb eins in Fort Lauderdale gelandet.« Er lächelte Alison an. »Ich hab am Flughafen einen Wagen gemietet. Einen schicken weißen Lincoln. Steht gegenüber. Sie müssen ihn gesehen haben. Ich hab die alte Schlafmütze hier überrascht, als sie gerade aufstehen wollte.«

Alisons Augen wurden schmal, und ihre Schultern verspannten sich.

»Wo wohnen Sie?«, fragte ich.

Die beiden waren auf der Hut.

»Darüber haben wir gerade geredet«, setzte Alison an.

»Ich dachte, ich könnte ein paar Tage hier bleiben«, sagte Lance, als wäre die Entscheidung bereits getroffen.

»Hier?«, wiederholte ich, weil mir nichts anderes einfiel.

»Natürlich nur, wenn du nichts dagegen hast …«, sagte Alison rasch.

»Warum sollte sie etwas dagegen haben?«, fragte Lance und sah mich direkt an.

»Aber wo wollen Sie denn schlafen?« Das Sofa war zu kurz für die überlangen Beine eines ehemaligen High-School-Basketballspielers, das Doppelbett zu schmal, als dass Bruder und Schwester bequem darin schlafen könnten.

»Das ist doch ein prima Sessel.« Lance klopfte auf die breiten Armlehnen. »Außerdem kann ich mich jederzeit mit einem Kissen auf den Boden hauen.«

»Ist das in Ordnung?«, fragte Alison erneut. »Denn wenn nicht, kann sich Lance auch ein Motelzimmer suchen. Ganz ehrlich.«

»Um diese Jahreszeit? Ohne Reservierung? Darauf würde ich mich nicht verlassen.«

»Ich möchte nicht, dass du dich irgendwie unwohl fühlst«, sagte Alison.

»Auf gar keinen Fall«, pflichtete Lance ihr bei. »Wenn Ihnen mein Aufenthalt irgendwie unbehaglich wäre …«
»Es geht mir vielmehr um Ihre Bequemlichkeit.«
»Machen Sie sich meinetwegen keine Sorgen.«
»Ich zahle dir einen Mietaufschlag«, bot Alison an.
»Sei doch nicht albern. Darum geht es nicht.«
»Terry hat mit ihrer letzten Mieterin schlechte Erfahrungen gemacht«, erklärte Alison ihrem Bruder.
»Inwiefern?«
»Das ist eine lange Geschichte«, wiegelte ich kopfschüttelnd ab. »Nun, meinetwegen, es wird schon irgendwie gehen. Ein paar Tage, sagten Sie?«
»Höchstens«, versicherte Alison.
»Bis Weihnachten … maximal bis Neujahr«, sagte Lance und machte aus ein paar Tagen mühelos zehn.
»Nun …«
»Darf ich jetzt mein Geschenk aufmachen?«, fragte Alison aufgeregt. Ohne meine Antwort abzuwarten, zerrte sie das Silberpapier ab und riss entzückt die Augen auf, als sie den Inhalt sah. »Eine Brieftasche! Oh, das ist ja toll. Ich brauche eine Brieftasche. Woher wusstest du das?«
Ich lachte und dachte an die losen Geldscheine, die ständig in ihrer Handtasche herumflatterten.
»Wir haben eben die gleiche Wellenlänge, meinst du nicht auch?«, fragte Alison, doch es klang eher, als würde sie eine Tatsache feststellen. Sie betrachtete die honigfarbene Brieftasche und strich mit der Hand über das glatte Leder. »Erstaunlich, findest du nicht auch?«
»Ich finde, dass das eine sehr schöne Brieftasche ist«, sagte Lance. »Terry ist offensichtlich eine Frau von unfehlbarem Geschmack.«
Ich fragte mich, ob er das sarkastisch meinte.
»Ich geh dann mal wieder«, sagte ich und wandte mich zur Tür.

»Du kommst doch mit zum Abendessen, oder?«, fragte Alison.

»Ich glaube nicht. Ich habe keinen großen Hunger. Geht ihr beiden mal und gewöhnt euch wieder aneinander.«

»Okay«, stimmte Alison mir widerwillig zu, »aber nur wenn du versprichst, morgen etwas mit uns zu unternehmen.«

»Morgen?«

»Ich weiß, dass du morgen frei hast, und ich möchte Lance Delray zeigen.«

»Dafür brauchst du mich doch nicht.«

»Doch. Bitte. Ohne dich ist es nicht dasselbe.«

»Sie wissen doch, dass Widerspruch zwecklos ist«, sagte Lance lachend.

Er hatte Recht, und das wussten wir alle.

»Du musst mitkommen«, beharrte Alison. »Bitte. Es wird bestimmt lustig. Bitte. Bitte. Sag, dass du es dir wenigstens überlegst.«

»Ich überlege es mir«, versprach ich.

Natürlich willigte ich am Ende ein. Welche Wahl hatte ich auch? Sinnlos festzustellen, dass ich gefährlich naiv war, regelrecht achtlos, indem ich mir einredete, dass alles gut werden würde und Alison und ihr Bruder genau die Menschen waren, die sie zu sein vorgaben. Ich habe mir all das und vieles mehr auch schon selbst gesagt. Doch ich erklärte meine Zweifel einfach weiter aus der Welt, sagte mir, dass Alisons Gründe dafür, mir ihre Kündigung zu verschweigen, ehrlich gemeint waren und dass sie natürlich nichts mit dem Geld zu tun hatte, das in der Galerie fehlte.

Und was war mit dem Gespräch, das ich vor ihrer Tür mitgehört hatte?

Ich habe dir doch gesagt, dass du mich das regeln lassen sollst.

Was regeln?

Ich will dir doch bloß helfen.

Ich brauche deine Hilfe nicht. Ich weiß, was ich tue.

Was hatte das zu bedeuten?

Nichts, beruhigte ich mich an jenem Abend. Alison und ihr Bruder hätten über alles Mögliche reden können. Welche paranoide Selbstbezogenheit ließ mich glauben, dass ihre Unterhaltung irgendetwas mit mir zu tun hatte? Nicht alles drehte sich um mich, wie meine Mutter vielleicht gesagt hätte. Worüber Alison und ihr Bruder auch immer gestritten hatten, wahrscheinlich betraf es mich überhaupt nicht.

Was regeln?

Ich war zu müde, um es zu ergründen, und ich wollte es offen gestanden auch gar nicht wissen. Ich wollte nicht glauben, dass Alison etwas anderes war als der wunderbare Wirbelwind, der meinem ansonsten profanen Leben Magie eingehaucht hatte. Warum sollte ich annehmen, dass sie Hintergedanken hatte oder etwas Finsteres planen könnte? Warum sollte der Besuch ihres Bruders nicht so unerwartet und spontan sein, wie sie behaupteten?

Also entschied ich, die Warnglocken, die in meinem Kopf läuteten wie die Glöckchen vor Alisons Haustür, bewusst zu ignorieren. Ich tat meinen Instinkt als irrational ab, sagte mir, dass Lance Palmay in ein paar Tagen wieder weg sein würde, und schalt mich für meinen Argwohn und meine Nervosität. Ich machte mir einen Becher Tee und nahm ihn mit ins Wohnzimmer, wo ich es mir unter den glitzernden Lichtern des Weihnachtsbaums und beim Duft von Kiefernnadeln und weißem Oleander mit einem neuen Buch auf dem Sofa bequem machte. Ich trank einen Schluck von dem warmen, wohltuenden Getränk, las ein paar Seiten, las sie ein zweites Mal und döste, als ich noch immer nichts begriff, langsam ein. Das Buch glitt aus meinen Händen und fiel zu Boden, während mich aus der Dunkelheit alte Gespenster anfielen und ferne Stimmen in mein Ohr flüsterten.

Ich träumte, ich würde Roger Stillman auf dem Rücksitz seines alten roten Thunderbirds küssen. Seine Hände griffen unter meinen Pullover und meinen Rock. Er stöhnte mehrmals und zunehmend lauter, als er triumphierend meinen Schlüpfer herunterzog und mich bestieg. »Hast du ein Kondom an?«, fragte ich ihn, während ich mein Fleisch reißen spürte, als er grob in mich eindrang. Ich schrie auf, schlug die Augen auf, die ich für die meiste Zeit unserer Begegnung fest zugekniffen hatte, und sah den Polizisten, der uns durch das Wagenfenster ansah und mit seiner Taschenlampe gnadenlos die dunklen Haare auf Rogers nacktem Hintern beleuchtete. Ich schrie erneut, doch Roger rammelte weiter wie ein Hund, der sich lästig am Bein eines Menschen reibt. An irgendeinem Bein irgendeines Menschen, wie ich erkannte, als ich ihn von mir stieß und sah, wie er sich vor meinen Augen mühelos in Alisons Bruder Lance Palmay verwandelte.

»Würden Sie bitte aus dem Wagen steigen?«, befahl der Polizist, und Roger/Lance gehorchte grinsend.

Ich mühte mich mit meiner Kleidung ab, versuchte, den Rock über den um meine Knie verhedderten Slip zu ziehen, doch der Polizist stieg schon auf den Rücksitz, nahm Rogers Position auf mir ein, leuchtete mir mit seiner Taschenlampe direkt in die Augen, sodass ich sein Gesicht nicht erkennen konnte, und schob seinen Schwanz an meinen Mund. »Du warst ein böses Mädchen«, sagte er mit Josh Wylies besänftigendem Bariton. »Ich fürchte, das muss ich deiner Mutter sagen.«

»Bitte nicht«, flehte ich, als sein monströses Organ sich zwischen meine Lippen drängte. »Bitte sagen Sie es nicht meiner Mutter.«

»Was soll er mir nicht sagen?«, fragte meine Mutter, die plötzlich neben mir auf der Rückbank saß.

Und in diesem Moment wachte ich auf.

»Na, das war ja amüsant«, murmelte ich mit klopfendem Herzen und sah mich in dem bis auf die glitzernden Lichter an dem Baum hinter mir dunklen Zimmer um. Ich blickte auf die Uhr und stellte fest, dass ich mehrere Stunden geschlafen hatte und jetzt wahrscheinlich die halbe Nacht wach liegen würde. Ich rollte meinen Kopf träge von einer Schulter auf die andere und wartete, bis mein Herzschlag sich wieder beruhigt hatte. Dabei wurde mir zu meiner Beschämung und Überraschung bewusst, dass mich der Traum trotz seiner Absonderlichkeiten erregt hatte. Trotz meiner Mutter.

Oder vielleicht gerade ihretwegen.

Ich wunderte mich über das Auftauchen von Roger Stillman in meinem Traum. Ich konnte mich nicht erinnern, je zuvor von ihm geträumt zu haben, nicht einmal in der Glut dessen, was man großzügig unsere Beziehung nennen könnte. Und worin bestand die Verbindung zu Alisons Bruder? Ja, beide waren groß und gut aussehend, na und? Unbewusst hatte ich offensichtlich intuitiv eine tiefere Verbindung erkannt, auch wenn mein bewusster Verstand noch herausfinden musste, worin sie bestehen könnte.

Ich wischte einen Schweißtropfen von meinem Hals, strich zart über meine Schultern und ließ meine Hand wie Roger Stillmans auf meine Brust gleiten. Bei der Erinnerung daran, wie er unter meine Bluse gegriffen hatte, um meinen BH zwischen den Brüsten aufzuhaken, wurden meine Brustwarzen steif. Ich spürte, wie meine Brüste in seine wartenden Hände drängten, erinnerte mich daran, wie er mein nachgiebiges Fleisch wie einen Teig geknetet und gierig wie ein hungriger Säugling an meinen Brustwarzen gesaugt hatte.

Der kaum verhohlene Ekel meiner Mutter fiel mir ein, jedes Mal wenn sie meinen reifenden Körper betrachtet hatte, so als wären meine Brüste ein vorsätzlicher Akt der Rebellion, etwas, wofür ich mich schämen sollte.

»Geh weg, Mutter«, flüsterte ich, lehnte mich auf das Sofa

zurück und erinnerte mich daran, wie ungeschickt Roger an dem Reißverschluss meiner Hose herumgefummelt hatte, bis er seine Hand schließlich in mein Höschen geschoben hatte. Ich stellte mir Joshs Hände an Stelle von Rogers vor, spürte seine Finger um meine geheimsten Falten tänzeln, bis sie ganz in mir verschwanden.

Ich schrie auf, meine Finger konnten dem Drehbuch meines Kopfes nicht folgen und meinem Körper die heiß ersehnte Erleichterung verschaffen. Ich drehte mich auf den Bauch und presste mich an die harte Sofakante, bis eine Reihe leichter Zuckungen meinen ganzen Körper erfasste und die weichen Kissen meine beschämten Schreie dämpften.

Augenblicklich überfiel mich die Scham meiner Mutter.

Ich rappelte mich hoch und sah mich um, so als könnte sie auf einem der Stühle im Queen-Anne-Stil sitzen und mir wie in meinem Traum zugesehen haben. Doch zum Glück war der Raum frei von Gespenstern.

Ich ging zum Fenster, starrte auf die Straße und sah den tanzenden Schatten der großen Palmwedel im Laternenlicht zu. Ich presste meine Stirn an die Scheibe und verschränkte die Hände im Nacken. Dabei nahm ich auf der anderen Straßenseite eine flüchtige Bewegung wahr, einen Schatten, wo vorher nichts gewesen war. War dort jemand? Mein Gott, hatte irgendwer mich gesehen?

Es sieht immer jemand zu, mahnte meine Mutter, als ich zur Haustür stürzte, sie aufriss und in die Dunkelheit starrte.

Bettye McCoy und ihre beiden albernen Hunde kamen um die Ecke in meine Richtung. Ich beobachtete sie, ohne dass sie mich in der dunklen Tür bemerkt hätte. Sie trug enge Jeans, einen knappen roten Pulli und passende rote Stöckelschuhe. Ein rotes Haarband bändigte ihre blonde Mähne. Wie eine alternde und chirurgisch aufgepeppte Version von Alice im Wunderland, dachte ich bösartig und lauschte dem Klicken ihrer Absätze auf dem Bürgersteig, während sie von ihren beiden Hunden vorwärtsgezerrt wurde. Natürlich blieben die Viecher alle paar Meter stehen, schnupperten an jedem Busch und hoben das Bein, um ihr Revier zu markieren. Macht euer Geschäft und verschwindet, dachte ich, während ich zusehends empört mit ansehen musste, wie einer der Hunde sich plötzlich umdrehte, seinen Rumpf reckte und seine unerwünschten Abfälle mitten auf den Bürgersteig vor meiner Einfahrt ablud. Ich wartete, dass Bettye McCoy den Haufen in die leere Plastiktüte in ihrer Hand packte, doch sie grinste nur, stopfte die Tüte in ihre Hosentasche und ging weiter.

Ohne darüber nachzudenken, rannte ich los. »Verzeihung!« Direkt vor dem frischen Kothaufen blieb ich stehen. »Verzeihung«, rief ich noch einmal, als Bettye McCoy nicht reagierte.

Ihre Hunde begannen, zu bellen und an ihrer Leine zu ziehen. »Entschuldigung«, sagte Bettye McCoy und drehte sich widerwillig um. »Meinen Sie mich?«

»Sehen Sie hier sonst noch irgendwen?«

»Kann ich Ihnen irgendwie weiterhelfen?« Bettye McCoye zog verächtlich eine Braue hoch.

»Sie können den Dreck wegmachen, den Ihre Hunde hinterlassen.«

»Ich mache immer hinter meinen Hunden sauber.«

»Heute Abend aber nicht.« Ich wies auf den kleinen Kothaufen vor meinen Füßen.

»Der stammt nicht von meinen Hunden.«

Ich konnte es kaum glauben. »Was reden Sie da? Ich habe es genau gesehen.« Ich wies auf den kleineren der beiden weißen Hunde, der aussah, als drohte er sich an seiner Leine zu erwürgen.

»Das ist nicht Corkys«, beharrte Bettye McCoy. »Corky hat das nicht gemacht.«

»Ich habe direkt in der Tür gestanden und alles beobachtet.«

»Corky war das nicht.«

»Hören Sie, warum geben Sie nicht einfach zu, dass es Ihr Hund war, machen sauber und gehen. Behandeln Sie mich nicht wie eine Idiotin.«

»Sie *sind* eine Idiotin«, murmelte Bettye McCoy halb laut.

Ich traute meinen Ohren nicht. »Was haben Sie gesagt?«

»Ich sagte, Sie sind eine Idiotin«, wiederholte Bettye McCoy dreist. »Erst jagen Sie den armen Cedric mit einem Besenstiel aus Ihrem Garten, und jetzt beschuldigen Sie Corky, auf Ihren kostbaren Bürgersteig zu kacken. Sie wissen doch, was Sie brauchen, oder?«

»Sie werden es mir vermutlich gleich sagen.«

»Besorgen Sie sich einen Mann, gute Frau, und hören Sie auf, auf meinen Hunden herumzuhacken.«

»Halten Sie sich von meinem Grundstück fern, sonst mache ich Sie platt«, erwiderte ich. Unsere Stimmen hallten zwischen den Blättern der Bäume wider. Aus dem Augenwinkel sah ich Alison und ihren Bruder die Straße hochkommen.

»Terry!« Alison rannte auf mich zu.

»Was ist denn hier los?«, fragte Lance, ein amüsiertes Funkeln in den Augen, das auf sein ganzes Gesicht überzuspringen drohte.

»Diese Frau ist verrückt«, rief Bettye McCoy bereits auf dem Rückzug.

»Sie wollte den Dreck von ihrem Hund nicht wegmachen«, sagte ich und ahnte, wie bescheuert ich mich anhören musste.

»Das war ihr Hund?« Lance wies auf den Kothaufen, in den er beinahe getreten wäre.

Ich nickte und beobachtete entsetzt, wie er den anstößigen Haufen in die Hand nahm und erstaunlich zielsicher in Richtung von Bettye McCoys Kopf warf, wo er auf ihr

Blondhaar klatschte und an ihrem Kopf kleben blieb wie Schlamm.

Bettye McCoy blieb stehen und zog die Schultern bis an die Ohren, bevor sie sich umdrehte und uns mit fassungslos offenem Mund anstarrte, ein Spiegelbild meiner eigenen Verblüffung.

»Sie sollten lieber den Mund zumachen«, warnte Lance sie. »Vielleicht kommt noch mehr.«

»Ihr seid ja alle verrückt«, stammelte Bettye McCoy, machte ein paar Schritte rückwärts, verhedderte sich in ihren Hundeleinen, verlor um ein Haar das Gleichgewicht und brach in Tränen aus. »Alle miteinander.«

Unter unseren Blicken entwand sie sich ihren Hundeleinen, wobei ein kleiner Klecks von ihrem Kopf auf ihre rechte Schulter und von dort weiter auf die Spitze ihres roten Schuhs tropfte. Bettye McCoy kreischte ein letztes Mal empört auf, streifte die Schuhe ab, nahm jeweils einen hechelnden Hund unter den Arm und verschwand rennend um die nächste Straßenecke.

»Meinst du, sie ruft die Polizei?«, fragte Alison.

»Oh, ich glaube kaum, dass sie will, dass die Geschichte die Runde macht.« Ich sah Lance an, der grinste wie die sprichwörtliche Katze, die gerade eine Maus verschluckt hat. Hatte er den Hundekot wirklich mit bloßen Händen aufgehoben und ihn gegen meine Peinigerin geschleudert? Mein Held, dachte ich lachend. »Vielen Dank.«

»Stets zu Diensten.«

Wir gingen die Einfahrt hinauf. »Wie war das Abendessen?«, fragte ich, bevor ich ins Haus ging.

»Nicht annähernd so aufregend wie das hier«, sagte Alison. »Mein Gott, ich kann dich auch keine Minute alleine lassen. Apropos, hast du dich wegen morgen schon entschieden?«

Ich lächelte und lachte dann laut. »Um wie viel Uhr soll ich fertig sein?«

13

Am nächsten Tag klopfte Lance um zehn Minuten nach zwölf an meine Hintertür. Er war ganz in Schwarz gekleidet, ich ganz in Weiß, sodass wir aussahen wie gegnerische Bauern, die sich auf einem Schachbrett gegenüberstanden. »Ich dachte, wir hätten gesagt um elf«, begrüßte ich ihn und versuchte, nicht so zu klingen wie meine Mutter.

»Wir haben verschlafen«, sagte er ohne weitere Entschuldigung. »Sind Sie startklar?«

»Wo ist Alison?«

»Die liegt noch im Bett. Mit Migräne.«

»O nein! Alles in Ordnung?«

»In ein paar Stunden ist sie wieder auf dem Damm.«

Ein verbaler Minimalist, entschied ich und beobachtete, wie er mit seinen Blicken meine ganze Küche verschlang. »Ich sollte besser nach ihr sehen.«

»Nicht nötig.« Lance nahm die ausgebeulte Strohtasche vom Küchentisch und hängte sie mir über die Schulter. »Alison hat gesagt, ich soll Sie zum Mittagessen ausführen, und sie würde dazustoßen, sobald sie wieder aufrecht stehen kann.«

»Ich glaube, ich sollte trotzdem besser vorher noch mal nach ihr sehen«, widersprach ich und erinnerte mich daran, wie krank Alison bei ihrem letzten Migräne-Anfall gewesen war, doch Lance schob mich schon aus der Tür und führte mich weg vom Gartenhaus zur Einfahrt.

»Sie erholt sich bestimmt wieder«, sagte er und drückte sanft meinen Ellenbogen. »Machen Sie sich keine Sorgen.«

»Ich habe bloß das Gefühl, dass es nicht richtig ist wegzugehen.«

»Kommen Sie. So können wir uns besser kennen lernen.«

Ich blickte die Straße auf und ab, die Schatten der hohen Bäume breiteten sich wie kleine Tümpel über den Asphalt, während vom Bürgersteig Hitzewellen anrollten wie Meeresbrandung. Ein paar Häuser weiter stand ein großer schneefarbener Silberreiher wie versteinert in einem gepflegten Vorgarten. »Haben Sie etwas Bestimmtes im Sinn?«

»Die Everglades?«

»Was?«

»War bloß ein Witz. Natur ist nicht so mein Ding. Ich dachte, wir gehen ins Elwood's. Dahin können wir laufen und müssen auch keine Angst vor Schlangen haben.«

»Seien Sie sich da mal nicht allzu sicher.« Das Elwood's war eine zu einer Motorradfahrer-Kneipe umgebaute ehemalige Tankstelle, die sich auf Grillgerichte und Elvis-Andenken spezialisiert hatte. Sie lag ein paar Blocks westlich von der Galerie Lorelli an der Atlantic Avenue. »Woher kennen Sie das Elwood's?«

»Alison hat mich gestern Abend im Vorbeifahren darauf hingewiesen. Ich fand, dass es interessant aussah.«

Ich zuckte die Achseln und erinnerte mich an meinen letzten Besuch im Elwood's mit Erica Hollander. Ich wollte eine Alternative vorschlagen, entschied mich jedoch dagegen, weil ich instinktiv begriff, dass es ebenso zwecklos sein würde, Alisons Bruder zu widersprechen wie Alison selbst. Ein Nein zu akzeptieren war offenbar keine Familientugend.

»Für Dezember ist es ungewöhnlich heiß«, bemerkte ich müßig, als wir nebeneinander die Straße hinunterschlenderten und die Hitze sich auf meine Schultern legte wie ein kratziger Schal. Aber Lance hörte mir gar nicht zu, sondern ließ seinen Blick nervös von einer Straßenseite zur anderen huschen, als befürchtete er, dass irgendwer hinter einer der penibel gestutzten Hecken lauern und sich auf uns stürzen könnte. »Suchen Sie irgendwas Bestimmtes?«

»Was für ein Baum ist das?«, fragte er plötzlich, und sein Finger streifte meine Nase, als er auf eine gedrungene Palme im Vorgarten meines Nachbarn zeigte. »Sieht aus, als würde ein Bündel Schwänze dranhängen.«

»Wie bitte?«

Lance rannte in den Vorgarten meines Nachbarn, hockte sich neben den fraglichen Baum und wies auf eine Reihe verschieden langer Auswüchse, die von seinem Stamm herabhingen. »Finden Sie nicht, dass die aussehen wie unbeschnittene Schwänze? Schauen Sie genau hin.«

»Sie sind verrückt.« Widerwillig betrachtete ich den Baum. »O mein Gott. Sie haben Recht.«

Lance lachte so laut, dass er den Silberreiher erschreckte, der sich anmutig in die Lüfte erhob und wie ein Papierflugzeug davonschwebte. »Ist die Natur nicht großartig?«

»Das sind Schraubenpalmen«, flüsterte ich.

»Was?«

»Sie haben mich sehr gut verstanden.«

»Sie wollen mich verarschen, oder?«

»Nein ehrlich, die heißen so.«

»Vogelpalmen wäre irgendwie passender. Schraubenpalmen?«

»So etwas könnte ich mir doch unmöglich ausdenken.«

Lance schüttelte den Kopf, fasste meinen Ellenbogen und begann schneller zu gehen. »Kommen Sie«, sagte er lachend. »Von dem ganzen Gerede über Schrauben, Schwänze und Vögel hab ich richtig Hunger gekriegt.«

»Sie hätten die Stadt vor zwanzig Jahren sehen sollen«, sagte ich zwischen zwei Bissen von meinem Hamburger. »Die Hälfte der Läden stand leer, die Schulen waren eine Katastrophe, die Rassenbeziehungen auf dem Tiefpunkt. Der Drogenhandel war ungefähr das Einzige, was noch florierte.«

»Tatsächlich?« Zum ersten Mal seit Beginn meiner kleinen Einführung in unsere Stadt zeigte Lance ernsthaft Interesse. »Und wie läuft der Drogenhandel dieser Tage so?«, fragte er mit einem Blick auf die Reihe von Motorrädern, die vor der Terrasse parkten, auf der wir saßen. »Ich meine, wohin würde man gehen, wenn man sich für so etwas interessiert?«

»Ins Gefängnis höchstwahrscheinlich«, sagte ich, und Lance verzog seine Lippen zu einem widerwilligen Lächeln.

»Süß. Sie sind wirklich süß.«

Nun war es an mir zu lächeln. *Süß* war noch niemandem spontan in den Sinn gekommen, um mich zu beschreiben.

Wir beobachteten einen Mann mittleren Alters mit schwarzer Lederjacke und grauem Pferdeschwanz, der seinen schlaffen Hintern zwischen zwei Stühlen hindurchzwängte. Opas auf Rädern, dachte ich, biss erneut in meinen Hamburger und fragte mich, wie irgendjemand bei dieser Hitze Leder tragen konnte. »Inzwischen hat sich die Stadt natürlich vollkommen verändert.«

»Und wodurch genau?«

Ich schwankte zwischen einer kurzen und einer langen Antwort und entschied mich für die kurze. »Geld.«

Lance lachte. »Ah ja. Geld regiert die Welt.«

»Ich dachte immer, es wäre die Liebe.«

»Das liegt daran, dass Sie hoffnungslos romantisch sind.«

»Bin ich das?«

»Etwa nicht?«

»Vielleicht«, gab ich zu und wand mich unter seinem unvermittelt prüfenden Blick. »Vielleicht bin ich romantisch.«

»Vergessen Sie nicht hoffnungslos.« Er streckte die Hand aus und strich mir sanft, aber selbstsicher eine schweißnasse Strähne aus der Stirn, als würde er einen BH-Träger von meiner Schulter streifen.

Ich senkte den Blick und spürte den Druck seine Fingerspitzen noch, als er seine Hand schon wieder zurückgezogen hatte. »Und was ist mit Ihnen?«

Er führte eine der vor Soße triefenden Spareribs zum Mund und löste das Fleisch mit einem glatten Biss ab. »Nun ja«, sagte er augenzwinkernd, »ich liebe Geld. Zählt das auch?«

Ich nippte an meinem Bier, hielt das eiskalte Glas an meinen Hals und versuchte, die Schweißtropfen zu ignorieren, die in den Ausschnitt meines weißen T-Shirts kullerten.

»Wow! Schauen Sie sich die beiden Babys an!«, rief Lance, und ich sah, dass seine Aufmerksamkeit von zwei schwarz glänzenden Motorrädern mit verchromten Chopper-Lenkern in Beschlag genommen worden war, die gerade vorgefahren waren. »Zwei echte Schönheiten, was?«

»Harley-Davidsons?« Ich nannte, um interessiert zu klingen, die einzige Marke, die ich kannte.

Lance schüttelte den Kopf. »750er Yamaha Viragos«, sagte er und unterstrich den Satz mit einem Pfeifen.

»Sie kennen sich offensichtlich gut mit Motorrädern aus.«

»Ein wenig.« Er führte ein weiteres gegrilltes Rippchen zum Mund und nagte es säuberlich ab.

Ich dachte an Alison, die diese Spareribs im Handumdrehen verputzt hätte. »Vielleicht sollten wir Alison anrufen und fragen, wie's ihr geht.«

Lance klopfte auf sein Handy, das neben seinem Teller auf dem Tisch lag. »Sie kennt meine Nummer.«

»Wir sind schon mehr als eine Stunde unterwegs.«

»Sie wird sich schon melden.«

Ich rieb mir den Nacken, und ein Schweißfilm legte sich über meine Finger wie Schellack. »Hat sich Ihre Familie große Sorgen um sie gemacht?«

Er zuckte die Achseln. »Nein. Mittlerweile wissen sie ja so ungefähr, was sie zu erwarten haben.«

»Und das wäre?«

»Dass Alison das macht, was Alison machen will. Widerspruch ist zwecklos. Streit ist zwecklos.«

»Aber Sie haben sich offenbar doch genug Sorgen gemacht, um hierher zu fliegen und sie persönlich zu sehen.«

»Ich will mich nur vergewissern, dass alles in Ordnung ist. Ich meine, sie kommt nach Florida, kennt keine Menschenseele ...«

»Sie kannte Rita Bishop«, sagte ich, als mir der Name von Alisons Freundin wieder einfiel.

»Wen?«

»Rita Bishop.« Ich fragte mich, ob ich den Namen richtig behalten hatte.

Lance wirkte verwirrt, was er mit dem Verzehr eines weiteren Rippchens zu kaschieren suchte. »Ach ja, Rita. Was ist eigentlich aus ihr geworden?«

Mir fiel auf, dass ich vergessen hatte, mich in der Personalabteilung nach ihrem Verbleib zu erkundigen. »Ich weiß nicht. Alison konnte sie nicht ausfindig machen.«

»Typisch.« Lance atmete tief aus. »Verdammt heiß«, sagte er, als würde ihm die Temperatur in diesem Moment zum ersten Mal auffallen.

»Ich finde es sehr nett, dass Sie sich Sorgen um Ihre Schwester machen. Ich hätte nicht gedacht, dass Sie sich so nahe stehen.«

»Nahe genug, um mir Sorgen zu machen«, meinte er und zuckte erneut mit den Achseln, eine zunehmend vertraute Geste. »Was soll ich sagen? Vielleicht bin ich doch romantisch veranlagt.«

Ich musste lächeln. Es gefiel mir, dass Lance sich um Alisons Wohlbefinden sorgte. »Es ist nett, dass Sie sich freinehmen konnten.«

»Das ist kein Problem, wenn man selbstständig ist.«

»Was machen Sie denn genau?«

Die Frage schien Lance zu überraschen. Er hüstelte und

fuhr sich mit der Hand durchs Haar. »Systemanalytiker«, sagte er so leise, dass ich ihn kaum verstand.

Jetzt war ich überrascht. »Wird so etwas am Brown College gelehrt?«

»Brown?«

»Alison hat gesagt, Sie hätten dort einen Abschluss mit Auszeichnung gemacht.«

Er lachte und hustete erneut. »Das ist lange her. Seither ist viel Bier durch meine Kehle geflossen.« Er hob seinen Krug, leerte das Glas und drehte sich nach dem Kellner um. »Wollen Sie auch noch eins?«

Mein Bierglas war noch halb voll. »Nein danke, im Augenblick nicht.«

»Noch ein Bier vom Fass«, rief Lance einem kahlen und überall tätowierten Kellner zu, der an der gegenüberliegenden Wand lehnte. Auf seinem rechten Unterarm prangte in großen blauen Lettern das Wort FEAR, auf dem anderen NO MAN. Reizend, dachte ich und bemerkte im selben Moment einen Mann, der an einem kleinen runden Tisch in der Ecke mit seinem Bier beschäftigt war. Sein rotes Stirnband sah aus wie ein blutgetränkter Mullverband. Er strich mit langen schwieligen Fingern durch seinen dunklen, ungepflegten Bart und starrte mich an. Er wirkte auf irritierende Weise vertraut, und ich versuchte, mich zu erinnern, wann ich ihn schon einmal gesehen hatte.

»Wie ist Ihr Hamburger?«, fragte Lance und vertrieb in die Sonne blinzelnd ein Insekt von seiner Stirn.

»Gut.«

»Bloß gut? Meine Spareribs waren fantastisch. Ich überlege, ob ich noch eine Portion bestellen soll.«

Ich starrte auf seinen leeren Teller. »Ist das Ihr Ernst?«

»Was ich in den Mund nehme, meine ich immer ernst.« Er leckte sich einen Klecks Soße von der Oberlippe.

Flirtete er mit mir? Oder fing die Hitze an, mir auf den

Verstand zu schlagen? *Du hättest einen Hut aufsetzen sollen*, konnte ich meine Mutter förmlich sagen hören.

Ich wandte mich ab und ließ meinen Blick erneut zu dem Mann mit dem roten Stirnband schweifen. Er legte den Kopf zur Seite und hob sein Bierglas zu einem stummen Prosit, als hätte er darauf gewartet, dass ich wieder in seine Richtung blickte. Wo hatte ich ihn schon einmal gesehen?«

»Und, was halten Sie von meiner kleinen Schwester?«, fragte Lance, als der Kellner mit seinem Bier kam. Lance trank die Schaumkrone ab und kaute darauf herum, als wäre es feste Nahrung.

»Ich finde sie toll.«

»Ist sie zurzeit mit irgendwem zusammen?«

»Meines Wissens nicht.«

»Hat sie Ihnen von ihrem Exmann erzählt?«

»Nur, dass er ein Fehler war.«

Lance schüttelte lachend den Kopf.

»Sind Sie anderer Meinung?«

»Auf mich hat er einen ganz netten Eindruck gemacht. Aber hey, was weiß ich schon? Sie ist diejenige, die mit ihm zusammengelebt hat. Obwohl Alison nicht immer weiß, was gut für sie ist«, fügte er hinzu, und sein Gesicht lag plötzlich im Schatten, als am Himmel eine einzelne Wolke vorbeizog.

»Da bin ich anderer Meinung.«

»Ich glaube, Sie kennen Alison nicht so gut wie ich.«

»Vielleicht nicht«, räumte ich ein und beschloss, das Thema zu wechseln. »Was ist mit Ihnen? Irgendein süßes junges Ding am Horizont?«

»Eigentlich nicht.« Ein träges Lächeln schlich sich auf seine Lippen. »Ich hatte ehrlich gesagt schon immer ein Faible für ältere Frauen.«

Ich lachte. »Dann sollten Sie irgendwann mal in der Klinik vorbeikommen. Ich stelle Ihnen ein paar von meinen Patientinnen vor.«

Lance legte den Kopf in den Nacken und kippte sein halbes Bier herunter. »Und was ist mit dem Typen, der hier jeden Donnerstagabend singt?«, fragte er, als ob das ein vollkommen logischer Anschluss wäre.

Ich blickte auf die große Pappfigur eines Las-Vegas-mäßig gestylten Elvis-Imitators mit langen Koteletten, weißem, strassbesetztem Overall, wehendem Cape in Karaoke-Pose, die die Gäste am Eingang des Restaurants begrüßte. »Ob Sie's glauben oder nicht, er ist ein Polizist aus Delray.«

»Taugt er irgendwas?«

»Er ist sehr gut.« Ich hatte ihn gehört, als ich mit Erica hier gewesen war. Ich stutzte und wusste plötzlich auch, wann ich den Mann mit dem roten Stirnband schon einmal gesehen hatte – zusammen mit Erica Hollander. Mein Blick schoss in die Ecke der Terrasse, doch er saß nicht mehr an seinem Tisch.

»Stimmt irgendwas nicht?«, fragte Lance und bestellte noch eine halbe Portion Spareribs und zwei Bier. In der näheren Zukunft würden wir offenbar nirgendwohin gehen.

»Entschuldigen Sie mich für einen Moment?« Bevor er antworten konnte, war ich schon aufgestanden und auf dem Weg zu den Toiletten auf der Rückseite des Restaurants. Ich musste mir das Gesicht mit kaltem Wasser abwaschen. Diese Hitze setzte mir definitiv zu.

Im Innern des Restaurants war es angenehm dunkel und, obschon nicht unbedingt kühl, so doch spürbar weniger heiß als draußen. Ich ging an dem langen Tresen vorbei, dessen Barhocker aus den alten Hebebühnen der Werkstatt gebaut waren. Die meisten Gäste saßen draußen, doch in dem Raum waren Ledermöbel um ein paar Holztische gruppiert für Menschen, die es vorzogen nicht zu sehen, was sie aßen. »Der Schweinestall«, nannten die Leute das Elwood's liebevoll. Als mich ein weiterer Motorradfahrer mit Wampe streifte, fragte ich mich, ob sich das auf die Speisekarte oder die Kundschaft bezog.

Ich blieb eine Weile auf der Toilette sitzen und versuchte, mir einzureden, dass mir mein Verstand Streiche spielte und dass allein die Hitze in Verbindung mit meiner überbordenden Fantasie mich zu der Annahme verleitet hatte, bei dem Mann mit dem roten Stirnband handelte es sich um mehr als ein allzu vertrautes Klischee. Natürlich kannte ich ihn nicht. Und natürlich hatte ich ihn nie zusammen mit Erica gesehen.

Doch schon während ich noch versuchte, mich davon zu überzeugen, dass ich nur Gespenster sah, wusste ich die Wahrheit – ich *hatte* den Mann schon einmal gesehen, zusammen mit Erica, und zwar nicht bloß einmal, sondern öfter. Und nicht nur hier, wie mir klar wurde, als eine Reihe unterdrückter Bilder auf mein Hirn einprasselten, sondern viel näher an meinem Zuhause. Hatte ich ihn nicht an mehreren Morgen, den Arm um Ericas Hüfte gelegt, aus dem Gartenhaus kommen sehen? Hatte ich nicht an mehreren Abenden das unverkennbare Geräusch eines startenden und die Straße hinunterdonnernden Motorrads gehört? Und bedeutete die Tatsache, dass er zurück war, dass auch Erica wieder da war?

Ich träufelte mir Wasser in den Nacken, tupfte mir ein paar Tropfen hinter die Ohren, als wäre es Parfüm, und starrte mein Bild in dem schmutzigen Spiegel über dem Waschbecken an. Meine Mutter starrte zurück. »Gütiger Gott«, sagte ich laut, als mir klar wurde, wie sehr ihre Züge sich über meine eigenen zu legen begannen.

Bis auf die Augen in ihrem Hinterkopf, dachte ich traurig, als mir die Ermahnung wieder einfiel, die mich als kleines Mädchen immer eingeschüchtert hatte. *Versuche gar nicht erst, mich zu täuschen*, hatte sie mich gewarnt. *Ich sehe alles. Ich habe Augen im Hinterkopf.*

Schade, dass ich die nicht geerbt hatte, dachte ich auf dem Weg zurück auf die Terrasse, wo ich meinen Tisch leer vorfand. Ich blickte mich nach Lance um.

Zuerst sah ich den Mann mit dem roten Stirnband. Er stand neben den am Bordstein geparkten Motorrädern, eine Hand auf einem Lenker. Er war in eine offenbar ziemlich ernsthafte Unterhaltung mit Lance vertieft. Ich sah, wie er sich vorbeugte und Lance etwas ins Ohr flüsterte, bevor er auf sein Motorrad stieg, rückwärts auf die Straße rollte und mir im Fahren kaum merklich zunickte. Lance blieb stehen, die Fäuste geballt und reglos wie die Pappfigur des Elvis-Imitators.

»Was hatte denn das zu bedeuten?«, fragte ich, als Lance an den Tisch zurückkehrte.

»Was hatte was zu bedeuten?«

»Der Typ, mit dem Sie da geredet haben?«

»Was ist mit dem?«

»Woher kennen Sie ihn?«

»Ich kenne ihn gar nicht.« Lance blinzelte in die Sonne.

»Sie haben aber mit ihm gesprochen.«

»Ich bin halt ein freundlicher Mensch.«

»Spielen Sie keine Spielchen mit mir, Lance.«

»Was für Spielchen denn?« Lance lehnte sich auf seinem Stuhl zurück und fuhr sich mit der Zunge über die Unterlippe.

»Hören Sie, dieser Typ, mit dem Sie geredet haben, bedeutet bloß Ärger. Er hatte etwas mit meiner letzten Mieterin. Ich glaube, er ruft mich auch ständig an«, sagte ich und erkannte schlagartig, dass es genau so war.

»Sie *glauben*? Sie wissen es nicht?« Lance sah mich belustigt an.

»Ich bin mir nicht sicher«, ruderte ich zurück, meinem Instinkt plötzlich misstrauend.

»Tut mir leid, Schätzchen, aber ich habe keine Ahnung, wovon Sie reden.«

»Warum haben Sie mit ihm gesprochen?«

»Warum ist das so wichtig?«

»Worüber haben Sie geredet?«, drängte ich mit wütend erhobener Stimme weiter.

»Hey«, sagte Lance und strich mit seiner Hand über meinen Arm. »Kein Grund zur Aufregung. Es war nichts. Ich habe ihm nur gesagt, dass ich sein Motorrad toll finde. Das war alles. Geht's wieder?«

Ich nickte, einigermaßen besänftigt, und fing schon an, mir wegen meines Ausbruchs ziemlich dumm vorzukommen.

Lance zückte sein Handy. »Zeit, Alison anzurufen.«

14

Kurz nach Lance' Anruf stieß Alison im Elwood's zu uns, ihre Migräne schien glücklich besiegt. »Diese Pillen, die du mir gegeben hast, sind ein Gottesgeschenk«, erklärte sie mir in ihrem blauen Sommerkleid und strahlte, während sie gleichzeitig eine Portion Spareribs und Pommes frites vertilgte und ich die Anmut, mit der sie das bewerkstelligte, nur bewundern konnte. Ich staunte auch, dass ihre Kopfschmerzen offenbar keinerlei Auswirkungen auf ihren Appetit hatten. Alles in allem wirkte sie beinahe frischer als ich. »Alles in Ordnung mit dir?«, fragte sie, als Lance bezahlte.

»Wieso? Mir geht es gut.«

»Du bist so still.«

»Terry dachte, sie hätte einen Typ gesehen, der etwas mit ihrer letzten Mieterin hatte«, schaltete Lance sich ein.

»Wirklich? Wen denn?«

Ich schüttelte den Kopf. »Wahrscheinlich war er es gar nicht. Muss die Hitze sein«, wiegelte ich ab, mittlerweile beinahe überzeugt, dass ich mich geirrt hatte.

»Ist aber auch echt eine Affenhitze«, stellte Alison fest und sah sich auf der um drei Uhr immer noch vollen Terrasse um. »Okay, und wohin sollen wir jetzt gehen?«

Ich schlug einen Besuch im Morikami-Museum und dem Japanischen Garten vor, was ich mir angenehm kühl und interessant vorstellte, doch Alison war nicht in der Stimmung für ein Museum, und Lance bekräftigte, dass Natur nicht sein Ding sei. Also spazierten wir am Intercoastal Waterway entlang, unternahmen eine Bootsfahrt mit der *Ramblin' Rose II* und saßen in der Dämmerung auf der Hafenmauer, wo wir zusahen, wie die Brücke für eine kleine Parade prachtvoller Yachten auf dem Weg zu den Bahamas hochgeklappt wurde.

»Wusstet ihr, dass Alligatoren echt schnell sind?«, fragte Alison ohne speziellen Bezug, als wir später auf dem Weg nach Hause die 7th Avenue hinunterschlenderten. »Wenn man von einem gejagt wird, sollte man immer im Zickzack laufen, weil ein Alligator sich nur geradeaus bewegen kann.«

»Das werde ich mir merken«, sagte ich.

»Was ist eigentlich der Unterschied zwischen einem Alligator und einem Krokodil?«, wollte Lance wissen.

»Krokodile sind fieser«, sagte Alison mit einem reizenden Lächeln. Sie streckte die Arme in den Himmel, als wollte sie nach dem Vollmond greifen, der bedrohlich tief über uns stand. »Ich sterbe vor Hunger.«

»Du hast doch gerade erst gegessen«, erinnerte ich sie.

»Das ist doch schon Stunden her. Ich bin völlig ausgehungert. Komm, wir gehen ins Boston's.«

»Ich bin dabei«, sagte Lance.

»Geht ihr beiden. Ich bin wirklich erschöpft.«

»Komm schon, Terry, du kannst uns doch jetzt nicht hängen lassen.«

»Tut mir leid, Alison. Ich muss morgen wirklich früh aufstehen. Was ich jetzt brauche, ist eine Tasse Kräutertee, ein wohltuendes Schaumbad und mein schönes bequemes Bett.«

»Lass Terry doch gehen«, drängte Lance seine Schwester leise.

»Habt ihr beiden euch gut amüsiert?« Alison starrte mich erwartungsvoll an, und der gelbe Mond spiegelte sich in ihren eifrigen Kinderaugen. »Drei Wörter.«

»Ja«, antwortete ich wahrheitsgemäß und verwarf meine Bedenken wegen des Mannes mit dem roten Stirnband. Den ganzen Nachmittag hatte ich mich nach Kräften bemüht, ihn einfach zu vergessen, doch wie ein falscher Fuffziger tauchte er immer wieder auf. »Ja, ja, ja«, sagte ich, sein Bild endgültig verdrängend.

Alison umarmte mich stürmisch, und ein paar lose Strähnen ihres Haares kitzelten auf meiner Wange und schoben sich zwischen meine Lippen. »*See you later, alligator*«, sagte sie und küsste mich auf die Stirn.

»*In a while, crocodile*«, erwiderte ich und sah den beiden nach, bis sie um die nächste Ecke verschwunden waren. Ich konnte Alison in der Dunkelheit lachen hören und fragte mich kurz, was sie so amüsant fand. Das Echo ihres Gelächters folgte mir die Straße hinunter und prasselte auf meinen Rücken wie spitze Steine.

Was ist der Unterscheid zwischen einem Alligator und einem Krokodil, hatte Lance gefragt.

Krokodile sind fieser, hatte Alison geantwortet.

Mein Haus lag in vollkommener Dunkelheit. Normalerweise lasse ich mindestens ein Licht an, doch Lance hatte mich so eilig hinausgeführt, dass ich es offensichtlich vergessen hatte. Ich ging vorsichtig, den Blick auf den Boden gerichtet für den Fall, dass Betty McCoy mit ihren Höllenhunden zurückgekehrt war, und lief dann eingedenk hungriger Alligatoren, die möglicherweise gefährlich weit vom Weg abgekommen waren, im Zickzack die Einfahrt hinauf.

Ich fühlte mich gleichzeitig erleichtert und töricht – töricht erleichtert? –, als ich die Haustür aufschloss und das Licht anknipste. Mein Blick wanderte über das Sofa, die Stühle im Queen-Anne-Stil, das Gemälde mit den Pfingstrosen an der Wand neben dem Fenster, den Weihnachtsbaum in der Ecke mit den zahlreichen Geschenken darunter, die imposante Parade von Nikoläusen, Rentieren und Elfen, die Alison liebevoll zusammengestellt hatte.

»Frohe Weihnachten, alle miteinander«, sagte ich, schloss die Tür und ging in die Küche. »Und ein besonders frohes Fest für Sie, verehrte Damen«, begrüßte ich die fünfundsechzig Porzellanköpfe, die mich gleichgültig musterten. »Ich hoffe, ihr wart brav, während ich weg war.« Ich setzte Wasser auf, machte mir einen Ingwer-Pfirsich-Tee, den ich mit nach oben ins Bad nahm, wo ich mich nackt auszog und die Wanne voll laufen ließ. Dann stieg ich ins Wasser, glitt unter die Decke aus nach Jasmin duftenden Schaumblasen und lehnte meinen Kopf an die kühle Emaille.

Ich weiß noch, wie mich meine Mutter einmal mit gespreizten Beinen in der Wanne ertappt hatte, das Wasser plätscherte gegen meine Schenkel, und ich kicherte kindlich ausgelassen. Die Prügel, die ich an jenem Abend bezog, waren schlimmer als jede andere, die sie mir im Laufe der Jahre verpasste, zum einen weil ich klatschnass war, zum anderen weil ich keine Ahnung hatte, wofür ich bestraft wurde. Ich flehte sie an, mir zu erklären, was ich falsch gemacht hatte, doch meine Mutter sagte kein Wort. Bis heute kann ich das Brennen auf meinem nackten Hintern spüren wie die Stiche von tausend kleinen Wespen, und meine nasse Haut war wie eine Lupe, die meinen Schmerz und meine Demütigung noch vergrößerte. Mehr als alles andere ist mir das Klatschen auf meiner nackten Haut in Erinnerung geblieben, das von den Wänden widerhallte. Es gibt immer noch Nächte, in denen ich es höre, wenn ich die Augen schließe und schlafen will.

Ich schüttelte die Gedanken ab und tauchte meinen Kopf unter Wasser, sodass meine Haare auf der Oberfläche trieben wie Seetang. Sofort heftete sich eine neue unangenehme Erinnerung an die Innenseite meiner geschlossenen Lider: drei kleine grau-weiße Kätzchen, die ich, von ihrer Mutter verlassen, in einer Ecke unserer Garage entdeckt hatte, räudig, jammernd und »wahrscheinlich voller Spulwürmer«, wie meine Mutter verkündet hatte, bevor sie mir die Kleinen aus den Armen gerissen und im Garten in einem Eimer Wasser ertränkt hatte.

Ich lag in der Wanne, Wasser über meinem Gesicht wie ein Leichentuch, und versuchte vergeblich, die drei Kätzchen nicht vor mir zu sehen. Was war bloß mit mir los? Warum dachte ich in letzter Zeit ständig an meine Mutter?

Es war, als ob meine Mutter mit Alisons Ankunft nicht nur wieder ins Haus, sondern auch in meinen Kopf eingezogen wäre. Wahrscheinlich lag es an all den Fragen, die Alison gestellt hatte, an den Fotos, die wir gemeinsam angesehen hatten. Sie waren verantwortlich für meine seltsamen Träume und ungeplanten Zeitreisen in die Vergangenheit. Ich hatte seit Jahren nicht an die verdammten Kätzchen gedacht. Warum jetzt, Herrgott noch mal? Hatte ich während der langen schrecklichen Tage ihrer Krankheit nicht meinen Frieden mit meiner Mutter gemacht? Hatte sie mich nicht um Vergebung gebeten? Und hatte ich diese nicht großzügig gewährt?

Meine Mutter war eine äußerst beeindruckende Persönlichkeit, obwohl ich nicht sagen könnte, warum. Mit ihren eins fünfundfünfzig war sie alles andere als eine imposante Erscheinung, mit ihrem unverhältnismäßig großen Busen wirkte sie vielmehr eher komisch, wie eine zu groß geratene Taube, und auch ihre Gesichtszüge waren erstaunlich unausgeprägt und nichts sagend.

Ich glaube, was sie wirklich von anderen abhob, war ihre Haltung, die starren, stolz gereckten Schultern, der stur erhobene Kopf und die kleine himmelwärts gerichtete Nase, sodass man immer das Gefühl hatte, sie würde aus großer Höhe auf einen herabblicken.

Diese Haltung durchdrang jeden Aspekt ihres Lebens. Sie hatte zu allem eine unverrückbare Meinung, selbst bei Themen, von denen sie wenig verstand. Sie war jähzornig und hatte eine spitze Zunge. Ich hatte früh gelernt, dass es zwecklos war, meinen Standpunkt gegen ihren zu vertreten, weil es nur einen gültigen Standpunkt gab.

Mein Vater wurde jedenfalls nur selten zu Rate gezogen. Wenn er eine Meinung hatte, behielt er sie für sich. Ich hatte gelernt, in nichts auf ihn zu zählen, und auf diese Weise hat er mich nie enttäuscht. Falls er irgendetwas bereute, nahm er es mit ins Grab.

Nach seinem Tod wurde meine Mutter noch wütender und ging bei der kleinsten Provokation auf mich los. *Du dummes, dummes Mädchen*, höre ich sie immer noch schreien, wenn ich mich bei irgendetwas besonders ungeschickt angestellt habe.

Als sich diese stolzen Schultern später dem Druck des Alters beugten und die Gebrechlichkeit die schärfsten Kanten abschliff, wurde sie nach und nach weniger imposant, weniger selbstgerecht, und ihr Hang zu giftigen Ausbrüchen drang weniger oft durch. Oder vielleicht wurde sie einfach insgesamt weniger. Nach ihrem Schlaganfall schrumpfte meine Mutter buchstäblich auf halbe Größe zusammen.

Und etwas Seltsames geschah.

Indem sie weniger wurde, wurde sie mehr, wie der Architekt Mies van der Rohe vielleicht gesagt hätte. Sie wurde toleranter, dankbarer, verletzlicher. Ihr Schatten schrumpfte auf halbwegs menschliche Größe.

Du weißt, dass alles, was ich getan habe, nur zu deinem Wohl war, sagte sie in diesen letzten Monaten ihres Lebens oft.

Das weiß ich, erklärte ich ihr. *Natürlich weiß ich das.*

Ich wollte nicht grausam sein.

Ich weiß.

So bin ich eben erzogen worden. Meine Mutter war mit mir genauso.

Du warst eine gute Mutter, sagte ich.

Ich habe viele Fehler gemacht.

Wir machen alle Fehler.

Kannst du mir vergeben?

Natürlich vergebe ich dir. Ich küsste die trockene, schuppige Haut auf ihrer Stirn. *Du bist meine Mutter. Ich liebe dich.*

Ich liebe dich auch, flüsterte sie.

Oder vielleicht auch nicht. Vielleicht wollte ich bloß so unbedingt, dass sie diese Worte sagte, dass ich es mir eingebildet hatte.

Warum kehrte sie jetzt zurück und verfolgte mich?

Ich hob meinen Kopf wieder aus dem Wasser und spürte die winzigen Schaumbläschen auf meiner Haut platzen. Versuchte sie, mir etwas zu sagen? Versuchte sie, mich im Tod zu warnen und zu schützen, wie sie es im Leben nie getan hatte?

Aber wovor sollte sie mich schützen?

Ich zog mit den Zehen den Stöpsel heraus und lauschte der Melodie des ablaufenden Wassers. Es dauerte eine Weile, bis ich auch die anderen Geräusche wahrnahm, und einen weiteren Moment, bis ich begriff, worum es sich handelte. Glocken. Jetzt hörte ich auch, wie unten eine Tür geöffnet und wieder geschlossen wurde, während mein Mut mit den letzten Bläschen im Abfluss verschwand.

Jemand war im Haus.

Ich stieg leise aus der Wanne. Zog meinen Bademantel über und streckte mich, um die Badezimmertür abzuschließen. Doch das Schloss war schon seit fast einem Jahr defekt, und als Waffe stand mir nur die stumpfe Klinge eines Einwegrasierers zur Verfügung. Ich hätte lachen können, wenn ich nicht solche Angst gehabt hätte.

»Hallo, ist da jemand?« Ich spähte aus der Badezimmertür und trat in die Halle. »Alison? Bist du das?« Ich wartete darauf, dass jemand antwortete, und tapste schließlich, eine feuchte Spur auf dem Holzboden hinterlassend, auf nackten Füßen zur Treppe. »Alison? Lance? Seid ihr das?«

Nichts.

War es möglich, dass ich mich verhört hatte?

Ich warf einen kurzen Blick in die Schlafzimmer, bevor ich die Treppe hinunter ins Wohnzimmer schlich und bei jedem Schritt erwartete, dass irgendwer aus dem Dunkel stürzte. Doch nichts dergleichen geschah, und auch im Wohnzimmer schien alles unberührt. Alles stand genau an dem Platz, an dem es vorher auch gestanden hatte.

Ich drückte die Klinke der Haustür herunter und stellte mit einem erleichterten Seufzer fest, dass sie abgeschlossen war. »Hallo?«, rief ich noch einmal auf dem Weg in die Küche. »Ist da jemand?« Doch die Küche war ebenso menschenleer wie das übrige Haus. »Jetzt höre ich schon Gespenster«, murmelte ich auf dem Weg zur Hintertür und entspannte meine Schultern.

Die Hintertür schwang bei der leisesten Berührung auf.

»O mein Gott.« Zunehmend panisch machte ich zwei Schritte zurück, während sich die warme Abendluft unaufgefordert in der Küche breit machte. »Bleib ganz ruhig.« Hatte ich nicht gerade in jedem Zimmer des Hauses nachgesehen und nichts entdeckt?

Du hast nicht im Kleiderschrank nachgesehen, hörte ich Alison sagen. *Und unter dem Bett auch nicht.*

Du bist ein dummes, dummes Mädchen, fügte meine Mutter noch hinzu.

»Einen schwarzen Mann gibt es nicht«, erklärte ich ihnen laut und entschied, dass es durchaus möglich war, dass ich beim Verlassen des Hauses vergessen hatte, die Hintertür abzuschließen. Ich sah Lance vor mir, ohne Entschuldigung eine Stunde zu spät, der mir die Tasche über die Schulter streifte und mich mit einer Hand an meinem Ellenbogen aus der Hintertür schob.

»Ich hab die Tür nicht abgeschlossen«, informierte ich die Reihen der Porzellanköpfe. »Ich hab die Tür nicht abgeschlossen«, wiederholte ich, schloss sie nun ab und lachte über meine Dummheit. »Einen schwarzen Mann oder so was gibt es nämlich gar nicht.«

Das Telefon klingelte.

»Wissen Sie nicht, dass es gefährlich ist, das Haus nicht abzuschließen?«, fragte eine Stimme, bevor ich hallo sagen konnte. »Man weiß nie, wer vorbeikommt.«

Ich fuhr herum, tastete über den Küchentresen und stieß auf den Messerblock. Ich zog das größte Messer aus seinem Schlitz und schwenkte es wie eine Fahne. »Wer ist da?«

»Träumen Sie süß, Terry. Und passen Sie gut auf sich auf.«

»Hallo? Hallo? Verdammt! Wer ist da?« Ich knallte den Hörer auf die Gabel, hob ihn sofort wieder ab und wählte den Notruf.

»Notrufzentrale«, erklärte eine Frau nach mehreren Minuten Wartezeit.

»Nun, es ist nicht direkt ein Notfall«, schränkte ich ein.

»Sie haben den Notruf gewählt, Ma'am. Wenn es sich nicht um einen Notfall handelt, sollten Sie sich an Ihre örtliche Polizeidienststelle wenden.«

»Vielen Dank. Das werde ich tun.«

Aber ich tat es nicht. Was wollte ich schließlich sagen? Dass ich den Verdacht hatte, dass jemand in mein Haus eingebrochen war, obwohl ich zugegebenermaßen die Hintertür offen gelassen hatte und nichts gestohlen worden war? Dass ich einen vage bedrohlichen anonymen Anruf von einem Mann bekommen hatte, dessen Worte eigentlich eher fürsorglich klangen? *Wissen Sie nicht, dass es gefährlich ist, das Haus nicht abzuschließen? Man weiß nie, wer vorbeikommt. Träumen Sie süß, Terry. Und passen Sie gut auf sich auf.*

Klar, das würde die Polizei garantiert auf den Plan rufen.

Ich legte wieder auf, ließ mich auf den Küchenstuhl fallen und überlegte, was zu tun war. Sollte ich trotzdem die Polizei anrufen und ihren Spott oder, schlimmer noch, ihre

Gleichgültigkeit ertragen? Wenn ich nur etwas Konkretes vorweisen könnte, um zu beweisen, dass ich nicht irgendeine einsame Frau mittleren Alters mit einer zu lebhaften Fantasie und zu viel Zeit war. Wenn ich mir über die Identität des Anrufers nur gewisser wäre.

Ich spulte die Worte im Kopf zurück wie eine Tonbandaufnahme. *Träumen Sie süß, Terry. Und passen Sie gut auf sich auf.* Auch wenn der Anrufer mir irgendwie bekannt vorkam, war ich mir eben nicht sicher, dass es Ericas Motorrad-Freund gewesen war, den ich im Elwood's mit Lance hatte reden sehen, beide mit einem Gesichtsausdruck, der auf etwas weit Ernsteres als ein gemeinsames Interesse an Motorrädern hingedeutet hatte. Gab es irgendeine Verbindung zwischen den beiden Männern? Oder zwischen Lance und Erica? Oder zwischen Erica und Alison?

Was zum Teufel ging hier vor?

Und dann sah ich ihn.

Er stand vor dem Küchenfenster, die Stirn an die Scheibe gepresst, sein rotes Stirnband wie eine Blutspur auf dem Glas.

»O mein Gott.«

Und dann verschwand das Bild wieder, so schnell, wie es aufgetaucht war, von der Nacht verschluckt, aufgesaugt wie ein Klecks von einem Löschblatt.

Hatte ich tatsächlich jemanden gesehen?

Ich stürzte ans Fenster und spähte in die Dunkelheit.

Ich sah nichts.

Niemanden.

Ich kramte in der Küchenschublade nach den Ersatzschlüsseln für das Gartenhaus. *Du bist ein dummes, dummes Mädchen*, ermahnte meine Mutter mich, und ich musste ihr ausnahmsweise einmal Recht geben. Doch ich brauchte Antworten, und diese Antworten ließen sich vielleicht in Alisons Tagebuch finden. Ich schätzte, dass ich noch mindestens eine halbe Stunde Zeit hatte, bis sie und ihr Bruder heimkehrten. Mir blieb also mehr als genug Zeit, wenn ich mich beeilte.

Den Schlüssel umklammert, stieß ich die Tür auf und trat in die Dunkelheit. Meine nackten Füße schlüpften in die Abendluft wie in ein Paar Pantoffeln.

»Bist du verrückt? Was hast du vor?«, murmelte ich, als ich die Tür hinter mir abschloss und mit ausgestreckter Hand, den Schlüssel auf das Schloss gerichtet, losmarschierte. Ich hatte die Tür fast erreicht, als ich hinter mir ein Knacken hörte.

Mir stockte der Atem. Ich drehte mich blitzschnell um.

»N'Abend«, sagte eine körperlose Stimme aus der Dunkelheit, und langsam, beinahe wie von Zauberhand tauchte ein Mann aus dem Nichts auf und nahm in meinem Garten Gestalt an. Aufreizend bedächtig trat er ins Schlaglicht des Mondes. Er war groß, schlank und glatt rasiert, kein zotteliger Bart, kein rotes Stirnband. »Erinnern Sie sich noch an mich?«

»K.C.«, flüsterte ich.

»Die Abkürzung von Kenneth Charles, aber so nennt mich … ach, was soll's, das wissen Sie ja.«

»Was machen Sie hier?«

»Ich wollte Alison besuchen.«

»Sie ist nicht zu Hause.«

»Ach ja? Und wohin wollen Sie dann?«

Ich schob den Schlüssel in die Tasche meines Bademantels und fragte mich, ob er es bemerkt hatte. »Ich dachte, ich hätte ein Geräusch gehört. Ich wollte mich bloß vergewissern, dass alles in Ordnung ist.« Ich fragte mich, warum ich mir die Mühe machte, einem praktisch Fremden meine Motive zu erklären.

»Das war wahrscheinlich bloß ich.«

»Haben Sie mich gerade angerufen?«, fragte ich schärfer als beabsichtigt.

K.C. zückte ein Handy und lächelte träge. »Hätte ich das tun sollen?«

»Sie haben meine Frage nicht beantwortet.«

»Nein, ich habe Sie nicht angerufen.« Er kniff die Augen zusammen. »Alles okay mit Ihnen?«

»Mir geht es bestens.«

»Sie wirken ein wenig überreizt.«

»Nein«, sagte ich und gähnte betont. »Ich bin bloß ein bisschen müde. War ein anstrengender Tag.« Ich blickte zu Boden, und dabei fiel mir auf, dass mein Bademantel sich geöffnet hatte. Ich zog die beiden Seiten rasch wieder zu und ignorierte das breiter werdende Grinsen in K.C.s Gesicht. »Ich sage Alison, dass Sie hier waren.«

»Wenn Sie nichts dagegen haben, warte ich, glaube ich, lieber, bis sie zurückkommt.

»Wie Sie wollen.« Ich wandte mich zum Gehen.

»Terry?«, rief er mir nach.

Ich blieb stehen und drehte mich noch einmal um.

»Ich wollte mich nur noch mal für das herrliche Essen zu Thanksgiving bedanken.«

»Freut mich, dass es Ihnen gefallen hat.«

»Man findet heutzutage nicht mehr viele Menschen, die einen Fremden so bereitwillig bei sich aufnehmen.«

Oder so dumm, hörte ich meine Mutter sagen und spürte das Gewicht des Schlüssels in meiner Tasche. »Gern geschehen.« Wieder wandte ich mich zum Haus.

»Terry?«, rief er ein weiteres Mal.

Ich blieb erneut stehen, drehte mich jedoch nicht um.

»Passen Sie gut auf sich auf«, sagte er, als ich ins Haus trat und die Tür hinter mir abschloss.

15

»Fröhliche Weihnachten!« Schlag Mitternacht sprang Alison auf und klatschte mit kindlicher Ausgelassenheit in die Hände.

»Fröhliche Weihnachten«, ließ Lance sich wie ein Echo vernehmen und stieß mit seinem Glas Eierflip erst mit Alison und dann mit mir an.

»Gott segne uns alle«, fügte ich noch hinzu und nippte an der dicklichen Flüssigkeit. Das strenge Aroma von Muskatnuss stieg mir in die Nase.

Es war ein angenehmer Abend mit gutem Essen und munterem Geplauder gewesen. Nur wir drei, keine ungebetenen Gäste, keine Erscheinungen vor der Fensterscheibe, keine unerwarteten Anrufe. Ich hatte Alison nach K.C. gefragt. Sie hatte behauptet, seit Thanksgiving nichts von ihm gehört zu haben. Als ich ihr von meiner Begegnung mit ihm erzählte, zuckte sie die Achseln und meinte: »Das ist ja merkwürdig. Ich frage mich, was er wollte.« Am Ende entschied ich, dass ich dem ganzen Zwischenfall wahrscheinlich viel zu viel Bedeutung beigemessen hatte, und verdrängte ihn, so gut ich konnte.

»Wo stammt das her?«, fragte Alison jetzt.

»Wo stammt was her?«

»Das, was du gerade gesagt hast. ›Gott segne uns alle.‹ Es kommt mir so bekannt vor.«

»Charles Dickens«, erklärte ich ihr. »*Ein Weihnachtslied*.«

»Stimmt«, sagte Lance. »Wir haben den Film gesehen. Weißt du noch? Mit Bill Murray.«

»Ihr solltet das Buch lesen.«

Lance zuckte gleichgültig mit den Schultern. »Ich les nicht viel.«

»Warum nicht?«

»Es interessiert mich eigentlich nicht.«

»Lance hat seinen Lesehunger am Brown College gründlich gestillt«, erklärte Alison rasch.

»Was *interessiert* dich denn?«, insistierte ich.

Lance warf seiner Schwester einen Blick zu, bevor er seine Aufmerksamkeit wieder mir zuwandte. »*Du* interessierst mich.«

»*Ich*?«

»Ja, Lady, genauso ist es.«

Ich lachte. »Du machst dich über mich lustig.«

»Ganz im Gegenteil. Ich finde dich faszinierend.«

Nun warf ich Alison einen Blick zu. Sie schien den Atem anzuhalten. »Und was genau findest du so faszinierend an mir?«

Er schüttelte den Kopf. »Ich weiß nicht genau. Was sagt das Sprichwort noch über stille Wasser, die tief sind?«

Nun stockte auch mir der Atem. »Nur, dass sie tief sind.«

»Ich wäre vermutlich einfach nur gern dabei, wenn sie mal aufgewühlt sind.« Lance nippte erneut an seinem Drink, und die blassgelbe Flüssigkeit hinterließ einen schmalen Schnurrbart, den er mit der Zunge ableckte, ohne den Blick von mir zu wenden.

»Ich lese nicht annähernd so viel, wie ich sollte«, meldete sich Alison zu Wort.

»Du liest überhaupt nicht.«

Alison wurde schamrot, sodass die Farbe ihrer Wangen der ihres Pullovers glich. »Vielleicht könntest du mir ein gutes Buch empfehlen, Terry. Etwas, was mich wieder zum Lesen bringt.«

»Klar. Obwohl ich wahrscheinlich auch nicht so viel lese, wie ich sollte.«

»Wir sollten alle mehr lesen«, stimmte Alison mir zu.

»Es gibt eine Menge Dinge, die wir tun sollten«, sagte Lance kryptisch.

»Nenne drei«, sagte ich, und Alison lächelte, wenngleich eher zögerlich, als hätte sie Angst davor, was ihr Bruder antworten könnte.

»Wir sollten aufhören zu zaudern«, sagte Lance.

»Zaudern«, wiederholte Alison mit einem angespannten Lachen. »Gutes Wort.«

»Inwiefern zaudern?«, fragte ich.

Lance ignorierte meine Frage. »Wir sollten aufhören, Spielchen zu spielen.«

»Was für Spielchen?«, fragte ich und bemerkte, wie das Lächeln auf Alisons Gesicht gerann.

»Wir sollten entweder scheißen oder von der Schüssel runtergehen.« Lance leerte seinen Drink und warf seine Serviette auf den Tisch, als wollte er seine Schwester zu einem Duell herausfordern.

»Habe ich irgendwas nicht mitbekommen?«

Alison sprang auf. »Können wir jetzt die Geschenke auspacken?« Sie war schon halb vor dem Baum im Wohnzimmer, bevor ich antworten konnte.

»Mach das hier zuerst auf«, sagte sie und hielt mir eine kleine Geschenktüte hin, als ich neben sie trat. »Es ist von mir. Nur eine Kleinigkeit. Ich hab gedacht, wir fangen mit den kleinen Geschenken an und sparen uns die besten bis zum Schluss auf.« Vorsichtig zog ich einen kleinen Kristall aus der Tüte. »Es ist ein Briefbeschwerer. Ich fand ihn so schön.«

»Ja, ich finde ihn sehr hübsch. Vielen Dank.« Ich hockte mich neben Alison auf den Boden, in Gedanken immer noch bei unserem vorherigen Wortwechsel – inwiefern zaudern? Was für Spielchen? –, während ich mit den Fingern über die raue Oberfläche des rosafarbenen Steins strich. »Er ist wunderschön.«

»Wirklich?«

»Ja, er ist hinreißend.« Ich wies auf eine kleine, quadratische, rot und grün eingepackte Schachtel. »Jetzt bist du dran.«

Mit eifrigen Händen riss sie die Verpackung auf. »Was ist es?«

»Mach es auf und finde es selbst heraus.«

»Das ist ja so aufregend. Ist das nicht aufregend?« Alison warf das Papier zur Seite und öffnete die Schachtel. »Guck dir das an! Lance, sieh mal. Nagellack. Sechs Fläschchen und lauter fantastische Farben.«

»Schweig still, mein Herz«, sagte Lance vom Sofa.

»Vanilla Milkshake, Mango Madness, Wildflower ... Sie sind alle super.«

»Dann viel Spaß damit.«

»Wir könnten einen weiteren Wellness-Tag einlegen.«

»*Das* klingt amüsant«, sagte Lance. »Kann ich auch kommen?«

»Nur, wenn wir deine Zehennägel mit Mango Madness lackieren dürfen«, erwiderte ich

»Sie dürfen nach Herzenslust jeden Teil meiner Anatomie lackieren, Verehrteste.« Lance gesellte sich zu uns auf den Fußboden. »Ist da auch was für mich dabei?«

Alison suchte demonstrativ lange unter dem Baum. »Nein, sieht so aus, als hätten wir leider nichts für dich. Oh, warte. Hier ist doch etwas.« Sie präsentierte eine längliche, golden verpackte Schachtel. »Es ist ein Golfhemd«, verkündete sie, bevor er das Paket auch nur halb ausgepackt hatte. »In XL, weil der Verkäufer gesagt hat, dass sie klein ausfallen. Was denkst du? Meinst du, es passt?«

Lance hielt sich das beige-schwarze Golfhemd vor das blaue, das er trug. »Sieht gut aus. Was meinst du, Terry?«

»Ich denke, deine Schwester hat einen sehr guten Geschmack.«

Lance lachte. »Das ist das erste Mal, dass man ihr das vorwirft.«

»Sehr witzig.« Alison wies auf das Muster in dem leichten Stoff. »Das sind Golftees, falls du es nicht wusstest.«

»Sieht so aus, als müsste ich noch eine Weile bleiben«, sagte Lance beiläufig. »Und anfangen, Golf zu spielen.«

Alison schlug die Augen nieder. »Hier ist noch etwas für Terry.« Sie las den Geschenkanhänger und sah ihren Bruder nervös an. »Von Lance«, sagte sie offensichtlich überrascht. »Du hast mir nicht erzählt, dass du Terry ein Geschenk kaufst.«

»Was denn? Glaubst du, ich hätte keine Kinderstube?«

Ich öffnete das Geschenk mit zitternden Händen, weil ich wusste, dass ich nichts für ihn gekauft hatte. Das Paket enthielt ein langes, lilafarbenes Negligé mit einem aufreizend tiefen, mit Spitzen besetzten Ausschnitt.

»Oha«, sagte Alison.

»Seide.«

»Es ist wunderschön. Aber das kann ich wirklich nicht annehmen«, sagte ich im Tonfall meiner Mutter.

Vollkommen unangemessen, hörte ich sie mir beipflichten.

»Was redest du da? Natürlich kannst du es annehmen. Warum probierst du es nicht an und führst es uns vor?« Lance schob seine Finger in den langen Seitenschlitz des Negligés, und ich zitterte, als würde er über mein Bein streichen.

»Ich finde, du solltest es dir für Joshs Rückkehr aufbewahren«, sagte Alison, ohne den Blick von ihrem Bruder zu wenden.

»Josh?« Lance richtete sich kerzengerade und sichtlich interessiert auf. »Das ist das erste Mal, dass ich etwas von einem Josh höre.«

»Er ist ein Freund von Terry.«

»Klingt so, als wäre er ein bisschen mehr als nur ein Freund.«

»Seine Mutter ist eine meiner Patientinnen«, erklärte ich, weil ich eigentlich nicht vorhatte, mit Alisons Bruder über Josh zu reden, während ich mich fragte, was er in diesem Moment machte. In Kalifornien war es drei Stunden früher. Wahrscheinlich nahm er an einem großen Familienessen teil oder besorgte vielleicht noch letzte Weihnachtsgeschenke. Vermisste er mich? Dachte er überhaupt an mich?

»Was ist denn mit seiner Mutter?«

Ich stellte mir Myra Wylie schlafend in ihrem schmalen Krankenhausbett vor. »Alles«, sagte ich traurig.

Lance zuckte die Achseln. »Über dem Verfallsdatum, oder was?«

»Wie bitte?«

»Lance meint, die Leute sollten einen Stempel mit Verfallsdatum tragen. So wie Molkereiprodukte, weißt du.«

Ich musste unwillkürlich lachen.

»Hast du noch nie darüber nachgedacht, bei einem dieser Leute einfach den Stecker rauszuziehen?«

»Was!«

»Ich glaube, den meisten von ihnen würdest du einen Gefallen tun. Und dir selbst womöglich auch.«

»Jetzt kann ich dir wirklich nicht mehr folgen.«

»Nun, ich denke ja auch nur laut, aber mit einigen dieser einsamen alten Schachteln freundest du dich doch bestimmt an. Hab ich Recht?«

Ich nickte, ohne zu wissen, worauf er hinauswollte.

»Und einige von ihnen haben wahrscheinlich auch irgendwo ein bisschen was gespart«, fuhr Lance fort. »Ich wette, es wäre nicht schwierig, sie dazu zu bringen, dich in ihrem Testament zu berücksichtigen und dir als ihrer bescheidenen Pflegerin den Großteil ihres Vermögens zu überschreiben. Nach einer angemessenen Frist, lange genug, um keinerlei Verdacht aufkommen zu lassen, hilfst du der Natur einfach ein bisschen nach. Du weißt schon, ein Luftbläschen in ihrer

Infusion, eine zusätzliche Dosis von irgendeinem Schlafmittel. Du wüsstest doch genau, wie man es macht. Oder nicht?«

Ich suchte nach dem mittlerweile vertrauten listigen Funkeln, doch er starrte mich mit Augen an, die so kalt und humorlos waren wie die einer Leiche.

»Was meinst du, Terry?«, drängte er weiter. »Klingt doch wie ein ganz guter Plan.«

»Ich denke, dass derartige Pläne der Grund dafür sind, dass unsere Gefängnisse überfüllt sind.«

»Lance macht nur Spaß«, sagte Alison.

»Meinst du?«, fragte er.

»Ist dir Geld wirklich so wichtig?«

»Ziemlich wichtig.«

»So wichtig, dass du tatsächlich darüber nachdenken würdest, jemanden umzubringen?«

»Das käme drauf an.«

»Lance macht nur Witze«, unterbrach Alison uns erneut. »Das reicht, Lance. Terry versteht deinen seltsamen Humor nicht.«

»Ich glaube, sie versteht mich sehr gut.«

»Jetzt bin ich dran, ein weiteres Geschenk auszupacken«, sagte Alison und zog mit solcher Vehemenz ein Paket von dem Haufen, dass sie beinahe den ganzen Baum umgestürzt hätte. »Guck mal. Von Denise.«

»Wo treibt Denise sich denn dieser Tage so rum?«, fragte ich, ebenso erpicht wie Alison, das Thema zu wechseln.

»Sie verbringt Weihnachten bei ihrer Familie im Norden. Aber bis Silvester ist sie zurück. Apropos, ich finde, wir sollten anfangen, Pläne für den Silvesterabend zu machen.«

»Ich arbeite Silvester«, erklärte ich ihr.

»Das tust du nicht!«

»Ich fürchte doch.«

»Aber es ist der Beginn eines ganz neuen Jahres. Ich kann nicht glauben, dass du arbeitest. Das ist nicht fair.«

Ich lachte. »Mach dein Geschenk auf.«

Stumm packte Alison ihr Päckchen aus, das ein Paar pinkfarbener herzförmiger Ohrringe enthielt. Ich fragte mich unwillkürlich, ob Denise sie gekauft oder sich einfach wieder vom Inventar ihrer Tante bedient hatte. Alison sagte nichts. Sie klappte die kleine Pappschachtel zu und stellte sie auf den Boden.

»Gefallen sie dir nicht?«

»Sie sind sehr schön.«

»Die arme Alison ist ganz aufgewühlt, weil du nicht mit uns Silvester feierst.«

»Ich bin bloß enttäuscht.«

»Das musst du nicht sein. Es ist ein Abend wie jeder andere«, sagte ich, obwohl ich das eigentlich selbst nicht glaubte. War ich nicht genauso enttäuscht gewesen, als Josh verkündet hatte, dass er nicht da sein würde? »Da fällt mir ein, dass ich ganz vergessen habe, Lance' Geschenk unter den Baum zu legen.« Ich sprang auf, rannte in die Küche und suchte die Tüte mit dem Kugelschreiber, den ich eigentlich für Josh gekauft hatte. Egal, ich würde ihm etwas Besseres, etwas Persönlicheres kaufen, dachte ich und ging zum Wohnzimmer zurück.

»Was ist eigentlich mit dir los?«, hörte ich Alison zischen, als ich an der Tür war.

»Entspann dich«, sagte Lance.

»Was versuchst du, hier abzuziehen?«

»Ich habe bloß meinen Spaß mit ihr.«

»Das gefällt mir nicht.«

»Bleib locker.«

»Ich warne dich ...«

»Soll das ein Ultimatum sein? Denn wir wissen ja beide, wie sehr ich Ultimaten liebe.«

»Hier«, sagte ich, um meine Rückkehr anzukündigen, bevor ich das Zimmer betrat.

Lance beugte sich über die Sofalehne, um die Tüte entgegenzunehmen, die in meiner Hand baumelte. »Genau das, was ich mir gewünscht habe«, sagte er ohne jede Spur von Ironie, als er den schwarzen Stift aus den diversen Schichten Papier gewickelt hatte. »Danke, Terry. Ich bin gerührt.« Er stand auf, ging um das Sofa und streckte die Hand aus.

Ich ergriff sie in Erwartung eines dankbaren Händedrucks, doch stattdessen zog er mich so eng an sich, dass ich seinen Atem in meinem Mund schmeckte. Ich wandte ihm eine Wange zu, doch es war beinahe so, als hätte er diese Reaktion geahnt, denn er wendete den Kopf mit mir und drückte mir einen Kuss auf den Mund. »Was soll das?« Ich versuchte ein Lächeln und drängte von ihm weg, aber der Kuss haftete auf meinen Lippen.

Er wirkte überrascht, als hätte er keine Ahnung, was ich meinte. Hatte er geglaubt, ich würde es nicht merken? »Ist ein wirklich toller Kuli«, sagte er.

»Okay, Leute«, rief Alison. »Wir haben immer noch jede Menge vor uns. Jetzt bin ich wieder dran.«

»Du bist doch immer dran.« Lance setzte sich wieder aufs Sofa.

Alison zog eine Baseballkappe mit dem Emblem der Houston Astros aus einer Tasche, ohne die Karte zu beachten. »Guckt mal. Von K.C. Ist das nicht süß?« Sie setzte die Mütze auf. »Er ist heute Nachmittag vorbeigekommen«, erklärte sie, bevor ich fragen konnte. »Er hat mir erzählt, dass er sie mir schon neulich abends schenken wollte, aber da war ich ja nicht zu Hause«, fuhr sie unaufgefordert fort.

Ich nickte, obwohl ich mich nicht erinnern konnte, dass K.C. ein Geschenk in der Hand gehabt hatte. »Was weißt du eigentlich über ihn?«, fragte ich bemüht beiläufig. »Ich bin bloß neugierig.«

»Er denkt, dass du ihn nicht magst.«

»Da hat er Recht.«

»Warum nicht?«

»Vermutlich traue ich ihm einfach nicht.«

»Auf mich hat er einen ganz netten Eindruck gemacht«, schaltete Lance sich ein.

»Ich finde ihn auch nett«, stimmte Alison ihm zu.

»Nenne drei Dinge, die dir an ihm gefallen«, forderte ich sie heraus.

Alison lächelte. »Mal sehen. Ich mag seinen Akzent.«

K.C.s sanfter texanischer Singsang hallte in meinen Ohren wider.

»Ich mag seine Augen.«

Ich hasste K.C.s Augen und sah sie in meiner Erinnerung an neulich abends spöttisch in der Dunkelheit funkeln.

»Und ich mag es, dass er mir ein Geschenk gekauft hat.«

»Und welche drei Dinge gefallen dir an *mir*?«, fragte Lance plötzlich und sah mich an.

»Ich weiß gar nicht, ob mir irgendwas an dir gefällt.«

Er lachte, obwohl es die Wahrheit war, und ich glaube, das wusste er auch. »Klar doch«, beharrte er trotzdem. »Denk nach.«

»Auch dann nicht.«

»Bis dir etwas einfällt, gibt es keine weiteren Geschenke mehr.«

»Okay«, sagte ich resignierend. »Mir hat es gefallen, dass du Bettye McCoy mit Hundekacke beworfen hast.«

Er lachte. »Willst du damit sagen, dass dir mein Mumm gefällt?«

»Ich glaube, sie meint eher, dass du voll von du weißt schon was bist«, korrigierte Alison.

»Was gefällt dir noch an mir?«, fragte Lance, ohne seine Schwester zu beachten.

»Ich mag deinen Geschmack in puncto Nachthemden«, gab ich zu und sah meine Mutter im Spiegel der Fensterscheibe den Kopf schütteln.

»Du magst den Geschmack meiner Lippen«, übersetzte Lance mit flirrenden blauen Augen.

Kopfschüttelnd lehnte ich jeden Kommentar ab. »Und ich mag deinen Gürtel«, sagte ich schließlich.

»Du magst meinen Gürtel?«

»Es ist ein sehr schöner Gürtel.« Lance Palmay blickte auf den schwarzen Ledergürtel, der von einer großen silbernen Schnalle um seine schlanken Hüften gehalten wurde. »Du magst meinen Gürtel?«, wiederholte er verwundert. »Hat dir schon mal irgendjemand gesagt, dass du eine sehr seltsame Frau bist, Terry Painter?«

Die übrigen Geschenke öffneten wir eher schweigsam. Ein T-Shirt für mich von Alison, ein Fotoalbum für mich von Alison. Ein paar Kinokarten, eine Packung Mürbegebäck, ein Reisewecker, ein Paar flauschiger rosa Pantoffeln. »Das ist das letzte«, sagte ich, griff unter den Baum und zog ein kleines Päckchen mit einer großen weißen Schleife hervor.

»Was ist es?« Alison wirkte beinahe ängstlich, es zu öffnen.

»Ich hoffe, es gefällt dir.« Ich sah zu, wie sie die Schleife behutsam löste, das Papier entfernte und den Deckel von der Schachtel nahm. »Ich dachte, es wäre Zeit, dass du eine eigene Halskette besitzt«, sagte ich, als sie die dünne Goldkette mit ihrem Namenszug hochhielt.

Tränen schossen in Alisons Augen und kullerten über ihre Wangen. Wortlos nahm sie die Kette mit dem Herz ab und legte die neue an. »Sie ist wunderschön. Ich werde sie nie wieder ablegen.«

Ich lachte, doch auch in meinen Augen standen Tränen.

Plötzlich stand Alison auf, griff hinter den Baum und zog ein langes, dünnes, rechteckiges, in grünes Papier geschlagenes Geschenk hervor. »Das ist für dich«, sagte sie und legte es mir in den Schoß.

Noch bevor ich es ausgepackt hatte, wusste ich, was es war. »Das ist zu viel«, flüsterte ich, als ich auf das Gemälde der Frau mit dem breitkrempigen Hut an dem rosafarbenen Sandstrand blickte. »Das ist viel zu viel.«

»Es gefällt dir doch, oder?«

»Natürlich gefällt es mir. Ich *liebe* es. Aber es ist viel zu teuer.«

»Ich habe Angestelltenrabatt bekommen. Das war natürlich vor meiner Entlassung.«

Wir lachten und weinten gleichzeitig.

»Trotzdem ...«

»Nichts trotzdem. Es gehört hierher. Genau dorthin.« Alison wies auf die leere Wand hinter dem Sofa. »Lance hilft dir, es aufzuhängen. Darin ist er gut.«

»Spielst du damit etwa auf mein beachtliches Gehänge an?«, fragte Lance und stand auf.

»Lance!«

Doch ich hörte ihn kaum. »So etwas hat noch nie jemand für mich getan«, flüsterte ich. Welche Bedenken ich auch gehegt haben mochte, welche Fragen möglicherweise unbeantwortet geblieben waren, welche Zweifel noch nicht zerstreut, in diesem Augenblick löste sich alles in Wohlgefallen auf.

»Für mich auch nicht«, sagte Alison, strich über die goldene Kette um ihren Hals und streckte die Arme aus.

»Vorsicht, ihr beiden«, sagte Lance. »Sonst werde ich noch eifersüchtig.«

Doch Alison beachtete ihn gar nicht, sondern schlang ihre Arme um mich und drückte mich so fest an sich, dass mir beinahe die Luft wegblieb. Ich spürte ihre Tränen auf meiner Wange, das Pochen ihres Herzens an meinem. Und in diesem Moment war es unmöglich zu sagen, wo ich aufhörte und sie begann.

»Frohe Weihnachten, Terry«, schluchzte sie leise.

»Frohe Weihnachten, Alison.«

16

»Fröhliche Weihnachten«, rief ich, als ich die Tür zu Myra Wylies Krankenzimmer aufstieß.

Es war kurz nach acht Uhr morgens, und Myra Wylie lag, den Kopf zum Fenster gewandt, in ihrem Bett. Sie machte keine Anstalten, sich umzudrehen, nicht einmal, als ich die Tür hinter mir schloss und mich vorsichtig und mit angehaltenem Atem näherte. Dieses Ritual hatte ich an diesem Morgen schon zweimal durchlaufen und Myra Wylie jedes Mal fest schlafend angetroffen. Ich hatte sie nicht gestört. Wie oft war der armen Frau noch eine Nacht erholsamen Schlafes gegönnt?

Ich erinnerte mich, dass die letzten Monate meiner Mutter von extremer Ruhelosigkeit geprägt gewesen waren. Sie hatte sich die ganze Nacht im Bett hin und her gewälzt und kaum ein Auge zugetan. Sollte ausgerechnet ich sie stören, wenn das Weihnachtsfest Myra Wylies gequälter Existenz ein wenig Frieden gebracht hatte?

Aber ihre Haltung an diesem Morgen war irgendwie anders, die Art, wie sich ihre gebrechlichen Schultern unter der Decke abzeichneten, wirkte seltsam sorgenvoll, der Winkel, in dem ihr Kopf abgeknickt dalag, wirkte beunruhigend. »Myra?« Ich tastete unter der Decke nach ihrer knochigen Hand und betete, einen Puls zu spüren.

»Alles in Ordnung«, sagte sie mit klarer, aber matter Stimme, die wie durch ein raues Schleifmittel ihrer natürlichen Ausstrahlung beraubt schien. »Ich bin noch nicht tot.«

Lance meint, die Leute sollten einen Stempel mit Verfallsdatum tragen, hörte ich Alison sagen.

Sofort stürzte ich auf die andere Seite ihres Bettes, stellte mich direkt vor sie und sah, dass sie geweint hatte. »Myra, was ist los? Ist irgendetwas passiert? Haben Sie Schmerzen? Was ist denn?«

»Gar nichts.«

»Irgendetwas hat Sie ganz offensichtlich aufgeregt.«

Sie zuckte die Achseln, und die winzige Geste erschütterte ihr labiles Gleichgewicht, sodass ihr Körper von einer Reihe heftiger Zuckungen erfasst wurde. Ich griff nach dem Glas Wasser auf dem Nachttisch, führte den Strohhalm an ihre Lippen und flößte ihr die lauwarme Flüssigkeit ein.

»Wollen Sie, dass ich einen Arzt rufe?«

Myra schüttelte stumm den Kopf.

»Was ist denn? Mir können Sie es doch erzählen.«

»Ich bin bloß eine dumme alte Frau«, sagte Myra und sah mich zum ersten Mal, seit ich das Zimmer betreten hatte, direkt an. Sie versuchte zu lächeln, doch der Versuch endete in fortgesetzten Zuckungen, die ihr Kinn zittern ließen.

»Nein, das sind Sie nicht.« Ich strich mehrere Haarsträhnen – im Grunde eher Fäden als Strähnen – aus ihrer Stirn. »Ich glaube, Sie tun sich nur ein wenig leid, das ist alles.«

»Ich bin eine dumme alte Frau.«

»Ich habe Ihnen ein Geschenk mitgebracht.« Ich sah, wie ihre Augen in kindlicher Freude aufleuchteten. Für Geschenke sind wir nie zu alt, dachte ich und zog ein kleines Päckchen aus der Tasche meines Kittels.

Sie mühte sich kurz mit der Verpackung ab, bevor sie mir das Geschenk zurückgab. »Packen Sie es aus«, wies sie mich ungeduldig an, und ich entfernte das Papier und enthüllte ein Paar leuchtend rot-grüne Weihnachtssocken.

»Damit Ihre Füße schön warm bleiben.«

Sie legte sich die Hand so verzückt aufs Herz, als hätte ich ihr Diamanten geschenkt. »Können Sie sie mir anziehen?«

»Mit dem größten Vergnügen.« Ich hob die Decke an und

fühlte ihre eiskalten Zehen. »Wie ist das?«, fragte ich, nachdem ich ihr beide Socken übergestreift hatte.

»Wundervoll. Einfach wundervoll.«

»Frohe Weihnachten, Myra.«

Ein Schatten wie von einem großen Palmwedel legte sich über ihr Gesicht. »Ich habe nichts für Sie.«

»Ich habe auch nichts erwartet.«

Der Schatten verschwand so schnell, wie er gekommen war, und ihre Augen leuchteten erkennbar auf. »Vielleicht habe ich noch ein bisschen Geld in meinem Portemonnaie.« Sie wies mit dem Kopf auf den Tisch. »Nehmen Sie sich, so viel Sie wollen, und kaufen Sie sich etwas Schönes von mir.«

Mit einigen dieser einsamen alten Schachteln freundest du dich doch bestimmt an, hörte ich Lance sagen. *Ich wette, es wäre nicht schwierig, sie dazu zu bringen, dich in ihrem Testament zu berücksichtigen und dir den Großteil ihres Vermögens zu überschreiben.*

Er hatte Recht, wie ich in diesem Moment erkannte. Es wäre überhaupt nicht schwierig.

Und was, wenn ich ihr Geld hatte? Sollte ich mein Vermögen Alison überschreiben? War das der Plan?

War ich die einsame alte Schachtel, von der er gesprochen hatte? War ich das eigentliche Ziel?

Warum nicht? Ich hatte ein Haus, ein Gartenhaus und eine Lebensversicherung.

Klingt doch wie ein ganz guter Plan, hörte ich Lance sagen.

Alles läuft genau wie geplant, hatte Alison ihrem Bruder Thanksgiving am Telefon erklärt.

Was war bloß mit mir los, fragte ich mich ungeduldig. Woher kamen solche Gedanken? Hatte ich nicht bewusst entschieden, solche Albernheiten ein für alle Mal zu vergessen?

»Terry«, sagte Myra. »Terry, Liebes, was ist los?«

Unvermittelt wurde ich ins Hier und Jetzt zurückgerissen. »Tut mir leid. Haben Sie etwas gesagt?«

»Ich habe Sie gebeten, mir mein Portemonnaie aus der Schublade zu holen.

»Myra, Josh hat Ihr Portemonnaie schon vor Monaten an sich genommen. Wissen Sie das nicht mehr?«

Sie schüttelte den Kopf, und ein paar frische Tränen kullerten über ihre Wangen.

»Sie vermissen Josh, was? Deswegen sind Sie so deprimiert.«

Myra vergrub ihre Wange in ihrem Kissen.

»Ich vermisse ihn auch«, sagte ich und versuchte dabei optimistisch und fröhlich zu klingen. »Aber er ist ja schon ganz bald wieder da.«

Sie nickte.

Ich sah auf meine Uhr. »In Kalifornien ist es erst fünf Uhr morgens. Ich bin sicher, er hat vor, Sie anzurufen, sobald er aufwacht.«

»Er hat gestern Abend angerufen.«

»Wirklich? Das ist ja toll. Wie geht es ihm?«

»Gut. Es geht ihm gut.« Myras Stimme klang eigenartig flach, als wäre jemand mit einem Reifen darüber gerollt.

»Myra, sind Sie sicher, dass alles in Ordnung ist? Tut Ihnen irgendwas weh?«

»Nichts tut mir weh. Sie sind hier. Ich habe warme Füße. Was könnte ich mir sonst noch wünschen?«

»Wie wär's mit einem Stück Marzipan?« Ich zog eine kleine Marzipanbanane aus der Tasche.

»Oh – ich liebe Marzipan. Woher wussten Sie das?«

»Marzipanliebhaber erkennen einander immer.« Ich packte die Süßigkeit aus, schob sie zwischen ihre Lippen und spürte, wie sie daran mümmelte wie ein Eichhörnchen.

»Köstlich.« Sie streckte ihre Hand aus. Ich beugte mich über sie und spürte ihre zitternden Finger an meiner Wange. »Danke, Liebes.«

»Jederzeit.«

»Terry …«

»Ja?«

Sie bewegte ihren Mund an mein Ohr. »Sie sind so lieb zu mir. Die Tochter, die ich nie hatte.«

Sie sind so lieb zu mir, gab ich stumm zurück. *Die Mutter, die ich nie hatte.*

»Ich möchte, dass Sie wissen, wie dankbar ich für alles bin, was Sie für mich getan haben.«

»Das weiß ich.«

»Ich mag Sie sehr.«

»Ich Sie auch«, flüsterte ich und vergrub meine Tränen in den weichen Fäden ihres silbernen Haars.

Es klopfte, und ich drehte mich um, halb in der Hoffnung, es könnte Josh sein. Wenn dies ein Film wäre, dachte ich, wäre Josh eingeflogen, um seine Mutter am Weihnachtsmorgen zu überraschen. Er würde mich neben ihrem Bett stehen sehen, in mir die große Liebe seines Lebens erkennen, auf die Knie fallen und mich anflehen, seine Frau zu werden. Aber da dies kein Film war, sah ich, als ich mich umdrehte, keinen verliebten Verehrer, sondern nur einen gleichgültigen, Kaugummi kauenden Pfleger. »Ja?«

»Ein Anruf für Sie am Schwesterntresen.«

»Für mich? Sind Sie sicher?«

»Beverly meinte, ich sollte Ihnen ausrichten, es wäre wichtig.«

Wer sollte mich am Weihnachtsmorgen auf der Arbeit anrufen? Es musste Alison sein. War irgendetwas passiert? Stimmte irgendwas nicht?

»Gehen Sie nur, Liebes«, sagte Myra. »Wir sehen uns später.«

»Ganz sicher, dass alles in Ordnung ist?«

»Wenn Sie da sind, geht es mir immer gut.«

»Dann bin ich zurück, ehe Sie sich versehen.«

Ich verließ das Zimmer und ging zum Schwesterntresen.

»Leitung zwei«, sagte Beverly, als sie mich sah. »Er hat gesagt, es wäre dringend.«

»Er?« Josh, fragte ich mich. Rief er mich aus San Francisco an, um mir frohe Weihnachten zu wünschen und mir zu sagen, dass er mich vermisste und früher nach Hause kommen würde? Lance, war meine zweite Vermutung, der mir berichten wollte, dass ein Unfall passiert war, bei dem Alison sich lebensgefährlich verletzt hatte. »Hallo?«

»Frohe Weihnachten.«

»Frohe Weihnachten«, wiederholte ich, enttäuscht, dass es nicht Josh, und erleichtert, dass es nicht Lance war.

»Erica schickt liebe Grüße und sagt, dass es ihr leidtut, dass sie über die Feiertage nicht bei Ihnen sein kann.«

»Wer ist da?«, schrie ich wütend, ohne die Menschen zu beachten, die am Tresen vorbeikamen. »Es reicht! Ich weiß nicht, was für ein Spiel Sie spielen, aber –«

»Terry!«, ermahnte Beverly mich, einen Finger auf den Mund gelegt.

Wütend knallte ich den Hörer auf die Gabel. »Tut mir leid. Ich wollte nicht laut werden.«

»Wer war denn das?«

»Ich weiß es nicht.«

»Du weißt es nicht?«

»Seit einiger Zeit belästigt mich jemand per Telefon.«

Beverly nickte. »Davon musst du mir nichts erzählen«, sagte sie und trommelte mit ihren dicken Fingern achtlos auf die Tischplatte, während sie einen Stapel Patientenakten durchblätterte. Ihr Haar war zu kurz, zu dauergewellt und in zu vielen Blondtönen gefärbt, offenkundig eine Frau, die sich nur in Extremen wohl fühlte, was möglicherweise der Grund für ihre drei Scheidungen war, dachte ich, aber mir stand gewiss kein Urteil zu. Sie hatte mir immer irgendwie leidgetan, und ich fragte mich jetzt, ob sie umgekehrt genauso empfand. »Nach meiner letzten Scheidung«, sagte Beverly, »hat mich mein Exmann fünfzigmal am Tag angerufen. Fünfzigmal! Ich habe viermal die Nummer geändert, doch das hat nichts genützt. Am Ende musste ich ihm die Polizei auf den Hals schicken.«

»Könnte sein, dass ich das auch tun muss.«

»Ziemlich schwierig, wenn man nicht weiß, wer es ist. Hast du keine Ahnung …?«

Ein lächelndes Trio tauchte vor meinen Augen auf: Lance und K.C., die den Mann mit dem roten Stirnband flankierten. »Nein«, sagte ich.

»Schade. Die Art, wie er deinen Namen gesagt hat, klang richtig sexy. Als ob er schnurren würde. Ich dachte, dass er vielleicht, du weißt schon, jemand Besonderes wäre.« Sie zuckte die Achseln und wandte ihre Aufmerksamkeit wieder den Papieren vor sich zu. »Wahrscheinlich bloß irgendwelche Kids, die sich einen Spaß machen.«

»Also, wenn noch mal jemand anruft, sag ihm einfach … ich weiß nicht. Lass deine Fantasie spielen.«

»Keine Sorge. Mir fällt schon was ein.«

Ihr Lachen folgte mir, als ich den Flur hinunterging, ohne zu wissen, wohin ich wollte, bis ich mich unvermittelt vor Sheena O'Connors Tür wiederfand. Ich spähte in ihr Zimmer und sah sie aufrecht im Bett sitzen und angeregt telefonieren. Ich wollte gerade wieder gehen, als ihre Stimme mich aufhielt.

»Nein, warten Sie.« Sie machte mir ein Zeichen hereinzukommen. »Kommen Sie. Es dauert nicht mehr lange.«

Während sie ihr Gespräch beendete, betrachtete ich die zahlreichen Blumensträuße und Weihnachtssterne, die im Zimmer verteilt waren, goss diejenigen, die es am nötigsten hatten, während ich die anderen stumm durchzählte und auf fünfzehn kam. Wir lieben dich, Mom und Dad. Frohe Weihnachten, Knuddelchen, Tante Kathy und Onkel Steve. Weiter so, Alles Liebe Annie. Am längsten blieb ich vor zwei langstieligen gelben Rosen stehen, dachte an die Rosen, die Josh mir zu Thanksgiving geschickt hatte, und fragte mich, ob mich bei meiner Heimkehr ein Überraschungsstrauß erwarten würde.

»Hier riecht's wie in einer Leichenhalle.« Sheena legte lachend den Hörer auf.

Sie sieht wunderschön aus, dachte ich, mit den braunen, samtweichen Augen zu ihrer alabasterweißen Haut. Ihr Gesicht war von der plastischen Chirurgie immer noch geschwollen, doch die tiefen Linien um ihren Mund waren zu kleinen Fältchen verblasst, und auf die gebrochene Nase deutete nur noch eine leichte Linkskrümmung hin, die ich ganz charmant fand, sie jedoch wahrscheinlich nicht.

»Ich finde, es duftet gut«, sagte ich aufrichtig.

»Mag sein.« Sie wies mit dem Kopf auf das Telefon. »Das waren meine Eltern. Sie sind mit einem Laster voller Geschenke hierher unterwegs.«

»Das kann ich mir vorstellen.«

»Ich wünschte, ich könnte einfach nach Hause gehen.«

»Ich vermute mal, dass du schon sehr bald nach Hause kannst. Du hast erstaunliche Fortschritte gemacht.«

»Leisten Sie mir ein bisschen Gesellschaft«, lud Sheena mich ein. »Lassen Sie uns ein bisschen plaudern. Es sei denn, Sie sind beschäftigt ...«

Ich zog mir einen Stuhl heran und setzte mich. »Nein, gar nicht.«

»Wie kommt es, dass Sie heute arbeiten? Hat Ihre Familie nichts dagegen?«

»Nein, hat sie nicht«, antwortete ich und dachte, dass Sheena sich bestimmt nicht für die Details meiner Lebensgeschichte interessierte. Sie machte nur freundlich Konversation, um die Zeit herumzubringen, bis ihre Familie kam.

»Sind Sie verheiratet?«, fragte sie unerwartet und blickte auf meinen ringlosen Ringfinger.

Ich stellte mir Josh vor, seine warmen Augen und noch wärmeren Lippen. »Ja«, erklärte ich ihr. »Das bin ich.«

»Haben Sie Kinder? Ich wette, Sie haben jede Menge Kinder.«

»Ich habe eine Tochter«, hörte ich mich sagen, während mir ob meiner Kühnheit beinahe der Atem stockte. Was tat ich? Ich versuchte mir Alison als kleines Mädchen vorzustellen. »Sie ist älter als du.«

»Nur das eine Kind?«

»Nur das eine.«

»Das überrascht mich. Ich hätte gedacht, dass Sie mindestens drei haben.«

»Wirklich? Warum?«

»Einfach weil ich denke, dass Sie eine echt gute Mutter wären.« Sie lächelte schüchtern. »Ich kann mich erinnern, wie Sie mir vorgesungen haben. Wie ging das Lied noch?«

»*Tu-ra-lu-ra-lu-ra-lu*«, sang ich leise. »*Tu-ra-lu-ra-lu* ...«

»Das ist es. Es war so schön. Es hat mich gerufen.«

Ich hörte auf zu singen. »Wie war es?«

»Im Koma?«

Ich nickte.

Sie schüttelte den Kopf. »Ich nehme an, so ähnlich wie schlafen. An irgendwas Bestimmtes kann ich mich eigentlich nicht erinnern. Nur an entfernte Stimmen, als ob ich träumen würde, bloß ohne Bilder. Und dann hat jemand gesungen. Sie«, sagte sie und lächelte. »Sie haben mich zurückgeholt.«

»Kannst du dich noch an den Überfall erinnern?«

Ein Zittern wischte das Lächeln aus Sheenas Gesicht.

»Tut mir leid«, entschuldigte ich mich sofort. »Ich hätte nicht fragen sollen.«

»Nein, das ist schon in Ordnung«, sagte Sheena rasch. »Die Polizei hat mich schon ungefähr hundertmal danach gefragt. Ich wünschte, ich könnte ihnen etwas sagen. Aber die Wahrheit ist, dass ich mich an den Überfall selbst überhaupt nicht erinnern kann. Ich weiß bloß noch, dass ich mich im Garten gesonnt habe. Meine Eltern waren aus, und meine Schwester war am Strand. Ich habe auf einen Anruf gewartet – von diesem Typ in der Schule, den ich mochte –, also wollte ich das Haus nicht verlassen. Ich habe mich auf einer Decke auf dem Rasen auf den Bauch gelegt. Ich weiß noch, dass ich mein Bikinioberteil ausgezogen habe, weil unser Garten ziemlich geschützt liegt. Ich dachte, dass mich niemand sehen könnte. Ich war schon fast eingedöst, als ich es gehört habe.« Sie hielt inne, und ihr Blick blieb an einem großen Weihnachtsstern hinter mir hängen.

»Als du was gehört hast?«

»Dieses Geräusch. Raschelnde Blätter. Nein«, verbesserte sie sich sofort. »Nicht so laut. Leiser.«

»Sie haben geflüstert«, sagte ich mit gedämpfter Stimme.

»Ja! Genauso war es.« Sie fixierte mich. »Ich weiß noch, dass ich gedacht habe, seltsam, dass sich die Blätter bewegen, obwohl es völlig windstill ist. Und dann habe ich gespürt, dass jemand über mir steht, und es war zu spät.«

»Es tut mir so leid.«

»Mein Instinkt hat versucht, mich zu warnen, doch ich habe nicht auf ihn gehört.«

Ich nickte. Wie oft ignorieren wir unseren Instinkt, dachte ich. Wie oft schenken wir dem Flüstern der Blätter keine Beachtung.

»Singen Sie noch mal mit mir?« Sheena ließ sich auf ihr Kissen sinken und schloss die Augen.

»*Tu-ra-lu-ra-lu-ra-lu*«, begann ich leise.

»*Tu-ra-lu-ra-lu-ralu*«, sang Sheena mit mir.

»*Tu-ra-lu-ra-lura-lu*«, sangen wir mit zunehmend kräftigeren Stimmen gemeinsam. Und ein paar flüchtige Minuten lang konnte ich so tun, als hätten die Blätter aufgehört zu flüstern und mit der Welt wäre alles in Ordnung.

17

»Er hat noch mal angerufen«, sagte Beverly, als ich am Ende meiner Schicht zum Schwesterntresen zurückkam.

Ich musste nicht fragen, wen sie meinte. »Wann?«

Beverly blickte auf die große runde Uhr an der Wand. »Vor etwa vierzig Minuten. Ich habe ihm gesagt, du wärst tot.«

Ich musste unwillkürlich lachen. »Was hat er gesagt?«

»Er meinte, er würde dich später erwischen.« Sie zuckte resigniert mit den Achseln. »Die Weihnachtszeit lockt sämtliche Irre aus ihren Löchern.«

»Wahrscheinlich«, meinte ich und ging wie auf Autopilot geschaltet zum Fahrstuhl und drückte auf den Knopf, bis die Tür aufging. War das die einzige Erklärung?

Mein Instinkt hat versucht, mich zu warnen, hörte ich Sheena O'Connor sagen, *doch ich habe nicht auf ihn gehört.*

Der Fahrstuhl war bereits ziemlich voll, und ich musste mich zwischen zwei Männer mittleren Alters drängeln, von denen einer eine Alkoholfahne hatte, während der andere offenbar seine Körperpflege vernachlässigte. Ich sah zu, wie die Tür sich schloss, bevor die Kabine ihren beinahe quälend langsamen Abstieg begann. »Frohe Weihnachten«, sagte einer der Männer, und der Geruch von Whiskey erfüllte den engen Raum wie Schwaden eines giftigen Gases.

Ich hielt die Luft an, nickte und betete, dass der Fahrstuhl nicht auf jedem Stockwerk halten würde, was er natürlich doch tat, sodass noch mehr Menschen in die enge Kabine drängten. »Frohe Weihnachten«, begrüßte der Mann neben mir jeden neuen Fahrgast und versuchte einmal sogar, sich höflich zu verbeugen, wodurch er prompt das Gleichgewicht verlor, gegen mich taumelte und bei dem Versuch, Halt zu finden, mit der Hand meine Brust streifte. »Tut mir schrecklich leid«, sagte er mit einem dümmlichen Grinsen, während ich gegen den Drang ankämpfte, mich zu übergeben. Im Gegensatz zu Alison hatte ich diesbezüglich keinerlei Phobien.

Endlich hielt der Fahrstuhl mehrfach ruckelnd im Erdgeschoss, als wäre er selbst überrascht, intakt in der Halle gelandet zu sein, und die Tür öffnete sich. Alle Fahrgäste strömten aus der engen Kabine wie Wasser aus einem Glas. Ich spürte eine Hand an meinem Po, tat diese Belästigung jedoch sofort als unvermeidliche Folge der vielen Menschen ab, die sich auf engstem Raum zusammenquetschten wie die Ölsardinen, bis ich spürte, wie sich verirrte Finger zwischen meine Beine zu tasten suchten. Ärgerlich schlug ich die Hand weg und starrte den Betrunkenen neben mir wütend an, dessen dümmliches Grinsen sich mittlerweile über sein ganzes Gesicht ausgebreitet hatte. »Arschloch«, murmelte ich, trat in die Halle, atmete die angehaltene Luft aus und schlug nach einer weiteren Phantomhand, die mit unsichtbaren Fingern nach mir grabschte.

»Terry«, sagte eine Stimme hinter mir, und als ich mich umdrehte, blickte ich in das Gesicht einer attraktiven Frau mit dunklem Teint, etwa fünf Jahre jünger als ich, deren Namen mir partout nicht einfallen wollte. »Luisa«, sagte sie, als würde sie meine Zwangslage ahnen. »Aus der Anmeldung. Ich dachte, ich hätte dich erkannt, als du in den Fahrstuhl gestiegen bist, aber es war so voll …«

»Gestunken hat es auch.«

Sie lachte. »War das nicht furchtbar? Hattest du Dienst?«

Ich nickte. »Und du?«

Sie schüttelte den Kopf, und mehrere schwarze Locken

fielen in ihre breite Stirn. »Nein. Ich habe meine Großmutter besucht. Sie ist letzte Woche über einen winzigen Riss im Bürgersteig gestolpert und hat sich die Hüfte gebrochen. Kannst du dir das vorstellen?«

»Das tut mir leid.«

»Alt werden ist doch wirklich ein Kreuz.«

Ich dachte an meine Mutter, an Myra Wylie und all die anderen kranken, hilflosen Männer und Frauen, die ihr »Verfallsdatum« überschritten hatten.

»Na, frohe Weihnachten denn«, sagte Luisa. »Und falls wir uns vorher nicht mehr sehen, ein gesundes und glückliches neues Jahr.«

»Das wünsche ich dir auch.« Ich sah, wie sie sich abwandte und ging. »Luisa«, rief ich ihr nach, und mein unerwartet drängender Tonfall ließ uns beide wie angewurzelt stehen bleiben. Luisa sah mich fragend an, als ich sie hastig einholte. »Entschuldigung, aber mir ist gerade etwas eingefallen, was ich dich noch fragen wollte.«

Luisa wartete schweigend, dass ich fortfuhr.

»Eine Freundin von mir versucht, eine Frau zu finden, die mal hier gearbeitet hat. Rita Bishop.« Warum kam ich jetzt damit, fragte ich mich. Hatte Alison nicht gesagt, ich solle mir keine Umstände machen?

Luisa zog ihre dicken schwarzen Augenbrauen hoch und legte ihre Stirn in Falten. »Der Name sagt mir auf Anhieb gar nichts.«

»Sie muss vor sechs, sieben Monaten gekündigt haben.«

»Weißt du, in welcher Abteilung sie gearbeitet hat?«

»Ich glaube, sie war Sekretärin oder so was.«

»Also, ich bin jetzt seit drei Jahren hier und habe noch nie von einer Rita Bishop gehört, doch das muss nicht unbedingt etwas heißen. Soll ich im Computer nachsehen?«

»Ich will dir keine Umstände machen.«

»Es dauert nur eine Minute.«

Ich folgte Luisa ins Hauptverwaltungsbüro und wartete, bis sie die Tür aufgeschlossen hatte. Das ist doch albern, sagte ich mir, während sie das Licht anmachte und den Computer auf ihrem Schreibtisch hochfuhr.

Aber mein Gespräch mit Sheena O'Connor hatte mich ein wenig beunruhigt. *Mein Instinkt hat versucht, mich zu warnen*, hatte sie gesagt, und ich hatte verständnisvoll genickt, weil mir klar geworden war, wie erfolgreich ich meinen Instinkt vergraben hatte, der sich nun störrisch wieder bemerkbar machte und sich offenbar weigerte, weiterhin ignoriert zu werden.

»Ich habe alle Personaldateien aufgerufen«, erklärte Luisa, den Blick auf den Bildschirm gerichtet. »Aber ich sehe niemanden, der so heißt. Sie hat vor sechs bis sieben Monaten gekündigt, sagst du?«

»Vielleicht auch acht«, räumte ich ein.

»Also ich kann niemanden dieses Namens finden.« Luisa überlegte kurz und gab dann weitere Informationen ein. »Rita Bishop, hast du gesagt, richtig?«

»Genau.«

»Ich habe eine Sally Pope.«

Ich lachte. »Knapp daneben ist auch vorbei.«

»Lass mich noch etwas anderes versuchen.« Sie drückte auf ein paar weitere Tasten. »Ich gebe ihren Namen ein und lasse den Computer danach suchen.«

Ich nickte, obwohl ich bereits wusste, wie diese Suche ausgehen würde. Die Mission-Care-Klinik würde keine Daten haben, aus denen hervorging, dass hier je eine Rita Bishop gearbeitet hatte. Wahrscheinlich war es sogar äußerst zweifelhaft, dass irgendwer namens Rita Bishop irgendwo gearbeitet hatte oder überhaupt existierte. Alison war nicht in der Mission-Care-Klinik aufgekreuzt, weil sie eine alte Freundin namens Rita Bishop suchte. Sie war gekommen, weil sie mich suchte.

Es gab keine andere plausible Erklärung.

Die einzige offene Frage blieb die nach dem Warum.

»Nein«, Luisa schüttelte den Kopf. »Nichts. Ich weiß nicht, wo ich noch nachsehen soll.«

»Das ist schon okay. Spar dir die Mühe.«

»Tut mir leid.« Luisa schaltete den Computer ab. »In der Nähe gibt es ein Pflegeheim namens Manor-Care-Klinik. Vielleicht hat deine Freundin die Namen verwechselt.«

»Vielleicht«, sagte ich hoffnungsvoll, mich an den sprichwörtlichen Strohhalm klammernd, während ich weiter versuchte, meinen Instinkt zu ignorieren, das Flüstern der Blätter zum Schweigen zu bringen, indem ich mir einredete, dass Alison genau die Person war, die sie zu sein vorgab, dass sie mich weder angelogen hatte noch weiterhin belog. »Trotzdem vielen Dank«, erklärte ich Luisa und bot ihr an, sie nach Hause zu fahren, doch sie hatte einen eigenen Wagen. Auf dem Parkplatz wünschten wir uns ein letztes Mal ein frohes Fest. Zehn Minuten später saß ich immer noch in meinem Wagen und versuchte zu ergründen, was das alles zu bedeuten hatte und – noch wichtiger – was ich als Nächstes tun sollte.

Es war schon dunkel, als ich in meine Einfahrt bog. Lance' Lincoln-Limousine parkte auf der Straße, und ich rang mit mir, ob ich an der Tür des Gartenhäuschens klopfen und Alison und ihren Bruder mit meiner neuesten Entdeckung konfrontieren sollte. Aber ich war verwirrt, erschöpft und verletzlich, und Alison hatte immer für alles eine plausible Erklärung. Und worüber regte ich mich schließlich so auf? Darüber, dass man mich für dumm verkaufen wollte, oder darüber, dass ich nach wie vor nicht herausbekommen hatte, welches Spiel hier eigentlich gespielt wurde?

Eins war jedenfalls klar: Ich war kein wahlloses Opfer. Offensichtlich hatte man mich sorgfältig studiert und zu einem ganz bestimmten Zweck ausgewählt, wobei mir der Grund dafür weiterhin schleierhaft blieb. Eine Menge Zeit und Geld – ich dachte an das teure Gemälde, das Alison mir um Mitternacht überreicht hatte – war in den Plan geflossen, den sie mit ihrem Bruder ausgebrütet hatte. Aber warum? Was konnten sie bloß mit mir vorhaben? Was konnten sie von mir erwarten? Und was hatte, wenn überhaupt etwas, Erica Hollander mit alledem zu tun?

Ich stieg aus dem Wagen, suchte in der Handtasche nach meinem Schlüssel und erwog erneut, die Polizei anzurufen. Und was genau wollte ich sagen? Dass ich mein Gartenhäuschen an eine junge Frau vermietet hatte, die ich jetzt verdächtigte, eine Betrügerin zu sein. Oder Schlimmeres.

Und womit hat diese junge Frau Ihren Verdacht erregt, konnte ich die Beamten fragen hören. *Hat sie Sie um Geld gebeten? Schuldet sie Ihnen die Miete*?

Nun ja, eigentlich nicht. Sie bezahlt ihre Miete pünktlich und hat mich noch nie um etwas gebeten. Im Gegenteil, sie kauft mir teure Geschenke und gibt sich alle erdenkliche Mühe, nett zu mir zu sein.

Nun, das ist in der Tat verdächtig. Kein Wunder, dass Sie uns angerufen haben.

Sie verstehen mich nicht. Ich habe Angst.

Wovor genau haben Sie denn Angst?

Ich weiß es nicht.

Hören Sie, meine Dame, es ist Ihr Haus. Wenn Sie sie nicht mögen, sagen Sie ihr, dass sie ausziehen soll.

Genau. So einfach. Ihr sagen, dass sie ausziehen soll. Mehr musste ich nicht machen. Und warum tat ich das dann nicht? Was hielt mich zurück? Warum versuchte ich, mir trotz sich anhäufender gegenteiliger Beweise einzureden, dass es für jedwede Lüge und Täuschung eine einfache und absolut logische Erklärung gab, dass bisher nichts geschehen war, was sich nicht sauber aufklären ließ? Wollte ich mir immer noch weismachen, dass es keinerlei Hintergedanken, keine große Verschwörung und keine Gefahr für meine Sicherheit und mein Wohlbefinden gab?

Ich kann sie nicht auffordern auszuziehen.

Warum nicht?

Weil ich nicht will, dass sie geht, gestand ich mir stumm ein.

Es war ihr Bruder, den ich weghaben wollte, und in einer Woche würde er auch verschwunden sein. Ein frohes neues Jahr fürwahr! Dann konnten wir wieder dahin zurückkehren, wie es am Anfang gewesen war. Wir konnten wieder so tun, als würde Alison mir nichts vormachen, als wäre sie genau der Mensch, als der sie sich mir anfangs präsentiert hatte.

Und in diesem Moment stolperte ich über das Bild Sheena O'Connors, die vor meinem inneren Auge auf einer Decke in meinem Vorgarten lag. Ich sah, wie sie den Verschluss ihres Bikinioberteils am Rücken öffnete und es abstreifte, bevor sie ihr Profil träge dem gleichgültigen Mond am Himmel zuwandte. Ich spürte die kühle Brise, die in den Blättern der Bäume raschelte, hörte das leise Flüstern, das sie warnen wollte, sah, wie sie es mit einer achtlosen Handbewegung abtat, als würde sie eine lästige Mücke vertreiben.

Konnte ich es mir leisten, derart unbekümmert zu sein?

Die einzige Lösung bestand darin, mit Alison zu reden. Wenn sie mir eine plausible Erklärung für die Vorgänge liefern konnte, würde ich die Angelegenheit als erledigt betrachten. Wenn nicht, musste ich darauf bestehen, dass sie auszog.

Bevor ich es mir noch einmal anders überlegen konnte, marschierte ich ums Haus herum zum Gartenhäuschen und klopfte entschlossen an die Tür. Doch im selben Moment besann ich mich eines Besseren. Ich handelte überhastet, tollkühn und naiv. Ich sollte zumindest irgendjemanden in meine Sorgen einweihen. Wenn schon nicht die Polizei, dann vielleicht Josh oder eine Arbeitskollegin. Nur dass Josh verreist war und meine Kolleginnen schon genug eigene Probleme hatten, mit denen sie sich herumschlagen mussten. Außerdem war es Weihnachten, und ich dachte an all die wunderschönen Geschenke, die Alison mir gemacht hatte, das Gemälde und die Kopfvase. Der Weihnachtstag schien kaum der passende Zeitpunkt, sie finsterer Pläne und ruchloser Absichten zu beschuldigen.

Ruchlos, hörte ich sie sagen. *Gutes Wort.*

Es blieb noch reichlich Zeit, sie mit meinem Verdacht zu konfrontieren, dachte ich mir und wandte mich zum Gehen.

»Es ist offen«, rief Lance von drinnen.

Zögernd stieß ich die Tür auf. Welche andere Wahl blieb mir auch? Ich trat über die Schwelle, schloss die Tür hinter mir und blickte durch das leere Wohnzimmer auf die zerwühlten Laken im Nebenzimmer. *Wie man sich bettet, so liegt man*, hörte ich meine Mutter sagen.

»Was ist los? Hast du deinen Schlüssel vergessen?«, fragte Lance und kam nur mit einem Handtuch um die schlanken Hüften bekleidet aus dem Bad. Seine Haare waren nass, und auf seiner muskulösen Brust glitzerten Wassertropfen.

»Oh.«

»Selber oh«, sagte er mit einem verschlagenen Lächeln.

»Tut mir leid. Ich wusste nicht …«

»Was wusstest du nicht? Dass ich nackt bin?« Er machte zwei Schritte auf mich zu.

Ich machte zwei Schritte zurück. »Ich störe offensichtlich.«

»Fix und fertig geduscht.« Lance hob seine kräftigen Arme in die Luft. »Siehst du? Rundherum sauber.« Er drehte sich einmal um sich selbst, wobei das Handtuch ein wenig hochwehte und für einen Moment den Blick auf seinen nackten Oberschenkel freigab.

Ich tat so, als würde ich es nicht bemerken. »Ist Alison

da?« Blöde Frage, dachte ich und biss mir auf die Zungenspitze. Sie war offensichtlich nicht da.

»Sie macht einen Spaziergang.«

»Einen Spaziergang?«

»Sie hat gesagt, sie bräuchte ein bisschen frische Luft.«

»Geht es ihr gut?«

»Klar doch. Warum sollte es ihr nicht gut gehen?«

»Keine Migräne?«

Er lachte. »Alles okay mit ihr.« Er machte einen weiteren Schritt auf mich zu. »Kann *ich* irgendwas für dich tun? Dich unterhalten, bis Alison zurückkommt?«

Ich wich weiter zurück, bis ich spürte, wie mir die Klinke ins Kreuz drückte. »Nein. Ich wollte mich bloß noch einmal für das wunderschöne Gemälde bedanken.«

»Ich kann eben mit rüberkommen«, sagte er und hakte die Daumen unter sein Handtuch, »und es eben für dich aufhängen.«

»Das kann auch bis morgen früh warten.«

»Um manche Dinge kümmert man sich besser abends«, sagte er und ließ seine Zunge zwischen seinen halb geöffneten Lippen hervorschnellen.

»Und manche Dinge bleiben lieber im Reich der Fantasie«, gab ich zurück.

»Und ich wette, du hast eine ausgeprägte Fantasie.«

»Wie kommst du darauf?«

Sein Blick wanderte von meinem weißen Pulli zu meiner schwarzen Hose, blieb kurz an meinen Brüsten hängen und verharrte schließlich auf meinem Schoß. »Ich habe dich beobachtet.«

»Du hast mich beobachtet«, stotterte ich, ängstlich, mehr zu sagen, und spürte ein unerwünschtes Kribbeln zwischen den Beinen.

»Ich versuche bloß, dich zu ergründen.«

Ich warf die Hände in die Luft. Zu einem Spiel gehören

zwei, dachte ich, mit einem Mal seltsam kühn. »Man kriegt, was man sieht.«

»Tatsächlich?«

Ich nickte, während er so dicht an mich herantrat, dass sich die Feuchtigkeit, die er nach seiner Dusche verströmte, wie ein Film auf meine Haut legte.

»Keine Geheimnisse?«, fragte er provozierend.

Ich schüttelte den Kopf, und sein Atem streifte meine Wange wie ein verstohlener Kuss. »Ich bin sehr langweilig, fürchte ich.«

»Wovor genau fürchtest du dich?«

Wenn er nicht so dicht vor mir gestanden hätte, hätte ich laut gelacht. »Was *genau*«, wiederholte ich mit einer Stimme, die ich kaum als meine eigene erkannte, »willst du von mir?«

»Was willst *du* von *mir*?«

Diesmal lachte ich wirklich und schmeckte sofort seinen Atem in meinem. »In diesen Spielchen bin ich nie besonders gut gewesen.«

»Ich liebe Spiele«, erwiderte er. »Hast du je beobachtet, wie eine Katze mit einer Maus spielt? Die Katze treibt die arme Maus in die Enge, die Maus beißt also garantiert ins Gras, aber die Katze ist nicht damit zufrieden, ihr Opfer bloß umzubringen. Das ist, soweit es die Katze betrifft, der langweiligste Teil. Nein, die Katze spielt erst gern noch ein wenig.«

»Und das machst du? Mit mir spielen?«

»Und das machst *du*?«, wiederholte er langsam. »Mit *mir* spielen?«

In diesem Moment hörte ich draußen Schritte, spürte, wie die Klinke in meinem Rücken heruntergedrückt und die Tür ungestüm geöffnet wurde, sodass ich direkt in Lance' wartende Arme gedrückt wurde. Er packte meine Hand und schob sie unter sein um die Hüfte geschlungenes Handtuch. Ich spürte die nassen Locken seines Schamhaars, während sein Glied bei der Berührung meiner widerwilligen Finger steif wurde. Ohne nachzudenken, hob ich meine freie Hand und verpasste ihm eine schallende Ohrfeige. »Okay, das reicht. Ich will, dass du sofort hier verschwindest.«

»Terry!«, rief Alison im Hereinkommen, während ich mich bemühte, meine Fassung wiederzufinden. »Was ist los?« Sie sah ihren Bruder an. »Was geht hier vor? Was hast du zu Terry gesagt? Was hast du getan?«

»Nur ein kleines Missverständnis«, sagte Lance, ließ sich in den breiten Sessel fallen und hängte ein Bein über die Lehne, sodass sein gesamter Oberschenkel entblößt wurde. »Hab ich nicht Recht, Terry?«

»Ich habe deinem Bruder gerade erklärt, dass es meiner Meinung nach Zeit wird, dass er sich eine andere Unterkunft besorgt.«

Alisons Gesichtsausdruck schwankte zwischen Verwirrung und Wut, während ihre Blicke zwischen uns hin und her zuckten. »Was immer er getan hat, ich bitte dich um Verzeihung –«

»Hey«, unterbrach Lance sie und setzte beide Beine auf den Boden. »Du brauchst dich nicht für mich zu entschuldigen. Ich kam gerade aus der Dusche, als sie hier hereinspaziert ist.«

»Ich habe geklopft«, beeilte ich mich zu versichern. »Lance hat herein gesagt, und die Tür stand offen.«

»Du musst nichts erklären«, sagte Alison und starrte ihren Bruder an. »Was immer du gesagt oder getan hast, ich will, dass du dich auf der Stelle entschuldigst.«

»Ich habe gar nichts gemacht.«

»Entschuldige dich trotzdem.«

Lance starrte seine Schwester wütend an, doch als er sich mir zuwandte, waren seine Züge weicher geworden, und er schaffte es sogar, angemessen zerknirscht auszusehen. »Es tut mir leid, Terry«, sagte er leise und überzeugend. »Ich dachte, wir hätten nur Spaß gemacht. Vermutlich übertreibe ich es manchmal ein bisschen. Es tut mir *wirklich* leid.«

Ich nahm seine Entschuldigung mit einem Nicken an. »Ich geh dann jetzt wohl besser.«

»In ein paar Tagen bist du mich los. Wie klingt das?«, fragte Lance, als ich die Tür des Gartenhäuschens öffnete.

Ich nickte noch einmal, trat ins Freie, zog die Tür hinter mir zu und hoffte, noch einen Fetzen ihres Gesprächs mitzubekommen, doch ich hörte nichts. In andauerndem Schweigen stolperte ich zu meiner Hintertür und spürte die Abendluft auf meiner Haut, die von der Berührung mit Lance' Körper immer noch feucht war. Wie eine Art Echo des Hautkontakts kribbelte es in meinen Fingern. *Hast du je beobachtet, wie eine Katze mit einer Maus spielt*, hörte ich ihn in mein Ohr flüstern.

»Die Katze ist nicht damit zufrieden, ihr Opfer bloß umzubringen«, erwiderte ich laut, als ich kurz darauf unter meine eigene Dusche trat und versuchte, seinen Geruch von meinen Fingerspitzen zu waschen.

Die Katze spielt gern erst noch ein wenig.

18

»Mein letztes Mal war an Silvester«, sagte Myra Wylie, die Stimme altersschwer und gebrechlich, obwohl ein jugendliches Funkeln in ihren Augen aufblitzte. Ich zog meinen Stuhl an ihr Bett und beugte mich vor, begierig, jedes Wort zu hören. »Das war vor zehn Jahren. Steve und ich – Steve war mein Mann – waren zu einer schrecklichen Party eingeladen, einer dieser übertriebenen Anlässe mit zu vielen vorwiegend fremden Menschen, die alle zu viel trinken, zu laut lachen und sich demonstrativ prächtig amüsieren, während es ihnen eigentlich ziemlich mies geht. Sie kennen diese Art Party, oder?«

Ich nickte, obwohl ich keine Ahnung hatte, wovon sie redete. Ich war nie auf solch einer Party gewesen. Man hatte mich noch nie für den Silvesterabend eingeladen.

»Nun, ich war nicht besonders gut gelaunt, weil ich nicht auf diese verdammte Party wollte, und das wusste Steve auch, doch sie fand bei einem seiner früheren Geschäftspartner statt, und er meinte, wir könnten nicht absagen. Sie wissen ja, wie das ist.«

Ich wusste es nicht, stimmte ihr jedoch trotzdem zu.

»Ich habe mich also schick gemacht mit einem neuen Kleid, und Steve hatte seinen Frack angezogen. In einem Frack wirkte er immer besonders attraktiv. Natürlich habe ich ihm nicht gesagt, wie gut er aussah.« Myras Blick wurde wehmütig, und Tränen traten ihr in die Augen. »Ich hätte es ihm sagen sollen.«

Ich nahm ein Papiertaschentuch von dem Nachttisch neben ihrem Bett und tupfte behutsam die über ihre faltigen

Wangen kullernden Tränen ab. »Ich bin sicher, er wusste, was Sie für ihn empfunden haben.«

»O ja, das wusste er. Aber ich hätte es ihm trotzdem sagen sollen. Es kann nie schaden, jemandem zu sagen, dass er geliebt wird.«

»Sie sind also auf die Party gegangen«, ermutigte ich sie, als sie nicht weitersprach.

»Wir sind auf die Party gegangen«, wiederholte Myra, den Faden ihrer Erzählung wieder aufnehmend, »und sie war ganz genauso furchtbar, wie ich es erwartet hatte, was mir vermutlich eine gewisse Befriedigung gab. Wir haben zu viel Champagner getrunken, zu laut über Witze gelacht, die nur mäßig komisch waren, und wie alle anderen so getan, als hätten wir uns noch nie in unserem Leben so gut amüsiert. Um Mitternacht haben wir ›Frohes neues Jahr‹ gerufen wie ein Haufen besoffener alter Idioten und jeden in Sichtweite geküsst. Ziemlich bald danach sind wir nach Hause gefahren. Ich war sehr nervös. Ich habe ständig nach betrunkenen Autofahrern Ausschau gehalten – ein Onkel von mir ist durch einen von ihnen umgekommen, als ich ein kleines Mädchen war – schließlich war es Silvester, also …« Sie hustete und rang nach Luft. Ich führte ein Glas Wasser an ihre Lippen.

»Ich fürchte, der Champagner ist alle«, sagte ich, während sie die Flüssigkeit gierig schluckte.

»Das schmeckt noch besser.« Sie leerte das Glas und ließ sich zurück auf ihr Kopfkissen sinken. »Ich sollte mich nicht so aufregen. Das liegt wahrscheinlich an dem ganzen Gerede über Sex.«

»Da muss ich wohl was verpasst haben«, sagte ich, und sie lachte.

»Nein, das Beste kommt erst noch.« Sie räusperte sich. »Na ja, so gut nun auch wieder nicht.«

»Nicht?«

»Es war allerdings auch nicht schlecht«, präzisierte sie.

»Was sagt man noch über Sex? Wenn es gut ist, ist es richtig gut, und wenn es schlecht ist, ist es immer noch gut. Diese Art von schlecht war es. Können Sie mir folgen?«

Wieder nickte ich, obwohl meine eigenen sexuellen Erfahrungen definitiv eher schlecht als gut waren.

»Wir kamen also gegen halb eins nach Hause, vielleicht ein wenig später. Ist vermutlich auch nicht so wichtig, es war jedenfalls später, als wir normalerweise aufgeblieben sind, und wir waren beide erschöpft. Ich weiß nicht, warum wir gedacht haben, dass wir in jener Nacht miteinander schlafen mussten, bloß weil Silvester war. Ich meine, wir waren schließlich keine Backfische mehr. Wir waren beide Ende siebzig, Herrgott noch mal. Und es war auch nicht so, als würden wir nicht am nächsten Morgen nebeneinander aufwachen, schließlich schliefen wir beide schon fast ein halbes Jahrhundert lang miteinander.« Sie hielt inne. »Ist Ihnen das unangenehm?«

Ich schüttelte den Kopf.

»Das freut mich. Denn ich rede eigentlich sehr gern darüber. Das habe ich früher nie gekonnt, wissen Sie. Jedenfalls nicht laut. Sind Sie sicher, dass Sie nichts dagegen haben?«

»Ganz sicher.«

»Meiner Erfahrung nach hören junge Leute nicht gerne von alten Menschen, die Sex haben. Sie denken, es ist, ich weiß nicht … irgendwie igitt«, meinte sie schließlich.

Ich lachte. »Igitt?«

Gutes Wort, hörte ich Alison sagen.

Rasch verdrängte ich jeden Gedanken an Alison. Seit dem Zwischenfall in ihrem Haus hatte ich sie und ihren Bruder praktisch nicht mehr gesehen. Am nächsten Morgen war Alison früh vorbeigekommen, hatte sich erneut für das unangemessene Verhalten ihres Bruders entschuldigt und mir versichert, dass er in wenigen Tagen abreisen würde. Doch Lance' gemieteter Lincoln stand noch immer in meiner Auffahrt, als ich am Abend zur Arbeit aufgebrochen war, während das Gemälde, das Alison mir geschenkt hatte, weiterhin auf dem Wohnzimmerfußboden lag und seiner Hängung harrte.

»Vor allem Kinder mögen den Gedanken, dass ihre Eltern miteinander schlafen, überhaupt nicht, auch wenn sie älter sind und es eigentlich besser wissen müssten. Sie betrachten ihre eigene Empfängnis lieber als eine Art Wunder oder trösten sich mit dem Gedanken, dass ihre Eltern es nur dieses eine oder vielleicht noch ein zweites Mal gemacht und dann nach Komplettierung der Familie ganz damit aufgehört haben. Aber, Gott, Steve und ich haben es andauernd gemacht. Verzeihung, Ihr Gesichtsausdruck sagt mir, dass das eine ziemlich taktlose Bemerkung war.«

»Nein, natürlich nicht«, stotterte ich und strich mir eine unsichtbare Strähne aus der Stirn, während ich versuchte, eine gelassene Miene aufzusetzen. Ich dachte an meine eigenen Eltern und daran, wie sicher ich gewesen war, dass meine eigene Geburt eine Laune der Natur gewesen und Sex etwas war, was sie einmal ausprobiert und so gründlich unangenehm gefunden hatten, dass sie es nie wieder versucht hatten, was auch der Grund dafür sein musste, dass ich ein Einzelkind war. Nun erklärte Myra mir, dass das nicht unbedingt der Fall gewesen sein musste.

»So genau will man es gar nicht wissen«, scherzte Myra. »Hat Josh immer gesagt.«

»Er kommt bald wieder nach Hause.«

»Ja.« Sie blickte zum Fenster. »Wo war ich?«

»Sie hatten andauernd Sex.«

Myra wieherte förmlich vor Freude. So angeregt hatte ich sie noch nie erlebt. »Oh, ich war ein schlimmes Mädchen.« Sie lachte noch lauter. »Kann ich Ihnen etwas erzählen, was ich noch nie jemandem erzählt habe?«

»Natürlich.« Ich hielt den Atem an, beinahe ängstlich vor dem, was sie mir anvertrauen würde.

»Steve war nicht der einzige Mann, mit dem ich geschlafen habe.«

Ich sagte nichts, obwohl ich offen gestanden beinahe erleichtert war. Myra Wylie steckte heute Abend so voller Überraschungen, dass ich ihrem Geständnis leicht beklommen entgegengesehen hatte.

»Nein, es gab mehrere andere vor ihm. Und das war in den Tagen vor der Geburtenkontrolle, als eine Frau, die vor der Ehe mit einem Mann geschlafen hat, als leichtes Mädchen galt, obwohl das natürlich nie jemanden davon abgehalten hat. Na ja, Sie wissen schon ...«

Ich nickte. Diesmal wusste ich es tatsächlich.

»Jedenfalls gab es mehrere junge Männer, bevor ich Steve traf, obwohl ich ihm erzählt habe, er wäre der Erste, was er mir auch geglaubt hat.«

»Waren Sie *seine* Erste?«

Sie beugte sich vor, schirmte mit tattriger Hand ihren Mund ab und dämpfte die Stimme, als hätte sie Angst, ihr verstorbener Gatte könnte an der Tür lauschen. »Ich glaube schon.« Ein Lächeln zupfte an ihrer faltigen Haut. »Steve war der geborene Liebhaber. Viel besser als die anderen Jungen, mit denen ich zusammen gewesen war.«

»Und gab es nach Ihrer Hochzeit noch andere?«, fragte ich vorsichtig.

»Himmel, nein! Nachdem ich diese Bindung eingegangen war, war's das. Es gab durchaus Gelegenheiten. Aber nach meiner Hochzeit habe ich andere Männer nie mehr so betrachtet. Ich hatte meinen Stevie, und der hat mich reichlich beschäftigt.« Ihre Stimme verlor sich, und sie starrte an die Decke. Eine Weile dachte ich sogar, sie wäre eingeschlafen. »An jenem Silvesterabend«, setzte sie neu an, während ihr Blick über die Decke huschte, als wäre es eine Leinwand, auf die ihre Vergangenheit projiziert wurde, »sind wir nach Hause gekommen und gleich ins Bett gegangen. Wir haben uns geküsst und uns ein frohes neues Jahr gewünscht, und Stevie sagte: Was meinst du? Bist du zu müde? Das war ich tatsächlich, doch ich wollte es nicht zugeben, also antwortete ich: Nein. Ich bin noch fit. Was ist mit dir? Er sagte natürlich auch, dass er noch fit wäre, und wir haben miteinander geschlafen, obwohl keinem von uns richtig danach war, was das Ganze auch ein wenig beschwerlich gemacht hat, wenn Sie wissen, was ich meine.«

Ich nickte erneut und hoffte, sie würde nicht ins Detail gehen.

»Aber wir haben es geschafft. Ich glaube, wir hatten das Gefühl, dass wir es tun sollten wegen Silvester und so. So ähnlich wie am Hochzeitstag oder am Geburtstag. Man denkt einfach, man *sollte*. Jedenfalls haben wir miteinander geschlafen und sind dann gleich eingeschlafen. Danach schlafe ich immer sofort ein.« Sie lachte. »Und später war ich so froh, dass wir in jener Nacht miteinander geschlafen haben, weil es das letzte Mal gewesen sein sollte. In der darauffolgenden Woche hatte Steve einen Herzinfarkt und ist einen Monat später gestorben.«

»Sie müssen ihn sehr vermissen.«

»Es vergeht kein Tag, an dem ich nicht an ihn denke. Aber ich werde ihn ziemlich bald wiedersehen, nehme ich an.«

»Nun, nicht zu bald, wollen wir hoffen.« Ich tätschelte ihren Arm, stand auf und strich unnötigerweise ihre Decke glatt. Ich sah auf die Uhr. In zwanzig Minuten brach ein brandneues Jahr an.

»Bleiben Sie bis Mitternacht bei mir sitzen?«, fragte sie. »Ich verspreche auch, dass ich dann ein braves Mädchen sein und gleich einschlafen werde.«

Ich setzte mich wieder, und Myras Lider fielen flatternd zu.

»Ich schlafe nicht«, warnte sie mich. »Ich ruhe nur meine Augen aus.«

»Ich habe nicht vor, irgendwohin zu gehen«, versicherte

ich ihr, beobachtete das stetige Auf und Ab ihrer Brust unter der Decke und bemerkte das zufriedene Lächeln, das sich in den Falten ihres uralten Gesichts eingenistet hatte.

Sie war mit siebenundsiebzig Jahren immer noch sexuell aktiv gewesen. Und mit siebenundachtzig ließ sie der Gedanke daran lächeln. Ich merkte, dass ich neidisch war. Wann hatte mich der Gedanke an Sex je zu einem Lächeln inspiriert? Wann hatte ich je etwas anderes damit assoziiert als Verlegenheit und Scham?

Mein erstes Mal war schnell, unbequem und nicht besonders schön gewesen. Ich erinnere mich nur ungern daran, wie Roger Stillman sich zwischen meine Beine drängte, und an die hastigen Grabscher an meine Brust, die als Vorspiel reichen mussten. Und dann der plötzliche Schmerz, als er in mich eindrang, das unerwartete Gewicht seines Körpers, als er, nachdem alles vorbei war, über mir zusammensackte.

Das letzte Mal, das ich mit einem Mann geschlafen hatte, war auch nicht bedeutend besser gewesen, dachte ich schaudernd und beneidete die sterbende alte Frau in dem Bett vor mir erneut. Sie war so offen gewesen, so ehrlich. Was würde sie denken, wenn ich genauso offen und ehrlich ihr gegenüber wäre?

Konnte ich ihr erzählen, dass mein letztes Mal – richtiger Sex, nicht nur eine Andeutung wie mit Josh oder eine Drohung wie mit Lance – in der Nacht passiert war, als meine Mutter starb? Ich schüttelte ungläubig den Kopf. Gütiger Gott, wie hatte ich etwas so Schändliches tun können? Was um alles in der Welt war in mich gefahren?

Offen gestanden hatte ich die Einzelheiten jener Nacht praktisch komplett verdrängt. Doch Myras Reminiszenzen hatten eine Flut eigener Erinnerungen ausgelöst. Ich lehnte mich auf meinem Stuhl zurück, starrte zum Fenster und sah im Spiegel der dunklen Scheibe die Gespenster meiner Vergangenheit.

Ich sah mich selbst steif am Bett meiner Mutter sitzen, die offensichtlich tot war, wie man an der stillen, grauen Blässe erkennen konnte, die sich über ihren Körper gelegt hatte wie eine Glasur aus Wachs. Ihre Augen und ihr Mund standen offen, und ich streckte die Hand aus, um sie zu schließen. Ihre Haut fühlte sich kühl an. Doch selbst im Tod blieb noch ein Hauch jener Wut zurück, die sie ihr Leben lang angetrieben hatte. Selbst mit geschlossenen Augen und für immer angehaltenem Atem nistete eine gewisse Grausamkeit in ihren Zügen. Sie ist nach wie vor eine Macht, mit der man rechnen muss, erinnere ich mich, gedacht zu haben, als ich mich über sie beugte, um sie auf den Mund zu küssen, überrascht, wie weich und nachgiebig ihre Lippen waren. Wann hatte ich diese Lippen je weich auf meiner Haut gespürt? Hatte sie mich je geküsst, als ich ein Säugling und Kleinkind war? Hatten diese Lippen je meine Stirn gestreift, um zu fühlen, ob ich Fieber hatte? Hatten sie je geflüstert: »Ich liebe dich«, während ich schlief?

Traurige Tatsache war, dass ich meine Mutter beinahe so sehr gehasst wie geliebt hatte, dass ich mein ganzes Leben lang versucht hatte, ihr zu gefallen und die realen wie imaginären Untaten wettzumachen, die ich begangen hatte. Nach ihrem Schlaganfall hatte ich alles darangesetzt, sie wieder gesund zu pflegen, und als uns beiden klar wurde, dass sie nicht mehr genesen würde, zumindest dafür zu sorgen, dass sie es so bequem wie möglich hatte. Ich hatte so viel von meinem Leben für sie geopfert, und plötzlich war sie weg, und ich hatte nichts. Niemanden. Ich blieb mit einem so überwältigenden Gefühl der Leere zurück, dass ich nicht wusste, was ich tun sollte.

Ich weiß noch, wie ich am Fußende ihres Betts auf und ab gelaufen bin. Hin und her. Ich spürte, wie sie mich aus ihren geschlossenen toten Augen musterte und mir ihre andauernde Missbilligung über die Schultern warf wie einen schweren

Umhang. *Was für eine Krankenschwester bist du, dass du nicht einmal deine eigene Mutter am Leben erhalten konntest*, hörte ich sie durch kalte, tote Lippen fragen. Und ich musste zugeben, dass es stimmte. Ich hatte sie enttäuscht. Wieder einmal. So wie ich sie immer enttäuscht hatte.

»Es tut mir leid«, rief ich laut. »Es tut mir so leid.«

So leid, so leid, so leid.

Eine traurige Ausrede für eine Krankenschwester. Und eine noch traurigere Ausrede für eine Tochter.

Ich kann mich nicht erinnern, das Haus verlassen zu haben, obwohl ich das irgendwann offensichtlich getan haben musste. Ich musste sogar geduscht und mich umgezogen haben, obwohl ich auch daran keine Erinnerung habe. Ich weiß nur noch, dass ich in einer Bar an der Atlantic Avenue gelandet bin, mehrere Gläser Tequila gekippt und mit dem nichts sagend attraktiven Barkeeper geflirtet habe, bis er sich einem Mädchen zuwandte, das am anderen Ende des Tresens seine blonde Mähne von einer Schulter auf die andere warf. Daraufhin wandte ich meine Aufmerksamkeit einem anderen auf fade Art gut aussehenden Mann in einem schrillen Hawaii-Hemd zu, der unauffällig seinen Ehering in der Tasche seiner engen Jeans verschwinden ließ, bevor er neben mir Platz nahm.

»Ich glaube nicht, dass ich dich hier schon mal gesehen habe«, sagte er.

Ja, das sagte er tatsächlich. Vielleicht weil es stimmte, vielleicht auch weil er zu faul war, sich etwas Originelleres auszudenken, oder weil er spürte, dass ich ein leichtes Opfer war, an das kreatives Beiwerk verschwendet war.

»Ich bin zum ersten Mal hier«, erklärte ich ihm und versuchte – vergeblich – mein Haar über die Schulter zu werfen wie die Blondine am anderen Ende des Tresens.

»Das erste Mal, hm?« Er machte dem Barkeeper ein Zeichen, unsere Gläser erneut zu füllen. »Ich mag erste Male. Und du?«

Ich schenkte ihm ein, wie ich hoffte, rätselhaftes Lächeln und sagte gar nichts. Stattdessen straffte ich die Schultern und schlug die Beine übereinander, während er jede meiner Bewegungen gespannt verfolgte. Ich trug einen gestreiften Pulli, der die Rundung meiner Brüste betonte, und Riemchen-Sandalen, die provokant an meinen nackten Füßen baumelten. Er war groß und schlank mit pechschwarzem Haar und minzefarbenen Augen. Er übernahm den Großteil des Gespräches – worüber weiß ich nicht mehr. Ich bin sicher, er hat mir seinen Namen genannt, aber ich habe ihn erfolgreich verdrängt. Jack, John, Jerrod. Irgendwas mit *J*. Meinen Namen habe ich ihm, glaube ich, nicht gesagt. Ich bin mir nicht mal sicher, ob er danach gefragt hat.

Wir nahmen noch ein paar Drinks, bevor er vorschlug, irgendwohin zu gehen, wo man privater war. Ohne ein weiteres Wort rutschte ich von meinem Barhocker und ging zur Tür, was mir trotz des ganzen Alkohols im Blut erstaunlich gut gelang. Genau genommen fühlte ich mich kein bisschen betrunken, obwohl ich mir hinterher eingeredet habe, dass ich sogar sehr betrunken gewesen sein muss. Doch so gerne ich das, was in jener Nacht geschehen ist, auf eine Mischung aus Trauer und Alkohol schieben möchte, weiß ich nicht mehr, ob ich das wirklich kann. Denn in Wahrheit war ich in jener Nacht nicht betrunken, zumindest nicht so betrunken, dass ich für meine Handlungen nicht mehr verantwortlich war. Wahr ist vielmehr, dass ich *genau* wusste, was ich tat, als ich einwilligte, die Bar zugunsten einer privateren Örtlichkeit zu verlassen, und mich von Jack, John oder Jerrod begrabschen ließ, während wir zu seinem Wagen stolperten, wo ich ihm flüsternd erklärte, dass ich gleich um die Ecke wohnte.

Er parkte den Wagen auf der Straße vor dem Haus, und ich führte ihn durch den Garten zu meinem kleinen Häuschen. »Wer wohnt denn im Haupthaus?«, fragte er, als ich die Tür öffnete und das Licht anmachte.

»Meine Mutter«, erklärte ich ihm mit einem Blick zu ihrem Schlafzimmerfenster.

»Hast du keine Angst, dass sie uns sieht, wenn du das Licht anhast?«

»Sie hat einen sehr festen Schlaf«, sagte ich, streifte meinen Pulli vor dem erleuchteten Fenster ab und hörte das stumme Keuchen meiner Mutter.

Danach wurde nicht mehr viel geredet. Aber wenn ich tollen Sex erwartet hatte, wurde ich bitter enttäuscht. Wenn ich nach einer Art Ventil gesucht hatte, bekam ich nichts dergleichen. Stattdessen bekam ich ziemlich zielloses Zappeln und Grunzen, und als es – viel zu schnell und noch längst nicht schnell genug – vorbei war, konnte ich es kaum erwarten, dass Jack, John oder Jerrod seine enge Jeans und sein Hawaii-Hemd wieder anzog und verschwand.

»Ich ruf dich an«, sagte er auf dem Weg zur Tür.

Ich nickte, blickte zum Fenster meiner Mutter und spürte ihre erdrückende Missbilligung so schwer wie das Gewicht des Mannes, der gerade mein Bett verlassen hatte. Ich duschte, zog mich an, rief einen Krankenwagen und kehrte ins Haupthaus zurück, wo ich artig am Bett meiner Mutter sitzen blieb, bis er kam. Dann tilgte ich den Abend aus meiner Erinnerung, als wäre er nie passiert, und weigerte mich, je wieder daran zu denken.

Bis jetzt.

Ich blickte auf die Uhr. Es war Mitternacht. »Frohes neues Jahr«, flüsterte ich und küsste Myras warme Wange.

»Frohes neues Jahr«, wiederholte sie und schlug kurz die Augen auf, sodass ihre dünnen Wimpern meine Haut streiften.

Sekunden später war sie eingeschlafen, und ich war wieder allein.

19

Als ich auf den Korridor trat, war mir, als hätte ich ein Geräusch gehört. Ich blieb stehen, blickte mich um, sah jedoch nur den leeren Flur. Die Hand noch immer auf der Klinke zu Myras Zimmer, stand ich da, den Kopf zur Seite gelegt wie ein wachsamer Welpe, die Ohren gespitzt, um jeden fremden Laut wahrzunehmen – den Schritt eines verirrten Fußes, ein schweres Atmen –, irgendetwas Ungewöhnliches.

Doch da war nichts.

Ich schüttelte den Kopf und begann, den Flur hinunterzugehen, wobei ich auf dem Weg in jedes freudlose Zimmer schaute und nach meinen Patienten sah. Nur Eliot Winchell, ein Mann mittleren Alters, der nach einem scheinbar harmlosen Sturz von einem Fahrrad auf den Bewusstseinsstand eines Kleinkinds zurückgeworfen war, war noch wach und winkte, als er mich sah.

»Frohes neues Jahr, Mr. Winchell«, sagte ich und überprüfte automatisch seinen Puls. »Kann ich irgendwas für Sie tun?«

Er lächelte sein unheimliches Kinderlächeln und sagte gar nichts.

»Müssen Sie vielleicht auf die Toilette?«

Er schüttelte den Kopf, während sein Lächeln breiter wurde, sodass seine Zähne im Halbdunkel des Zimmers aufblitzten.

»Dann versuchen Sie jetzt zu schlafen, Mr. Winchell. Morgen wird ein sehr geschäftiger Tag.« Das bezweifelte ich, aber welchen Unterschied machte das schon? Für den Rest von Mr. Winchells Lebens würde jeder seiner Tage ziemlich genauso sein wie der vorige. »Warum haben Sie auch keinen Helm getragen, Eliot?«, tadelte ich ihn im Tonfall meiner Mutter und sah, wie das kindische Lächeln aus seinem Gesicht verschwand. »Schlafen Sie jetzt«, fügte ich sanfter hinzu, tätschelte seinen Arm und vergewisserte mich, dass er gut zugedeckt war. »Bis morgen.«

Sobald ich in den Flur trat, hörte ich das Geräusch wieder.

Ich fuhr herum, und mein Blick zuckte hin und her, den hell erleuchteten Flur hinauf und hinunter. Doch wieder war da nichts. Ich hielt den Atem an, wartete und versuchte vergeblich zu ergründen, was genau ich zu hören geglaubt hatte. Jedenfalls nichts, was ich konkret hätte benennen können, nichts bis auf ein vages Unbehagen.

»Es ist nichts«, sagte ich laut, als ich an Sheena O'Connors ehemaligem Zimmer vorbeiging. Sheena war nicht mehr Patientin der Mission-Care-Klinik. Ihre Ärzte waren der Ansicht gewesen, dass ihre Erholung so weit fortgeschritten war, dass sie entlassen werden konnte. Vorgestern hatten ihre Eltern sie abgeholt.

»Ist das nicht toll? Silvester bin ich wieder zu Hause«, rief sie.

»Pass gut auf dich auf«, ermahnte ich sie.

»Wir bleiben doch in Kontakt, oder? Sie kommen mich doch besuchen?«

»Natürlich«, sagte ich, obwohl ich glaube, wir wussten beide, dass wir uns nie wiedersehen würden, sobald sie die Klinik verlassen hatte.

Sie umarmte mich. »Ich ruf Sie jedes Mal an, wenn ich nicht schlafen kann«, warnte sie mich. »Damit Sie mir was vorsingen.«

»Du wirst bestimmt ganz wunderbar einschlafen können.«

Was machte sie jetzt, fragte ich mich, als ich zum Schwesterntresen zurückkehrte und merkte, dass ich es vermisste, jemanden zu haben, dem ich etwas vorsingen konnte.

An Feiertagen war nur eine Minimalbesetzung im Dienst. Beverly und ich waren die einzigen Krankenschwestern auf der gesamten Etage. Ganz alleine wäre es mir ehrlich gesagt noch lieber gewesen. Dann hätte ich die ersten Momente des neuen Jahres nicht mit langweiligem Smalltalk zubringen oder vorgeben müssen, mich für Beverlys atemberaubend dämliche Probleme zu interessieren. Niemand würde Ratschläge von mir erwarten, die er dann doch nicht befolgte. Ich könnte einfach die Zeit für mich genießen. Die Wahrscheinlichkeit eines Notfalls war gering, und Ärzte waren in Rufbereitschaft, wenn ich sie brauchte. *Ein hochgejubelter Babysitter*, mehr bist du nicht, hallte das Flüstern meiner Mutter in meinem Kopf wider.

»Hast du irgendwas gehört?«, fragte ich Beverly, um die Stimme meiner Mutter zu übertönen.

»Was soll ich denn gehört haben?« Beverly blickte von der Doppelnummer des *People*-Magazins auf, in der sie geblättert hatte, und spitzte die Ohren. »Ich höre gar nichts.«

Ich zuckte, wenngleich nicht restlos überzeugt, die Achseln. Die Stille der Nacht dröhnte in meinem Kopf wie ein Hammer.

»Das ist bloß deine blühende Fantasie«, erklärte Beverly.

Und ich hatte weiß Gott jede Menge Fantasie, dachte ich. Jawohl, jede Menge Fantasien.

Und kein Leben.

Die Menschen, die den Flur hinunter in ihren Zimmern starben, hatten mehr Leben als ich. Myra Wylie war uralt, Herrgott noch mal, hatte Leukämie und eine Herzschwäche, doch der Gedanke an Sex zauberte nach wie vor ein versonnenes Lächeln in ihr Gesicht. Vor zehn Jahren, *vor zehn Jahren*, war sie immer noch sexuell aktiv gewesen! Und hier stand ich, halb so alt wie sie und hatte nur einen Bruchteil ihrer Erfahrung. Worauf wartete ich? Wie viel von meinem Leben wollte ich noch verschwenden?

Ich hatte noch nie Vorsätze fürs neue Jahr gefasst, doch diesmal fasste ich einen. Egal was kommen mochte, Hölle oder Sintflut, dieses Jahr würde anders werden. In ein paar Tagen kam Josh aus Kalifornien zurück, und ich würde für ihn bereit sein.

»Mit wem würdest du eher schlafen, wenn du die Gelegenheit hättest?«, fragte Beverly mich unvermittelt, als könnte sie meine Gedanken lesen. »Mit Tom Cruise oder mit Russell Crowe?« Sie hielt die Zeitschrift hoch und tippte mit künstlichen orangefarbenen Nägeln auf die entsprechenden Fotos.

»Steht George Clooney auch zur Wahl?«

Sie lachte, während ich zunehmend ängstlicher vernahm, wie das Gelächter Kreise um uns zog. »Sag mir nicht, dass du das auch nicht gehört hast.«

»Doch«, sagte Beverly, ließ die Zeitschrift auf den Tresen sinken und stand auf. »Wahrscheinlich Larry Forrester in 415. Der hat so eine seltsame Lache. Ich sehe mal nach ihm.«

»Vielleicht sollten wir den Wachdienst rufen.«

Mit ihren orangefarbenen Kunstnägeln wischte sie meine Bedenken beiseite und machte sich auf den Weg den Flur hinunter.

Ich blätterte das *People*-Magazin durch, als gäbe es keinen Grund zur Beunruhigung, und lenkte mich ab, indem ich mich auf die Frage konzentrierte, welche Stars sich im ablaufenden Jahr einer Schönheitsoperation unterzogen hatten. »Du auf jeden Fall«, stellte ich fest und wies mit dem Finger auf ein alterndes Starlet, die bis auf die übertriebene blonde Lockenmähne kaum noch an ihr früheres Selbst erinnerte. Ich musste erst ihren Namen in der Bildunterschrift lesen, bis ich erkannte, wer es war.

Dann hörte ich das Geräusch wieder.

Ich ließ die Zeitschrift sinken, die von meinem Schoß zu Boden glitt, als ich aufsprang. »Wer ist da?«, fragte ich, während mein Blick zu dem Notrufknopf an der Wand zuckte.

Eine Gestalt trat hinter einer Säule hervor und schlenderte, ein gemeines Lächeln auf den Lippen, die Finger in die Taschen seiner schwarzen Jeans gehakt, langsam auf mich zu. Sie war groß, schlank, ganz in Schwarz gekleidet, und ihre braunen Augen blitzten mich über einer Habichtnase an. Diesmal brauchte ich keine Bildunterschrift, um sie zu identifizieren.

»K.C.!«

»Frohes neues Jahr, Terry!«

Ich rang nach Luft. »Was machst du denn hier? Wie bist du an dem Wachmann vorbeigekommen?«

»An meinem Freund Sylvester, meinen Sie?«

»Was hast du mit ihm gemacht?«

Sein Lächeln erstarb. »Nachdem ich ihm die Kehle durchgeschnitten habe, meinst du?«

Meine Stimme sackte in den Keller. »O mein Gott!«

K.C. lachte und klopfte sich ungläubig auf die Schenkel. »Was – glaubst du etwa, das meine ich ernst? Glaubst du wirklich, ich würde meinem Freund Sylvester etwas tun? Mit was für Typen hängst du denn sonst rum, Lady? Natürlich hab ich ihm nichts getan. Ich hab ihm bloß erklärt, wie ungerecht ich es finde, dass du die ganze Party verpasst und dass ich euch deshalb mit einer kleinen Privatfete überraschen wollte. Sylvester war sehr verständnisvoll, vor allem als ich ihm ein nettes Fläschchen zehn Jahre alten Scotch überreicht habe. Was ist los, Terry? Du scheinst ja nicht besonders glücklich, mich zu sehen.«

»Bist du allein?«

»Was denkst du denn?« Er hob seine rechte Hand und zielte damit auf mein Herz, und erst jetzt sah ich die Pistole.

Es gab einen lauten Knall, einen Blitz, und die Welt explodierte. Ich taumelte nach hinten, schrie auf, blickte auf meine Brust und erwartete, einen größer werdenden Blutfleck auf meiner weißen Uniform zu sehen.

»Mein Gott, was ist denn hier los?«, rief Beverly, und mein Blick verschwamm. »Wer sind Sie?«, wollte sie von K.C. wissen, während sich der Geschmack von Blut in meinem Mund ausbreitete.

»Freunde von Terry«, antwortete K.C. unbekümmert, und ich war zu schwach, um zu widersprechen.

Und dann sprang auf einmal Alison in mein Blickfeld. »Frohes neues Jahr!«, rief sie.

»Willkommen am ersten Tag vom Rest deines Lebens«, begrüßte Lance mich aus einer anderen Ecke und lachte, als Sekt aus einer Flasche auf den Boden spritzte. »Das war aber ein verdammt lauter Korken. Hat irgendwer gesehen, wohin er geflogen ist?«

»Was ist hier los?«, fragte Beverly, obwohl ihrem Tonfall bereits ein unterdrücktes Lächeln anzuhören war.

»Kleine Silvesterfeier«, erklärte Lance ihr. »Wir haben uns gedacht, dass ihr Engel der Gnade nicht den ganzen Spaß verpassen sollt.«

»Nun, das ist aber süß. Ich bin übrigens Beverly.«

»Freut mich, Beverly. Ich bin Lance, das sind Alison, Denise und K.C.«

»Freunde von Terry sind –«, setzte Beverly an, als sie meinen Gesichtsausdruck bemerkte.

»Ihr habt mich halb zu Tode erschreckt«, sagte ich, nachdem mir klar geworden war, dass ich doch nicht erschossen worden war.

Lance lachte. »So ein kleiner Adrenalinschock dann und wann hält fit.«

»Wir wollten dich nicht erschrecken«, entschuldigte Alison sich. »Wir wollten dich bloß überraschen.«

»Stehst du nicht so auf Überraschungen, Terry?«, fragte Denise und trat an den Schwesterntresen. Die modische Kurzhaarfrisur war ausgewachsen, sodass die spitzen schwarzen Haarstachel nicht mehr ganz so spitz waren, sondern um ihr blasses Gesicht fielen wie Asche von einer Zigarette. Unter den Augen hatte sie schwarze Ringe, was sie eher schaurig als schick aussehen ließ, vermutlich unbeabsichtigt, obwohl man das bei Denise nie wissen konnte.

»Bitte nichts anfassen«, ermahnte ich immer noch atemlos.

»Wir haben alles mitgebracht«, sagte Alison und nahm Gläser aus einer großen Einkaufstasche in ihrer Hand.

»Wir haben an alles gedacht«, fügte K.C. hinzu.

»Wo bewahrt ihr denn die harten Drogen auf?«, fragte Denise.

»Was?«

»War bloß ein Witz.«

»Was ist denn mit deiner Lippe?«, fragte Alison.

Ich fasste mir an den Mundwinkel, wo ich mir selbst auf die Lippe gebissen haben musste. Lance war sofort neben mir und leckte den Tropfen Blut mit dem übertriebenen Genießergehabe eines Kinovampirs von meinem Finger. »Hm. 2002. Ein sehr gutes Jahr.«

Ich zog meine Hand weg. »Vergiss es, Bela Lugosi«, erklärte ich ihm, gleichzeitig bemüht, alle im Blick zu behalten. Beverly hatte bereits ein Glas in der Hand.

»Sei nicht böse auf uns«, bettelte Alison, heute ganz in Weiß und mit rotblonden Locken, die offen um ihr Gesicht fielen, Botticellis Venus, nur ohne Muschel.

»Ich weiß nicht, ob das so eine gute Idee ist.«

»Es ist eine Superidee«, entgegnete Beverly mit einem Klaps auf meinen Arm, während Lance den Sekt gleichmäßig in die Gläser verteilte. Ich bemerkte, dass auch er ganz in Weiß gekleidet war.

»Wir konnten euch doch Silvester nicht alleine verbringen lassen«, sagte K.C.

»Das wäre doch nicht nett gewesen.« Denise begann durch einen Stapel Patientenunterlagen zu blättern, bis ich sie eilig von dort wegzog.

»Hier hast du nichts zu suchen.«

»Warum nicht?«

»Denise«, sagte Alison.

Sofort verließ Denise den Schwesterntresen und nahm im Gehen ein Glas Sekt mit. »Prost, alle miteinander.«

»Warte. Wir müssen erst einen Trinkspruch ausbringen.« Alison vergewisserte sich, dass jeder von uns ein Glas hatte.

»Worauf trinken wir denn?«, fragte Lance seine Schwester.

»Auf das allerbeste Jahr überhaupt.« Alison hob ihr Glas.

»Das allerbeste Jahr überhaupt«, stimmten wir anderen zu.

Ich wollte kein Spielverderber sein und nippte deshalb zweimal kurz an meinem Glas. Der Sekt war überraschend erfrischend, sodass ich noch den einen oder anderen Schluck trank, wobei mir die perlenden Bläschen in die Nase stiegen. »Auf Gesundheit«, sagte ich leise.

»Und Reichtum«, fügte Denise rasch hinzu.

»Auf dass wir im neuen Jahr alles bekommen, was wir uns wünschen«, fuhr Lance fort.

»Alles, was kommt«, ergänzte K.C. und lächelte mich über den Rand seines Glases hinweg an, als wir alle erneut einen Schluck tranken.

»Alles, was wir verdienen«, sagte Denise.

»Alles, was wir brauchen«, sagte Alison.

»Und was genau soll das sein?«, fragte ihr Bruder herausfordernd.

Alison tauchte ihre Nase tief in ihr Glas und sagte nichts. Ich leerte mein Glas mit zwei schnellen Schlucken.

»Also, ich weiß jedenfalls, was ich brauche«, sagte Denise lachend. »Ich brauche einen Tapetenwechsel.«

»Warst du nicht gerade in New York?«

»New York zählt nicht. Da war ich mit meiner Mutter.«

»Was ist denn verkehrt mit deiner Mutter?«

»Nichts – wenn man auf langweilige alte Analklemmen steht.«

»Alison steht auf langweilige alte Analklemmen«, sagte Lance und sah mich direkt an. »Oder nicht, Alison?«

»Ich mag jeden.« Alison leerte ihr Glas und goss es wieder voll. An der Art, wie sie, wie *alle* von ihnen schwankten, erkannte ich, dass dies wohl nicht die erste Flasche war, die sie geleert hatten. »Terry, dein Glas ist ja leer.« Alison goss es randvoll, bevor ich widersprechen konnte. »Trink«, drängte sie mich und sah zu, wie ich das Glas zum Mund führte.

»Das ist mein Ernst«, sagte Denise. »Ich hab die Schnauze voll von der Ostküste. Es ist Zeit für einen Wechsel.«

»Könnte das möglicherweise damit zusammenhängen, dass deine Tante dich gefeuert hat?«, fragte K.C.

»Meine Tante ist eine langweilige alte Analklemme.«

»Warum hat sie dich denn gefeuert?«, fragte Beverly und hielt ihr Glas zum Nachfüllen hin.

Denise zuckte die Achseln. »Weil sie eifersüchtig auf mich ist. Sie war schon immer eifersüchtig auf mich.«

»Ich dachte, weil du Geld aus der Kasse genommen hast.«

Denise tat K.C.s unerwünschte Erklärung mit einer Handbewegung ab. »Das wäre nie passiert, wenn sie nicht so ein verdammter Geizkragen wäre. Sie hat mir praktisch nichts bezahlt. Dabei hat sie Geld satt. Außerdem bin ich ihre Nichte. Da hätte man doch meinen sollen, sie könnte es sich leisten, ein bisschen großzügiger zu sein. Ich hasse solche Leute. Und du, Terry?«

»Ich finde, die Menschen sollten das Recht haben zu entscheiden, was sie mit ihrem Geld machen wollen.« Ich nippte erneut an meinem Sekt und versuchte, mich zu konzentrieren.

»Ja, also, ich finde, sie ist –«

»– eine langweilige alte Analklemme?«, fragte Lance verschlagen.

»Genau.« Denise wankte auf ihn zu und drückte ihre Brüste gegen seine Brust. »Ich dachte, ich probier's mal in New Mexico. Willst du mitkommen?«

»Klingt verlockend.« Lance legte den Arm um Denises Hüfte und starrte Alison über ihre verwelkten Haarstacheln hinweg an. »Florida geht mir auch langsam auf die Nerven.«

Alison wandte den Blick ab und sah mich lächelnd an, obwohl ihr Lächeln gepresst wirkte, als würde sie einen Schwall wütender Worte zurückhalten.

Es summte.

»Was war denn das?«, fragte Denise und hob ihren Kopf von Lance' Brust.

Ich blickte zur Wand hinter dem Schwesterntresen. Das Licht für Eliot Winchells Zimmer leuchtete. »Einer meiner Patienten. Ich muss nach ihm sehen.«

»Wir kommen mit«, sagte Lance.

Ich schüttelte den Kopf, um meine Benommenheit loszuwerden, doch stattdessen drehte sich alles. »Nein. Ihr müsst jetzt gehen.«

Es summte erneut.

»Los kommt, Leute. Wir gehen jetzt besser«, sagte Alison. »Wir wollen schließlich nicht, dass Terry Ärger bekommt.«

Denise schüttelte den Kopf. »Ach, nun komm schon. Sei doch keine langweilige alte Anal-«

»-anale-«, fuhr K.C fort.

»– alte Schachtel«, schloss Lance, und sie lachten. Bis auf Alison, die immerhin so anständig war, beschämt und verlegen auszusehen.

Es summte zum dritten Mal.

»Ein hartnäckiger, kleiner Bursche, was?«, sagte Beverly, ohne Anstalten zu machen, auf das Summen zu reagieren.

»Okay, Leute, ich fand es sehr nett, dass ihr gekommen

seid, Sekt mitgebracht und Silvester mit uns gefeiert habt, aber ich muss jetzt wirklich gehen. Und ihr auch.«

»Das verstehen wir«, sagte K.C.

»Wir finden selbst hinaus«, bot Lance an und führte die anderen zum Fahrstuhl, als es wieder summte.

»Danke, dass ihr vorbeigeschaut habt«, hörte ich Beverly sagen, während ich den Flur hinuntereilte. Der Boden unter meinen Füßen bewegte sich wie ein Laufband, und ich musste mich an der Wand abstützen, weil sich vor meinen Augen nach wie vor alles drehte. War ich von nur zwei Gläsern Sekt betrunken? Erst einmal zuvor war ich so schnell betrunken gewesen, wie mir auffiel, und auch das war mit Alison gewesen.

Ich stieß die Tür von Eliot Winchells Zimmer auf. Er saß auf dem Bett, die Decke um die Knöchel geknubbelt, die Vorderseite seines Pyjamas eingenässt. »Oh, Eliot. Hattest du einen Unfall?«

»Tut mir leid«, sagte er kleinlaut.

»Nein, das muss dir nicht leidtun. Es ist ja nicht deine Schuld.«

»Tatsächlich?«, fragte Lance und steckte den Kopf ins Zimmer, gefolgt von Denise und K.C. Alison blieb in der Tür stehen, während die anderen ans Bett traten. »Wessen Schuld ist es dann? Hallo, ich bin Dr. Palmay«, fuhr Lance fort, bevor ich dazwischengehen konnte. »Und das sind meine Kollegen Dr. Austin und Dr. Powers.«

Denise lachte, und Eliot stimmte, obwohl er den Witz vermutlich nicht kapiert hatte, mit ein.

»Der ist ja niedlich«, sagte Denise. »Was für ein Problem hat er denn?«

»Nun, er hat offensichtlich in die Hose gemacht«, antwortete Lance. »Was für eine Ärztin sind Sie überhaupt?«

»Igitt, wie eklig«, sagte Denise.

»Ihr müsst jetzt gehen«, sagte ich, als ich meine Stimme

wiedergefunden hatte. Mein Mund war trocken. Gedanken schwirrten wie in einem unvermuteten Strudel gefangen hilflos in meinem Kopf herum. Ich stützte mich auf Eliot Winchells Bett ab.

»Ja, genau«, stimmte Alison mir von der Tür aus zu. »Los, Doctores. Wir müssen gehen und Terry ihre Arbeit machen lassen.«

»Scheint so, als könnte Terry selbst ein bisschen Hilfe gebrauchen«, sagte K.C. »Sie ist ein bisschen blass um die Kiemen.«

»Tut mir leid, Terry«, sagte Alison. »Ich wusste nicht, dass sie sich so aufführen würden.«

»Was redest du denn da?«, gab Lance wütend zurück. »Das Ganze war schließlich deine Idee.«

Und dann waren sie weg. In der folgenden, gnädigen Stille zog ich Eliot einen frischen Schlafanzug an und brachte ihn wieder ins Bett. All das tat ich automatisch, während sich in meinem Kopf alles drehte und vor meinen Augen grell neonfarbene Bläschen explodierten. Hatte mein Glas womöglich etwas Kräftigeres enthalten als bloß Sekt?

Auf dem Weg zurück zum Schwesterntresen hangelte ich mich an der Wand entlang, bis meine Sorgen sich in einem unvermittelten teenagerhaften Kicheranfall auflösten, der plötzlich aus mir herausplatzte wie Maiskörner aus einer Popcornmaschine. Wenig später ließ ich mich auf meinen Stuhl fallen und fragte mich, wann genau ich die Kontrolle über mein Leben verloren hatte. Dabei wusste ich längst, dass es exakt der Moment gewesen war, in dem Alison vor meiner Tür aufgetaucht war.

20

Nach meinem Dienst erwarteten sie mich auf dem Parkplatz.

Denise sah ich als Erste. Sie saß auf dem Kofferraum eines Autos, trank Wein aus der Flasche und strampelte mit den Beinen in der Luft, als würde sie sich an einem Steg an der Intracoastal aalen. Auf der rechten Seite ihrer Nase blitzte ein kleiner goldener Ring, der mir vorher noch nie aufgefallen war.

K.C. stand neben ihr, die Hände in den Taschen seiner engen Jeans, den Blick zu Boden gerichtet. Er sah aus, als hätte er sich gerade oder würde sich demnächst übergeben, doch als er den Kopf hob und in meine Richtung blickte, sah ich, dass er lächelte. Ich lächelte überraschenderweise zurück, als hätte ich meine eigenen Reflexe nicht mehr unter Kontrolle und wäre in den Zustand einer Marionette versetzt, die jedem folgte, der an den Fäden zog. Ich hatte erwartet, dass die Wirkung des Sekts mittlerweile abgeflaut wäre, aber ich fühlte mich eher noch unkoordinierter als zuvor. Seltsame Bilder tanzten um meinen Kopf, ohne lange genug stillzustehen, um sie zu erkennen. Bunte Farbkleckse kreuzten mein Blickfeld wie schwebende Ballons, und es bedurfte all meiner Konzentration, einen Fuß vor den anderen zu setzen.

Alison und Lance saßen halb in, halb neben dem weißen Lincoln, der, die Türen geöffnet, um die frische Luft des frühen Morgens hereinzulassen, ein paar Parkbuchten entfernt stand. Lance saß auf dem Fahrersitz, Alison auf der Rückbank, und als sie sich, die Ellbogen auf die Knie gestützt, vorbeugte, erkannte ich, dass ihre Augen aufgequollen und feucht waren, als hätte sie geweint. Vielleicht war sie aber bloß bekifft, dachte ich, als mir das unverkennbare Aroma von Marihuana in die Nase stieg und ich die breite orangefarbene Glut einer selbst gedrehten Zigarette sah, die lässig zwischen Lance' Fingern baumelte.

»Sieh mal an, wen haben wir denn da«, sagte Denise.

»Wurde auch langsam Zeit.« K.C. richtete sich auf und streckte die Arme wie eine Katze auf dem Sprung.

»Was macht ihr denn noch hier?« Ich sah mich um, und die Szenerie verschwamm. Der Parkplatz war menschenleer. Wirklich toller Sicherheitsdienst, dachte ich und fragte mich, ob mich jemand hören würde, wenn ich schrie.

Alison stieg aus dem gemieteten Lincoln und wischte sich mit dem Handrücken über die Augen. »Ich wollte nicht, dass du in der Silvesternacht alleine nach Hause fährst.«

Lance zog intensiv an seiner Zigarette. »Die Party fängt gerade erst an.«

»Die Party ist vorbei«, erklärte ich ihnen und versuchte, mich zu erinnern, wo ich meinen Wagen geparkt hatte. »Ich bin völlig groggy. Ich will nur noch nach Hause und ins Bett.«

»Klingt verlockend«, sagte Lance wie schon einmal an diesem Abend. Er hielt mir den Joint hin. Schwaden wehten in meine Nase wie ein zu süßes Parfüm.

Ich schüttelte den Kopf, obwohl ich zugeben muss, dass die Wahrnehmung des Geruchs nicht komplett unangenehm war.

»Aus rein medizinischen Gründen natürlich.« Denise rutschte von dem Kofferraum des Wagens, nahm Lance den glimmenden Joint ab, zog heftig daran und inhalierte tief.

»K.C., du und Denise, ihr nehmt meinen Wagen«, wies Lance sie an. »Alison und ich fahren mit Terry.« Ohne zu fragen, nahm er mir die Handtasche ab und meine Wagenschlüssel heraus. »Ich fahre«, erklärte er, den Joint mittlerweile zwischen den Lippen.

»Ich weiß nicht, ob das eine so gute Idee ist.«

»Du solltest in deinem Zustand jedenfalls nicht fahren.« Lance lachte, als wüsste er etwas, was ich nicht wusste, und ich spürte, wie meine Beine nachgaben. Sie hatten mir etwas in den Sekt getan, wahrscheinlich ein Halluzinogen, vermutete ich, krampfhaft bemüht, mich an die Wirklichkeit zu klammern wie ein Kind an den Lenker eines vom Weg abgekommenen Fahrrads. *Lass los*, drängte eine Stimme leise in meinem Kopf. Gib nach und lass los.

Ich wurde von einer Welle der Euphorie erfasst, als ich beschloss, das Hier und Jetzt tatsächlich loszulassen. Ich stellte mir vor, wie ich ohne Helm rückwärts mit im Wind flatternden Haaren durch die Luft flog. Stattdessen fand ich mich neben Alison gequetscht auf dem Beifahrersitz meines Autos wieder. Sie hatte schützend den Arm um mich gelegt, doch ich hatte das Gefühl, fast erdrückt zu werden. Der benebelnde Geruch von Marihuana schwebte um meinen Kopf wie ein verirrter Heiligenschein und drängte sich wie Wattetamponaden in meine Nebenhöhlen. »Was genau habt ihr in meinen Sekt getan?«, hörte ich jemanden fragen und begriff erst, dass ich es selbst gewesen war, als das Echo zwischen meinen Ohren widerhallte.

»Außer dem LSD und den K.o.-Tropfen, meinst du?« Lance lachte, während wir den Parkplatz verließen und auf die Jog Road rasten, dicht gefolgt von dem weißen Lincoln.

»Halt den Mund, Lance«, sagte Alison. »Sonst denkt sie noch, du meinst es ernst.«

»Ich *meine* es ernst. Ich bin ein sehr ernsthafter Mensch. Komm schon, Terry.« Er schwenkte die Reste des Joints vor meiner Nase. »Wer A sagt, muss auch B sagen. Heißt es nicht so?«

»Sie hat gesagt, sie will nicht«, ging Alison dazwischen.

»Nein, das ist schon in Ordnung«, erklärte ich zu unser aller Überraschung. Was soll's, erinnere ich mich, gedacht zu haben. Mein Leben war nicht mehr meins. Was immer auch geschehen mochte, es lag nicht mehr in meiner Hand. Ich war vom Entscheidungsfindungsprozess ausgeschlossen, aber anstatt mich bedroht oder ängstlich zu fühlen, war ich erleichtert, regelrecht aufgekratzt. Ich balancierte ohne Netz auf dem Hochseil. Ich war frei. Also lachte ich, als ich Lance den angebotenen Joint aus den Fingern nahm, an die Lippen führte, tief inhalierte und die Luft anhielt, wie ich es Denise auf dem Parkplatz hatte machen sehen, bis meine Kehle brannte und meine Brust zu explodieren drohte.

»Guck dir das an.« Lance lachte. »Ein alter Profi.«

Ich nahm einen weiteren, noch längeren Zug als den ersten und beobachtete gleichgültig, wie das Papier bis auf meine Finger herunterbrannte. Unvertraute Wohlgefühle wogten durch meinen Körper wie eine Bluttransfusion. Ich hatte noch nie Marihuana geraucht, obwohl ich als Teenager durchaus in Versuchung geführt worden war. Die Angst davor, meine Mutter könnte es herausfinden, war dabei stets größer gewesen als mögliche moralische Bedenken.

Ich atmete einen weiteren Zug ein und ließ mich in einen tiefen Brunnen vollkommener und absoluter Ruhe sinken, aus dem ich nie wieder auftauchen wollte. Ich klammerte mich an das Gefühl wie eine Ertrinkende an eine Rettungsboje, presste den Rauch in meine Lunge wie ein Brandeisen und atmete, nachdem ich die Luft schließlich nicht länger anhalten konnte, nur nach und nach aus.

»Sachte, sachte«, warnte Lance, als ich einen weiteren Zug nahm und das Papier in meiner Hand zu einem kleinen Türmchen aus Asche zerbröselte.

Ich keuchte, als mir die Zigarette die Finger verbrannte.

»Alles in Ordnung?«, fragte Alison. »Hast du dich verbrannt?«

»Lass mal sehen.« Lance packte meine rechte Hand, zwängte meinen Mittel- und Zeigefinger in seinen Mund und saugte gierig an ihren Spitzen.

»Oh, Himmel noch mal.« Alison schlug ihrem Bruder so heftig auf die Hand, dass seine Zähne über meine Fingerknöchel kratzten. »Terry, ist alles in Ordnung mit dir?«

Ich starrte auf meine kribbelnden Finger.

»Das ist erstklassiges Gras, was?«, brüstete sich Lance stolz.

»Wo hast du es her?«, gab ich zurück.

»Glaub mir, der Drogenhandel in Delray Beach floriert immer noch.«

Ich sah mich um, bemüht, mich auf vormals vertrautem Terrain zu orientieren. »Wo sind wir?«, fragte ich, als wir auf den Linton Boulevard abbogen.

»Lakeview Golf Course«, las Lance von einem großen Schild links neben der Straße ab. »Hast du schon mal Golf gespielt, Terry?«

Ich schüttelte den Kopf, war mir jedoch nicht sicher, ob ich auch laut geantwortet hatte.

»Ich habe es einmal versucht«, sagte Lance, »aber es war ein Desaster. Die Bälle sind in alle möglichen Richtungen gesegelt. Es ist nicht so leicht, wie es im Fernsehen aussieht, das kann ich dir sagen.«

»Ich glaube, für so etwas muss man Stunden nehmen«, hörte ich mich für jemanden, der keine Ahnung hatte, wovon er sprach, erstaunlich selbstsicher erklären.

»Für Stunden fehlt mir die Geduld.«

»Lance fehlt die Geduld für alles.« Alison wandte sich zum Fenster. Standen Tränen in ihren Augen?

»Alles okay?« Ich fragte mich, ob Lance noch eine von seinen Wunderzigaretten für seine Schwester hatte, damit sie ein bisschen lockerer wurde. Warum war sie so angespannt?

Alison nickte, ohne meinen Blick zu erwidern. »Und du?«

»Bestens.« Ich lehnte meinen Kopf an ihre Schulter, schmiegte mich in ihre Armbeuge und machte die Augen zu.

»Terry?«, fragte Lance. »Terry, schläfst du? Ist sie eingeschlafen?«, fragte er Alison, bevor ich eine Antwort formulieren konnte.

Ich spürte, wie Alison sich mir zuwandte, und ihren warmen Atem in meinem Gesicht, als sie sprach. »Ich hoffe, jetzt bist du stolz auf dich«, sagte sie im Tonfall meiner Mutter, und ich schreckte auf, weil ich sicher war, dass sie zu mir gesprochen hatte.

»Du schläfst also doch nicht«, sagte Lance. »Du versuchst uns wohl reinzulegen, was?«

»Wo sind wir?«, fragte ich erneut. Wie oft hatte ich das schon gefragt? »Wohin fahren wir?«

»Ich dachte, wir nehmen ein kleines Neujahrsbad im Ozean«, antwortete Lance.

»Bist du verrückt?«, fragte Alison. »Mitten in der Nacht. Unten am Strand ist es stockfinster.«

Eine plötzliche Unruhe nagte an meiner neu entdeckten Gelassenheit wie eine Maus an einem Seil. Ich richtete mich auf und rieb mir die Stirn, als hoffte ich, so wieder einen klaren Kopf zu bekommen. Vielleicht war ein kurzes Bad im Meer genau das, was ich brauchte. Genau das, was der Arzt verschrieben hatte, dachte ich und lachte.

»Was ist denn so komisch?«, fragte Lance und lachte mit mir.

Alison war die Einzige, die nicht lachte. Sorge umschattete ihre Augen wie eine dichte Sonnenbrille. Was hat *sie* für ein Problem, fragte ich mich zunehmend irritiert.

Ich blickte aus dem Fenster auf die weitgehend verlassene Durchgangsstraße. Wo waren die alle? Es war schließlich die Silvesternacht. Wo waren all die betrunkenen Feiernden, von den zusätzlichen Streifenwagen, die die Straßen patrouillieren sollten, ganz zu schweigen? Hier saßen wir zu dritt auf dem Vordersitz, eine gründlich beschwipste Partygesellschaft auf dem Weg zum Atlantik, was garantiert ein Strafmandat verdiente, dachte ich und kicherte über meine absurd verworrenen Gedanken.

»Vielleicht sollten wir einfach nach Hause fahren«, sagte Alison. »Ich glaube, Terry hat genug Aufregung für eine Nacht gehabt.«

»Jede Party braucht einen Spielverderber«, trällerte Lance. »Deshalb haben wir dich eingeladen.«

»Spielverderber«, stimmte ich mit ein und musste so heftig lachen, dass ich kaum Luft bekam. Jeder Anflug von Ängstlichkeit, den ich möglicherweise empfunden hatte, war so schnell verschwunden, wie er gekommen war, fortgespült von einer weiteren Woge der Euphorie. Auf diesen Wellen würde ich direkt ins offene Meer hinausreiten, dachte ich, als wie von Zauberhand der Ozean vor uns auftauchte und Lance am Straßenrand hielt. Der weiße Lincoln kam direkt hinter uns zum Stehen.

Im nächsten Moment flogen vier Türen auf, und alle stürzten aus den Autos auf den verlassenen Strand, der so dunkel war, dass man kaum erkennen konnte, wo der Sand endete und das Wasser begann. In der Ferne explodierten ein paar vereinzelte Feuerwerkskörper, ich blickte auf und sah einen leuchtend grün und rosafarbenen Funkenregen am Himmel. Bis auf das Knallen der Raketen und das leise Brummen eines vorbeifahrenden Motorrads war es still. Ich unterdrückte einen Schauer, als eine kühle nächtliche Brise mein Haar erfasste und wie eine Aderpresse eng um meinen Hals schlang.

»Das ist ja so toll«, juchzte Denise, warf einen Arm um meine Schulter und zerrte mich über den Strand. »Ist das nicht super, Terry?«

»Lasst uns nackt baden.« Lance streifte bereits seine Schuhe ab und zog sich das Hemd über den Kopf.

»Lieber nicht«, entgegnete Alison. »Was hast du vor,

Lance?«, fragte sie über das Rauschen des Meeres hinweg. »Möglichst viel Aufmerksamkeit zu erregen?«

»Keine gute Idee«, stimmte Lance ihr rasch zu. »Okay, alle wieder anziehen.« Er versuchte, sein Hemd wieder über den Kopf zu ziehen, verfing sich dabei jedoch in einem der Ärmel, gab auf, warf das Hemd frustriert auf den Boden und trat es mit nackten Füßen lachend in den Sand. »Ich konnte das blöde Hemd ohnehin nie leiden«, sagte er, und wir lachten, als ob er den komischsten Witz der Welt gemacht hätte.

Bis auf Alison. Sie lachte nicht.

Ich zog meine klobigen Schwesternschuhe aus und blickte auf das Meer, das sich vor mir erstreckte – kalt, dunkel und hypnotisch. Es rief nach mir, zog mich an wie ein riesiger Magnet, und ich stürzte wie besessen seinen wütenden Wellen entgegen, der Sand kalt an meinen Strümpfen, das Wasser eisig an meinen Zehen.

»Da geht's lang, Terry!«, johlte Lance aus der Dunkelheit.

»Warte auf uns«, rief Denise, als eine Welle wie ein überdimensionierter Boxhandschuh gegen meinen Rücken schlug.

Ich blickte zum Ufer, sah mehrere verschwommene Gestalten, die ihre Hände in der Luft schwenkten wie dünne, im Wind wiegende Äste. Ich winkte zurück, stolperte über einen Stein und verlor das Gleichgewicht. Halt suchend sah ich den Strudel aus Finsternis um mich herum und fragte mich kurz, was in Gottes Namen ich tat. Hatte ich diese Nummer nicht schon einmal gebracht? War ich nicht beinahe ertrunken?

»Sei vorsichtig, Terry«, rief Alison und kämpfte sich durch die Brandung. »Du bist viel zu weit draußen. Komm zurück.«

»Frohes neues Jahr«, rief ich und plantschte mit meinen Händen im Wasser.

»Na, da ist aber jemand bekifft«, säuselte Lance und kam langsam näher.

Ich rappelte mich auf, wurde jedoch von einer weiteren Welle sofort wieder umgeworfen. Ich hatte den Geschmack von Salz im Mund und musste lachen, weil ich mich daran erinnerte, wie ich einmal aus Versehen Salz statt Zucker über meine Cornflakes geschüttet und meine Mutter dann darauf bestanden hatte, dass ich sie trotzdem aß. Eine Lektion, sagte sie, die mich lehren würde, denselben Fehler nicht noch einmal zu begehen. Doch ich machte ständig dieselben Fehler noch einmal, wie mir klar wurde, und ich lachte noch lauter.

Ich versuchte erneut aufzustehen, konnte jedoch mit den Füßen den Meeresgrund nicht mehr ertasten und wurde immer weiter von den anderen weggezogen. »Hilfe!«, rief ich, als das Wasser über meinem Kopf zusammenschlug und unsichtbare Hände im Dunkeln nach mir griffen und nach meiner Kleidung tasteten.

»Hör auf, dich zu wehren«, befahl Lance mit einer Stimme so kalt wie der Ozean. »Sonst machst du es noch schlimmer.«

Ich warf mich in Lance' Arme und spürte seine nassen Brusthaare an meiner Wange, während sein Herzklopfen in meinem Ohr widerhallte. Ich schnappte nach Luft und ruderte wild mit den Armen, als eine weitere Welle uns trennte und über meinem Kopf brach wie ein einstürzendes Zelt. Ich schrie und schluckte Wasser, während meine Finger in der Dunkelheit nach etwas tasteten, woran sie sich klammern konnten. Ich spürte einen großen Fisch an meiner Wade und trat ihn weg.

»Was machst du denn?«, rief Lance über die wütende Brandung hinweg. »Halt still!«

»Hilfe!« Das kalte Wasser kräuselte sich um meine Beine, zerrte wie ein schweres Gewicht an meinen Füßen und zog mich nach unten. Ich spürte Lance dicht neben mir und kämpfte mich im Dunkeln in seine Richtung vor.

In diesem Moment spürte ich das Gewicht auf meinem

Kopf, das mich wieder unter Wasser drückte und dort hielt. »Nein«, schrie ich, doch kein Laut war zu hören. Ich riss unter Wasser die Augen auf und sah Lance neben mir, seine Hände irgendwo über meinem Kopf.

Versuchte er, mich zu retten oder mich umzubringen?

»Hör auf, dich zu wehren«, befahl Lance schroff.

Ich reckte verzweifelt die Arme nach der Wasseroberfläche, doch meine Kräfte ließen nach, und meine Beine waren in der engen Uniform eingezwängt. Mir war, als müsste meine Lunge jeden Moment platzen, ein Gefühl, das den genussvollen Zügen an meinem ersten Joint auf unheimliche Weise ähnelte. So fühlt es sich also an zu ertrinken, dachte ich und erinnerte mich an das Schicksal der unglücklichen Kätzchen in den grausamen Händen meiner Mutter. Ich fragte mich, ob sie Angst gehabt hatten. Hatten sie sich gewehrt und an die mörderischen Finger geklammert? Oder hatten sie ihr Schicksal still akzeptiert, so wie Lance es jetzt drängend von mir verlangte. »Verdammt! Hör auf, dich zu wehren«, brüllte er, als mein Kopf schließlich die Wasseroberfläche durchbrach wie eine Faust eine Glasscheibe.

Ich wurde plötzlich von einem hellen Licht erfasst und fragte mich einen verrückten Moment lang, ob ich schon tot war und dies das weiße Licht war, von dem Patienten, die ein Nahtoderlebnis hatten, manchmal berichteten. Dann hörte ich eine entfernte Stimme. »Polizei«, verkündete sie. »Was geht hier vor?«

»Verdammt«, sagte Lance, legte einen Arm um mich und zerrte mich grob an Land.

»Was geht hier vor?«, fragte der Polizeibeamte erneut, als ich vor seinen Füßen nach Luft ringend zusammenbrach, ohne ein Wort herauszubringen. Sofort hockte Alison auf allen vieren neben mir und drückte mich an sich, während K.C. und Denise stumm ein wenig abseits standen.

»Verzeihung, Officer«, sagte Lance und schüttelte sich wie

ein Hund das Wasser aus den Haaren. »Unsere Freundin hatte vergessen, dass sie nicht schwimmen kann.«

»Alles in Ordnung?«, fragte der Beamte mich, und an seinem Timbre erkannte ich, dass er jung und eher amüsiert als besorgt war.

»Ihr geht es bestens«, erklärte Lance mit einem weiteren Kopfschütteln. »Ich bin derjenige, um den Sie sich Sorgen machen sollten. Sie hätte mich da draußen fast umgebracht. Das war jedenfalls das letzte Mal, dass ich den Helden gespielt habe, das sag ich Ihnen.«

»Ziemlich dumme Aktion, Lady«, tadelte ein zweiter Beamter und sah mich dabei direkt an. Ich begriff, dass es auch für sie das Ende eines langen Dienstes war und sie bestimmt nicht erpicht auf unnötige Überstunden waren. Ich bemerkte, dass er in etwa so groß und so schwer war wie sein Partner, mit demselben muskulösen Hals und Oberkörper. »Sie sollten die Dame jetzt besser nach Hause bringen«, riet er den anderen. »Ich glaube, sie hat für eine Nacht genug gefeiert.«

Ich machte den Mund auf und wollte etwas sagen, doch kein Laut kam heraus. Und was konnte ich ihnen auch sagen? Dass ich betrunken und bekifft war? Dass ich den Verdacht hatte, dass man mir LSD in den Drink gemixt hatte? Glaubte ich das wirklich? Im Augenblick wusste ich ehrlich gesagt nicht, was ich glauben sollte. Ich war mir über gar nichts mehr im Klaren, weder darüber, was zuvor geschehen war, noch darüber, was im Augenblick passierte.

»Vielen Dank, meine Herren«, rief Lance den bereits zu ihrem Wagen zurückkehrenden Polizisten nach. »Und frohes neues Jahr.« Als sie außer Sichtweite waren, wandte er sich wieder mir zu, während Alisons Griff um meine Hüfte fester wurde. »Du hast ja gehört, was die Bullen gesagt haben. Zeit, nach Hause zu fahren.«

21

Der Rest der Nacht ist verschwommen.

Ich erinnere mich an einzelne Bilder – Lance' weiße Fingerknöchel auf dem schwarzen Lenkrad; Alisons nasse Haare, die in ihrem verzerrten Gesicht klebten, während ununterbrochen Tränen aus ihren Augen flossen; meine nasse, kalte Uniform, die an meinen Schenkeln hochgerutscht war, und meine zerrissenen, mit Sand gesprenkelten Strümpfe.

An Geräusche kann ich mich ebenfalls erinnern – unsere nasse Kleidung auf den Ledersitzen; die Hupe eines Wagens, der uns auf der rechten Spur überholte; das nervöse Tippen von Lance' Fuß auf der Bremse, als er darauf wartete, dass eine Ampel auf Grün sprang.

Ich erinnere mich auch an die Stille.

Und als wir zu Hause waren, redeten alle gleichzeitig.

»Was für eine Nacht!«

»Wie geht es ihr?«

»Was machen wir jetzt?«

Ich erinnere mich daran, dass ich zu meiner Haustür halb getragen, halb geschleift wurde.

»Was habt ihr mit mir vor?«, flüsterte ich.

»Was hat sie gesagt?«

»Was sollen wir denn mit dir vorhaben?«

»Was labert sie?«

Dann Alisons Stimme, so hell wie die sprichwörtliche Glocke: »Ihr solltet jetzt besser gehen. Von hier an kommen wir schon klar.«

Ich weiß noch, dass ich, Alisons Hand locker an meinem

Ellenbogen, Lance' Arm fest um meine Hüfte, die Treppe hinaufgestolpert bin. Mein Schlafzimmer drehte sich vor meinen Augen, als stünde ich auf einem Ozeandampfer in stürmischer See. Ich kämpfte um festen Stand, als Alison mich unvermittelt losließ und neben meinem Bett auf die Knie sank.

»Was zum Teufel machst du da?«, wollte Lance wissen und fasste mich fester, sodass seine Fingernägel sich in meine Haut gruben, als hätte er Angst, ich könnte davonlaufen.

»Du weißt, was ich mache«, antwortete Alison abwehrend und richtete sich wieder auf.

Sie guckt nach dem schwarzen Mann, erklärte ich ihm stumm und lachte dann laut.

»Jesses, zwei Verrückte«, sagte Lance und nestelte an dem obersten Knopf meiner Uniform, sobald Alison das Zimmer verlassen hatte.

»Nicht«, protestierte ich schwach.

»Möchtest du vielleicht klatschnass ins Bett gehen?«

»Ich kann mich selber ausziehen.«

Lance machte einen Schritt zurück. »Wie du willst. Ich gucke auch gerne zu.«

»Ich denke, du gehst jetzt besser.«

»Das ist aber nicht besonders gastfreundlich«, sagte Lance und klang glaubhaft gekränkt. »Vor allem nachdem ich dir das Leben gerettet habe.«

Hatte er das wirklich, fragte ich mich erneut. Oder hatte er versucht, es zu beenden?

Alison kam mit mehreren großen weißen Badelaken zurück ins Zimmer und warf Lance eines zu. Wollten sie mich fesseln, knebeln und mit meinem eigenen Kopfkissen ersticken?

Ich spürte die Handtücher in meinen Haaren, auf meinen Brüsten und zwischen meinen Beinen. Die nasse Uniform wurde mir vom Leib gepellt und ein trockener Bademantel über mich gebreitet wie ein Leichentuch.

»Halt still«, wies Lance mich an.

»Ich mach das«, erklärte Alison.

Kräftige Hände führten mich zum Bett, drückten mich auf die Matratze und deckten mich zu.

»Glaubst du, sie kriegt überhaupt mit, was los ist?«, fragte Lance, als ich meinen Kopf in dem Kissen vergrub und mich wie ein Fötus zusammenrollte.

»Nein. Sie ist vollkommen hinüber«, sagte Alison.

»Und was machen wir jetzt?«

Ich spürte, wie sie mich von der Tür aus musterten, als würden sie über mein weiteres Schicksal nachdenken und die Alternativen gegeneinander abwägen. Ich tat, als würde ich schlafen, und gab sogar ein leises Schnarchen von mir.

»Ich sollte wahrscheinlich besser hier übernachten«, sagte Alison.

»Wozu? Sie geht bestimmt nirgendwohin.«

»Ich weiß. Aber ich würde sie trotzdem lieber gern im Auge behalten.«

»Prima. Ich leiste dir Gesellschaft.«

»Nein. Geh du nur. Schlaf ein bisschen.«

»Du weißt doch, dass ich nicht gut schlafe, wenn du nicht neben mir liegst.«

Ich spürte, wie er neben sie trat.

»Lance, nicht.«

»Komm schon, Schwesterherz. Sei doch nicht so.«

Ich hob das Kinn und öffnete so weit die Augen, dass ich durch meine Wimpern hindurchblinzeln und zwei Gestalten erkennen konnte, die am Fußende meines Bettes miteinander verschmolzen.

»Nicht«, sagte Alison erneut, allerdings weniger überzeugt als zuvor, als Lance, der hinter ihr stand, anfing, ihre Brüste zu streicheln.

Ich spürte, wie sich in meiner Kehle ein Laut des Entsetzens bildete, den ich jedoch hinunterschlucken konnte, bevor er über meine Lippen drang.

»Ich hab dich beobachtet«, fuhr Alison fort, während Lance mit den Lippen ihren Nacken liebkoste. »Wie du mit Denise geflirtet hast. Glaub nicht, dass ich das nicht gemerkt hätte.«

»Was ist los, Schwesterherz? Eifersüchtig?«

»Wir sollten das wirklich nicht tun«, sagte Alison, als er sie herumdrehte und direkt auf den Mund küsste.

»Wir werden in der Hölle schmoren«, stimmte er ihr zu und küsste sie noch einmal.

»Nicht hier«, sagte Alison heiser, nahm die Hand ihres Bruders und führte ihn aus dem Zimmer.

Ich wartete, bis ich mir sicher war, dass sie weg waren, bevor ich die Augen aufschlug. Waren sie noch im Haus und liebten sich auf dem Sofa im Wohnzimmer? Ich lauschte auf den Klang ihrer Stimmen und fürchtete mich beinahe vor den anderen Geräuschen, die ich möglicherweise zu hören bekam. Ich lag, so schien es mir, eine Ewigkeit im Halbdunkel und wagte nicht, mich zu rühren, während der erste Mond des neuen Jahres durch die Gardinen ins Zimmer schien. Ich saß, von unsichtbaren Drähten an mein Bett gefesselt, in meinem eigenen Haus in der Falle. Es gab kein Entkommen.

Ich schloss die Augen und begegnete, als ich sie wieder aufschlug, unvermittelt dem leeren Blick der Kopfvase auf meinem Nachttisch, die Alison mir zu Weihnachten geschenkt hatte. Sie behält mich im Auge, dachte ich und hätte vielleicht sogar laut gelacht, wenn ich nicht so angewidert gewesen wäre von allem, was ich gesehen hatte. Zur Flucht entschlossen richtete ich mich im Bett auf.

Doch noch während ich mir vorstellte, wie ich aus dem Bett stieg, mich anzog, ein Taxi anrief und so schnell wie möglich aus meinem eigenen Haus floh, wusste ich schon, dass ich nicht die Kraft hatte, irgendwohin zu gehen. Meine Arme und Beine waren vollkommen nutzlos. Sie hingen wie schwere Anker an meinem Körper. Mein Kopf fühlte sich an, als hätte ein wahnsinniger Zahnarzt ihn mit Schmerzmitteln voll gepumpt. Ich driftete immer wieder ab und war kurz davor, das Bewusstsein zu verlieren. Ich wusste, dass mir nur noch Sekunden blieben, bis ich in das wartende Nichts fallen würde.

Ich warf mich mit wild rudernden Armen vom Bett, als wäre ich noch immer im Ozean, wo unsichtbare Hände meinen Kopf unter Wasser drückten. Ich schlug gegen die Nachttischlampe und hörte ein Klirren. Das Geräusch hallte von den Wänden wider und pfiff an meinem Ohr vorbei wie eine Kugel. Ich blickte zur Tür, weil ich erwartete, dass Alison und ihr Bruder jeden Moment ins Zimmer stürzen und mich zurückhalten würden. Doch niemand kam, und ich sank kraftlos aufs Bett zurück, schloss die Augen und ergab mich allem, was das Schicksal auch immer für mich bereithielt.

Als ich aufwachte, schien strahlend die Sonne, und ich hörte Alisons Stimme. »Guten Morgen, du Schlafmütze. Und frohes neues Jahr!«

Sie kam in einem rosa Pulli und passenden pinkfarbenen Jeans auf mich zu und sah aus wie ein langer Zuckerwattestab. Ich richtete mich im Bett auf und versuchte, einen klaren Gedanken zu fassen, während Erinnerungen an die Ereignisse der Nacht bruchstückhaft und fetzenweise auf mich einstürzten, als würde ich ein Video sehen, das immer wieder sprang.

Was war vergangene Nacht passiert?

»Wie spät ist es?«

»Schon nach zwölf. Wahrscheinlich hätte ich ›guten Tag‹ sagen sollen.« Alison stellte ein Tablett mit frisch gepresstem Orangensaft, heißem Kaffee und Croissants auf meinen Schoß. »Frühstück im Bett«, sagte sie und lachte. »Oder

Mittagessen. Egal. Die Croissants sind frisch und lecker. Lance ist zu Publix gefahren.«

Hinter Alisons Schulter tauchte Lance' Kopf auf. »Wie fühlst du dich?«

Ich starrte ihn an und brachte kein Wort heraus. Hatte er gestern Nacht versucht, mich im Meer zu ertränken, oder hatte er mir das Leben gerettet? Hatte ich wirklich beobachtet, wie er Alison am Fuß meines Bettes umarmt hatte? Oder hatte ich die ganze verdammte Geschichte geträumt? War das möglich?

»O nein!, rief Alison plötzlich. »Was ist denn hier passiert?« Sie kniete sich neben das Bett und begann, die Scherben der Porzellankopfvase einzusammeln, die sie mir zu Weihnachten geschenkt hatte. »Was ist passiert?«, wiederholte sie und versuchte, die Stücke wieder zusammenzusetzen.

Ich überlegte angestrengt und stieß auf die vage Erinnerung, in der vergangenen Nacht gegen etwas gestoßen zu sein.

»Vielleicht kann man es wieder reparieren.«

»Die Mühe kannst du dir sparen«, sagte Lance und nahm Alison die Scherben ab. »Hätte auch einem netteren Mädchen passieren können, wenn du mich fragst«, fuhr er sichtlich schaudernd fort. »Diese Porzellanladies sind mir unheimlich.« Und mit diesen Worten trug er die Scherben aus dem Zimmer.

»Alles in Ordnung mit dir, Terry?«, fragte Alison. »Terry, stimmt irgendwas nicht?«

»Ich weiß es«, sagte ich leise.

»Was weißt du?«

»Ich habe dich gesehen«, erklärte ich kühn. »Gestern Nacht. Mit deinem Bruder.«

»O Gott«, sagte Alison im selben Moment, als Lance mit einem breiten Lächeln ins Zimmer zurückkam, nachdem er eine zerbrochene Dame offenbar bedenkenlos entsorgt hatte.

Würde ich die Nächste sein?

»Und hat Terry sich von ihrem extravaganten Abenteuer erholt?«

»Sie hat uns gesehen«, sagte Alison mit monotoner Stimme.

»Uns gesehen?« Das Lächeln verblasste langsam, während sein Blick zwischen uns hin und her zuckte.

»Ich habe gesehen, wie ihr euch geküsst habt«, erklärte ich unverblümt.

»Du hast gesehen, wie wir uns geküsst haben?« Das Lächeln kehrte in Lance' Gesicht zurück und zupfte an seinen Mundwinkeln. »Was hast du denn sonst noch gesehen?«

»Genug.« Ich schob das Frühstückstablett beiseite und stieg aus dem Bett, obwohl ich nicht sicher war, dass meine Beine mich tragen würden. Im selben Moment spürte ich ein Stechen im Fuß, schrie auf, ließ mich zurück aufs Bett fallen, zog die Knie an die Brust und sah eine winzige Porzellanscherbe zwischen meinen Zehen.

»Sieht so aus, als würde die Lady beißen«, sagte Lance und fasste meinen verletzten Fuß.

»Nicht«, sagte ich so wie Alison in der vergangenen Nacht, schwach und ohne große Überzeugung. Alison rannte aus dem Zimmer und kehrte wenig später mit einem feuchten Handtuch zurück.

»Halt still«, sagte Lance. »Entspann dich.«

Ich beobachtete, wie er die Scherbe behutsam aus meinem Fuß zog und dabei nur einen Blutstropfen löste, den er mit dem Handtuch abtupfte.

»Scheint so, als müsste ich ständig zu deiner Rettung eilen«, sagte er ohne einen Hauch von Ironie.

Ich versuchte, meinen Fuß wegzuziehen, doch er hielt mich fest. »Ich möchte, dass du abreist.«

»Bitte, Terry«, sagte Alison irgendwo neben mir. »Ich kann alles erklären.«

»Ich brauche keine Erklärungen.«

»Bitte. Es ist nicht so, wie du denkst.«

»Und was denke ich?« Wieder versuchte ich, meinen Fuß Lance' kräftigen Händen zu entziehen, doch er hatte begonnen, mit den Fingern fachmännisch meine Fußsohlen zu massieren. Mit nicht geringem Entsetzen stellte ich fest, dass ich nicht wollte, dass er aufhörte.

»Du denkst, er ist mein Bruder«, sagte Alison.

Lance arbeitete sich zu meinen Zehansätzen vor, knetete meine schwielige Haut und manipulierte meine Muskeln so leicht wie Alison meine Gefühle.

»Er ist nicht mein Bruder.«

Mein Mann war wirklich fantastisch in Fußmassagen. Wahrscheinlich habe ich ihn deswegen geheiratet. Und es würde auf jeden Fall erklären, warum ich immer wieder zu ihm zurückgekehrt bin. Er hat magische Hände. Wenn er erst einmal angefangen hatte, mir die Füße zu massieren, war ich geliefert.

»Er ist dein Mann«, sagte ich tonlos. Warum hatte ich das nicht früher erkannt? Warum hatte ich so lange gebraucht, das Naheliegende zu begreifen?

»Exmann«, korrigierte Alison mich.

»Lance Palmay«, sagte er und streckte die rechte Hand aus. »Freut mich, Sie kennen zu lernen.«

Ich beachtete ihn gar nicht, sondern konzentrierte mich ganz auf Alison. »Du hast mich belogen«, konstatierte ich die Fakten. »Warum?«

»Es tut mir so leid. Ich wusste nicht, was ich sonst tun sollte.«

»Hast du je von der Wahrheit gehört?« Ich entzog mich Lance' Griff und stürmte an ihm vorbei zum Kleiderschrank, wo ich einen Morgenmantel über mein Nachthemd zog und so fest wie möglich schloss. Nie hatte ich mich so verletzt und bloßgestellt gefühlt.

»Ich wollte dir die Wahrheit sagen«, protestierte Alison, »aber ich hatte Angst.«

»Wovor genau hattest du denn Angst?«

»Ich hatte Angst, dass du denkst, ich wäre irgendein willensschwaches blödes Püppchen, das jedes Mal zusammenbricht, wenn ihr nichtsnutziger Exmann aufkreuzt.«

»Hey –«, unterbrach Lance.

»Ich wollte, dass du eine gute Meinung von mir hast. Ich wollte, dass du mich magst.«

»Und deswegen hast du mich belogen?«

»Es war dumm. Das weiß ich jetzt auch. Aber –«

»Damals schien es eine gute Idee zu sein?«, ging Lance dazwischen.

»Halt die Klappe, Lance.«

»Bist du sicher, dass das sein richtiger Name ist?«, fragte ich.

Alison wirkte so betroffen, als hätte ich sie geohrfeigt. »Ich habe ihn nach Thanksgiving angerufen. Du hast mich doch immer wieder aufgefordert, meine Familie anzurufen ...«

»Willst du vielleicht sagen, es wäre meine Schuld?«

»Nein, natürlich nicht. Ich sage bloß, dass ich Lance in einem schwachen Moment angerufen und ihm erzählt habe, wo ich bin. Ich wusste nicht, dass er nach Florida kommen würde. Oder vielleicht auch doch. Keine Ahnung. Ich weiß nur, dass ich nicht anders konnte, als er plötzlich vor meiner Tür stand. Er hat versprochen, dass er nur ein paar Tage bleiben würde. Und ich wollte dich nicht aufregen. Ich kannte ja deine Regeln bezüglich Mitbewohner. Und ich wusste, wie schreckhaft du bist. Schreckhaft«, wiederholte sie leise und lächelte mich hoffnungsvoll an. »Gutes Wort.«

Ich spürte ein vertrautes Zerren, den ungewollten Drang,

sie in die Arme zu nehmen und ihr zu versichern, dass alles gut werden würde. In Bezug auf sie war ich weiß Gott genauso schlimm wie sie in Bezug auf ihren Exmann. Wenn er ihr Exmann *war*, dachte ich, als ich mich fragte, warum ich irgendetwas glauben sollte, was sie sagte. Alison wechselte ihre Geschichten so häufig wie ihre Kleidung. Was ließ mich glauben, dass sie mich diesmal nicht anlog?

»Deshalb habe ich dich angelogen«, fuhr Alison fort, als hätte sie meine Gedanken gelesen, »und dir erzählt, dass Lance mein Bruder ist. So schien es mir leichter.«

»Du hast gar keinen Bruder«, sagte ich, und es war eher eine Feststellung als eine Frage.

»Doch, habe ich wohl«, sagte Alison rasch. »Habe ich wohl«, wiederholte sie unnötigerweise und starrte zu Boden, als hätte sie Angst, mir ihr Gesicht zu zeigen.

»Du verschweigst mir nach wie vor etwas.«

»Nein. Nichts. Ich habe dir alles erzählt.«

Sie log. Ich wusste es, und sie wusste, dass ich es wusste. Deshalb konnte sie mir auch nicht in die Augen sehen.

»Ich dachte, wir wären Freunde«, sagte ich mau, weil ich nicht wusste, was ich sonst sagen sollte.

»Wir *sind* Freunde«, flehte sie.

»Freunde belügen sich nicht. Sie haben keine Geheimnisse voreinander. Und sie haben keine Hintergedanken.«

Alisons Blick traf meinen, und eine Sekunde lang schien es, als würde sie zusammenbrechen, mir alles erzählen, mir die ganze hässliche Wahrheit ihres eigentlichen Planes offenbaren, ihre Rolle in dem Tohuwabohu der vergangenen Nacht gestehen und die ganze Scharade enthüllen. Doch sie sagte nichts, und der Moment verstrich.

»Ich denke, ihr solltet jetzt gehen«, erklärte ich ihr.

Nickend wandte sie sich zum Gehen. »Ich ruf dich an.«

»Nein, du hast mich nicht verstanden. Ich möchte, dass du für immer gehst.«

»Was?«

»Ich will, dass du hier verschwindest.«

»Das kann nicht dein Ernst sein.«

»Hey, Terry«, ging Lance dazwischen. »Meinst du nicht, dass du ein bisschen übertrieben reagierst?«

»Habe ich vielleicht gestern Nacht auch übertrieben reagiert, als du versucht hast, mich umzubringen?«, schoss ich zurück.

»Was!«, sagte Lance.

»Was!«, ließ Alison sich wie ein Echo vernehmen.

»Wovon zum Teufel redest du?« Der Blick, mit dem Lance mich bedachte, war gleichermaßen wütend und belustigt. »Du bist doch total verrückt. Weißt du das, Lady?«

»Ich will, dass ihr aus meinem Haus verschwindet«, beharrte ich. »Und aus meinem Leben.«

»Nein, bitte«, rief Alison.

»Ihr habt bis heute Abend Zeit«, sagte ich.

»Aber das ist nicht fair!«

»Ich glaube, laut Mietrecht beträgt die Kündigungsfrist einen Monat«, meinte Lance träge. »Ich weiß ja nicht, wie es dir geht, aber ich reagiere ziemlich ungehalten auf Ultimaten.«

»Wenn ihr nicht auszieht, rufe ich die Polizei. Wie gefällt dir das als Ultimatum?«

»Ziemlich lahm«, erwiderte Lance. »Ich denke, du solltest besser auch deinen Anwalt anrufen.«

»Lance ist in einer Stunde weg«, erklärte Alison entschieden.

»Was!«, rief Lance. »Das ist doch wohl nicht dein Ernst.«

»Hau einfach ab«, erklärte Alison ihm, ohne den Blick von mir zu wenden. »Sofort.«

Lance trat verlegen von einem Fuß auf den anderen und schlug sich frustriert auf die Hüften, bevor er schließlich aus dem Zimmer stürmte.

»Wenn du mir nur ein paar Tage Zeit lassen könntest, bis ich etwas anderes gefunden habe«, sagte Alison, »verspreche ich dir, dass du mich ganz bald los bist, wenn du das immer noch willst.«

In Wahrheit wusste ich nicht, was ich wollte. Einerseits wollte ich, dass Alison sofort verschwand, andererseits wollte ich, dass sie blieb. Eine Weile sagte ich gar nichts und wartete, dass sie die Gesprächspause füllen würde, wie sie es für gewöhnlich tat, um eine zumindest halbwegs plausible Erklärung anzubieten, an die ich mich klammern konnte. Denn selbst nach allem, was passiert war, suchte ich nach wie vor nach einem Grund, ihr zu glauben.

»Gut.« Ich spuckte das Wort aus wie ein Stück verdorbenes Fleisch. »Du hast Zeit bis zum Wochenende. Wenn du bis dahin nicht weg bist, alarmiere ich die Behörden.«

»Danke«, hauchte Alison erleichtert. Dann fuhr sie herum, sodass ihr Gesicht mit ihren rotblonden Locken verschwamm. Ich hörte ihre Schritte auf der Treppe, bevor die Hintertür geöffnet und wieder zugeknallt wurde. Aus dem Schlafzimmerfenster beobachtete ich, wie sie zum Gartenhaus rannte, dann unvermittelt stehen blieb und sich noch einmal zum Haus umdrehte. Und mir war, als hätte ich sie lächeln sehen.

22

In den nächsten Tagen sah ich Alison überhaupt nicht. Genauso wenig wie Lance, obwohl ich bezweifelte, dass er wirklich weg war. Ich wusste, dass die Angelegenheit noch längst nicht erledigt war, dass sie nach all der Zeit und Anstrengung, die sie bereits in mich investiert hatten, kaum mit leeren Händen ihrer Wege ziehen würden. In der ersten Nacht lag ich im Bett, versuchte zu sortieren, wie viel von dem, was Alison mir erzählt hatte, wirklich stimmte, und ich fragte mich, wo die Lügen endeten und die Wahrheit begann, wenn überhaupt ein Körnchen Wahrheit in alldem steckte, was sie mir erzählt hatte.

Und welchen Unterschied machte die Wahrheit schon?

Rückblickend erkenne ich, dass Alisons großes Talent in ihrer geradezu unheimlichen Fähigkeit lag, mich an mir selber zweifeln zu lassen, zu hinterfragen, was nicht hinterfragbar war, mich Dinge sehen zu lassen, die eigentlich gar nicht da waren.

Und Dinge nicht zu sehen, die da waren.

Trotz allem musste ich mich immer wieder daran erinnern, dass Alison nicht die nette junge Frau war, die ich in meinem Leben willkommen geheißen hatte, sondern eine Lügnerin, eine Betrügerin und möglicherweise sogar eine kaltblütige Mörderin. Ich war nicht ihre Freundin – ich war ihr Opfer, ein sorgfältig ausgewähltes dazu. Und den Notizen in ihrem Tagebuch nach zu schließen, war ich nicht die erste Frau, die sie getäuscht hatte. Was war mit den anderen geschehen?

Und warum?

Das war die Frage, auf die ich keine Antwort fand, die mich die halbe Nacht wach liegen und mich unruhig von einer Seite auf die andere wälzen ließ. Nicht wann Alison und ihre Kohorten wieder zuschlagen würden, sondern warum?

Warum?

Worauf hatte sie es abgesehen?

Was willst du von mir, hätte ich sie fragen sollen. *Warum hast du mich ausgesucht und alles darangesetzt, meine Freundin zu werden? Was besitze ich deiner Meinung nach, was von irgendeinem Wert wäre?*

Wozu das Ganze?

Wie meinst du das, hätte sie garantiert geantwortet, mit flatternden Händen, ihre grünen Augen verwirrt aufgerissen. *Ich weiß nicht, wovon du redest.*

In meinen weniger schwermütigen Momenten sagte ich mir, dass ich außer Gefahr war, dass ich ihren kleinen Plan mit meinem Befehl, mein Grundstück zu räumen, und der Drohung, die Polizei anzurufen, wenn sie bis Ende der Woche nicht weg war, vereitelt hatte. Doch in meinen düsteren Augenblicken erkannte ich, dass ich nur einen kurzen Aufschub erreicht hatte, eine geringfügige Änderung ihrer Pläne, dass Alison schlicht auf Zeit spielte und genau den richtigen Moment abwartete, wieder auf mich loszugehen.

Jedenfalls verstrichen mehrere Tage ereignislos. Alison unternahm keine weiteren Versuche, mit mir zu reden, und der weiße Lincoln verschwand von der Straße. Ich ging zur Arbeit, kümmerte mich um meine Patienten und schaffte es beinahe zu glauben, dass das Schlimmste vorüber war.

Am Morgen des 4. Januar machte ich mich gerade für die Arbeit fertig, als mein Telefon klingelte. Ich wusste, dass Josh am Vorabend aus Kalifornien zurückgekehrt war, und hatte schon die ganze Zeit auf seinen Anruf gewartet. Ich blickte in den Spiegel über der Kommode, versuchte, mich mit Joshs Augen zu betrachten, und sah, dass Alisons Schnitt langsam auswuchs und nachgestutzt werden musste. Ungeduldig strich ich die Haare hinter die Ohren, kniff mir in die Wangen, um ihnen ein bisschen mehr Farbe zu geben, ging zum Telefon und wartete ein weiteres Klingeln ab, damit es nicht so wirkte, als hätte ich wartend neben dem Telefon gesessen. »Hallo«, sagte ich heiser, als wäre ich gerade erst aufgewacht, obwohl ich schon seit Stunden auf den Beinen war.

»Frohes neues Jahr, lässt Erica Ihnen ausrichten«, verkündete die Stimme.

»Gehen Sie zum Teufel!«, gab ich zurück und wollte wieder auflegen.

»Ich glaube, Sie haben etwas, was ihr gehört«, fuhr die Stimme unbeirrt fort.

»Ich weiß nicht, wovon Sie reden.«

»Ich denke, das wissen Sie wohl.«

»Sie irren. Ich habe keine Ahnung, was Sie wollen.«

»Sie hätte es gern zurück.«

»Was hätte sie gern zurück?« Ich hörte, wie die Verbindung beendet wurde. »Warten Sie! Was soll das heißen, dass ich etwas habe, was Erica gehört? Warten Sie!«, brüllte ich weiter, obwohl ich längst wusste, dass der Anrufer aufgelegt hatte.

Was um alles in der Welt konnte ich haben, was Erica gehörte?

Und dann fiel mir plötzlich die Kette ein. Der herzförmige Anhänger, den Alison unter ihrem Bett gefunden und stolz getragen hatte, bis ich ihr eine eigene Kette gekauft hatte. Doch er konnte nicht mehr als ein paar hundert Dollar wert sein, was Ericas Mietschulden nicht einmal annähernd deckte. Außerdem hatte sie auf mich nie einen besonders sentimentalen Eindruck gemacht. Andererseits war ich ein miserabler Menschenkenner, dachte ich, als ich mich daran erinnerte, wie leicht ich mich von Alison hatte täuschen lassen.

Meine Gedanken rasten und überschlugen sich wie Meereswogen. Was war die Verbindung zwischen Erica zu Alison? Hatte Erica mehr als nur ihre Kette zurückgelassen, vielleicht etwas Wertvolles, was sie in dem Haus versteckt hatte? Und war das der Grund dafür, dass Alison auf meiner Schwelle aufgetaucht war und sich alle nur erdenkliche Mühe gegeben hatte, sich mit mir anzufreunden? Was glaubte sie, was ich besaß?

»Gütiger Gott«, sagte ich, nahm leicht benommen meine Handtasche, rannte die Treppe hinunter und stürmte aus dem Haus. Glaubte ich wirklich, dass Alison vorhatte, mein Häuschen bis zum Ende der Woche zu räumen? Dass Lance und sie mit leeren Händen abziehen würden?

Ich stand wie gelähmt neben meinem Wagen und wusste nicht, was ich tun sollte. Ich wusste nur, dass mir nicht mehr viel Zeit blieb, dass ich nicht länger im Haus bleiben konnte und dass ich mit jemandem reden musste.

Ich musste mit Josh reden.

Mit neuer Entschlossenheit ging ich ins Haus zurück, schloss die Haustür hinter mir ab und marschierte zielstrebig zu dem Telefon in der Küche. Ich tippte die vertraute Nummer und wartete, während das Telefon einmal, zweimal, dreimal klingelte, bevor jemand abnahm.

»Schwesternzimmer Station vier, hier ist Margot.«

»Margot, hier ist Terry.« Verzweiflung klang in meiner Stimme mit, als hätte sie jemand in einen tiefen Abgrund gestürzt.

»Was ist los? Du klingst ja furchtbar.«

»Ich glaube, ich kann heute nicht zur Arbeit kommen.«

»Sag nicht, dass dich dieser schreckliche Grippevirus erwischt hat, der gerade umgeht.«

»Ich weiß nicht. Schon möglich. Kommt ihr auch ohne mich klar?«

»Das müssen wir wohl. Wir wollen ja nicht, dass du krank zur Arbeit kommst.«

»Es tut mir wirklich leid. Es ist ganz plötzlich gekommen.«

»Das tut es ja meistens.«

»Gestern Abend ging es mir noch bestens«, schmückte ich weiter aus, obwohl ich wusste, dass ich lieber aufhören sollte, solange ich noch einen Vorsprung hatte, weil ich mich, je mehr Lügen ich erzählte, immer wahrscheinlicher selbst darin verstricken würde. Genau wie Alison.

»Na, dann geh wieder ins Bett, nimm zwei Aspirin und trink möglichst viel. Aber das weißt du ja.«

»Ich hab ein wirklich schlechtes Gewissen.«

»Sieh einfach zu, dass du dich besser fühlst«, wies Margot mich an.

Ich rannte die Treppe hoch in mein Schlafzimmer, zog die Schwesternuniform aus und eine blaue Hose und einen passenden blauen Pulli an. Die Uniform stopfte ich zusammen mit Kleidung zum Wechseln und frischer Unterwäsche in eine große Reisetasche, die ich in einer Ecke meines Kleiderschrankes aufbewahrte. Ich wusste nicht, wie lange ich fort sein und wo ich übernachten würde, aber eines war kristallklar – nicht hier.

Würde Josh darauf bestehen, dass ich bei ihm übernachtete, fragte ich mich und packte mein gelbes Kleid mit dem tiefen Ausschnitt in die Tasche, falls er mich nett zum Abendessen ausführen würde. Vielleicht würde ich auch in einem dieser schrillen kleinen Art-déco-Hotels in South Beach absteigen. Durchaus möglich, dass Josh bei mir bleiben würde, malte ich mir tollkühn aus, öffnete die unterste Kommodenschublade und nahm das aufreizende lavendelfarbene Nachthemd heraus, das Lance mir zu Weihnachten geschenkt hatte. Als ich es in die Tasche warf, musste ich über die Ironie, dass ich ein Geschenk meines Möchtegern-Mörders zu einem Rendezvous mit meinem Möchtegern-Liebhaber tragen würde, fast lächeln und merkte, dass ich nicht nur tollkühn war, sondern am Rand einer veritablen Hysterie stand.

Ich atmete mehrmals tief ein, um mich zu beruhigen, weil ich wusste, dass ich mich albern, ja direkt irrational verhielt. Doch es war, als hätte ich, indem ich mich endlich zur Tat entschlossen hatte, einen viel zu lange unterdrückten Teil von mir von der Leine gelassen – den Teil, der das Leben um jeden Preis genießen, Wagnisse eingehen und Spaß haben wollte. Den Teil, der es leid war, ständig von Tod umgeben zu sein. Den Teil, der leben wollte.

Als ich fertig gepackt hatte, überlegte ich, ob ich Josh anrufen und meinen Besuch ankündigen sollte, beschloss jedoch, ihn zu überraschen. Ich hatte keine Zeit für überflüssige Telefonate, sagte ich mir, aber vielleicht hatte ich auch nur Angst, dass er sagen würde, ich solle nicht kommen, weil er zu beschäftigt sei. Und das konnte ich nicht riskieren. Ich brauchte Josh. Er musste für mich da sein.

Erst im Wagen fiel mir auf, dass ich meine Schwesternschuhe neben dem Bett hatte stehen lassen, und die würde ich brauchen, wenn ich am nächsten Tag wieder arbeiten wollte. Also warf ich meine Reisetasche auf den Rücksitz und kehrte widerwillig noch einmal ins Haus zurück. Die Treppe hoch, nahm ich mit jedem Schritt zwei Stufen auf einmal und kam schließlich keuchend im Schlafzimmer an, wo die Schuhe am Fuß des Bettes standen, als würden sie auf mich warten. Auf dem Weg aus dem Zimmer warf ich einen flüchtigen Blick aus dem Fenster und sah, dass Alison aus ihrem Haus kam.

Ich rannte nach unten und blieb dann nach Luft schnappend abrupt neben der Haustür stehen. Ich durfte nicht hektisch wirken. Alles musste unbedingt ganz normal erscheinen. Alison durfte auf keinen Fall den Verdacht schöpfen, dass ich fliehen wollte.

»Verreist du?« Sie wartete neben dem Auto auf mich und wies mit dem Kopf auf die Reisetasche auf dem Rücksitz.

»Ich bin in einen Fitnessclub eingetreten. Ich dachte, ich

könnte vor der Arbeit noch ein bisschen trainieren.« Zum Beweis hielt ich die Schuhe hoch, und sie schien sich mit meiner Erklärung zufriedenzugeben.

»Terry –«

»Ich komme zu spät.« Ich öffnete die Beifahrertür, warf meine Schuhe auf den Boden und ging um den Wagen zur Fahrerseite.

»Bitte, ich muss mit dir reden.«

»Ich wüsste wirklich nicht, was das bringen soll, Alison.«

»Hör mich einfach an. Und wenn du dann immer noch willst, dass ich gehe, werde ich das tun. Ich verspreche es.«

»Ich habe das Häuschen schon neu vermietet«, erklärte ich ihr und beobachtete, wie sie alarmiert die Augen aufriss. »An eine Kollegin aus dem Krankenhaus. Sie zieht am Samstag ein.«

Alisons Kopf schnellte zu dem Gartenhaus herum, ihre Kehle war wie zugeschnürt.

»Pass auf«, blies ich zum Rückzug, weil ich plötzlich Angst hatte, dass sie versuchen könnte, mich zurückzuhalten, wenn sie das Gefühl hatte, dass ihr keine Zeit mehr blieb. »Wenn du wirklich reden willst, können wir das ja machen, wenn ich von der Arbeit nach Hause komme.«

Erleichterung machte sich auf ihrem Gesicht breit. »Das wäre toll.«

»Es könnte allerdings ziemlich spät werden.«

»Das macht nichts. Ich warte.«

»Okay.« Ich stieg ein und ließ den Motor an. »Bis später dann.«

»Bis später«, gab sie zurück und klopfte mit den Fingern auf das Wagendach, als ich rückwärts aus der Einfahrt setzte.

Bis später, dachte ich.

Ich weiß nicht genau, warum ich nicht den Turnpike, sondern die Interstate 95 genommen habe. *Du solltest den Turn-*

pike nehmen, erinnerte ich mich an Myra Wylies Rat an ihren Sohn. *Wenn es auf der 95 einen Unfall gibt, stehst du den ganzen Tag im Stau.*

Und genau das war passiert, wie ich erkannte, als ich das Fenster herunterließ und den Hals reckte, um den Grund für den Stillstand zu erkennen. Doch ich sah nur endlose Schlangen von Fahrzeugen wie grellbunte eingeklemmte Reptilien. »Gott, bring mich hier raus«, flüsterte ich und drehte an dem Radio herum, um einen Sender zu finden, der einen Verkehrshinweis brachte. »Dafür habe ich keine Zeit.«

Auf einem Sender besang Alan Jackson klagend seine verlorene Liebe, während auf einem anderen Sender Janet Jackson über eine neu gefundene trällerte. Vielleicht war es ein und dieselbe Liebe, dachte ich und hätte beinahe laut gelacht. Vielleicht waren Alan und Janet Jackson Geschwister. Oder ein Ehepaar. So wie Alison und Lance. Jetzt lachte ich wirklich, was mir die besorgten Blicke des Fahrers im Wagen neben mir einbrachte.

»Ich werde nicht an Alison denken«, flüsterte ich zwischen kaum geöffneten Lippen, suchte einen neuen Sender und hörte dem geistlosen Geplauder eines Moderators mit seiner Kollegin zu.

»Und, Cathy, wie viele gute Vorsätze fürs neue Jahr hast du inzwischen gebrochen?«

»Ich fasse nie Vorsätze fürs neue Jahr, Dave.«

»Warum nicht, Cathy?«

»Weil ich mich eh nie daran halte.«

Ich schaltete zum nächsten Sender weiter. »Ein schwerer Verkehrsunfall mit vier beteiligten Fahrzeugen direkt südlich der Abfahrt Broward Boulevard behindert den Verkehr auf der Interstate 95«, verkündete der Nachrichtensprecher mit der ruhigen Routine eines Mannes, der es gewohnt ist, Katastrophen zu melden. »Krankenwagen sind am Unfallort –«

»Na super.« Ich schaltete das Radio aus, weil ich nicht noch mehr hören wollte. Ein Unfall mit vier beteiligten Fahrzeugen plus Kranken- und Polizeiwagen bedeutete, dass ich in nächster Zeit nirgendwohin kommen würde. Ich konnte nichts daran ändern, weshalb es sinnlos war, sich aufzuregen. Schade, dass ich kein Buch eingepackt hatte, dachte ich und drehte mich zur Rückbank um. Vielleicht lag auf dem Boden noch irgendwo eine Zeitschrift …

In diesem Augenblick sah ich ihn.

»O Gott.«

Er war mehrere Wagen hinter mir in der Spur rechts neben meiner. Nach dem ersten Schock sagte ich mir, dass ich mich irren musste, dass mir meine Augen wieder Streiche spielten, dass die Sonne sich mit meiner allzu lebhaften Fantasie verbündet hatte, um ein Bild heraufzubeschwören, das unmöglich real sein konnte und das, wenn ich erneut hinsah, verschwunden sein würde.

Doch als ich wieder hinguckte, war er immer noch da.

Er wirkte selbst im Sitzen groß; seine hagere Gestalt über das Lenkrad gebeugt, starrte er aus kleinen braunen Augen über seine ausgeprägte Habichtsnase hinweg stur geradeaus, als wüsste er gar nicht, dass ich hier war. War es möglich, dass er das wirklich nicht wusste und es nur ein eigenartiger Zufall war, dass wir zur gleichen Zeit auf demselben Highway im Stau standen?

Und dann beugte er sich vor, legte sein Kinn auf das Lenkrad und blickte demonstrativ in meine Richtung, während sich seine schmalen Lippen zu einem trägen Lächeln kräuselten. *Na, da schau her*, konnte ich ihn förmlich sagen hören. *Terry Painter, wie sie leibt und lebt.*

»Scheiße!«, fluchte ich laut, als ich beobachtete, wie K.C. aus seinem Wagen stieg und, die Finger in die Taschen seiner Jeans gehakt, lässig zwischen den stehenden Autos auf meinen Wagen zuschlenderte. Was sollte ich tun? Was *konnte* ich tun? Die Flucht ergreifen? Wohin sollte ich gehen? Verdammt noch mal! Warum hatte ich kein Handy? Ich war wahrscheinlich der letzte handylose Mensch auf diesem Planeten, der ihre zunehmende Ausbreitung und ihr Eindringen in jeden Bereich unseres Lebens hasste. War ich die Einzige, die sich über den Anblick von Teenagern empören konnte, deren Telefone an ihren Ohren hingen wie Ohrringe und für die die Person am anderen Ende der Leitung wichtiger war als die Person neben ihnen? Ich verachtete die Selbstbezogenheit und Unhöflichkeit dieses Verhaltens. Außerdem kann man ja nicht gerade behaupten, dass ich mich vor Anrufen nicht mehr retten kann, dachte ich, als ein Schatten auf meinen Wagen fiel.

Ich hörte ein Klopfen über meinem Kopf und sah K.C. durch die getönte Scheibe auf mich herabstarren. Er machte mir ein Zeichen, ich solle mein Fenster herunterkurbeln, und ich gehorchte. Es war unwahrscheinlich, dass er mir mitten in einem Verkehrsstau vor so vielen Zeugen etwas antun würde, sagte ich mir.

»Na, na, na«, sagte er. Sonst nichts. Nur *na, na, na*.

»Meinst du, es ist eine gute Idee, mitten auf der Autobahn aus deinem Auto zu steigen?«

Er zuckte die Achseln. »Sieht nicht so aus, als würde es hier demnächst weitergehen.«

Ich nickte und wandte mich ab. »Wohin fährst du?«, fragte ich, ohne ihn anzusehen, und tat so, als würde ich mich auf den Verkehr vor mir konzentrieren.

»Eigentlich nirgendwohin. Und du?«

»Eigentlich nirgendwohin«, wiederholte ich.

»Ich dachte, du willst vielleicht Josh besuchen«, überraschte er mich. Ich hatte vergessen, dass sie sich an Thanksgiving in meinem Haus getroffen hatten.

Ich beobachtete, wie er meine Reisetasche auf der Rückbank registrierte, und ignorierte das höhnische Grinsen, das seine Augen umspielte, als könnte er das lavendelfarbene Nachthemd in meiner Tasche sehen.

»Dann hast du dich wohl von deinem Bad an Silvester erholt.«

Mir lief ein kalter Schauer über den Rücken. Welche Rolle hatte K.C. in diesem Spiel inne? »Ja, es geht mir wieder gut. Danke.«

»Wir haben uns ziemliche Sorgen gemacht.«

»Alles okay.«

»Ja, also, du solltest vorsichtiger sein. Wir wollen doch nicht, dass dir was passiert, oder?«

»Ich weiß nicht. Willst du das?«

Das Grinsen sprang von seinen Augen auf seine Lippen über, doch er sagte nichts.

»Folgst du mir?«, fragte ich unvermittelt.

Das Grinsen breitete sich über sein ganzes Gesicht aus. »Warum sollte ich dir denn folgen?«

»Das sollst du mir sagen.«

Er schüttelte den Kopf. »Du bildest dir was ein, Terry.« Dann richtete er sich auf, schlug mit der flachen Hand gegen meine Tür und machte einen Schritt zurück, als sich überall um mich herum Fahrzeuge in Bewegung setzten und ein paar Zentimeter vorrollten.

Ich hörte ein Röhren und hielt den Atem an, als erst ein und dann noch ein Motorradfahrer an mir vorbeisausten. Ich sah ihnen nach, wie sie sich, die Gesichter unter ihren glänzenden schwarzen Helmen verborgen, einen Weg durch den stehenden Verkehr bahnten, und fragte mich, ob einer von ihnen der Mann mit dem roten Stirnband gewesen war.

»Grüß Josh unbedingt von mir«, rief K.C. auf dem Weg zurück zu seinem Wagen. Als ich Minuten später endlich den Mut aufbrachte, in den Rückspiegel zu blicken, sah ich ihn hinter seinem Steuer sitzen und weiter unentwegt in meine Richtung starren.

23

Knapp eine Stunde lang krochen wir im Schneckentempo über die Interstate 95. Als wir endlich den Broward Boulevard erreichten, waren die vier in den Unfall verwickelten Fahrzeuge von der Straße geräumt worden und die Krankenwagen wieder verschwunden. Den zerquetschten Überresten von zwei der Wagen, einer von ihnen ein knallroter Porsche, der jetzt mehr an eine zermatschte Tomate erinnerte, sowie der Blutlache neben einem der Reifen nach zu urteilen, hatte es schwer Verletzte, vielleicht sogar Tote gegeben. Ich fragte mich flüchtig, ob eines der Opfer irgendwann auf meiner Station in der Mission-Care-Klinik landen würde, und betete, dass es uns allen erspart blieb. Mehrere Polizeiwagen standen noch am Unfallort, und die Beamten versuchten, die Fahrer zur Eile anzutreiben, damit sie nicht noch mehr Zeit mit Gaffen vergeudeten, aber das tat natürlich trotzdem jeder. Wir konnten nicht anders.

»Zügig weiterfahren«, wies einer der Beamten mich an, als ich erneut in den Rückspiegel blickte. Sofort winkte K.C. mir grüßend zu, als wüsste er, dass ich ihn ansah, als hätte er die ganze Zeit nur darauf gewartet, dass unsere Blicke sich trafen.

Ich kurbelte spontan das Fenster herunter und winkte den Polizisten heran.

»Zügig weiterfahren«, wiederholte er lauter und winkte den Verkehr mit großen Händen voran.

»Bitte, können Sie mir helfen? Ich werde verfolgt«, erklärte ich schüchtern und versuchte, die Gesichtszüge unter seinem Schutzhelm zu erkennen, konnte jedoch nur die dunkle Sonnenbrille und einen ungeduldig verbissenen Mund ausmachen.

»Tut mir leid, Ma'am«, sagte er, und sein Blick schweifte unruhig über die Wagenkolonne. Offenbar hatte er mich nicht gehört. »Ich fürchte, ich muss Sie bitten weiterzufahren.«

Ich nickte und kurbelte das Fenster wieder hoch. Als ich erneut in den Rückspiegel blickte, sah ich K.C. lachend den Kopf schütteln, als hätte er begriffen, was ich vorgehabt hatte, und würde sich nun über meine Kühnheit amüsieren. Oder meine Dummheit.

Was hatte ich zu erreichen gehofft? Hatte ich wirklich erwartet, dass mir der Beamte unter den gegebenen Umständen zuhören, geschweige denn meine Befürchtungen ernst nehmen würde? Und selbst wenn, was hätte er tun können? K.C. an Ort und Stelle vernehmen und dadurch weitere Verkehrsstaus und Verzögerungen verursachen? Und was dann? Hätte er ihn verhaftet? Äußerst zweifelhaft. Er hätte uns bestenfalls beide auf die Wache geschleift, und das hätte mir garantiert viel genutzt.

Verzeihung, Sir, aber diese Frau behauptet, dass Sie sie verfolgen.

Ich sie verfolgen? Terry, hast du dem Beamten erzählt, dass ich dich verfolge?

Sie kennen sich?

Wir sind befreundet. Ich war zum Thanksgiving Dinner in ihr Haus eingeladen.

Stimmt das, Ma'am?

Ja, aber …

Sie benimmt sich in letzter Zeit offen gestanden sehr seltsam, Sir. Alle ihre Freunde machen sich Sorgen um sie.

Ich konnte das abschätzige Nicken des Beamten förmlich vor mir sehen. Trotzdem würde meine Beschwerde zu Protokoll genommen werden, egal wie heftig K.C. sie bestreiten mochte, das würde mir möglicherweise wenigstens etwas Zeit verschaffen. »Können Sie mir bitte helfen?«, sagte ich zu dem Polizisten.

»Gibt es ein Problem, Ma'am?« Er beugte sich zu mir herunter und nahm ungeduldig seine Sonnenbrille ab.

Ich erkannte, dass er jung war, jünger als ich und vielleicht sogar jünger als K.C. An der Art, wie er das »Ma'am« aussprach, hörte ich auch, dass er es schwerlich glauben würde, dass ein junger Mann wie K.C. seine Zeit mit der Verfolgung einer Frau mittleren Alters verschwenden würde. Mir kam der Gedanke, dass ich als überkandidelt abgetan werden könnte und so meine Glaubwürdigkeit, die ich vielleicht in Zukunft noch brauchte, durch vorschnelles Plappern unterminieren würde. Nein, entschied ich, mit lauten Hilfeschreien vor dem bösen Wolf würde ich nichts erreichen. Und ich würde womöglich nicht einmal Josh sehen, meine einzige echte Hoffnung. »Ist jemand verletzt worden?«, fragte ich.

»Fürchte ja«, meinte der Beamte, schob sich die Sonnenbrille wieder auf die Nase und trat einen Schritt zurück.

»Ich bin Krankenschwester. Wenn ich irgendwie behilflich sein kann …«

Doch der Polizist hatte kein Interesse an meinem Hilfsangebot. »Darum hat man sich bereits gekümmert«, beschied er mich knapp. »Bitte fahren Sie zügig weiter.«

Danach dünnte der Verkehr aus, und ab dem Hollywood Boulevard floss er wieder im gewohnten Tempo. Ich beschleunigte, wechselte so oft wie möglich die Spur und versuchte, K.C. zu entwischen, doch er klebte hartnäckig an meiner Stoßstange. Beinahe hätte ich die Abfahrt in Miami Shores genommen, um ihn loszuwerden, entschied mich jedoch dagegen. Ich kannte die Gegend kaum, und wenn ich K.C. abschütteln wollte, sollte ich das lieber irgendwo tun, wo ich mich nicht selbst verfahren würde.

Er war immer noch hinter mir, als ich auf U.S. 1 Richtung Süden wechselte. Irgendwo zwischen Coconut Grove und Coral Gables, wo Josh lebte, war er dann plötzlich verschwunden. Nicht wegen irgendwelcher cleveren Manöver meinerseits. Im Gegenteil – in einem Moment war er noch hinter mir, im nächsten Moment war er weg.

An jeder Ampel blickte ich in den Rückspiegel. Ich sah eine Frau in einem schwarzen Accord, die angeregt in ihr Handy plapperte, eine Frau in einem cremefarbenen Minivan, die versuchte, eine Rasselbande aufsässiger Kinder auf der Rückbank in Schach zu halten, und einen Mann in einem grünen BMW, der in der Nase bohrte.

Doch K.C. und sein brauner Impala waren nirgends zu sehen. Was keineswegs bedeutet, dass er nicht mehr da ist, dachte ich, wandte mich auf meinem Sitz hin und her und musterte die Umgebung auf jedes auch nur ansatzweise verdächtige Indiz. Typ und Farbe von K.C.s Auto legten nahe, dass es ein Mietwagen war, und ich fragte mich erneut, wie er in Alisons Plan passte.

Eine Hupe riss mich ins Hier und Jetzt zurück. Die Ampel war auf Grün gesprungen, und man drängte mich vorwärts. Ich fuhr weiter auf der U.S. 1 Richtung Norden, blickte immer wieder in den Rückspiegel und sah mich an jeder roten Ampel in alle Richtungen um, doch meine Bemühungen waren offenbar erfolgreich gewesen. »Ich hab ihn abgeschüttelt«, erklärte ich triumphierend und blickte zur Seite, wo ein gut gekleideter Mann mittleren Alters sich den Zeigefinger in die Nase rammte. »Wunderbar«, sagte ich, als ich die Stadt Coral Gables erreichte und an dem imposanten, geometrisch gestalteten Shopping-Center namens Paseos im Herzen des gediegenen Vororts von Miami vorbeifuhr. Den berühmten Miracle-Mile-Distrikt mied ich bewusst und hielt mich auf der Suche nach dem Sunset Place stattdessen erst links, dann rechts und noch einmal rechts. Doch nachdem ich mehrmals falsch abgebogen war, landete ich wieder am Ausgangspunkt und hätte beinahe einen Herzinfarkt erlitten, als hinter mir ein brauner Impala bremste. Doch ein Blick auf den über das Steuer gebeugten, runzeligen, grauhaarigen Mann ließ meinen Herzschlag rasch wieder auf Normalfrequenz sinken. Ich lachte über meinen Verfolgungswahn und fuhr kopfschüttelnd weiter.

Irgendwann landete ich tatsächlich in der richtigen Straße, allerdings am falschen Ende. Der Sunset Place war typisch für viele Straßen in dieser Gegend, eine von Palmen gesäumte Avenue mit Bungalows im spanischen Stil in allen Farben des Regenbogens. Josh und seine Kinder wohnten in der Nummer 1044, einem gepflegten weißen Haus mit einem braun gedeckten Schrägdach, einem wunderschönen Vorgarten, in dem weißes und korallenrotes Springkraut sowie eine Reihe von anderen Blumen wucherten, deren Blüten ich zwar erkannte, deren Namen ich mir aber nie merken konnte.

Ich parkte direkt gegenüber von seinem Haus und blieb dann mehrere Minuten lang sitzen, um zu überlegen, was ich als Nächstes tun sollte. Wie war ich ohne Plan nur so weit gekommen? Was machte ich hier an einem Freitagmittag kurz nach eins uneingeladen und unangemeldet vor seiner Haustür?

Mein Magen rumorte, als ich die Wagentür öffnete und ausstieg. Schwarze Regenwolken ballten sich bedrohlich wie Blutergüsse an einem ansonsten blauen Himmel zusammen. Ich überlegte, ob ich erst irgendwo etwas zu Mittag essen sollte, bevor ich Josh traf, entschied jedoch, noch zu warten. Vielleicht würde er ein Mittagessen in seinem Lieblingscafé in der Nähe vorschlagen.

Vielleicht ist er aber gar nicht alleine, dachte ich plötzlich und blieb mitten auf der Straße stehen. Die Schule fing erst am Montag wieder an, sodass seine Kinder möglicherweise zu Hause waren. Was sollte ich zu ihnen sagen? *Hi, ich bin's, eure Tante Terry, die für einen längeren Besuch gekommen ist?*

Und wenn er gar nicht da war? Ich kehrte auf den Bürgersteig zurück. Sein Wagen stand nicht in der Einfahrt, es war also durchaus nicht unwahrscheinlich, dass er, auch wenn er gerade erst aus dem Urlaub heimgekehrt war, bereits Kundentermine hatte. Oder er war in Delray und besuchte seine Mutter, fiel mir entsetzt ein. Schließlich war heute Freitag. Besuchte er seine Mutter nicht immer freitags? Natürlich war er in Delray! Ich war ein Idiot gewesen, den weiten Weg zu fahren, wo ich lediglich zur Arbeit hätte gehen müssen wie immer. Was war bloß mit mir los? Was um alles in der Welt hatte ich gedacht?

Und dann ging die holzgetäfelte Haustür von Joshs Haus auf, und er stand in einem kurzärmeligen Hemd und verwaschenen Jeans braun gebrannt und unerträglich attraktiv auf der Schwelle. Er blickte die Straße hinauf und hinunter, musterte die zunehmend bedrohlich wirkenden Wolken und wollte gerade wieder ins Haus gehen, als sein Blick auf die andere Straßenseite schweifte. »Terry?«, sagte er sichtlich überrascht, als er mich sah, und überquerte mit raschen, langen Schritten die Straße. »Du bist es!«

»Hallo, Josh.«

»Ist irgendwas mit meiner Mutter? Geht es ihr gut? Was ist los?« Die Worte purzelten aus seinem Mund wie eine Reihe von Dominosteinen.

»Mit deiner Mutter ist gar nichts. Es geht ihr gut.«

»Ich habe noch vor einer Stunde mit ihr gesprochen«, fuhr er fort, als hätte ich gar nichts gesagt.

»Josh, deiner Mutter geht es gut.«

Seine Schultern entspannten sich, obwohl er immer noch nervös die Augen zusammenkniff. »Das verstehe ich nicht. Was machst du dann hier?«

»Ich muss mit dir reden.«

»Über meine Mutter?«

Was war nur mit ihm los, dachte ich. Hatte ich ihm nicht gerade erklärt, dass mein Besuch nichts mit seiner Mutter zu tun hatte? »Nein, Josh. Für eine Frau, die sowohl Krebs als auch ein Herzleiden hat, geht es deiner Mutter erstaunlich gut. Sie war in letzter Zeit ein bisschen depressiv, aber auch das ist über die Feiertage relativ normal. Sie wird sich schon wieder berappeln. Ich glaube langsam, dass sie uns alle überleben wird.«

Er lächelte, und die Falten auf seiner Stirn glätteten sich wie ein Gummiband. »Nun, das ist jedenfalls beruhigend. Ich hatte in den vergangenen Wochen oft ein schlechtes Gewissen.«

»Unsinn«, sagte ich im Tonfall meiner Mutter, bevor ich mir auf die Zunge beißen und einen sanfteren Ton anschlagen konnte. »Du warst gar nicht lange genug weg, um ein schlechtes Gewissen zu bekommen.« Ich legte aufmunternd eine Hand auf seinen Arm.

Er zuckte zusammen, als hätte ich ihn mit einem Streichholz verbrannt, zog seine Hand weg und hüstelte. Er starrte zu seiner offenen Haustür. Wollte er mich hereinbitten oder die Flucht ergreifen und sich im Haus verschanzen? »Hast du Lust auf eine Tasse Kaffee?«, fragte er und überraschte mich mit einem unvermittelt warmen Lächeln.

»Kaffee klingt gut.«

Mittagessen klang sogar noch besser, doch das schlug er nicht vor, und nachdem ich ihm mit meinem unangemeldeten Erscheinen bereits einen Schrecken eingejagt hatte, wollte ich nun nicht allzu anmaßend klingen. Vielleicht würden wir früh zu Abend essen, dachte ich hoffnungsvoll, als er mich in den in roséfarbenem Marmor gehaltenen Flur führte.

Von innen wirkte das Haus überraschend geräumig. Es bestand aus einem großen offenen Wohn-, Ess- und Spielbereich. Die Küche lag genau wie die beiden kleinen Schlafzimmer nach hinten hinaus. Ich warf einen kurzen Blick in das Elternschlafzimmer auf der Vorderseite des Hauses, sah das ungemachte Bett und spürte, wie meine Knie weich wurden. »Du hast ein wunderschönes Heim«, bemerkte ich, stützte mich auf das braune Wildledersofa im Wohnzimmer und betrachtete die klaren Linien des modernen, minimalistischen Mobiliars.

»Wie nimmst du deinen Kaffee?«

»Schwarz«, erinnerte ich ihn und überspielte meine Enttäuschung darüber, dass er sich das nicht gemerkt hatte, mit einem Lächeln.

»Ich bin sofort zurück. Fühl dich wie zu Hause«, sagte er und verschwand in der Küche.

Ich ging über den weiß gefliesten Boden, der in unregelmäßigen Abständen von gedämpften Läufern unterbrochen war, durch das Zimmer. Es überraschte mich, weil ich den Josh Wylie, den ich kannte, darin gar nicht wiedererkannte. Ich kannte ihn zwar nicht besonders gut, war aber automatisch davon ausgegangen, dass sein Geschmack eher wie meiner sein würde, mehr traditionell als trendy. Ich sagte mir, dass es das Haus war, das Josh mit seiner Ex-Frau geteilt hatte, und entschied, dass die Einrichtung wahrscheinlich eher ihrem Stil entsprach als seinem. Er ist bloß noch nicht dazu gekommen, es zu verändern, schloss ich. Vielleicht auch aus Rücksichtnahme auf seine Kinder.

Die Wände waren weiß und überwiegend kahl. Zu beiden Seiten des Esstisches hingen ein paar unscheinbare Lithografien, im Wohnzimmer ein großes abstraktes Gemälde, das offenbar eine Obstschale darstellen sollte. Ich dachte, wie gut meine Bilder in diese Räume passen würden, meine üppigen Blumen anstelle der blutleeren Obstschale, und der fantasielose Spiegel neben der Haustür würde dem Mädchen am Strand mit dem großen Hut weichen.

Warum hatte Alison mir ein derart teures Geschenk gemacht, fragte ich mich plötzlich und spürte, wie sich mein Magen wie von einem Faustschlag getroffen zusammenzog. Ich hatte mein Visier nur einen Spalt geöffnet, und Alison war in meinen Kopf geschlüpft. Geh weg, warnte ich sie. Du bist in diesem Haus nicht willkommen. Hier bin ich sicher.

Doch ich wusste aus Erfahrung, dass es verdammt schwer sein konnte, Alison wieder loszuwerden, wenn sie erst einmal einen Fuß in der Tür hatte. Schon kreisten Gedanken an sie in meinem Kopf: das erste Bild von ihr, als sie vor meiner Haustür gestanden hatte; die zauberhafte Art, mit der sie durch das kleine Haus gewirbelt war; ihr wundervolles Haar auf meinem Kissen, als sie bei mir geschlafen hatte; Ericas Kette um ihren Hals und die Kette, die ich ihr als Ersatz zu Weihnachten geschenkt hatte. Und all die Geschenke, die sie mir gemacht hatte – die Ohrringe, die Kopfvase, das Gemälde. So extravagant! Hatte sie für alles bezahlt, oder hatte Denise die Sachen einfach aus dem Fundus ihrer Tante genommen? Und welche Rolle spielte Denise überhaupt in all dem? War es möglich, dass sich die beiden Frauen schon gekannt hatten und Denise Nickson und Erica Hollander zwei Puzzleteile des Rätsels um Alison Simms waren?

Du bist ein dummes, dummes Mädchen, hörte ich meine Mutter sagen.

»Ich hoffe, der Kaffee schmeckt noch. Er steht schon den ganzen Vormittag auf der Maschine«, erklärte Josh, als er mit zwei dampfenden Bechern zurückkam und abrupt stehen blieb, als er mich sah. »Terry, was ist los? Du siehst aus, als hättest du ein Gespenst gesehen.«

Ich warf meine zitternden Hände in die Luft und öffnete den Mund, brachte jedoch kein Wort heraus. Tränen schossen mir in die Augen. Bis zu diesem Moment hatte ich gar nicht gemerkt, wie groß meine Angst wirklich war, wie lange ich meine Befürchtungen verdrängt hatte und wie verzweifelt einsam ich gewesen war. Nun war ich müde und wollte nicht mehr tapfer, vernünftig und unabhängig sein, weil ich nichts von all dem war und nicht allein überleben konnte. Ich brauchte jemanden an meiner Seite, jemanden, der mich beschützte. Ich brauchte Josh.

Es kostete mich all meine Willenskraft, mich nicht in seine Arme zu werfen und ihm zu erzählen, was mein Herz bewegte – wie sehr ich ihn brauchte, begehrte und liebte. Ja, ich liebte ihn, erkannte ich in diesem Moment und hielt die Luft an und presste die Worte fest in mich hinein wie Rauch von einem Joint. »Halt mich fest«, flüsterte ich flehend.

Sofort spürte ich Joshs Arme um mich, seine Lippen auf meinen Haaren. »Es tut mir leid, dass ich dich nicht angerufen habe«, sagte er.

»Du warst weg.« Ich wischte mir die Tränen aus den Augen und streckte ihm meinen Mund entgegen. »Jetzt bist du hier.«

»Jetzt bin ich hier«, wiederholte er und drückte seine Lippen auf meine, hob mich in seine Arme, trug mich ins Schlafzimmer wie Clark Gable Vivien Leigh, zerrte an meinen Kleidern und sank mit mir auf das ungemachte Bett.

Nur, dass er nichts dergleichen tat oder sagte.

Während mich meine Fantasie flink in seine Arme und in sein Bett trug, hatte er sich bereits aus meiner Umarmung gelöst und war auf Distanz gegangen.

»Bitte«, hörte ich mich verzweifelt an ihn klammern.

»Terry, hör mal …«

»Ich bin so froh, dass du wieder da bist. Ich habe dich so vermisst.«

»O Gott, Terry, ich muss mich bei dir entschuldigen.«

»Dich entschuldigen? Nein. Wofür?« Bitte sag mir, dass es nichts gibt, wofür du dich entschuldigen müsstest.

»Es ist so viel passiert«, sagte Josh und zog sich auf die andere Seite des Couchtisches zurück, auf dem unsere Kaffeebecher standen wie zwei winzige Schornsteine, die ein dünnes Tuch aus Dampf zwischen uns webten.

»Was soll das heißen? Was ist passiert?«

»Es tut mir leid, wenn ich dir in irgendeiner Form falsche Hoffnungen gemacht habe.«

»Das verstehe ich nicht. Inwiefern hast du mir falsche Hoffnungen gemacht?«

»Ich hätte es dir früher sagen müssen. Ich hatte ehrlich gesagt angenommen, dass meine Mutter es schon getan hätte.«

»Was hättest du mir früher sagen müssen?«

Er ließ beschämt die Arme sinken. »Jan und ich haben uns wieder versöhnt.«

Seine Worte prallten hart und kalt auf meine Ohren. »Was?«

»Jan und ich«, begann er, als würde er wirklich glauben, dass ich ihn beim ersten Mal nicht verstanden hätte.

»Wann?«, unterbrach ich ihn mit einem elenden Gefühl im Magen.

»Kurz vor Weihnachten.«

»Vor Weihnachten?«, sagte ich wie ein Echo, als könnte nur ihre Wiederholung die Worte sacken lassen.

»Ich wollte es dir sagen.«

»Aber du hast es mir nicht gesagt.«

»Ich bin ein Feigling. Es war leichter, einfach weiter unsere Verabredungen abzusagen. Und ich wusste ehrlich gesagt auch nicht, ob das mit Jan klappen würde.«

»Was soll das heißen? Dass du mich in Reserve gehalten hast für den Fall, dass eure Wiedervereinigung schief geht?«

»So habe ich das nicht gemeint.«

»Wie hast du es denn gemeint?«

»Die Kinder sind überglücklich«, sagte er nach einer Pause, als würde das alles erklären.

Meine Arme und Beine wurden taub, und ein Summen wie von einer lästigen Mücke erfüllte meinen Kopf. »Thanksgiving hat dir also nichts bedeutet.«

»Das ist nicht wahr. Thanksgiving war wundervoll.«

»Der Kuss … die Küsse … waren bedeutungslos.«

»Sie waren sehr schön.«

»Aber bedeutungslos.«

Nach einer weiteren, längeren Pause sagte er: »Terry, lass uns das bitte nicht tun.«

»Lass uns was nicht tun?«

»Ich fände es schön, wenn wir Freunde bleiben könnten.«

»Freunde belügen sich nicht.« Hatte ich nicht vor kurzem das Gleiche zu Alison gesagt?

»Ich hatte nie die Absicht, dich anzulügen. Hör mal«, fuhr er nach kurzem Zögern fort, »ich habe eine Kleinigkeit für dich.« Er ging eilig ins Schlafzimmer auf der Vorderseite des Hauses und kam kurz darauf mit einem in hellblaue Folie gewickelten Päckchen zurück. »Ich wollte es dir schon früher geben«, sagte er und drückte mir das Paket in die Hand.

»Was ist das?«

»Ich wollte mich noch einmal dafür bedanken, dass du dich so aufopferungsvoll um meine Mutter kümmerst.«

»Deine Mutter.« Ich empfand die Demütigung so stechend, dass ich mich beinahe vor Schmerzen gekrümmt hätte. »Ich nehme an, sie wusste, dass du wieder mit Jan zusammen bist.«

»Was glaubst du, warum sie so depressiv ist?«

»Sie hat es mir nicht erzählt.«

»Sie ist nicht besonders glücklich darüber.«

»Sie ist deine Mutter. Sie wird sich damit abfinden.«

»Willst du dein Geschenk nicht auspacken?«

Ich zerrte ohne rechte Begeisterung die Verpackung auf. »Ein Tagebuch«, sagte ich, wendete es in meiner Hand und dachte an Alison.

»Ich wusste nicht, ob du eins führst.«

»Jetzt muss ich wohl damit anfangen.«

»Es tut mir wirklich leid, Terry. Ich wollte dir wirklich nicht wehtun.« Er brach ab und blickte zur Tür.

»Erwartest du Besuch?«, fragte ich kühl.

»Jan und die Kinder sind einkaufen. Sie könnten demnächst wiederkommen.« Er blickte nervös auf seine Uhr.

»Ich nehme an, deine Frau wäre nicht allzu begeistert, mich hier zu treffen.«

»Wahrscheinlich würde es alles noch komplizierter machen.«

»Nun, das wollen wir ja auf gar keinen Fall«, sagte ich schon auf dem Weg zur Tür. Hatte ich wirklich geglaubt, dass er mich vor irgendwem beschützen würde?

»Terry«, rief er mir nach.

Ich blieb stehen und drehte mich um.

Geh nicht. Ich brauche dich. Ich finde schon einen Weg aus diesem Schlamassel. Ich liebe dich.

»Meinst du, du könntest mit meiner Mutter reden und versuchen, sie verständnisvoller zu stimmen? Sie liebt dich wie eine Tochter. Ich weiß, dass sie auf dich hören würde.«

Ich nickte noch einmal und dachte, dass die ganze Szene komisch sein könnte, wenn sie nicht so betäubend furchtbar wäre. »Ich werde sehen, was ich machen kann.«

»Danke.«

»Auf Wiedersehen, Josh.«

»Pass gut auf dich auf.«

»Ich geb mir alle Mühe«, sagte ich und zog die Tür hinter mir zu.

24

»Verdammt, verdammt, du dummes, dummes Mädchen!«, beschimpfte ich mich mit der Stimme meiner Mutter. »Wie konntest du nur so dämlich sein? Hast du gar keinen Stolz? Keine Selbstachtung? Du bist vierzig Jahre alt, Herrgott noch mal. Hast du in der ganzen Zeit überhaupt nichts gelernt? Weißt du immer noch so wenig über Männer? Ha!« Ich lachte und ignorierte die unverhohlenen Blicke der anderen Autofahrer, als ich aufs Lenkrad schlug und unabsichtlich die Hupe traf. »Und nicht nur Männer. Du weißt gar nichts über irgendwen. Es gibt auf der ganzen Welt keinen schlechteren Menschenkenner als dich. Jemand muss bloß ein wenig freundlich sein und ein winziges bisschen Interesse zeigen, und schon würdest du alles für ihn tun. Du öffnest dein Haus und dein Herz.« Du machst die Beine breit, fuhr ich stumm fort, weil ich mich selbst in dem geschützten Raum meines Wagens schämte, die Worte laut auszusprechen. »Ein Mann lädt dich zu einem mickrigen Mittagessen ein, und du hörst die Hochzeitsglocken läuten. Du bist ein dummes, dummes Mädchen! Selber schuld, wenn man dich ausnutzt. Selber schuld, wenn du alles verlierst. Du bist einfach zu blöd zum Leben!«

Du bist ein dummes, dummes Mädchen, hörte ich meine Mutter sagen.

Ich dachte an das ungemachte Bett in Joshs Schlafzimmer. Hatte er mit Jan geschlafen, bevor sie Einkaufen gefahren war? Rochen die zerwühlten Laken noch nach Sex?

»Du Idiot!«, brüllte ich, und die Worte prallten gegen die

Windschutzscheibe und schlugen mir ins Gesicht zurück. »So dumme Menschen wie du haben es nicht verdient zu leben.«

Ich blickte in den Rückspiegel und sah die Augen meiner Mutter. Ich musste ihre Stimme gar nicht hören, um zu wissen, was sie dachte. *Wie konntest du so etwas tun*? Ihre Augen brannten sich in meine, bis mein Blick so von Tränen verschleiert war, dass sie unsichtbar wurde. Doch wer brauchte die harsche Verurteilung meiner Mutter, wenn ich das schon selbst so gründlich erledigte?

»Du bist ein dummes, dummes Mädchen«, wiederholte ich immer noch, als ich in meine Einfahrt einbog und in meiner Handtasche nach dem Hausschlüssel kramte. »Alles, was dir passiert, ist deine eigene Schuld.« Ich sah mich nach Lance' weißem Lincoln um. »Kommt und holt mich«, rief ich auf die stille Straße hinaus, über der nach wie vor dunkle Regenwolken hingen. »Das Spiel ist aus. Ich gebe auf.«

Doch mit einem kurzen Blick stellte ich fest, dass Lance' Auto nirgends zu sehen war. Wahrscheinlich haben sie es um die Ecke geparkt, dachte ich und wischte mit dem Handballen die Tränen aus meinen verquollenen Augen, während ich zur Haustür rannte, wo ich den Schlüssel mehrmals ansetzen musste, bis ich das vertraute Klicken hörte und die Tür aufsprang.

Auf meinem Weg ins Wohnzimmer stieß ich den Weihnachtsbaum beiseite, sodass er zunächst heftig in seinem Ständer schwankte und dann gegen die Wand taumelte. Christbaumschmuck regnete von den Zweigen und zerbarst in winzigen, silbernen und rosafarbenen Scherben auf dem Fußboden. »Ich hätte das dumme Ding schon vor Tagen rausschmeißen sollen.« Ich hätte gar nicht erst zulassen dürfen, dass er aufgestellt wurde. »Dumm, dumm, dumm!« Ich riss eine Hand voll Schleifen von den trockenen Ästen und trampelte darauf herum. Sich einzubilden, dass Alison mich je wirklich gemocht hatte. Zu glauben, dass ich Josh wirklich am Herzen lag. »Warum sollte irgendwer dich wollen? Warum sollte irgendjemand dein Freund oder Liebhaber sein wollen?«

Meine Mutter hatte Recht. Sie hatte immer Recht gehabt. Ich war nichts als ein dummes, *dummes* Mädchen. Alles, was mir passierte, war meine eigene Schuld.

Wie konntest du so etwas tun, wollte meine Mutter wissen, die lautlos hinter mir auftauchte, als ich die Küche betrat.

»Geh weg«, rief ich. »Bitte, geh weg. Lass mich in Ruhe. Du hast deinen Job gut gemacht. Ich brauche dich nicht mehr.«

Die Vasensammlung meiner Mutter blickte höhnisch auf mich herab, durch ihre ausdruckslosen Blicke und ihr gezwungenes Lächeln prasselten die Worte meiner Mutter weiter auf mich ein. Selbst schockiert über das, was ich tat, riss ich den Arm hoch und fegte über das unterste Regalbrett. Die Porzellanköpfe stoben in alle Richtungen auseinander wie ein wütender Bienenschwarm. Die nächste und die übernächste Reihe von Vasen folgte. Ich nahm den Kopf, den Alison bei ihrem ersten Besuch bewundert hatte und der mich mit seiner missbilligenden, gebieterischen Miene immer an meine Mutter erinnert hatte – *wie eine hochnäsige Matrone der besseren Gesellschaft, die auf alle herabblickt*, hatte Alison gesagt –, hob ihn hoch und schleuderte ihn mit aller Kraft durch den Raum.

Er knallte gegen die Wand und platzte wie ein Chinakracher. Lachend beobachtete ich, wie die bunten Porzellanscherben durch den Raum flogen und den Boden bedeckten wie Konfetti.

»Terry!«, rief eine Stimme vor der Hintertür. »Terry, was ist los? Lass mich rein. Bitte lass mich rein!«

Jemand rüttelte verzweifelt an der Klinke. Als ich wieder bei Atem war, riss ich die Tür auf.

»Mein Gott, Terry!«, rief Alison, und pures Entsetzen legte sich über ihr niedliches Gesicht. »Was ist denn hier los? Was machst du? Du blutest ja.«

Ich hob eine Hand an die Stirn und spürte das Blut an meinen Fingern.

»Terry, was ist los? Ist irgendwas passiert?«

Eine Wehklage wie ein uraltes Lamento sammelte sich in meinem Bauch und stieg in meinen Mund auf wie Wasser, das schließlich über meine Lippen strömte und nach und nach das ganze Zimmer überschwemmte. Ein Laut bodenloser Trauer hallte von den Wänden wider, und ich sank auf die Knie, sodass Scherben sich wie Stachel in meine Haut bohrten.

Alison war sofort neben mir, wiegte mich sanft in ihren Armen, küsste meine blutige Stirn und flehte mich an, ihr zu sagen, was los sei. Sofort fühlte ich mich wieder in ihre Umlaufbahn gezogen und ihrem Bann erlegen. Selbst jetzt noch nach all den Lügen und Täuschungen, nachdem ich wusste, was wahr war und was nicht, wollte ich nichts mehr als glauben, dass sie ernsthaft um mich besorgt war, dass sie, was auch immer geschah, nicht zulassen würde, dass mir etwas zustieß.

»Ich bin so ein Idiot«, flüsterte ich.

»Nein, du bist kein Idiot.«

»Doch.«

»Erzähl mir, was passiert ist. Bitte, Terry, erzähl's mir.«

Ich sah ihr in die Augen. Durch den dichten Schleier meiner Tränen konnte ich mir beinahe einreden, dass sie es ernst meinte, der Anblick meines Blutes auf ihren Lippen erschreckte mich, und ich entschied, dass ich genauso gut alles erzählen konnte. Sie und ihre Freunde konnten sich dann später köstlich darüber amüsieren.

»Josh ist wieder mit seiner Frau zusammen«, erklärte ich schlicht und musste beinahe selbst lachen.

»O Terry, das tut mir so leid.«

»Das hat er auch gesagt«, erwiderte ich und brachte dieses Mal tatsächlich ein abgewürgtes Glucksen hervor.

»Du hast ihn getroffen?«

Ich erzählte ihr die ganze erbärmliche Geschichte meines Besuches bei Josh, obwohl ich wusste, dass K.C. sie vermutlich längst informiert hatte. Hatte sie am Fenster gesessen und nervös auf meine Rückkehr gewartet?

»Das Schwein«, murmelte sie jetzt und drückte sanft meine Schulter.

»Nein, es ist meine Schuld.«

»Wieso ist es deine Schuld?«

Weil es immer meine Schuld ist, dachte ich, ohne es laut zu sagen. »Weil ich so ein Idiot bin«, erklärte ich stattdessen.

»Wenn du ein Idiot bist, dann bin ich total schwachsinnig.«

Ich lachte wie so oft, wenn ich mit ihr zusammen war.

»Ich meine, nimm doch nur Lance und mich, Herrgott noch mal«, fuhr sie unaufgefordert fort. »Was mache ich nach allem, was ich mit ihm durchgemacht habe, nach all den Vorsätzen, ihn nie wieder in mein Leben zu lassen, als er zum ersten Mal wieder vor meiner Tür auftaucht? Ich lasse ihn nicht bloß rein. Ich habe ihn förmlich über die Schwelle gezerrt, verdammt noch mal. Obwohl ich wusste, dass er nicht gut für mich ist, dass er mir früher oder später wieder das Herz brechen und alles kaputtmachen würde wie immer.«

»Inwiefern?«, unterbrach ich sie.

Sie zuckte traurig die Achseln. »Na, zum Beispiel, was er mit dir gemacht hat.«

Ich spürte die Anspannung in ihren Armen und wartete, dass sie sich mir öffnen und mir alles erzählen würde. Doch das tat sie nicht, und der Augenblick verstrich.

»Wo ist Lance überhaupt?« Ich blickte zur Hintertür, als erwartete ich, dass er dahinter stand.

»Weg.«

»Wohin weg?«

Alison schüttelte den Kopf, sodass ihre Haare meine Wangen kitzelten. »Weiß nicht. Ist mir auch egal.«

»Du meinst, er ist zurück nach Chicago?«

»Weiß nicht«, wiederholte Alison. »Vermutlich dort, wo immer Denise hin will.«

»Er ist mit Denise zusammen?«

»Das hätte ich vermutlich kommen sehen müssen.« Sie schlug sich mit der Hand an die Stirn, als wollte sie sich zur Vernunft bringen. »Was soll's – es war eh vorbei. Endgültig. Wurde auch langsam Zeit«, fügte sie noch nachdrücklich an.

Ich nickte, obwohl ich bezweifelte, dass Lance tatsächlich weg war.

»Männer«, sagte sie, als ob das Wort ein Fluch wäre. »Man kann nicht mit ihnen leben –«

»Und nicht ohne sie sterben«, gab ich zurück.

»Es tut mir alles so leid. Wenn ich nur noch mal alles ganz von vorne anfangen könnte ...«

»Was dann?«

»Ich würde Lance keine Minute zuhören, so viel ist sicher. Ich würde das Weite suchen, sobald ich ihn sehe. Bevor es zu spät wäre.«

»Es ist nie zu spät«, sagte ich, und es klang wie ein Plädoyer in eigener Sache.

»Glaubst du das wirklich?«

Ich zuckte die Achseln. Wer wusste schon, was ich überhaupt noch glaubte. »Ich war so ein Idiot.«

Alison suchte meinen Blick, als wollte sie in meine Seele schauen. »Er ist der Idiot. Wie kann irgendwer dich nicht wollen?«

Ich suchte nach Zeichen des Spotts in ihrem Gesicht, doch ich sah nur frische Tränen in ihren riesigen Augen schimmern. Ihre Lippen bebten, als ich ihre Tränen abwischte und mit meinem Finger eine Blutspur auf ihrer Haut hinterließ wie einen falsch gesetzten Pinselstrich, ihre Wangen fasste und sie sanft an mich zog.

Ich weiß nicht, was es war – Angst, Desillusionierung,

Sehnsucht, vielleicht eine Mischung aus allem –, das meinen Mund so nah an ihren führte. Ich fragte mich kurz, was ich eigentlich tat, bevor ich jeden weiteren Gedanken abblockte, die Augen schloss und mit meinen Lippen über ihre streifte.

Wie Josh zuckte Alison sofort zurück. »Nein! So habe ich das nicht gemeint. Du verstehst das nicht.«

»Mein Gott«, sagte ich, rappelte mich auf und schlug die Hand vor den Mund. »Mein Gott, o mein Gott.«

Alison stand neben mir. »Schon gut, Terry. Bitte, es war ein Missverständnis. Es ist alles meine Schuld.«

»Was habe ich getan?« Ich starrte auf die zerschellten Frauenköpfe zu meinen Füßen, die verlorenen Ohrringe, zerrissenen Perlenketten und Fragmente lächelnder Münder und starrer Haarsträhnen. Ich sah mein Spiegelbild in Alisons entsetzten Augen und wusste, dass wir alle irreparabel zerbrochen und durch nichts wieder zusammenzufügen waren. »Ich muss hier raus«, schrie ich und stürzte auf der Flucht vor dem Gemetzel zur Tür.

Alison war direkt hinter mir. »Terry, warte! Lass mich mitkommen.«

»Nein, bitte. Lass mich einfach in Ruhe. Lass mich in Ruhe.« Ich war schon im Wagen, bevor sie mich aufhalten konnte, hatte die Türen verriegelt, den Motor angelassen, den Rückwärtsgang eingelegt und den Fuß auf dem Gaspedal.

»Terry, bitte, komm zurück.«

Als ich aus der Einfahrt auf die Straße zurücksetzte, walzte ich den Rasen des Eckgrundstücks platt und stieß um ein Haar mit Betty McCoy und ihren blöden Kötern zusammen. Sie zeigte mir den Stinkefinger und rief mir etwas nach, doch die Stimme, die ich hörte, war die meiner Mutter.

Eine knappe Stunde lang kurvte ich durch die Straßen von Delray und fand Trost darin, dass die kleine Küstenstadt es irgendwie geschafft hatte, sich seine malerische, geschäftige

Altstadt zu bewahren und sie nicht wie die meisten älteren Städte Floridas Bürotürmen und hässlichen Einkaufszentren zu opfern. Ich fuhr an den kleinen, alten Häusern des historischen Hafenviertels und weiter an den neueren Apartmentanlagen und Luxusanwesen entlang der Küste vorbei, machte kehrt und hielt mich in Richtung der abgesperrten Privatwohnanlagen, Rentner-Paradiese und Country Clubs am westlichen Stadtrand. Ich fuhr, bis meine Beine steif wurden und meine Hände sich anfühlten wie ans Steuer geschweißt. Ich fuhr, bis die dunklen schwarzen Wolken, die sich über meinem Kopf ausbreiteten, in wütendem Donner explodierten und die Durchfahrtsstraßen mit Sturzbächen von Regen überfluteten. Ich hielt am Straßenrand und beobachtete still, wie die Tropfen auf meine Windschutzscheibe prasselten, bis sich eine unheimliche Ruhe über mich senkte wie eine warme Decke. Meine Tränen versiegten, und mein Kopf wurde klar. Ich hatte keine Angst mehr.

Ich wusste genau, was ich jetzt tun musste.

Zwanzig Minuten später fuhr ich auf den Parkplatz der Mission-Care-Klinik und rannte durch den nach wie vor strömenden Regen in die Empfangshalle, wo ich mir auf dem Weg zum Treppenhaus das Wasser aus den Haaren schüttelte. Ich hielt den Kopf gesenkt, weil ich nicht wollte, dass mich irgendwer sah. Schließlich lag ich angeblich grippekrank im Bett und sollte nicht im Regen herumspazieren. Außerdem war dies ein persönlicher und kein dienstlicher Besuch. Es gab keinen Grund, warum irgendwer wissen sollte, dass ich hier war.

Ich stieg in den vierten Stock, wo ich auf dem Treppenabsatz Halt machte, um zu Atem zu kommen, bevor ich die Tür einen Spalt öffnete und in den Flur spähte. Niemand war zu sehen. Ich schlich leise den Korridor hinunter, als einer der Stationsärzte aus einem Krankenzimmer trat und direkt auf mich zukam. Ich überlegte, den Kopf einzuziehen, mich nach einem imaginären Penny zu bücken oder sogar ins nächstbeste Zimmer zu schlüpfen, doch ich tat nichts von alledem. Stattdessen lächelte ich den jungen Arzt schüchtern an und bereitete mich darauf vor, ihm zu erklären, dass es mir schon sehr viel besser ginge, danke der Nachfrage. Doch das nichts sagende Lächeln, mit dem er meines erwiderte, sagte mir, dass er keine Ahnung hatte, wer ich war, und ich in meiner Straßenkleidung für ihn ebenso unsichtbar war wie in meiner Schwesternuniform. Ich hätte jede sein können.

Genauer gesagt war ich niemand.

Myra Wylie lag im Bett und starrte an die Decke, als ich die Tür aufstieß und ihr Zimmer betrat. »Bitte gehen Sie weg«, sagte sie, ohne zu schauen, wer dort war.

»Ich bin's Myra, Terry.«

»Terry?« Sie wandte sich mir zu und lächelte mit den Augen.

»Wie geht es Ihnen heute?« Ich trat ans Bett und fasste die knochige Hand, die sie mir entgegenstreckte.

»Man hat mir gesagt, Sie wären krank.«

»Das war ich auch. Aber jetzt geht es mir schon viel besser.«

»Mir auch. Jetzt, wo Sie hier sind.«

»Hat der Arzt schon nach Ihnen gesehen?«

»Er war eben hier, hat herumgestochert und gebohrt und mir einen Vortrag darüber gehalten, dass ich mehr essen muss, wenn ich schön kräftig bleiben will.«

»Da hat er Recht.«

»Ich weiß. Aber irgendwie habe ich dieser Tage einfach keinen großen Appetit.«

»Nicht mal auf ein Stück Marzipan?« Ich zog einen kleinen Marzipanapfel aus der Hosentasche. »Ich habe auf dem Weg bei der Konditorei gehalten.«

»In dem Regen?«

»So schlimm ist es nicht.«

»Sie sind ein reizendes Mädchen.«

Ich packte das Marzipan aus, zerbrach es in zwei Hälften, legte eines auf ihre Zungenspitze und freute mich an der Begeisterung in ihrem Blick. »Ich habe heute Josh getroffen«, erklärte ich ihr.

Sofort verfinsterte sich ihre Miene wie der Himmel draußen. »Josh war hier?«

»Nein. Ich bin nach Coral Gables gefahren.«

»Sie sind nach Coral Gables gefahren?«

»Zu ihm nach Hause.« Ich legte das zweite Stück Marzipan auf ihre Zungenspitze.

»Zu ihm nach Hause? Warum?«

»Ich wollte ihn sehen.«

»Stimmt irgendwas nicht? Haben die Ärzte mir etwas verschwiegen?«

»Nein«, versicherte ich eilig wie ein paar Stunden zuvor ihrem Sohn. »Es ging nicht um Sie. Es ging um mich.«

Sorge umwölkte ihre milchigen Augen. »Alles in Ordnung mit Ihnen, mein Kind?«

»Mir geht es bestens. Ich musste einfach nur mit Josh reden.«

Myra sah mich verwirrt an und wartete, dass ich weitersprach.

»Er hat mir erzählt, dass er wieder mit seiner Frau zusammen ist.«

»Ja.«

»Er meinte, Sie wären nicht besonders glücklich darüber.«

»Ich bin seine Mutter. Wenn es das ist, was er will, bin ich glücklich.«

»Offenbar will er das.«

»Ich bin wahrscheinlich bloß eine alte Frau, die sich zu viele Sorgen macht. Ich möchte nicht, dass ihm noch mal jemand so wehtut.«

»Er ist jetzt ein großer Junge.«

»Werden sie je wirklich erwachsen?«, fragte sie.

»Wie lange wissen Sie es schon?«

»Ich glaube, ich habe immer gewusst, dass sie irgendwann wieder zusammenkommen würden. Er hat nie aufgehört, sie zu lieben, nicht mal nach der Scheidung. Sobald sie anfing, versöhnliche Töne von sich zu geben, wusste ich, dass es nur noch eine Frage der Zeit war.« Myra wandte den Kopf von links nach rechts, weil sie keine bequeme Stellung mehr fand.

»Lassen Sie mich das Kissen für Sie aufschütteln.«

»Danke, mein Kind.« Sie hob lächelnd den Kopf, damit ich eines der flachen Kissen herausziehen konnte.

»Ich wünschte, Sie hätten es mir gesagt«, erklärte ich ihr, während ich das Kissen knetete.

»Das wollte ich auch. Aber nach allem, was ich Ihnen über sie erzählt hatte, kam ich mir ein bisschen albern vor. Ich hoffe, Sie verstehen das.«

»Es hätte mir eine Menge Peinlichkeit erspart.«

»Tut mir leid, Liebes. Ich dachte nicht, dass es eine große Sache wäre.«

»Ich bin den weiten Weg dorthin gefahren und habe mich komplett zum Narren gemacht.« Ein Laut irgendwo zwischen einem Lachen und einem Schluchzen drang über meine Lippen. »Wie konnten Sie mich das tun lassen?«

»Es tut mir leid, Liebes. Ich hatte keine Ahnung. Bitte verzeihen Sie mir.«

Lächelnd strich ich ihr mehrere feine Haarsträhnen aus der Stirn. »Ich verzeihe Ihnen.«

Dann drückte ich das Kissen in meiner Hand auf ihre Nase und ihren Mund, bis sie aufhörte zu atmen.

25

Es ist ein wirklich eigenartiges Gefühl, einen anderen Menschen zu töten.

Für eine derart gebrechliche Person war Myra Wylie überraschend kräftig. Sie wehrte sich mit einer erstaunlich grimmigen Entschlossenheit, ihre langen, skelettartigen Arme schlugen blind nach mir, knochige starre Finger tasteten hilflos nach meinem Hals, ihre Halsmuskeln kämpften gegen das Kissen in meinen Händen, während ihre verzweifelte Lunge stumm nach Luft schrie. Auf diese zähe Sturheit, auf diesen Überlebensinstinkt angesichts des sicheren und sogar herbeigesehnten Todes war ich nicht vorbereitet, sodass ich meinen Griff beinahe gelockert hätte. Myra warf sich mit aller ihr verbliebenen Kraft in dieses kurze Zögern, wand den Kopf wild hin und her und strampelte panisch unter ihrem Laken.

Doch ich hatte mich rasch wieder gefasst, presste das Kissen fester auf ihr Gesicht und wartete, bis ihre zuckenden Füße unter dem straffen Laken des schmalen Krankenhausbettes ihren Tanz beinahe anmutig beendeten. Ich lauschte auf ihren letzten verzweifelten Atemzug, roch den durchdringenden Uringestank, zählte langsam bis hundert und wartete, dass die unverkennbare Stille des Todes sie überwältigte. Erst dann hob ich das Kissen, klopfte es aus und schob es wieder unter ihren Kopf, wobei ich ihr Haar so arrangierte, wie sie es gerne mochte. Es war von der Anstrengung schweißnass, und ich blies sanft gegen die verklebten Strähnen auf ihrer Stirn, um sie zu trocknen. Dabei flatterten Myras Lider in meinem warmen Atem mädchenhaft, als wollte sie mit mir flirten.

Wasserblaue Augen stierten mich ungläubig erstarrt an, bis ich sie mit meinen Lippen schloss und mit zitternden Fingern nach ihrem offenen Mund tastete, der verzerrt war, als würde sie immer noch versuchen, Luft in ihren ausgemergelten, welken Körper zu saugen. Ich zog ihre Lippen zu einem angenehmeren Ausdruck zurecht wie ein Künstler, der mit schnell trocknendem Ton arbeitet, und trat dann einen Schritt zurück, um mein Werk zu betrachten. Sie erinnerte mich an eine Luftmatratze, wie sie sich manche Menschen für ihren Swimmingpool kaufen, ausgebreitet in der Erwartung, aufgeblasen zu werden. Trotzdem stellte ich befriedigt fest, dass Myra alles in allem friedlich, ja sogar glücklich aussah, als wäre sie mitten in einem schönen Traum aus dem Leben geglitten

»Auf Wiedersehen, Myra«, sagte ich an der Tür. »Schlafen Sie gut.«

Ich ging eilig den Flur hinunter Richtung Treppenhaus, sicher, dass mich niemand bemerken würde. Ich lächelte sogar einen jungen Mann an, der seinen Vater besuchen wollte, und sein leerer Blick sagte mir, dass ich weiterhin unsichtbar war – ein Gespenst, das durch die leeren Korridore der Klinik spukte, körperlos und flüchtig wie ein Flüstern im Wind.

Wie fühlte ich mich?

Belebt, erleichtert und vielleicht auch ein wenig traurig. Ich hatte Myra Wylie stets gemocht und bewundert, sie für eine Freundin gehalten. Bis sie mich verraten und meine zahlreichen freundlichen Aufmerksamkeiten ausgenutzt hatte. Bis ich erkannt hatte, dass sie nicht besser war als all die anderen, die mich im Laufe der Jahre ausgenutzt und verraten hatten, und dass sie wie all die anderen ihr Unglück selbst heraufbeschworen hatte, selbst dafür verantwortlich war und ihr Schicksal verdient hatte.

Es bereitete mir keineswegs Freude, Werkzeug dieses Schicksals zu sein. Offen gestanden habe ich Menschen nie gern sterben sehen und mich auch nie daran gewöhnt, egal wie häufig ich Zeuge gewesen war. Vielleicht bin ich deswegen eine so gute Krankenschwester, weil mir die Menschen ehrlich am Herzen liegen und ich nur das Beste für jeden will. Die Vorstellung, jemandem das Leben zu nehmen, ist mir wirklich ein Gräuel. Als Krankenschwester habe ich gelernt, alles in meiner Macht Stehende zu tun, um Leben zu erhalten. Obwohl manche kritisch fragen mögen, warum man ein nutzloses Leben verlängern soll, ein Leben, das zunehmend parasitär und immer weniger menschlich wird?

Und wem wollte ich etwas vormachen? Krankenschwestern sind ohnmächtig. Sogar Ärzte, deren übertriebenes Ego wir tagtäglich streicheln und deren Fehler wir ständig vertuschen, haben keine wirkliche Macht, wenn es um Leben und Tod geht. Wir sind nicht die Heiler, die wir zu sein vorgeben, sondern nur hilflose Helfer, Hausmeister im Grunde genommen – mehr nicht –, die sich um den Schutt der Menschheit kümmern, um alle jene, die ihr »Verfallsdatum« überschritten haben.

Lance hatte Recht.

Ich stellte mir Alisons Exmann vor, wenn er wirklich ihr Exmann war, groß und unwiderstehlich attraktiv mit seinen schmalen Hüften, und fragte mich, ob er wirklich weg war. Oder hielt er sich noch immer in Delray auf, hockte zwischen den obszönen Auswüchsen einer Schraubenpalme und wartete auf den richtigen Zeitpunkt, sich aus der Dunkelheit auf mich zu stürzen?

Die Zeit ist abgelaufen, dachte ich lächelnd.

Ruhig ging ich die vier Stockwerke bis zum Ausgang hinab, wo ich dankbar feststellte, dass es aufgehört hatte zu regnen und die dunklen Wolken, die den ganzen Tag über den Himmel bedeckt hatten, einem vorsichtig optimistischen, dämmrigen Sonnenlicht gewichen waren. Happy Hour, dachte ich, als ich beim Einsteigen in meinen Wagen auf die Uhr blickte und kurz überlegte, ob ich mir auf dem Nachhauseweg zur Feier des Tages einen Drink gönnen sollte. Doch ich entschied, dass es zum Feiern noch zu früh war, dass weiterhin vieles meiner Aufmerksamkeit bedurfte. Es war wichtig, dass ich in der kommenden Nacht hellwach und auf der Hut war und keinen Moment der Schwäche zeigte.

Als ich mich in den Feierabendverkehr auf der Jog Road fädelte, hörte ich eine Sirene und sah am äußersten linken Straßenrand einen Krankenwagen auf dem Weg zum Delray Medical Center vorbeirasen. Ich fragte mich, wie lange es dauern würde, bis eine der Schwestern nach Myra sehen, ihre Lebenszeichen kontrollieren und feststellen würde, dass sie tot war. Ich fragte mich, ob mich irgendwer anrufen würde, um mir die traurige Nachricht zu übermitteln. Schließlich war sie meine Patientin. *Wo ist meine Terry*, sagte sie morgens immer als Erstes, als hätte ich nicht das Recht auf ein paar Stunden, die ich nicht an ihrer Seite verbrachte, nicht das Recht auf ein eigenes Leben.

Wo ist meine Terry? Wo ist meine Terry?

Und alle fanden es immer so süß.

»Hier ist deine Terry«, sagte ich jetzt und packte das Steuer, als wäre es ein Kopfkissen, drückte mit aller Kraft darauf und hörte das laute Hupen, das sich über den Verkehr erhob und den dämmernden Nachmittag zerriss. Sofort lärmte ein halbes Dutzend weiterer Hupen mit geistlosem Geblöke los. Wie Lämmer, die zur Schlachtbank geführt werden, dachte ich und musste über den Fahrer in dem Wagen vor mir grinsen, der den ausgestreckten Mittelfinger seiner rechten Hand in die Luft reckte, ohne sich auch nur umzudrehen.

Und warum sollte er auch? Was gab es zu sehen? Ich war unsichtbar.

Es würde keine Autopsie geben. Das war überflüssig. Myras Tod kam weder plötzlich noch unerwartet. Er war längst überfällig. Es gab keinerlei auch nur ansatzweise verdächtige Begleitumstände. Eine 87-jährige Frau mit Krebs und Herzschwäche – man würde ihren Tod für eine Erlösung halten. Die Schwestern würden ihr Ableben mit einem kollektiven Nicken und einer kurzen Notiz in ihr Krankenblatt zur Kenntnis nehmen. Der Arzt würde die Todeszeit feststellen und zum nächsten Kadaver in der Warteschleife eilen. Josh Wylie würde ein stilles Begräbnis für seine Mutter arrangieren. In ein paar Wochen würde er dem Personal der Station vielleicht sogar einen Blumenstrauß schicken als Dank für die ausgezeichnete Pflege, die seine Mutter in der Mission-Care-Klinik genossen hatte. Schon bald würde ein neuer Patient Myras Bett belegen. Nach siebenundachtzig Jahren würde es sein, als hätte sie nie existiert.

Im Radio kam ein alter Beatles-Song – *She loves you, yeah, yeah yeah*! Ich sang laut mit und stellte überrascht fest, dass ich den ganzen Text auswendig kannte, was mich seltsam überschwänglich, ja beinahe euphorisch stimmte. Nach den Beatles kamen Neil Diamond und Elton John. »Sweet Caroline« und »Goodbye Yellow Brick Road«. Als langjähriger Liebhaber von Oldies kannte ich jedes Wort, jeden Beat, jede Pause. »*Soldier Boy*!«, trällerte ich mit den Shirelles. »*Oh my little soldier boy! Bum bum bum bum bum. I'll – be – true – to – you.*«

Ich weiß nicht genau, warum ich nicht in meiner Einfahrt geparkt habe, sondern mich stattdessen entschied, den Wagen in einer Seitenstraße abzustellen. Wenn ich es tat, um nach Lance' Wagen Ausschau zu halten, blieb die Suche jedenfalls ergebnislos. War er möglicherweise wirklich weg und ich tatsächlich in Sicherheit?

Ich spottete über meine eigene Naivität und sah mich noch einmal prüfend um, bevor ich aus meinem Wagen stieg und forschen Schrittes losmarschierte, wobei ich darauf achtete, mich im Schatten der zunehmenden Dunkelheit zu halten. Die über meinem Kopf schwebenden Palmwedel klapperten im Wind wie riesige Kastagnetten.

Auf der Seventh Avenue ging ich langsamer, zog die Schultern hoch, senkte den Blick und tat, als ich mich meinem Haus näherte, so, als wollte ich daran vorbeigehen, bis ich im allerletzten Moment doch abbog und, den Schlüssel bereits gezückt, den Weg zu meiner Haustür hinaufeilte. Ich stieß die Tür auf und schloss hinter mir sofort wieder ab, bevor ich mit pochendem Herzen ans Wohnzimmerfenster stürzte, wo meine schweißnasse Stirn Tropfen auf der Scheibe hinterließ, als ich hektisch die Straße auf und ab blickte. Wurde ich beobachtet?

»Alles okay«, sagte ich laut. »Du bist in Sicherheit.« Ich nickte mehrmals wie zur Bestätigung und ging, ohne den umgestürzten Weihnachtsbaum und seinen zerbrochenen Schmuck zu beachten, in die Küche, wo die Porzellanscherben unter meinen Schuhen knirschten, als ich an die Hintertür trat und zu dem kleinen Haus im Garten starrte.

Das Licht brannte, was bedeutete, dass Alison wahrscheinlich zu Hause war und auf das Motorengeräusch meines Wagens wartete, damit sie die letzte Stufe ihres Planes zünden konnten. »Wie sich das anhört«, sagte ich lachend. »Die letzte Stufe ihres Planes zünden«, wiederholte ich laut und musste noch einmal lachen.

Ich ließ mich auf einen Küchenstuhl fallen und betrachtete die Scherben der zerbrochenen Frauenköpfe auf dem Fußboden, der ganze Stolz meiner Mutter. »Was ist los, Mädels? Vom PMS-Syndrom geschlagen?« Ich trat nach den Scherben und beobachtete, wie die gezackten Stücke über den Boden glitten und mit anderen Fragmenten kollidierten – hier ein Ohr, dort eine Schleife, ein hochgeschlagener Kragen, eine verirrte Hand. »Ich weiß nicht, worüber ihr euch beklagt, meine Damen. Ihr hattet auch schon vorher ein großes Loch im Kopf.« Ich stand auf, fegte die Trümmer in der Mitte der Küche zusammen, anfangs mit bloßen Händen, dann mit einem Besen.

All die Frauen aufzusammeln und zu entsorgen, kostete mich fast eine halbe Stunde – ich arbeitete wohlgemerkt im Dunkeln –, doch schließlich hatte ich den Scherbenhaufen in den Mülleimer unter der Spüle gekippt und den Boden noch einmal trocken und feucht gewischt. Hinterher hatte ich einen Bärenhunger und machte mir ein Sandwich mit dem übrig gebliebenen Roastbeef, das ich mit einem Glas Magermilch hinunterspülte.

Ich weiß noch, dass ich gedacht habe, Frauen brauchen Kalzium. Sogar Unsichtbare wie ich.

Ich kehrte ans Fenster zurück und starrte durch den dichter werdenden Schleier der Dunkelheit auf das winzige Häuschen, das einst mein Zuhause gewesen war. Ein Heim für ungeratene Mädchen, dachte ich, als ich erst Erica und dann Alison vor mir sah. Was war bloß mit mir los, dass ich mich zu solchen Menschen hingezogen fühlte? Wo war meine Menschenkenntnis, mein gesunder Menschenverstand? War ich durch Erfahrung denn kein bisschen klug geworden?

Die stumme Verachtung meiner Mutter sickerte aus dem Schlafzimmer durch die Decke wie Säure aus einer Autobatterie, und ich spürte, wie sie mir ein Loch in die Kopfhaut brannte.

Noch eine dumme Frau mit einem klaffenden Loch im Kopf, dachte ich und raufte mir die Haare, als die Stimme meiner Mutter mir ins Ohr flüsterte: *Du lernst nie dazu. Du gehörst in den Müll zu den anderen.*

Im selben Augenblick nahm ich eine Bewegung wahr und drückte mich instinktiv an die Wand, als Alison ihre Wohnzimmergardine aufzog, in den Garten starrte und voller Sorge zur Auffahrt blickte. Sie fragte sich offensichtlich, wo ich war und wann ich nach Hause kommen würde.

Sie blieb ein paar Sekunden am Fenster stehen und trat dann einen Schritt zurück, sodass die Gardinen ihre andauernde Wacht verhüllten. Ich musste vorsichtig sein und mich in den uneinsehbaren Ecken der Räume aufhalten. Sie durfte nicht wissen, dass ich zu Hause war, bis alles vorbereitet war. Es gab noch so viel zu tun. Ich tastete mich zum Tresen und griff in die Regale, um die benötigten Zutaten bereitzustellen. Duncan-Hines-Backmischung, ein kleines Päckchen Instant-Schokoladenpudding, Öl, ein Paket gehackter Walnüsse, eine Hand voll Schokoraspel, vier Eier und einen Becher saure Sahne aus dem Kühlschrank. Terrys legendärer Schokoladenkuchen, der Lieblingskuchen meiner Mutter. Ich hatte ihn seit Jahren nicht gebacken.

Nicht seit dem Abend, an dem sie gestorben war.

Terry, hörte ich sie immer noch von oben mit kräftiger Stimme rufen, obwohl ihr Schlaganfall sie ansonsten längst hilflos gemacht hatte.

Ich komme gleich, Mutter.

Sofort!

Ich komme.

Warum brauchst du so lange?

Ich bin gleich oben.

Ich rührte die Zutaten in einer großen Schüssel zusammen, gab die Eier auf die Backmischung, den Instant-Pudding, das Öl und die saure Sahne und knetete den Teig mit der Hand, um keinen Lärm zu machen. Alison konnte sich jederzeit von mir unbemerkt aus ihrem Häuschen schleichen, den elektrischen Mixer hören und mich stören, bevor ich fertig war. Dieses Risiko durfte ich nicht eingehen. Eigelb und Eiweiß trennten sich in der Schüssel und sickerten über den hellbraunen Pudding, als ich beim Rühren in den Zutaten mit meinem Kochlöffel kräftige gelbe Strudel wie Pinselstriche auf einer Leinwand hinterließ und mein persönliches Meisterwerk schuf.

Ein Stillleben.

Terry, was um Himmels willen machst du da unten?

Ich bin fast fertig.

Ich brauche den Nachttopf. Ich kann es nicht mehr länger zurückhalten.

Ich komme sofort.

Ich gab Nüsse und Schokoraspel zu der übrigen Mischung, fuhr mit dem Zeigefinger am Rand der Schüssel entlang und leckte gierig den großen Klecks Teig ab, bevor ich das Ganze mit zwei Fingern wiederholte. Als ich die Finger langsam in den Mund schob und wieder herauszog, drang unwillkürlich ein Stöhnen über meine Lippen.

Was machst du da unten, rief meine Mutter.

Als kleines Mädchen habe ich meiner Mutter immer in der Küche zugesehen. Ständig hat sie irgendetwas gebacken, und ich habe sie oft gefragt, ob ich helfen dürfe. Natürlich hat sie jedes Mal abgelehnt und mir erklärt, ich würde nur alles durcheinander bringen. Doch eines Nachmittags war sie unterwegs, und ich beschloss, sie mit einem selbst gebackenen Kuchen zu überraschen. Ich suchte die benötigten Zutaten zusammen und knetete sie so lange zu einem Teig, bis keine Klümpchen mehr übrig waren, so wie ich es sie Woche für Woche hatte tun sehen. Dann backte ich das Ganze bei 180 Grad.

Als meine Mutter nach Hause kam, präsentierte ich ihr meinen wunderschönen Schokoladenkuchen. Sie musterte den sauberen Tresen und inspizierte den Küchenfußboden auf Flecken, bevor sie wortlos am Tisch Platz nahm, um sich bedienen zu lassen. Voller Stolz schnitt ich ein perfektes Stück ab und beobachtete gespannt, wie meine Mutter die Gabel zum Mund führte. Ich wartete auf ihr Lob oder auch nur ein Tätscheln des Hinterkopfes, das mir ihre Zufriedenheit zeigen würde. Man kann sich meinen Schock vorstellen, als sie stattdessen das Gesicht verzog, die Wangen einsaugte, den Kuchen ausspuckte und schrie: *Was hast du getan, du dummes Mädchen? Was hast du getan?*

Ich hatte statt süßer bittere Schokolade verwendet, zweifelsohne eine Achtlosigkeit, doch ich war damals erst neun oder zehn, und der Gesichtsausdruck meiner Mutter, das Wissen, dass sie, was mich betraf, die ganze Zeit Recht gehabt hatte, hätten gewiss Strafe genug sein müssen.

Doch das war es nicht. Und ich wusste es. Es war nie genug.

Noch heute spüre ich, wie sich mein ganzer Körper in Erwartung des Schlages anspannte, der Ohrfeige, die meine Augen verschwimmen und meine Ohren klingeln lassen würde. Doch sie schlug mich nicht, sondern schenkte mir ein geradezu unheimlich ruhiges, seltsam deplatziertes Lächeln. Sie wies einfach auf den Stuhl neben sich und befahl mir, mich hinzusetzen. Dann schnitt sie ein Stück von dem Kuchen ab, das ebenso perfekt aussah wie ihres, schob es mir hin und wartete, dass ich probierte.

Bis heute spüre ich, wie meine Hände zitterten, als ich den ersten Bissen in den Mund schob. Sofort legte sich der bittere Geschmack auf meine Zunge und verband sich mit dem bitteren Salz meiner Tränen, die meine Wangen hinunter in meinen Mund kullerten.

Sie hat mich gezwungen, den ganzen Kuchen zu essen.

Erst als ich mich auf den Küchenfußboden erbrach, ließ sie ab, aber nur, um mich stattdessen zu zwingen, den Boden zu wischen.

Terry, Herrgott noch mal, was machst du da unten?

Ich komme, Mutter.

Ich warf einen Blick zu dem Gartenhäuschen, heizte den Backofen auf 180 Grad vor, fettete eine große Kuchenform ein, füllte den Teig hinein und gab meine geheime Zutat hinzu.

Warum hat das denn so elend lange gedauert? Ich brauche den Nachttopf.

Er steht direkt neben dir. Kein Grund zur Aufregung.

Ich rufe schon seit einer Dreiviertelstunde.

Tut mir leid. Ich hab dir einen Kuchen gebacken.

Was für einen Kuchen denn?

Schokoladenkuchen. Deinen Lieblingskuchen.

Als der Ofen vorgeheizt war, schob ich die Form hinein und leckte den restlichen Teig aus der Schüssel. »Du hast mich nie die Schüssel auslecken lassen, oder, Mutter?« Dabei fand ich immer, dass es das Beste am Backen war. »Das Beste habe ich immer verpasst.«

Ich weiß, dass du mir Vorwürfe machst.

Ich mache dir keine Vorwürfe.

Doch, das tust du. Du gibst mir die Schuld dafür, was aus deinem Leben geworden ist, dafür, dass du nie geheiratet hast und keine Kinder hattest. Die ganze Geschichte mit Roger Stillman …

Das ist lange her, Mutter. Ich habe es längst vergessen.

Hast du das? Hast du das wirklich?

Ich nickte, schnitt ihr ein großes Stück Kuchen ab und presste eine Gabel voll an ihre Lippen.

Du weißt doch, dass alles, was ich getan habe, nur zu deinem Wohl war.

Das weiß ich. Natürlich weiß ich das.

Ich wollte nicht grausam sein.

Ich weiß.

So bin ich erzogen worden. Meine Mutter war mit mir genauso.

Du warst eine gute Mutter.

Ich habe viele Fehler gemacht.

Wir machen alle Fehler.

Kannst du mir verzeihen?

Natürlich verzeihe ich dir.

Ich küsste die schuppige, trockene Haut ihrer Stirn.

Du bist meine Mutter. Ich liebe dich.

Sie flüsterte etwas Unverständliches, vielleicht »Ich liebe dich«, vielleicht auch nicht. Was immer sie gesagt hat, ich wusste, es war eine Lüge. Alles, was sie sagte, war eine verdammte Lüge. Sie liebte mich nicht. Und leid tat ihr auch nichts bis auf die Tatsache, dass sie und nicht ich ans Bett gefesselt war. Ich schob ein weiteres Stück Kuchen in ihren blöden, gierigen Mund.

Meine Tagträume wurden von einem lauten Klopfen unterbrochen, und ich stürzte an die Hintertür. Vor dem Gartenhäuschen stand ein Mann mit dem Rücken zu mir. Als Alison die Tür öffnete, fiel von drinnen ein Schlaglicht auf die mittlerweile vertraute Gestalt.

»K.C.!«, rief Alison, als sein Profil klar zu erkennen war. »Komm rein.« Sie warf einen verstohlenen Blick in den Garten, bevor sie ihn ins Haus bat und die Tür schloss.

Guck dir den Abschaum an, den du in mein Haus gelassen hast, hörte ich meine Mutter zischen.

»Mein Haus«, verbesserte ich sie. »Du bist gestorben, schon vergessen?«

Mit Hilfe von Terrys legendärem Schokoladenkuchen und einem Lieblingskissen.

»Diesmal haben dich deine Geschmacksnerven im Stich gelassen, was, Mutter?« Wer hatte behauptet, dass Percodan und Schokoladenpudding nicht zusammenpassten?

Der Duft des frisch gebackenen Kuchens erfüllte die Küche. Ich warf einen Blick in den Ofen und bemerkte gerade noch rechtzeitig, wie die Tür des Gartenhäuschens wieder aufging und Alison mit K.C. ins Freie trat. »Terry müsste bald nach Hause kommen«, sagte sie. »Ich kann nicht lange wegbleiben.«

Ich rannte durch die Küche ins Wohnzimmer, durch dessen Fenster ich Alison und K.C. entschlossen auf die Straße treten und dicht nebeneinander um die nächste Ecke biegen sah. Wollten sie Lance und Denise treffen? Wie lange würde es dauern, bis sie zurückkamen? Und würden sie Ericas Motorrad-Freund mitbringen?

Ich verschwendete keine weitere Zeit. Ich umklammerte den Ersatzschlüssel zum Gartenhäuschen und zog behutsam das lange Schlachtermesser aus dem Messerblock, bevor ich die Hintertür öffnete und in die von Geflüster und Lügen erfüllte Nacht hinaustrat.

26

Ich weiß nicht genau, wonach ich suchte oder was zu finden ich glaubte.

Vielleicht wollte ich sichergehen, dass Lance wirklich weg war. Vielleicht suchte ich auch nach Alisons Tagebuch, etwas, das ich der Polizei als definitiven Beweis dafür präsentieren konnte, dass mein Leben in Gefahr war. Ich weiß es nicht. Als ich mit zitternden Händen und schlotternden Knien in dem hell erleuchteten Wohnzimmer stand, hatte ich keine Vorstellung davon, was ich als Nächstes tun sollte.

Ich hatte keine Ahnung, wie lange Alison und K.C. fort sein würden. Und woher sollte ich wissen, dass Lance sich nicht im Schlafzimmer versteckte und auf meinen nächsten dummen Schritt wartete? Hatte ich nicht um die Ecke geparkt, um nicht entdeckt zu werden? Konnte er nicht genau dasselbe getan haben?

Doch nirgends war eine Spur von ihm auszumachen: keine achtlos auf dem Fußboden verstreuten, zerknitterten Kleidungsstücke, keine Sitzspuren auf den Möbeln, keine männlichen Gerüche, die die Luft durchdrangen und den Duft von Babypuder und Erdbeeren störten. Ich schlich auf Zehenspitzen zum Schlafzimmer, das große Schlachtermesser am Griff gepackt, sodass die Klinge von meinem Körper abstand wie der Dorn einer riesigen Rose.

Doch auch im Schlafzimmer deutete nichts darauf hin, dass Lance noch hier wohnen könnte. Keine Hemden in den Schubladen, kein Koffer unter dem Bett, kein Rasierzeug im Medizinschrank. »Nichts«, sagte ich zu meinem Spiegelbild, das mir in der langen scharfen Klinge des Messers entgegenblitzte. Konnte es sein, dass er wirklich weg war, dass er mit Denise abgereist war, wie Alison behauptet hatte?

Und wenn ja, warum war K.C. dann noch hier? In welcher Verbindung stand er zu Alison?

Ich legte das Messer auf die weiße Korbkommode, wo es auf der unebenen Oberfläche hin und her schaukelte, während ich die Schubladen durchsuchte. Sie waren weitgehend leer – ein paar Push-up-BHs von einem Versandhandel, ein halbes Dutzend Slips, diverse unbequem aussehende Strings und ein gelber, mit *Hoppla-Lucy*-Motiven bedruckter Schlafanzug.

Wo war ihr Tagebuch? Das würde mir garantiert etwas verraten.

Erst nachdem ich jede Schublade mehrmals durchsucht hatte, entdeckte ich das verdammte Ding auf dem Nachttisch neben ihrem Bett. »Dumm«, sagte ich im Tonfall meiner Mutter. »Es lag die ganze Zeit dort. Mach doch die Augen auf.« Ich marschierte zum Nachttisch, nahm das Tagebuch und schlug es beim letzten Eintrag auf.

Alles bricht auseinander, las ich.

Wie auf ein Stichwort hörte man eine Reihe von klopfenden Geräuschen wie kleine Explosionen, gefolgt von einer noch lauteren Stimme und erneutem Pochen. »Terry!«, rief die Stimme. »Terry, ich weiß, dass du da drin bist. Terry, bitte! Mach die Tür auf!«

Ich ließ das Tagebuch aufs Bett fallen, stürzte ans Fenster und sah Alison, die mit K.C. im Schlepptau um mein Haus zur Hintertür rannte.

»Terry!«, wiederholte sie beharrlich und schlug immer wieder mit der flachen Hand gegen die Hintertür. »Terry, bitte. Mach auf. Wir müssen reden.«

»Sie ist nicht da«, sagte K.C.

»Sie *ist* da. Terry, bitte. Mach die Tür auf.«

Alison wendete sich abrupt zu dem Gartenhäuschen um. Hatte sie mich am Fenster gesehen? Ich drehte mich hilflos im Kreis und wusste, dass ich mich nirgends verstecken konnte.

Ich saß in der Falle.

Auf dem Weg zum Kleiderschrank fiel mir in letzter Sekunde das achtlos aufs Bett geworfene Tagebuch auf. Ich eilte zurück und legte es an seinen ordnungsgemäßen Platz auf dem Nachttisch, bevor ich über das Bett kletterte und die Kleiderschranktür genau in dem Moment hinter mir zuzog, in dem Alisons Schlüssel sich in der Haustür drehte.

Meine Finger krümmten sich noch um den Türknauf, als mir einfiel, dass ich das Messer – das Ungetüm mit der spitz zulaufenden, zehn Zentimeter langen Klinge – auf der Kommode hatte liegen lassen. *Dummes, dummes Mädchen*, flüsterte meine Mutter mir ins Ohr. *Das kann sie ja gar nicht übersehen.*

»Vielleicht war es nicht ihr Wagen«, sagte K.C. im Nebenzimmer. »Es gibt haufenweise schwarze Nissans.«

»Es war ihr Wagen«, beharrte Alison mit hörbar verwirrter Stimme. »Warum hat sie ihn um die Ecke geparkt und nicht in ihrer Einfahrt?«

»Vielleicht besucht sie eine Freundin.«

»Sie hat keine Freundinnen. Ich bin ihre einzige Freundin.«

»Kommt dir das nicht seltsam vor?«

Es folgte eine lange Pause, in der es schien, als würden wir alle drei den Atem anhalten.

»Wovon redest du überhaupt?«

Ich hörte die schlurfenden Schritte zweier nervöser Menschen, die im Kreis laufen. Wie lange konnte es dauern, bis einer von ihnen ins Schlafzimmer kam und das Messer entdeckte? Wie lange, bis Alison nachsah, ob sich der schwarze Mann im Kleiderschrank versteckte?

»Hör mal, Alison, es gibt da etwas, was ich dir sagen muss.«

»Was denn?«

Es folgte ein weiteres Schweigen, noch länger als zuvor. »Ich war nicht ganz ehrlich zu dir.«

»Willkommen im Club«, murmelte Alison. »Pass auf, wenn ich's mir recht überlege, bin ich jetzt, glaube ich, nicht in der Stimmung für diese Diskussion.«

»Warte – du musst mich zu Ende anhören.«

»Ich muss vor allem mal pinkeln.«

Gütiger Gott, dachte ich, als ich aus dem Kleiderschrank huschte wie ein Jojo am Faden. Die Klinge schlitzte meine Hand auf, als ich das Messer packte, in den Kleiderschrank zurückeilte und die Tür gerade noch rechtzeitig hinter mir zuzog. Im selben Moment betrat Alison das Zimmer, und ich stopfte mir meine verwundete Hand in den Mund und versuchte, nicht laut zu schreien. Ich hörte sie im Bad vor sich hin murmeln, während sie sich erleichterte. »Was um alles in der Welt ist hier los?«, wiederholte sie immer wieder. »Was um alles in der Welt ist hier los?«

Sie betätigte die Spülung, wusch sich die Hände und blieb dann stehen, als wüsste sie nicht, was sie als Nächstes tun sollte. Oder war ihr etwas Verdächtiges aufgefallen? Ein Blutstropfen auf der Kommode? Ein verdächtiger Fußabdruck auf dem Teppich? Lag das Tagebuch verkehrt herum? Ich zückte das Messer und wartete.

»Alison?«, rief K.C. aus dem Wohnzimmer. »Alles in Ordnung?«

»Kommt drauf an«, sagte sie mit einem langen resignierten Seufzen. »Was willst du mir denn erzählen?«

K.C.s Stimme kam näher. Ich spürte, dass er in der Tür stand. »Vielleicht solltest du dich lieber setzen.«

Alison ließ sich gehorsam aufs Bett fallen. »Das Ganze gefällt mir immer weniger.«

»Zunächst mal ist mein Name nicht K.C.«

»Nicht«, sagte Alison nicht fragend, sondern eher nüchtern.

»Ich heiße Charlie. Charlie Kentish.«

Charlie Kentish? Wo hatte ich diesen Namen schon einmal gehört?

»Charlie Kentish«, wiederholte Alison, als würde sie das Gleiche denken. »Nicht K.C., die Abkürzung für Kenneth Charles.«

»Nein.«

»Kein Wunder, dass dich niemand so nennt«, bemerkte sie lakonisch, und ich hätte beinahe laut gelacht. »Das verstehe ich nicht«, fuhr sie beinahe im selben Atemzug fort. »Warum hast du einen falschen Namen benutzt?«

»Weil ich nicht wusste, ob ich dir trauen kann.«

»Warum solltest du mir denn nicht trauen können?«

Er zuckte vermutlich die Achseln. »Ich weiß nicht so recht, wo ich anfangen soll.« Wieder eine Pause für ein Schulterzucken oder vielleicht auch ein Kopfschütteln.

»Dann lässt du es vielleicht lieber.« Alison sprang auf, und ich hörte, wie sie vor dem Bett auf und ab lief. »Vielleicht ist es unwichtig, wer du wirklich bist oder was du mir sagen willst. Vielleicht solltest du einfach gehen und dein Leben weiterleben, wessen Leben es auch immer sein mag, und ich lebe meins weiter, und wir sind glücklich bis ans Ende unserer Tage. Klingt doch wie eine gute Idee, oder?«

»Nur wenn du mit mir kommst.«

»Ich soll mit dir kommen?«

»Du bist in Gefahr, wenn du hier bleibst.«

»Ich bin in Gefahr?« Alison lachte beinahe. »Bist du vollkommen übergeschnappt?«

»Bitte hör mich an –«

»Nein«, erwiderte Alison entschlossen. »Du fängst an, mir Angst zu machen, und ich will, dass du gehst.«

»Meinetwegen musst du dir keine Sorgen machen.«

»Hör zu, K.C., Charles oder wer zum Teufel du auch bist –«

»Ich bin Charlie Kentish.«

Charlie Kentish, wiederholte ich. Warum kam mir der Name so verdammt bekannt vor?

»Ich will dieses Gespräch nicht führen. Wenn du nicht gehst, rufe ich die Polizei.«

»Erica Hollander ist meine Verlobte.«

»Was?«

»Die Frau, die hier vorher gewohnt hat.«

»Ich weiß, wer Erica Hollander ist.«

Natürlich. Charlie Kentish, Ericas Verlobter, von dem sie ständig geschwärmt hatte. *Charlie dies, Charlie das. Charlie sieht so gut aus. Charlie ist so intelligent. Charlie hat für ein Jahr diesen Superjob in Japan. Charlie und ich werden heiraten, sobald er nach Hause kommt.*

»Deine kostbare Verlobte hat Terry bei Nacht und Nebel und mehrere Monate mit der Miete im Rückstand sitzen lassen«, sagte Alison.

»Sie ist nirgendwohin gegangen.«

»Was soll das heißen?«

»Ich meine, sie ist nirgendwohin gegangen«, wiederholte er, als würde das alles erklären.

»Das verstehe ich nicht. Was willst du damit sagen?«

»Ich hatte gehofft, das könntest du mir sagen.«

»Was soll ich dir sagen? Ich habe keine Ahnung, wovon du redest.«

»Wenn du vielleicht einen Moment aufhören könntest, hin und her zu rennen, und dich setzen würdest …«

»Ich will mich nicht setzen.«

»Bitte. Hör mich bloß an.«

»Und dann gehst du.«

»Wenn du willst.«

Ich hörte das Bett quietschen, als Alison ihre vorherige

Position wieder einnahm. »Ich höre«, sagte sie auf eine Art, die andeutete, dass sie das lieber nicht tun würde.

»Erica und ich hatten etwa ein halbes Jahr zusammengelebt, als ich ein fantastisches Jobangebot für ein Jahr in Japan bekam. Wir haben gemeinsam entschieden, dass ich es annehmen sollte, sie würde hier bleiben, sich eine billigere Wohnung nehmen, und wir würden beide sparen, damit wir heiraten könnten, sobald ich zurück wäre.«

»Ich dachte, du kommst aus Texas.«

»Ursprünglich schon. Ich bin nach dem College hierher gezogen.«

»Okay, du bist also ab nach Japan«, lenkte Alison ihn zum Thema zurück.

»Und Erica hat mir eine E-Mail geschrieben, dass sie ein tolles kleines Häuschen im Garten eines größeren Hauses gefunden hätte, das einer Krankenschwester gehört. Sie war ganz begeistert.«

»Das glaube ich gern.«

»Alles klang perfekt. Sie schrieb schwärmerische Mails, wie wundervoll Terry war, dass sie Erica ständig zum Essen eingeladen hatte und ihr in tausend Kleinigkeiten gefällig war. Ericas Mutter ist vor ein paar Jahren gestorben, und ihr Vater hat noch einmal geheiratet und ist nach Arizona gezogen, sodass sie vermutlich einfach bloß dankbar war, einen Menschen wie Terry in ihrem Leben zu haben.«

»Damit sie sie ausnutzen konnte.«

»So war Erica nicht. Sie war das süßeste –« Seine Stimme wurde brüchig. »Dann änderten sich die Dinge langsam.«

»Was soll das heißen? Was für Dinge?«

»Die Briefe klangen nicht mehr so positiv. Erica schrieb, dass Terry anfing, sich eigenartig zu benehmen, dass sie sich irgendwie auf einen Motorradfahrer fixiert hätte, den Erica einmal in einem Restaurant gegrüßt hatte, dass sie immer paranoider würde.«

»Inwiefern paranoid?«

»Sie ist nie ins Detail gegangen. Sie meinte bloß, dass Terry ihr langsam unheimlich würde und sie deshalb vielleicht leider umziehen müsse.«

»Also ist sie mitten in der Nacht abgehauen.«

»Nein. Das war wenige Monate vor meiner Rückkehr. Wir haben beschlossen, dass sie noch eine Weile in Delray bleiben sollte, damit wir anschließend gemeinsam etwas suchen könnten. Doch dann brachen die E-Mails plötzlich ab. Ich habe versucht, sie anzurufen, doch niemand hat abgenommen. Ich habe Terry angerufen, doch sie erklärte mir nur, Erica wäre ausgezogen.«

»Du hast ihr nicht geglaubt?«

»Es kam mir merkwürdig vor, dass Erica ausgezogen sein sollte, ohne mir Bescheid zu sagen oder auch nur eine Nachsendeadresse zu hinterlassen.«

»Terry hat mir erzählt, dass sie sich mit ein paar üblen Typen eingelassen hat.«

»Nein.«

»Dass sie einen anderen kennen gelernt hat.«

»Das glaube ich nicht.«

»So was passiert jeden Tag.«

»Bestimmt. Aber nicht in diesem Fall.«

»Hast du bei ihrem Arbeitgeber nachgefragt?«

»Erica hatte keinen festen Arbeitgeber. Sie hat für eine Zeitarbeitsfirma gearbeitet, die seit Wochen nichts mehr von ihr gehört hatte.«

»Bist du zur Polizei gegangen?«

»Ich habe sie aus Japan angerufen. Aber per Ferngespräch konnten sie nicht viel für mich tun. Sie haben Kontakt mit Terry aufgenommen, und sie hat ihnen die gleiche Geschichte erzählt wie dir.«

»Und du willst sie nicht akzeptieren.«

»Weil sie nicht stimmt.«

»Bist du zur Polizei gegangen, als du zurückgekommen bist?«

»Sobald ich aus dem Flieger gestiegen war. Sie haben ungefähr genauso reagiert wie du jetzt. Sie hat einen anderen gefunden, Kumpel. Zieh Leine.«

»Aber das kannst du nicht.«

»Nicht bevor ich herausgefunden habe, was mit ihr geschehen ist.«

»Und du denkst, Terry hat irgendetwas damit zu tun? Oder *ich*?«

»Am Anfang dachte ich das, ja.«

»Am Anfang?«

»Als du eingezogen bist.«

Ich konnte Alisons fragenden Blick förmlich spüren.

»Damals hatte ich das Haus seit etwa einem Monat beobachtet«, erklärte K.C. »Nachdem du eingezogen bist, habe ich angefangen, dich zu verfolgen. Du hast den Job in der Galerie bekommen, und ich habe mich immer mal wieder dort rumgetrieben. Ich hatte fast einen Herzinfarkt, als ich gesehen habe, dass du Ericas Kette trägst. Die habe ich ihr geschenkt.«

»Ich habe sie unter dem Bett gefunden«, protestierte Alison.

»Ich glaube dir ja. Aber am Anfang wusste ich nicht, was ich denken sollte. Ich musste herausfinden, inwieweit du in die Sache verwickelt warst, wie viel du wusstest. Ich habe versucht, mit dir zu flirten, aber du hattest kein Interesse, also hab ich mich an Denise rangemacht und sie überredet, mich zu dem Essen an Thanksgiving mitzunehmen. Mir ist ziemlich schnell klar geworden, dass du nichts mit Ericas Verschwinden zu tun hast. Aber je näher ich Terry kennen gelernt habe, desto sicherer war ich mir, dass sie sehr wohl etwas damit zu tun hat.«

»Und wie kommst du darauf?«

»Weil diese Frau etwas sehr Seltsames an sich hat.«

»Sei doch nicht albern.«

»Ich beobachte sie jetzt seit Monaten, rufe sie an, verfolge sie mit meinem Wagen, versuche, sie zu erschrecken, was auch immer, um sie zu einem Fehler zu verleiten. Und sie zeigt erste Risse. Ich spüre es.«

Also hatte ich mir das alles nicht eingebildet. Jemand hatte mich wirklich beobachtet. Und nicht erst seit heute. K.C. war der flüchtige Schatten vor meinem Fenster, der anonyme und gleichzeitig seltsam vertraut klingende Anrufer. Dieser Hauch eines texanischen Akzents, den er nicht ganz verbergen konnte – wie hatte ich das überhören können?

»Du belästigst sie seit Monaten«, stellte Alison fest, »und wunderst dich, dass sie seltsam reagiert?«

»Terry weiß, was mit Erica geschehen ist. Sie ist dafür verantwortlich, verdammt noch mal.«

»Bist du jetzt fertig? Denn wenn du fertig bist, wird es Zeit zu gehen.«

»Hast du nichts von dem gehört, was ich gesagt habe?«

»Du hast ja nichts gesagt«, schoss Alison zurück. »Deine Freundin hat sich abgesetzt. Es tut mir leid. Ich weiß, dass es schwer ist zu akzeptieren, dass man sitzen gelassen worden ist. Aber deine Andeutungen sind völlig absurd. Und ich habe wirklich genug davon gehört, vielen Dank. Ich will, dass du jetzt gehst.«

Nach kurzem Schweigen hörte man Schritte, die sich schlurfend zur Haustür bewegten.

»Warte!«, rief Alison, und ich hielt den Atem an, beugte mich vor und lehnte meinen Kopf an die Kleiderschranktür. »Die solltest du mitnehmen.« Sie ging um das Bett und zog die Nachttischschublade auf. »Du hast gesagt, dass du sie ihr geschenkt hast, und du sollst sie zurückhaben.«

Ich stellte mir vor, wie Alison, Ericas dünne goldene Kette an ihrem Finger baumelnd, auf ihn zuging.

»Komm mit mir«, drängte er sie. »Du bist nicht sicher, wenn du bleibst.«

»Mach dir um mich keine Sorgen«, erklärte sie ihm knapp. »Mir wird schon nichts passieren.«

Ich hörte, wie die Haustür geöffnet wurde, stieg aus dem Kleiderschrank und tastete mich an der Kommode entlang, wobei ich eine blutige Spur hinterließ, als ich mich kurz abstützte.

»Sei vorsichtig«, warnte der Mann, der sich K.C. nannte, die junge Frau, die sich Alison Simms nannte.

Und dann war er verschwunden.

27

Ich weiß nicht, wie lange ich so mit angehaltenem Atem und vor Schmerz pulsierender Hand dagestanden und den Griff des Messers wie ein Brandeisen auf meine zerfetzte Haut gepresst habe. Würde ich wirklich in der Lage sein, dieses Messer in Notwehr gegen Alison zu richten?

»Was zum Teufel ist hier eigentlich los?«, wollte Alison plötzlich wissen, und ich stürzte nach vorn, die Arme instinktiv erhoben, sodass Blut von meiner Hand über meinen Unterarm sickerte, als hätte jemand den Verlauf meiner Adern mit roter Tinte nachgezogen.

Doch Alison hatte gar nicht mit mir gesprochen und war auch schon aus der Tür und auf dem Weg zu meinem Haus, als ich aus dem Schatten trat. Ihre gequälte, unbeantwortete Frage zitterte in der stillen Luft wie Qualm von einer weggeworfenen Zigarette. »Terry!«, hörte ich sie rufen, als sie erneut an meine Hintertür klopfte. »Terry, mach auf. Ich weiß, dass du da drinnen bist.«

Ich beobachtete, wie sie, den Kopf zu meinem Schlafzimmerfenster geneigt, einen Schritt zurück machte. »Terry!«, rief sie, und ihre Stimme traf die Scheibe wie ein gut gezieltes Steinchen, bevor sie resigniert erstarb. Was nun, fragte ich mich, schluckte das bisschen Luft, das ich schnappen konnte, und nahm es in meiner Lunge als Geisel.

Quälend lange, so schien es mir, stand Alison vollkommen still und erwog vermutlich ihre Alternativen. Genau wie ich. Schließlich entschied sie sich zu einem letzten Versuch, machte auf dem Absatz kehrt und rannte um das Haus zum Vordereingang. Erst jetzt stieß ich die Tür des Gartenhäuschens auf und schlich in den Abend hinaus, wo ein kalter Luftzug über meinen Nacken fuhr wie die Zunge einer Katze.

Im nächsten Moment war ich in meiner Küche, wo mir der Duft von frisch gebackenem Schokoladenkuchen entgegenschlug und sich um meinen Kopf legte wie ein Brautschleier. Ich schob das blutige Messer in den Block zurück und wickelte gerade ein Handtuch um meine blutende Hand, als Alison an die Hintertür zurückkehrte und erschreckt die Augen aufriss, als ich das Licht anmachte und die Tür öffnete, um sie hereinzulassen.

»Terry! Was ist denn los? Wo bist du gewesen? Ich hab mir solche Sorgen gemacht.«

»Ich hab ein bisschen geschlafen«, erwiderte ich schläfrig in einem Tonfall, den ich kaum als meinen eigenen wiedererkannte. Aber K.C. war schließlich nicht der Einzige, der seine Stimme verstellen konnte.

»Alles in Ordnung?«

»Mir geht es bestens«, erwiderte ich und wedelte mit dem Arm, um ihre Befürchtungen abzutun.

»Mein Gott, was ist denn mit deiner Hand passiert?«

Ich betrachtete meinen verletzten Arm, als würde ich ihn zum ersten Mal sehen. Das dünne Baumwollhandtuch war bereits blutdurchtränkt. »Ich hab mich geschnitten. Das ist gar nichts.«

»Das ist nicht gar nichts. Lass mich mal sehen.« Bevor ich weitere Einwände erheben konnte, hatte sie das Handtuch schon abgewickelt. »Oh, mein Gott. Das ist ja schrecklich. Vielleicht sollten wir doch besser ins Krankenhaus fahren.«

»Alison, es ist nur ein kleiner Kratzer.«

»Es ist nicht nur ein kleiner Kratzer. Vielleicht muss es genäht werden.« Sie zerrte mich zum Waschbecken, ließ kaltes Wasser laufen und hielt meine Hand darunter. »Wie lange blutet es schon so heftig?«

»Nicht lange.« Ich verzog das Gesicht, als das Wasser auf meine Handfläche traf, das Blut fortspülte und die feine weiße Wunde freilegte. Meine verwundete Lebenslinie, dachte ich, als neues Blut über meine Handfläche sickerte.

»Wonach riecht's denn hier so lecker?«, fragte Alison mit einem Blick zum Ofen.

»Nach Terrys legendärem Schokoladenkuchen«, erwiderte ich achselzuckend.

Sie zog verwirrt die Augenbrauen zusammen. »Das verstehe ich nicht. Wann hattest du noch Zeit zu backen? Ich warte seit Stunden auf dich. Wann bist du nach Hause gekommen? Und warum steht dein Auto um die Ecke?« Die Fragen sprudelten jetzt förmlich aus ihr heraus, so wie sie ihr in den Sinn kamen, eine auf die andere gestapelt wie Pfannkuchen. Alison machte das Wasser aus, riss Küchenpapier von der Rolle und drückte die saugfähigen Tücher auf meine Hand. »Erzähl mir, was los ist, Terry.«

Ich schüttelte den Kopf und versuchte, meine Gedanken zu sammeln und meinen Lügen eine Struktur zu geben. »Da gibt es nicht viel zu erzählen.«

»Fang an, als du hier aufgebrochen bist. Wohin bist du gefahren?«, lieferte Alison mir ein Stichwort. Mehr musste sie nicht sagen. Den abgebrochenen Kuss musste sie gar nicht erwähnen.

In der Mitte der weißen Küchentücher bildete sich ein wuchernder roter Kreis aus, wie von einer Monatsblutung, dachte ich und beobachtete, wie er breiter und dunkler wurde und sich zu den Rändern vortastete. »Was passiert ist, ist mir unendlich peinlich«, flüsterte ich, als sie mich zu einem Stuhl führte. »Ich weiß nicht, was über mich gekommen ist.«

»Es war alles meine Schuld«, unterbrach Alison mich sofort und setzte sich neben mich. »Ich habe offensichtlich einen falschen Eindruck erweckt.«

»Ich habe so etwas noch nie in meinem Leben getan.«

»Ich weiß. Du warst bloß aufgewühlt wegen Josh.«

»Ja«, stimmte ich ihr zu und dachte, dass das wahrscheinlich die Wahrheit war. »Jedenfalls weiß ich nicht genau, wohin ich von hier aus gefahren bin. Ich war ziemlich durcheinander und bin einfach eine Weile rumgekurvt, um wieder einen klaren Kopf zu bekommen.«

»Und dann hast du deinen Wagen um die Ecke geparkt, weil du nicht wolltest, dass ich wusste, dass du wieder zu Hause warst«, stellte Alison leise fest, und ein Hauch von schlechtem Gewissen schwang in ihren Worten mit.

»Ich hab mich ziemlich wackelig auf den Beinen gefühlt. Ich dachte, es wäre das Beste, wenn wir uns nicht gleich wiedersehen.«

»Ich hab mir Sorgen um dich gemacht.«

»Das tut mir leid.«

»Das muss dir nicht leidtun.«

Ich sah mich in der Küche um. Ohne die zuschauenden Frauen kam sie mir kahl und leer vor. »Backen war immer wie eine Art Therapie für mich«, fuhr ich fort und blickte von den Regalen zum Ofen. »Also hab ich mir gedacht, warum nicht einen Kuchen backen? Ich weiß nicht. Es schien mir das Richtige zur richtigen Zeit. Sagt man nicht so?«

Sie nickte. »Scheint so, als gäbe es für alles eine Redensart.«

Ich lächelte. »Du magst doch Schokoladenkuchen, oder?«

Nun war es an ihr zu lächeln. »Ist das eine rhetorische Frage?«

Ich tätschelte ihre Hand. Sie fühlte sich eiskalt an. »Er sollte in ein paar Minuten fertig sein.«

»Hast du dir dabei in die Hand geschnitten? Beim Backen?«

»Es war dumm«, begann ich, und die Lüge zappelte auf meiner Zunge wie ein Wurm an einem Angelhaken. »Ich hab, ohne hinzusehen, in die Schublade gegriffen und mir die Hand an einem kleinen Schälmesser geschnitten.«

Alison griff sich aus Mitgefühl an die eigene Hand. »Autsch, das tut weh.«

»Es geht schon wieder.« Ich blickte zum Ofen und lächelte. »Der Kuchen müsste jetzt fertig sein. Hast du Lust auf ein Stück?«

»Muss man ihn nicht erst eine Weile abkühlen lassen?«

»Nein, am leckersten ist er frisch aus dem Ofen.« Ich stand auf und öffnete mit der linken Hand die Ofenklappe. Die Hitze schlug mir wie eine Meereswoge entgegen, als ich mich bückte und das satte Schokoladenaroma einatmete. Ich griff nach den Backhandschuhen auf dem Tresen.

»Lass mich das machen«, bot Alison sofort an, schlüpfte mit den Händen in die bereitliegenden pinkfarbenen Fäustlinge und stellte die Kuchenform behutsam auf einen Untersetzer. »Er sieht genauso gut aus, wie er riecht. Soll ich einen Kaffee aufsetzen?«

»Kaffee klingt herrlich.«

»Bleib sitzen und halt deine Hand still und hoch.« Sie verdrehte die Augen. »Ich nun wieder – du bist die Krankenschwester, und ich sag dir, was du tun sollst.« Sie schüttelte den Kopf und lachte erleichtert, wie ich erkannte – erleichtert darüber, dass ich offenbar eine plausible Erklärung für alles geliefert hatte, erleichtert darüber, dass ich nicht mehr wütend auf sie war, erleichtert, dass alles anscheinend wieder normal war.

Anscheinend, dachte ich und lehnte mich auf meinem Stuhl zurück. Gutes Wort.

Lächelnd beobachtete ich, wie Alison Kaffee kochte. Es war erstaunlich, wie wohl sie sich inmitten meiner Sachen in meiner Küche fühlte. Ohne zu fragen, wusste sie, dass ich den Kaffee im Gefrierfach und den Zucker in dem Schrank links über dem Waschbecken aufbewahrte. »Im Eisschrank steht geschlagene Sahne«, erklärte ich ihr, als sie den Kaffee abmaß und in den Filter gab.

»Du bist wirklich erstaunlich«, sagte sie. »Du bist immer auf alles vorbereitet.«

»Manchmal lohnt es sich, vorbereitet zu sein.«

»Ich wünschte, ich wäre mehr so.« Alison beugte sich über den Tresen. »Ich habe immer eher impulsiv gehandelt.«

»Das kann ziemlich gefährlich sein.«

»Wem sagst du das.« Es entstand ein kurzes Schweigen. Alison blickte zu Boden und dann auf die leeren Regale, und ein verschmitztes Lächeln breitete sich über ihr Gesicht. »All diese Köpfe zu zerschmeißen war aber auch ziemlich impulsiv.«

Ich lachte. »Da hast du wahrscheinlich Recht.«

»Vielleicht sind wir uns ähnlicher, als wir denken.«

»Vielleicht.« Unsere Blicke trafen sich, und wir verharrten einen Moment, als wollte jede von uns die andere provozieren, als Erste wegzugucken. Natürlich musste ich zuerst blinzeln. »Was meinst du, sollen wir ein Stück von dem Kuchen probieren?«

»Du bleibst, wo du bist, und hältst die Hand hoch. Ich mache alles.« Alison nahm zwei Teller, Tassen und Untertassen aus dem Schrank und deckte den Tisch mit Papierservietten, Zucker und einer Schüssel Schlagsahne. Dann ging sie zum Tresen zurück, um ein Messer zu holen. »Weißt du noch, wie ich zum ersten Mal hier war und das falsche Messer genommen habe?«, sagte sie und zog das riesige Schlachtermesser aus dem Messerblock. Mir stockte der Atem. »Und du hast gesagt: ›Das ist ein bisschen zu mörderisch.‹ Oha!«, meinte sie jetzt und starrte mit offenem Mund auf die blutverkrustete Klinge. »Was ist das? Blut?« Ihr Blick wanderte an dem Messer entlang. »Sieht so aus, als ob auch der Griff voller Blut wäre.« Sie starrte auf ihre Handfläche.

»Wohl eher Kinoblut«, sagte ich, stand rasch auf, nahm ihr das Messer aus der Hand, ließ es ins Waschbecken fallen und heißes Wasser darüberlaufen. »Das ist kein Blut«, erklärte ich ihr.

»Was ist es denn?«

»Nur ein Fall von ziemlich hartnäckiger Erdbeermarmelade.«

»Marmelade? Am Griff deines Messers?«

»Schneidest du mir jetzt ein Stück Kuchen ab oder nicht?«, fragte ich ungeduldig.

Alison nahm ein anderes Messer und schnitt in den noch warmen Kuchen. »Oh, er bröckelt. Bist du sicher, dass es nicht noch zu früh ist?«

»Das Timing ist absolut perfekt«, sagte ich, als sie ein großes Stück auf einen Teller schob. »Meins bitte nur halb so groß.«

»Sicher?«

»Ich kann ja jederzeit noch eins nehmen.«

»Darauf würde ich mich nicht verlassen.« Alison setzte sich wieder auf ihren Stuhl und schaufelte eifrig eine volle Gabel mit Kuchen in ihren Mund.

Ich beobachtete, wie die dunklen Krümel ihre Lippen umrandeten. Wie ein Clownsgesicht, dachte ich, als sie die Krümel mit ihrer Zunge ableckte. Mit ihrer Schlangenzunge, dachte ich und sah, wie sie schluckte.

»Das ist unbedingt der beste Kuchen, den du je gebacken hast. Der beste!« Sie aß ein weiteres Stück. »Bringst du mir bei, wie man ihn macht?«

»Er geht eigentlich ganz einfach.«

»Keine Sorge. Ich krieg das schon irgendwie verkompliziert.« Alison lachte verlegen und verputzte hungrig die Reste auf ihrem Teller. »Das ist wirklich superlecker. Warum isst du gar nichts?«

»Ich dachte, ich warte auf den Kaffee.«

Alison blickte zur Kaffeemaschine. »Sieht so aus, als könnte das noch ein paar Minuten dauern. »›Wenn man den Kessel anstarrt, kocht das Wasser nie‹«, erinnerte sie mich und wandte den Blick ab. »Das hast du mir beigebracht.«

»Merkst du dir alles, was ich sage?«

»Ich versuche es zumindest.«

»Warum?«, fragte ich ehrlich neugierig.

»Weil ich finde, dass du intelligent bist. Weil ich dich bewundere.« Alison zögerte, als wollte sie noch etwas sagen, bevor sie es sich offensichtlich anders überlegte. »Kann ich noch ein Stück haben? Ich kann nicht auf den Kaffee warten.«

»Nur zu. Probier ihn mal mit Schlagsahne.«

Alison schnitt sich ein zweites, noch größeres Stück Kuchen ab und gab einen großen Klecks Sahne darauf. »Das ist himmlisch«, schwärmte sie. »Absolut himmlisch. Du musst ihn probieren.« Sie hielt mir ihre Gabel hin.

Ich wies kopfschüttelnd auf den Kaffee.

»Du bist so willensstark.«

»Es dauert ja nicht mehr lange.« Ich beobachtete, wie sie ihr zweites Stück Kuchen herunterschlang. Ein menschlicher Biomüllschlucker, dachte ich beinahe ehrfürchtig. »Bereit für ein drittes Stück?«

»Das ist nicht dein Ernst. Noch ein Stück, und hier platzen nicht nur Porzellanköpfe.« Sie zögerte. »Obwohl ich vielleicht noch Platz für ein ganz klitzekleines Eckchen habe. Zu meinem Kaffee.« Sie lachte, senkte den Blick und schloss die Augen. »Ich werde das hier vermissen«, flüsterte sie mit schwankendem Körper.

Ich beugte mich vor, weil ich glaubte, sie würde fallen, obwohl ich dachte, dass selbst ein starkes Beruhigungsmittel wie Percodan ein paar Minuten brauchte, bevor es seine Wunder wirkte.

Statt umzufallen, richtete Alison sich jedoch unvermittelt kerzengerade auf ihrem Stuhl auf und klappte die Augen auf, als wäre sie eben aus einem Alptraum erwacht. »Bitte zwing mich nicht zu gehen.«

»Was?«

»Ich weiß, du hast gesagt, du hättest das Häuschen schon

an eine Arbeitskollegin vermietet, doch ich hoffe immer noch, dass du deine Meinung änderst und mir eine zweite Chance gibst. Ich verspreche dir, dass ich es diesmal nicht vermasseln werde. Ich tue alles, was du sagst. Ich befolge alle deine Regeln. Ich bau nicht noch mal Mist. Ehrlich.«

Sie klang so aufrichtig, dass ich mich dabei ertappte, ihr beinahe zu glauben. Ich *wollte* ihr trotz allem glauben, wie mir klar wurde. »Was ist mit Lance?«

»Lance? Das ist vorbei. Lance ist weg.«

»Woher soll ich wissen, dass er nicht zurückkommt?«

»Weil ich dir mein feierliches Versprechen gebe.«

»Du hast mich schon mal angelogen.«

»Ich weiß. Und es tut mir auch furchtbar leid. Es war dumm. *Ich* war dumm. Dumm zu glauben, dass Lance sich je ändern wird und dass es diesmal anders sein würde.«

»Und das nächste Mal?«

»Es wird kein nächstes Mal geben. Lance weiß, dass er zu weit gegangen ist, dass er eine Grenze überschritten hat, als er dich angemacht hat.«

»Warum ist es bei mir etwas anderes als bei allen anderen?«

Sie zögerte, hob den Blick und senkte ihn wieder, als würde sie nach den richtigen Worten suchen. »Weil er wusste, dass du mir wichtig bist.«

»Und was macht mich so wichtig?«

Wieder eine Pause. »Du bist eben einfach wichtig.« Alison sprang auf und packte die Tischkante.

»Alison? Alles in Ordnung?«

»Ja. Mir war nur einen Moment lang ein bisschen schummrig. Wahrscheinlich die plötzliche Bewegung.«

»Ist dir jetzt immer noch schwindelig?«

Sie schüttelte langsam den Kopf, als wäre sie sich nicht ganz sicher. »Ich glaube, jetzt geht es wieder. Aber schon irgendwie unheimlich.«

»Trink eine Tasse Kaffee. Kaffee ist gut gegen Schwindel.«

»Wirklich?«

»Vergiss nicht, ich bin die Krankenschwester.«

Sie lächelte. »Zwei Tassen Kaffee kommen sofort.« Sie goss den frischen Kaffee in die Tassen und gab drei gehäufte Teelöffel Zucker und einen großen Klecks Sahne in ihren.

»Prost.« Wir stießen mit unseren Tassen an.

»Auf uns.«

»Auf uns«, stimmte ich zu und beobachtete, wie sie einen großen Schluck trank.

Sie verzog das Gesicht und stellte ihre Tasse auf der Untertasse ab. »Irgendwie bitter.«

Ich trank ebenfalls einen Schluck. »Ich finde, er schmeckt gut.«

»Ich glaube, ich habe ihn zu stark gemacht.«

»Vielleicht brauchst du noch mehr Zucker«, neckte ich sie.

Alison gab einen vierten Löffel Zucker in ihren Kaffee und schmeckte erneut. »Nein. Noch immer nicht ganz richtig.« Sie legte eine Hand an den Kopf.

»Alison, ist alles in Ordnung mit dir?«

»Ich weiß nicht. Ich fühle mich ein bisschen seltsam.«

»Trink noch einen Schluck Kaffee. Das hilft bestimmt.«

Alison tat wie geheißen und kippte ihren Kaffee herunter wie ein Glas Tequila, bevor sie tief durchatmete. »Ist es hier drinnen besonders warm?«

»Eigentlich nicht.«

»O Gott. Ich hoffe, ich kriege keine Migräne.«

»Fängt es normalerweise so an?«

»Nein. Normalerweise kriege ich so eine Art Tunnelblick, und dann setzen grässliche Kopfschmerzen ein.«

»Ich habe noch ein paar von den Tabletten.« Ich stand auf und tat so, als würde ich in einer Schublade herumkramen. »Warum nimmst du nicht zwei? Als Präventivschlag sozusagen.« Ich gab ihr zwei kleine weiße Pillen und stellte das Percodan-Fläschchen wieder in die Schublade.

Sie schluckte die Tabletten, ohne sie auch nur anzusehen. »Und was meinst du?«, fragte sie und strich sich das Haar aus der Stirn.

Ich bemerkte, dass sie zu schwitzen begonnen hatte. »Ich meine, dass du dich schon bald besser fühlen wirst.«

»Nein. Ich meine wegen des Bleibens.«

»Du kannst so lange bleiben, wie du willst.«

Sofort schossen ihr Tränen in die Augen. »Wirklich? Ist das dein Ernst?«

»Absolut.«

»Du wirfst mich nicht raus?«

»Wie könnte ich? Dies ist dein Zuhause.«

Alison schlug die Hand vor den Mund und unterdrückte einen Seufzer reiner Freude. »Oh, danke. Vielen, vielen Dank. Es wird dir nicht leidtun, das verspreche ich dir.«

»Aber keine Lügen mehr.«

»Ich verspreche dir, dass ich dich nie wieder anlügen werde.«

»Gut. Denn Lügen zerstören Vertrauen, und ohne Vertrauen ...«

»Du hast Recht. Natürlich hast du Recht.« Sie fuhr sich durchs Haar, drehte den Kopf von links nach rechts und befeuchtete mit der Zunge ihre Lippen.

»Alles in Ordnung, Alison? Möchtest du dich vielleicht hinlegen?«

»Nein. Das geht schon.«

»Was hat K.C. vorhin hier gewollt?«, fragte ich wie beiläufig, während sie Mühe hatte, ihren Blick zu fokussieren.

»Was?«

»Keine Lügen mehr, Alison. Du hast es versprochen.«

»Keine Lügen mehr«, flüsterte sie.

»Was hat K.C. hier gemacht?«

Sie schüttelte den Kopf und fasste sich an die Schläfen, als wollte sie ihren Kopf stabilisieren und ihn davon abhalten, ganz herunterzufallen. »Er heißt nicht K.C.«

»Nicht?«

»Nein. Er heißt Charlie. Charlie Soundso. Ich weiß nicht mehr. Er war Erica Hollanders Verlobter.«

»Ericas Verlobter? Was macht der denn hier?«

»Ich weiß nicht.« Alisons Blick suchte mühsam mein Gesicht. »Er hat wirres Zeug geredet.«

»Was hat er denn gesagt?«

»Es klang alles völlig unzusammenhängend und sinnlos.« Sie lachte, doch das schwache Geräusch zitterte kraftlos und erstarb in ihrer Kehle. »Er hat gesagt, sie wäre nicht abgehauen, sie wäre nie irgendwohin gegangen. Er hat die alberne Idee, du wüsstest, wo sie ist.«

»Vielleicht ist die Idee gar nicht so albern.«

»Was? Was sagst du da?«

»Vielleicht *weiß* ich ja, wo sie ist.«

»Wirklich?« Alison versuchte aufzustehen, stolperte und sank auf ihren Stuhl zurück.

»Ich glaube wirklich, es wäre bequemer, wenn du dich hinlegst. Warum gehen wir nicht ins Wohnzimmer?« Ich half Alison auf die Füße, hob ihren langen schlanken Arm über meine Schulter und führte sie aus der Küche. Dabei schlurften ihre Füße über den Boden, ein Geräusch wie das Flüstern einer Menschenmenge.

»Was ist denn mit dem Weihnachtsbaum passiert?«, fragte sie, als wir ins Wohnzimmer kamen.

»Er hatte einen kleinen Unfall.« Ich führte sie zum Sofa, setzte mich neben sie und legte ihre Füße auf meinen Schoß.

»Willst du mich zur Pediküre einladen?«, fragte sie mit einem Lächeln, das nicht haften bleiben wollte.

»Vielleicht später.«

»Ich fühl mich so seltsam. Vielleicht sind das die Pillen.«

»Und der Kuchen«, sagte ich, zog ihre Sandalen aus und massierte ihre nackten Füße auf die Art, die sie gern mochte. »Und der Kaffee.«

Sie sah mich fragend an.

»Ich glaube, dieses Mal hast du vier Löffel Zucker genommen. Keine gute Idee, Alison. Man sagt, Zucker vergiftet den Körper.«

»Das verstehe ich nicht.« Angst flackerte in Alisons wunderschönen grünen Augen auf. »Wovon redest du?«

»Du hast gedacht, du hättest mich eingewickelt, was, Alison? Du hast gedacht, du müsstest bloß lächeln und mir ein paar dumme Komplimente machen, und ich würde erneut deinem magischen Bann erliegen. Aber es hat nicht geklappt. Diesmal bin ich diejenige mit dem Zauber: Terrys legendärer Schokoladenkuchen, Terrys magische Pillen.«

»Wovon redest du? Was hast du mit mir gemacht?«

»Wer bist du?«, herrschte ich sie an.

»Was!«

»Wer bist du?«

»Du weißt, wer ich bin. Ich bin Alison.«

»Alison Simms?« Ich ließ ihr keine Zeit zu antworten. »Das bezweifle ich. Es gibt keine Alison Simms.« Ich sah sie zusammenzucken, als hätte ich die Hand zum Schlag erhoben. »Genauso wie es keinen K.C. gibt.«

»Aber das mit K.C. wusste ich nicht. Ich wusste nicht –«

»Und keine Rita Bishop.«

Sie rieb sich über den Mund, den Hals und die Haare. »Wer?«

»Deine Freundin aus Chicago, nach der du in der Mission-Care-Klinik gesucht hast, als du zufällig meine Notiz entdeckt hast.«

»O Gott.«

»Spielen wir unser kleines Spiel. Drei Worte, um Alison zu beschreiben.«

»Terry, bitte. Du verstehst das nicht.«

»Mal überlegen. Oh, ich weiß: Verlogen, verlogen, verlogen.«

»Aber ich habe nicht gelogen. Bitte, ich habe nicht gelogen.«

»Seit unserer ersten Begegnung hast du nichts *anderes* getan, als zu lügen. Ich habe dein Tagebuch gelesen, Alison.«

»Du hast mein Tagebuch gelesen? Aber dann weißt du doch –«

»Ich weiß, dass dein Kommen kein Zufall war. Ich weiß, dass du zusammen mit Lance seit Monaten planst, mich loszuwerden.«

»Dich loszuwerden? Nein!« Alison schwang ihre Beine von meinem Schoß und versuchte aufzustehen, was ihr auch halbwegs gelang, bis ihre Knie nachgaben und sie zu Boden sank. »O Gott. Was geschieht mit mir?«

»Wer bist du, Alison? Wer bist du *wirklich*?«

»Bitte hilf mir.«

»Der Herr hilft denen, die sich selber helfen«, sagte ich kalt im Tonfall meiner Mutter.

»Das Ganze ist ein Missverständnis. Bitte. Bring mich ins Krankenhaus. Ich verspreche, dass ich dir alles erzähle, sobald ich mich besser fühle.«

»Erzähl es mir jetzt.« Ich stieß sie zurück auf das Sofa und sah sie in die weichen Daunenkissen sinken, deren hübsche rosa- und malvenfarbene Blumenmuster sie ganz zu verschlingen schienen. Ich nahm auf dem gestreiften Stuhl im Queen-Anne-Stil direkt gegenüber Platz und wartete. »Die Wahrheit«, warnte ich sie. »Und lass nichts aus.«

28

»Kann ich ein Glas Wasser haben?«, fragte Alison.

»Später. Nachdem du mir alles erzählt hast.«

Tränen rollten über ihr Gesicht, das aschfahl angelaufen war wie eine Farbfotografie, die vor meinen Augen verblasste. »Ich weiß nicht, wo ich anfangen soll.«

»Fang damit an, wer du wirklich bist. Fang mit deinem Namen an.«

»Ich heiße Alison.

»Aber nicht Simms«, stellte ich nüchtern fest.

»Nicht Simms«, wiederholte sie matt. »Sinukoff.« Für einen Moment blitzte Interesse in ihren Augen auf. »Sagt der Name dir irgendwas?«

»Sollte er?«

Sie zuckte die Achseln. »Ich war mir deswegen nicht sicher.«

»Nein.«

»Ich wusste nicht, ob er dir irgendwas sagt, und ich musste ganz sichergehen.«

»Inwiefern?«

»Ich wollte nicht noch einen Fehler machen.«

»Wovon redest du? Was für einen Fehler?«

Alisons Kopf rollte auf ihren Schultern hin und her und schwankte bedrohlich, als könnte er abfallen. »Ich bin so müde.«

»Warum bist du nach Florida gekommen, Alison?«, wollte ich wissen. »Worauf warst du aus?«

»Ich bin gekommen, um dich zu finden.«

»Das weiß ich. Ich weiß nur nicht, warum. Ich bin nicht reich. Ich bin nicht berühmt. Ich habe nichts, was dich interessieren könnte.«

Sie stabilisierte ihren Kopf und konzentrierte ihre ganze Aufmerksamkeit auf mein Gesicht. »Du hast alles«, sagte sie schlicht.

»Ich fürchte, das wirst du mir erklären müssen.«

Ihre Lider flatterten zu, und für einen Moment dachte ich, sie hätte sich all den Beruhigungsmitteln in ihrem Kreislauf ergeben, doch dann begann sie zu sprechen, zunächst langsam und mit erkennbarer Anstrengung, als versuchte sie, den Worten auf der Spur zu bleiben, die sich lallend miteinander verschliffen. »Ich hatte schon eine ganze Weile erfolglos nach dir gesucht. Dann beschloss ich, einen Privatdetektiv zu engagieren. Mit dem ersten hat es nicht geklappt, also habe ich mich an einen anderen gewandt. Er fand heraus, dass du in einem Krankenhaus in Delray arbeitest. Also bin ich hergekommen, um dich mit eigenen Augen zu sehen. Dabei habe ich deine Notiz am Schwarzen Brett entdeckt. Ich konnte mein Glück gar nicht fassen. Ich habe mir die Geschichte mit Rita Bishop ausgedacht. Ich dachte, das würde uns Gelegenheit geben, uns kennen zu lernen, bevor …«

»Bevor was?«

»Bevor ich es dir sage.«

»Was wolltest du mir sagen, Herrgott noch mal?«

»Du weißt es nicht?«

»Was soll ich wissen?«

»Das verstehe ich nicht. Du hast doch gesagt, du hättest mein Tagebuch gelesen.«

»Was soll ich wissen?«, wiederholte ich mit einem Grollen in der Stimme wie von einer heranrollenden Welle.

Sie suchte meinen Blick und sah mir plötzlich hellwach in die Augen, als würde sie mich zum ersten Mal sehen. »Dass du meine Mutter bist.«

Einen Moment lang wusste ich nicht, ob ich lachen oder weinen sollte, also tat ich beides, doch der abgewürgte Laut, der über meine Lippen drang, klang selbst in meinen Ohren fremd. Ich sprang auf und begann vor ihr auf und ab zu laufen. »Was redest du da? Das ist unmöglich. Was soll das heißen?«

»Ich bin deine Tochter«, sagte sie mit frischen Tränen in den Augen.

»Du bist verrückt! Deine Mutter lebt in Chicago.«

»Ich bin nicht aus Chicago. Ich bin aus Baltimore. Genau wie du.«

»Du lügst!«

»Ich wurde als Säugling von John und Carole Sinukoff adoptiert. Kanntest du sie?«

Ich schüttelte heftig den Kopf, während in meinem Kopf stroboskopartig Bilder wie aus weiter Ferne aufflackerten. Ich schirmte die Augen ab und versuchte, die unerwünschten Erinnerungen in Schach zu halten.

»Sie hatten schon einen Sohn, konnten keine weiteren Kinder bekommen und wünschten sich eine Tochter, also haben sie mich ausgesucht. Ein Fehler«, gab sie zu und leckte sich die Lippen. »Ich war ein schreckliches Kind. Ziemlich genauso, wie ich es dir erzählt habe. Ich hatte nie das Gefühl dazuzugehören. Ich war anders als alle anderen. Und dass mein perfekter älterer Bruder mich ständig daran erinnert hat, dass ich eigentlich gar nicht zur Familie gehöre, hat bestimmt auch nicht geholfen. Einmal ist er Weihnachten vom Brown College nach Hause gekommen und hat mir erzählt, dass meine leibliche Mutter ein vierzehnjähriges Flittchen war, das die Beine nicht zusammenhalten konnte.«

»O Gott.«

»Ich habe ihn dorthin getreten, wo es richtig wehtut. Danach hatte *er* jedenfalls bestimmt keine Probleme mehr, die

Beine zusammenzuhalten.« Sie versuchte zu lachen, verzog jedoch nur das Gesicht vor Schmerzen.

»Aber was du da sagst, ist unmöglich«, erklärte ich ihr, während sich vor meinen Augen genauso alles drehte wie vermutlich vor ihren. Bilder aus der Vergangenheit schlüpften zwischen jahrzehntealten Verteidigungswällen hindurch und prasselten auf mich ein: Roger Stillman, der auf dem Rücksitz seines Wagens unbeholfen in mich eindrang; der panische Blick, mit dem ich danach jeden Tag meine Unterwäsche auf Anzeichen meiner Periode untersuchte, die hartnäckig ausblieb, während mein kindlicher Bauch sich Tag für Tag weiter ausdehnte, egal wie weite Kleidung ich trug. »Es ist unmöglich«, wiederholte ich entschlossener und versuchte vergeblich, die Bilder abzuwehren. »Rechne doch mal nach. Ich bin vierzig. Du bist achtundzwanzig. Dann müsste ich ja zwölf –«

»Ich bin nicht achtundzwanzig, sondern fünfundzwanzig. Ich werde sechsundzwanzig ...«

Am 9. Februar, sagte ich stumm, während sie die Worte laut aussprach. Ich hielt mir mit beiden Händen die Ohren zu, um ihre Stimme nicht mehr zu hören. Wann war sie so laut und kräftig geworden?

»Ich hatte Angst, dass du alles erraten würdest, bevor du Gelegenheit hattest, mich kennen zu lernen, wenn ich dir mein wahres Alter sagen würde. Und ich wusste nicht, wie du es finden würdest, mich wieder in deinem Leben zu haben. Ich wollte so sehr, dass du mich magst. Nein, das ist eine Lüge«, verbesserte sie sich. »Ich wollte mehr als das. Ich wollte, dass du mich *liebst*. Damit du mich nicht noch einmal verlassen könntest.«

Ich ließ mich auf den Stuhl zurücksinken. Sie war natürlich verrückt. Selbst wenn manches von dem, was sie sagte, stimmte, war es unmöglich, dass sie meine Tochter war. Sie war so groß, schlank und schön. Genau wie Roger Stillman, dachte ich. »Es ist nicht wahr«, beharrte ich. »Es tut mir leid. Du hast dich geirrt.«

»Nein. Diesmal nicht. Der erste Detektiv, den ich engagiert habe, hatte eine Frau in Hagerstown aufgespürt, die er für dich gehalten hat. Ich war ganz aufgeregt und habe sie besucht, doch es erwies sich als Irrtum. Dann habe ich dich gefunden. Lance meinte, es wäre verrückt, die lange Reise hierher zu machen, wenn ich wahrscheinlich doch nur wieder verletzt würde, aber ich musste dich sehen. Und sobald ich dich gesehen und mit dir gesprochen hatte, wusste ich, dass ich Recht hatte. Sogar noch bevor du mir von Roger Stillman erzählt hast, wusste ich, dass du meine Mutter bist.«

»Nun, es tut mir leid, aber du irrst dich.«

»Ich irre mich nicht. Du weißt, dass das stimmt.«

»Ich weiß nur, dass du ein dummes, dummes Mädchen bist!«, hörte ich mich schreien.

Die Stimme meiner Mutter hallte von den Wänden zurück.

Du bist ein dummes, dummes Mädchen!

»Nein, bitte sag das nicht.«

Wie konntest du das tun? Wie konntest du es zulassen, dass irgendein alberner Junge sein schreckliches Ding in dich steckt?

Ich werde mich um das Baby kümmern, Mami. Ich verspreche, dass ich es gut versorgen werde.

Du glaubst doch nicht eine Minute, dass ich einen Bastard in diesem Haus dulden werde. Ich werde es in der Wanne ertränken, genau wie ich diese verdammten Kätzchen ertränkt habe!

»Terry«, flüsterte Alison. »Terry, ich fühle mich nicht besonders.«

Ich trat neben sie und nahm sie in die Arme. »Alles in Ordnung, Alison. Keine Angst. Du wirst dich nicht übergeben. Ich weiß, wie sehr du es hasst, dich zu übergeben.«

»Bitte bring mich ins Krankenhaus.«

»Später, Schätzchen. Nachdem du ein bisschen geschlafen hast.«

»Ich will nicht einschlafen.«

»Psst. Wehr dich nicht, Liebes. Bald ist alles vorbei.«

»Nein! O Gott, nein! Bitte. Du musst mir helfen.«

Wir hörten das Geräusch beide gleichzeitig und wandten unsere Köpfe im selben Moment zur Hintertür. Jemand klopfte, rief und klingelte. »Alison!«, erhob sich ein verständliches Wort über das Getöse. »Alison, bist du da drinnen?«

»K.C.!«, rief Alison kaum vernehmlich. »Ich bin hier. O Gott, hilf mir! Ich bin hier drinnen!«

»Terry!«, polterte K.C. »Mach sofort die Tür auf, oder ich rufe die Polizei!«

»Einen Moment«, rief ich ruhig zurück, löste mich sanft aus Alisons Umarmung und hörte sie stöhnen, als sie, zu betäubt, um sich zu bewegen, nach vorn sank. Ich eilte zur Hintertür. »Ich komme. Keine Panik.«

»Wo ist sie?« K.C. drängte grob an mir vorbei ins Haus. »Was hast du mit ihr gemacht?«

»Von wem reden wir?«, fragte ich freundlich zurück. »Von Erica? Oder von Alison?«

Doch K.C. war schon im Wohnzimmer. »Alison! Mein Gott, was hat die Irre mit dir gemacht?«

Vorsichtig nahm ich das Schlachtermesser aus dem Emaillebecken in der Küche. Es schmiegte sich in meine Hand, als ob es dorthin gehören würde. Ich drückte es fester, spürte seine Feuchtigkeit an meiner empfindlichen Haut, als die Wunde in meiner Handfläche wieder aufplatzte. Dann kehrte ich ins Wohnzimmer zurück und beobachtete im Schutz der welken Zweige des Weihnachtsbaums, wie K.C. sich abmühte, Alison auf die Füße zu helfen.

»Kannst du gehen?«

»Ich glaube nicht.«

»Leg deine Arme um meinen Hals. Ich trage dich.«

Wie soll ich beschreiben, was als Nächstes geschah?

Es war, als hätte man mir die Hauptrolle in einem Theaterstück zugewiesen. Oder vielleicht eher ein Ballett voller großer Gesten und übertriebener Mimik, jede Bewegung sorgfältig ausgedacht und choreographiert. Ich hob im selben Moment die Arme wie Alison, und als K.C. sich bückte, um sie hochzuheben, stieß ich zu. Er machte mehrere Schritte vorwärts, während ich mit animalischer Anmut durch den Raum fegte. Als Alison ihren Kopf an seine Schulter legte, stieß ich die lange Klinge mit solcher Wucht in seinen Rücken, dass der Griff in meiner Hand abbrach.

Alison glitt aus K.C.s Armen und landete mit einem dumpfen Aufprall auf dem Boden. Er taumelte nach vorn, drehte eine fahrige Pirouette, während seine Hände den eleganten Rhythmus verloren und blindlings nach der Klinge tasteten, die tief in seinem Rücken steckte. Alisons lauter werdende Schreie erfüllten den Raum wie das Getöse eines drittklassigen Orchesters, während K.C. auf Zehenspitzen und mit ausgestreckten Armen auf mich zukam, als wollte er mich zu einem letzten Walzer auffordern. Ich lehnte seine stumme Einladung ab, machte einen Schritt zurück, und er fiel nach vorn, während sein ungläubiger Blick angesichts des nahenden Todes glasig wurde. Er verfehlte den Weihnachtsbaumständer nur knapp, als er mit dem Kopf auf dem Boden aufschlug.

Erst nach ein paar Sekunden merkte ich, dass Alison aufgehört hatte zu schreien und nicht mehr achtlos auf dem Boden lag, sondern irgendwie all ihre verbliebenen Kräfte gesammelt und einen verzweifelten Ausfall zur Haustür versucht hatte. Dass sie es sogar geschafft hatte, sie zu öffnen, und die ersten Stufen hinuntergegangen war, zeugte von ihrer bewundernswerten Willenskraft und Entschlossenheit.

Der Lebenswille des Menschen ist schon etwas Erstaunliches.

Mir fiel ein, dass ich bei Myra Wylie Ähnliches gedacht hatte. Nur Erica Hollander war leise abgetreten und wenige Minuten nach dem Mitternachtsimbiss, den ich ihr bereitet hatte, friedlich eingedöst. Als ich ihr hinterher das Kissen aufs Gesicht gedrückt hatte, war ich nur noch auf symbolischen Widerstand gestoßen.

»Nein!«, schrie Alison, als ich ihren Arm packte.

»Alison, bitte. Mach keine Szene.«

»Nein! Rühr mich nicht an! Lass mich in Ruhe!«

»Komm wieder rein, Alison.« Ich fasste ihren Ellenbogen und grub meine Finger in ihre Haut.

»Nein!«, kreischte sie erneut und riss sich so heftig los, dass ich das Gleichgewicht verlor. Sie schaffte es halb bis auf die Straße, bevor ihre Beine schlicht einknickten und sie wie die sprichwörtliche Marionette in sich zusammensackte. Doch sie weigerte sich nach wie vor aufzugeben und kroch auf allen vieren Richtung Bürgersteig weiter.

Im selben Moment hörte ich ein Bellen, gefolgt vom Klappern hoher Absätze auf dem Bürgersteig. Bettye McCoy und ihre beiden verrückten Köter, dachte ich und versuchte, Alison auf die Füße zu helfen.

»Hilfe!«, rief Alison, als die dritte Mrs. McCoy in einer Capri-Hose mit Leopardenmuster um die Ecke gewackelt kam. »Hilfe!«

Doch das wütende Gekläff der Hunde übertönte Alisons Rufen.

»Alles in Ordnung«, erklärte ich der alternden Alice im Wunderland. »Sie hat nur ein bisschen zu viel getrunken.«

Bettye McCoy warf verächtlich ihre auftoupierte blonde Mähne über die Schulter, nahm ihre beiden Hunde unter den Arm, überquerte die Straße und stöckelte energisch in die andere Richtung davon.

»Nein, bitte!«, rief Alison ihr nach. »Sie müssen mir helfen! Hilfe!«

»Du musst deinen Rausch gründlich ausschlafen«, sagte ich laut für den Fall, dass irgendwer uns gehört hatte.

»Bitte«, flehte Alison die nun wieder leere Straße an. »Bitte, gehen Sie nicht.«

»Ich bin bei dir, mein Schatz«, erklärte ich ihr, nahm sie in den Arm und führte sie zum Haus. »Ich gehe nirgendwohin.«

An der Haustür hörte sie auf, sich zu wehren. Ich weiß nicht, ob es die Medikamente waren oder die Erkenntnis, dass aller Widerstand zwecklos war. Sie seufzte nur und sank schlaff in meine Arme. Ich trug sie über die Schwelle wie ein frisch vermählter Ehemann seine Braut.

Tut man das heutzutage noch? Ich weiß es nicht. Ich bezweifle, dass ich es je erfahren werde. Für mich ist es viel zu spät, genau wie für Alison. Und das ist schade, weil ich, glaube ich, eine gute Ehefrau gewesen wäre. Das ist alles, was ich immer wollte. Jemanden lieben, der mich wieder liebt, ein Nest bauen, eine Familie gründen. Und ein Kind, das ich mit all der Zärtlichkeit verwöhnen konnte, die mir versagt geblieben ist. Eine Tochter.

Ich hatte mir immer eine Tochter gewünscht.

Ich trug Alison zum Sofa und wiegte sie sanft in meinen Armen. »*Tu-ra-lu-ra-lu-ra-lu*«, sang ich zärtlich. »*Tu-ra-lu-ra-lu …*«

Alison hob langsam den Blick und öffnete den Mund. Ein Flüstern erfüllte die Luft. Ich glaube, ich habe das Wort *Mami* gehört.

29

Natürlich glaube ich keine Minute lang, dass Alison mein Kind war.

Wahrscheinlich hat sie bei Sinukoffs davon gehört, wie ich meiner Familie Schande bereitet habe. Der Name klingt vage vertraut. Vielleicht waren es Nachbarn. Vielleicht auch nicht. Baltimore ist eine große Stadt. Man kann nicht jeden kennen, auch wenn meine Mutter immer behauptete, dass die ganze Stadt von meinem Zustand wüsste und sie zum Gespött der Leute geworden wäre, sodass sie sich gar nicht mehr auf die Straße trauen würde.

Deswegen sind wir nach Florida gezogen. Nicht weil der Job meines Vaters es verlangt hat. Meinetwegen.

Ich ging weiter zur Schule, bis mein Zustand nicht mehr zu übersehen war, und wurde dann aufgefordert, dem Unterricht fernzubleiben. Roger Stillman passierte gar nichts. Meine Schande war sein Ehrenabzeichen, und er durfte bis zu seinem Abschluss auf der Schule bleiben.

Ich ertrug fast zwanzig Stunden dauernde Wehen, bis meine Mutter meinem Vater erlaubte, mich ins Krankenhaus zu fahren, wo ich nach weiteren zehn Stunden ein Baby mit dem beeindruckenden Geburtsgewicht von 3850 Gramm zur Welt brachte. Ich hatte nie Gelegenheit, es in den Armen zu halten, ich durfte es nicht einmal sehen. Dafür sorgte meine Mutter.

Sie hatte natürlich Recht. Was hätte sie sonst tun können? Ich war schließlich erst vierzehn Jahre alt, selbst noch ein Kind. Was wusste ich vom Leben und davon, wie es ist, sich um einen anderen Menschen zu kümmern? Es war eine alberne Idee, die ich garantiert mein Leben lang bereut hätte.

Aber vielleicht auch nicht. Wäre ich eine so schlechte Mutter gewesen, habe ich mich oft gefragt. Insgeheim hatte ich das kleine Baby, das in mir heranwuchs, geliebt, seit es sich zum ersten Mal bewegt hatte. Ich sprach mit ihm, wenn keiner zu Hause war, sang ihm etwas vor, wenn ich allein in meinem Zimmer war, versicherte ihm, dass ich nie die Geduld mit ihm verlieren würde, es nie schlagen oder entmutigen würde, dass ich es mit Küssen überhäufen und ihm jeden Tag versichern würde, wie sehr es geliebt wurde. »Ich passe auf dich auf«, versprach ich ihm, wenn keiner zuhörte. Doch stattdessen wurde es aus meinem Körper gerissen und von meiner Seite verbannt, bevor ich mir sein süßes kleines Gesicht überhaupt einprägen konnte. Und dann hatte ich mich stattdessen mein ganzes Leben lang um andere Menschen gekümmert.

Natürlich war Alison nicht mein Kind.

Irgendwer in Baltimore, vielleicht sogar ihr älterer Bruder, wie sie behauptet hatte, hatte ihr von dem »vierzehnjährigen Flittchen« erzählt, »das die Beine nicht zusammenhalten konnte«. Dann hatte sie sich mit ihren Freunden diesen komplizierten Plan ausgedacht, um sich in mein Leben zu drängen. *Ich wollte, dass du mich magst. Nein. Ich wollte, dass du mich liebst*, hatte sie selbst kurz vor ihrem Tod zugegeben.

Natürlich vermisse ich sie schrecklich und denke oft und immer mit großer Zuneigung, ja, sogar Liebe an sie. Vielleicht hat Alison also doch bekommen, weswegen sie hergekommen war.

Sie hat nicht gelitten. Sie ist einfach in meinen Armen eingeschlafen. Der Rest war leicht. Sie war einfach zu voll gepumpt mit Medikamenten. Ich bezweifle, dass sie das Kissen, das ich gut zwei Minuten lang auf ihr Gesicht drückte, überhaupt noch bemerkt hat. Später zog ich ihr das hübsche blaue Sommerkleid an, das sie an dem Tag getragen hatte, als wir uns zum ersten Mal getroffen hatten, und begrub sie im Garten neben Erica. In dieser Ecke des Gartens gedeihen die Blumen besonders üppig, und ich glaube, das hätte ihr gefallen.

K.C. war eine ganz andere Geschichte. Ich hatte nie zuvor einen Mann umgebracht, nie ein Messer benutzt und nie zu solcher Brutalität greifen müssen. Es dauerte Tage, bis der Widerhall der Tat in meinem Kopf verklang, Wochen, bis ich endlich in der Lage war, das ganze Blut in meinem Wohnzimmer wegzuschrubben. Der Teppich musste natürlich raus. Er war ruiniert. Alison hatte Recht – ein weißer Teppich im Wohnzimmer hatte sich doch als unpraktisch erwiesen. Es war jedenfalls Zeit für Veränderung.

Ich wollte K.C. nicht in meinem Garten haben, also wartete ich bis Mitternacht, bevor ich ihn in den Kofferraum meines Wagens packte und bis zu den Everglades fuhr, wo ich seine Leiche in einen mit Schleim bedeckten Sumpf warf. Das erschien mir passend, und ich bin sicher, die Alligatoren waren mir dankbar.

Drei Monate sind seit Alisons Tod verstrichen. Die Urlaubssaison ist fast zu Ende. Jeden Tag sieht man weniger Autos und Touristen auf den Straßen und bekommt jetzt auch wieder leichter einen Platz in den Restaurants. Die Schlangen vor den Kinos werden kürzer. Bettye McCoy führt nach wie vor mehrmals am Tag ihre beiden verrückten Hunde aus, und manchmal reißt sich einer von ihnen los und rennt in meinen Garten. Ich habe bereits einen kleinen Zaun errichtet, um sie abzuhalten, was hoffentlich reicht. Wenn einer dieser räudigen Köter noch mal in meinen Garten eindringt, werde ich ihn nicht mehr bloß mit dem Besen verjagen.

Hin und wieder frage ich mich, was passieren würde, wenn Lance und Denise zurückkämen und nach Alison suchten. Doch bis jetzt haben die beiden sich nicht blicken lassen. Vielleicht hatte Alison also die Wahrheit gesagt, als sie behauptet hatte, dass sie zusammen aufgebrochen waren und dass ihre Beziehung zu ihrem Exmann ein für alle Mal beendet war. Wachsam musste ich trotzdem bleiben.

Mein Job in der Klinik läuft so ziemlich wie immer. Myras Bett ist jetzt von einem älteren Herrn mit Parkinson in fortgeschrittenem Stadium belegt. Ich pflege ihn hingebungsvoll. Seine Familie hält mich für eine Gabe Gottes.

Was Josh betrifft, hatte ich übrigens Recht. Er hat dem Personal ein paar Wochen nach der Beerdigung seiner Mutter tatsächlich Blumen geschickt. Genau genommen waren die Blumen von ihm *und* seiner Frau. Auf der Karte bedanken sich die beiden bei allen auf der Station. Kein Name wurde besonders genannt.

Das Tagebuch, das er mir geschenkt hat, hat sich allerdings als sehr nützlich erwiesen. Es ist schön, seine Gedanken irgendwo festzuhalten, so wie ich es jetzt tue, und alles richtigstellen zu können.

Und wer weiß? Vielleicht finde ich eines Tages doch noch meine große Liebe. Dass Josh sich als schwach und unwürdig erwiesen hat, bedeutet schließlich nicht, dass es den Richtigen für mich nicht gibt. Ich bin immer noch einigermaßen attraktiv. Ich könnte morgen jemanden kennen lernen, heiraten und die Familie gründen, nach der ich mich immer gesehnt habe. Es gibt viele Frauen, die mit über vierzig noch Kinder bekommen. Es könnte passieren, und ich bete, dass es so kommt.

Das wäre in etwa alles. Das Leben geht weiter, wie man so sagt.

Und wer ist überhaupt man, höre ich Alison fragen, deren Stimme nie weit von meinem Ohr ist.

Ich drehe mich in die andere Richtung, und sie steht direkt neben mir.

Beschreibe dein Leben, seit ich weggegangen bin, flüstert sie kokett. *Drei Worte.*

»Ereignislos«, antworte ich gehorsam. »Langweilig.« Ich lasse meinen Blick über die leeren Küchenregale schweifen und denke, dass ich vielleicht eine neue Sammlung beginnen sollte. »Einsam«, gebe ich zu und schlucke meine Tränen herunter.

Ich starre auf das kleine leere Gartenhäuschen hinter dem Haupthaus. Es steht jetzt seit drei Monaten leer und fängt an, ein wenig vernachlässigt auszusehen. Es braucht ebenso jemanden wie ich. Jemanden, der es liebt und pflegt und ihm die Liebe und den Respekt entgegenbringt, den es verdient, obwohl ich mir nach dem Fiasko mit Erica und Alison nicht mehr sicher bin, dass ein solcher Mensch überhaupt existiert. Aber vielleicht ist es an der Zeit, es herauszufinden. Vielleicht ist es an der Zeit, das Geflüster und die Lügen der Vergangenheit zu begraben. Vielleicht wird es Zeit für einen Neubeginn.

»Neubeginn«, wiederhole ich laut mit Alisons Stimme und beschließe, am Wochenende eine Anzeige in die Zeitung zu setzen. »Gutes Wort.«

Danksagung

Wie immer gilt mein besonderer Dank Owen Laster, Beverly Slopen und Larry Mirkin, meinen guten Freunden und verlässlichen Ratgebern. Vielen Dank auch an Emily Bestler, die Lektorin meiner Träume, und an ihre Assistentin Sarah Branham für die Unterstützung und gute Laune bei der Arbeit an diesem Roman. Ich schätze mich überdies sehr glücklich, dass Judith Curr, Louise Burke, Cathy Gruhn, Stephen Bold und all die anderen großartigen Menschen bei Atria und Pocket so hart arbeiten, um mein Buch zu einem Erfolg zu machen.

Es wäre schwierig gewesen, diesen Roman ohne die Hilfe von Donna und Jack Frysinger zu schreiben, die mir all die Informationen lieferten, die ich brauchte, um das reizende Küstenstädtchen Delray lebendig werden zu lassen.

Meine Liebe gilt Warren, Shannon, Annie, Renee, Aurora, Rosie und all meinen Freunden in Toronto und Palm Beach. Vielen Dank dafür, dass ihr so geduldig, treu und stets interessant wart. Ein Hinweis für Annie: Du könntest eine Zeit lang auch ein bisschen weniger interessant sein.

Und zuletzt ein ganz besonderes Dankeschön an die Leserinnen und Leser, die mir über meine Website so wunderbare Nachrichten geschickt haben. Auch wenn nicht genug Zeit bleibt, jedem von Ihnen persönlich zu danken, sollen Sie wissen, dass Ihre Briefe mir mehr bedeuten, als ich ausdrücken kann. Ihre freundlichen Gedanken und guten Wünsche muntern mich auf und begleiten mich durch den Tag. Danke.